BETTINA REIMANN

Spargel-Geheimnis im Allertal

ALLER ANFANG IST ANGST Ein blutender Mann wird im Spargelfeld gefunden – niedergeschlagen mit einem Feldstein. Doch wer ist der Fremde? Und was suchte er im stillen Dörfchen Eickeloh? Ist es der »Penner, der sich schon einige Zeit im Ort herumgetrieben hat«, wie man munkelt? Flora Kamphusen und ihr familiäres Ermittlerteam kommen schnell dahinter: Er kam in die Region, um etwas herauszufinden und war kein Obdachloser, nur jemand, der seinen Plan gut verschleiern konnte. Die Spur führt sie zu einem Lost Place im Wald: Ein verfallener Bauernhof weit hinter dem Dorf, der seine düsteren Geheimnisse gut verbirgt, obwohl die knarrende Eingangstür längst nicht mehr verschlossen ist. Was geschah dort im Jahr 1960 – und was wird Flora bei ihren Ermittlungen an diesem unheimlichen Ort finden? Wer will verhindern, dass die Wahrheit ans Licht kommt?

Bettina Reimann arbeitet seit mehr als 30 Jahren als Magazinjournalistin und Autorin für Krimis und Sachbücher in der Region Hannover. Ihre Neigung zu Kriminalgeschichten lebt sie auch bei den von ihr initiierten live gespielten Krimifestspielen »KriminaLa« aus, die bereits dreimal stattfanden. Ihren Protagonist:innen gibt sie gern ihre eigenen Hobbys weiter: Ahnenforschung, das Erkunden von Lost Places und Geocaching. Mit Mann und Hund streift sie oft durch die Wälder auf der Suche nach neuen Krimischauplätzen.
Im Gmeiner-Verlag erschien 2022 ihr erster Kriminalroman mit der Drei-Generationen-Ermittlerfamilie Blume-Kamphusen, die zwischen Hannover und der Heide im weiten Niedersächsischen Flachland ermittelt.

BETTINA REIMANN

Spargel-Geheimnis im Allertal

KRIMINALROMAN

GMEINER

Immer informiert

Spannung pur – mit unserem Newsletter informieren wir Sie
regelmäßig über Wissenswertes aus unserer Bücherwelt.

Gefällt mir!

Facebook: @Gmeiner.Verlag
Instagram: @gmeinerverlag
Twitter: @GmeinerVerlag

Besuchen Sie uns im Internet:
www.gmeiner-verlag.de

© 2023 – Gmeiner-Verlag GmbH
Im Ehnried 5, 88605 Meßkirch
Telefon 07575 / 2095 - 0
info@gmeiner-verlag.de
Alle Rechte vorbehalten
1. Auflage 2023

Lektorat: Claudia Senghaas, Kirchardt
Herstellung: Mirjam Hecht
Umschlaggestaltung: U.O.R.G. Lutz Eberle, Stuttgart
unter Verwendung eines Fotos von: © Iryna Melnyk / shutterstock.com
Druck: GGP Media GmbH, Pößneck
Printed in Germany
ISBN 978-3-8392-0509-9

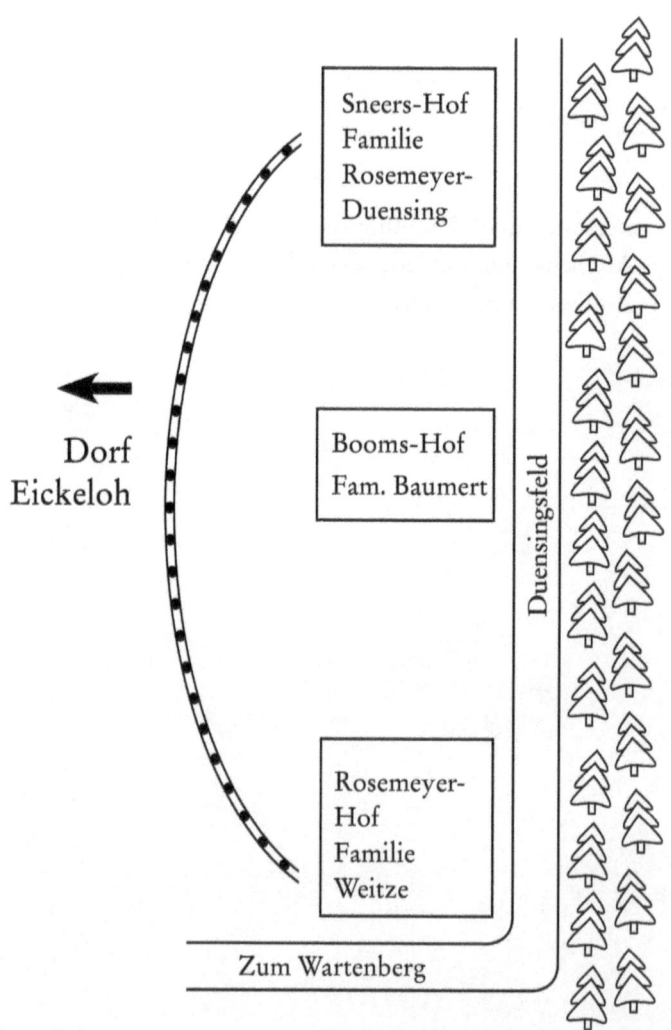

Dorf
Eickeloh

Sneers-Hof
Familie
Rosemeyer-
Duensing

Booms-Hof
Fam. Baumert

Rosemeyer-
Hof
Familie
Weitze

Duensingsfeld

Zum Wartenberg

PROLOG

Er sah auf das prasselnde Feuer im Feld.

Hinter einem Baum kauernd, drückte sie sich fest an ihn. »Mir ist kalt«, flüsterte sie. »Lass uns gehen, ich hab Angst.«

Sie verbrannten Kleider. Ein Schuh lugte aufrecht aus dem Feuer. Hing er an einem Stock? Oder war das …

Leise schlich er im tiefen Schnee ein paar Schritte rückwärts. Sie zerrte an seinem Jackenärmel und zog ihn weg von den lodernden Flammen.

Dann trat sie auf einen Ast, der sich unter dem Schnee verbarg. Der Ast krachte. Die Männer hoben die Köpfe. Jemand zeigte auf sie.

Er rannte, fort von diesem Feuer, fort von den Männern, die wütend in seine Richtung starrten und sich in Bewegung setzten, um ihnen nachzulaufen.

Er merkte, dass sie nicht mehr hinter ihm war, schaute sich um und sah sie im Schnee liegen. Er hielt nicht an, denn die Männer kamen näher.

»Komm schnell«, rief er.

Doch einer der Männer hatte sie schon erreicht.

Er lief weiter, allein.

Er hörte sie rufen.

Dann war es still.

4. MAI 2020, MITTAGS

Anastasya Smirnowa sah den am Boden liegenden Körper zuerst. »Helmut, da liegt jemand. Halt an!«

Der Bauer, der mit seinem Geländewagen über einen Feldweg zum Spargelfeld unterwegs war, bremste abrupt.

Zwischen der zweiten und dritten Spargelreihe lag ein Mann gekrümmt auf der Seite.

»Bleibt ihr mal hier sitzen«, forderte er seine Mutter Hildegard und die Lebensgefährtin Anastasya auf.

Vorsichtig näherte sich Helmut Weitze dem Körper, sah schon aus einigen Schritten Entfernung das Blut auf dem hellblauen karierten Hemd des Fremden und zögerte.

Die Frage, ob der Mann nur schlief, hatte sich wohl erledigt. Er stapfte langsam auf den Körper zu. Das war doch hoffentlich kein Toter? Zögerlich beugte sich der lange dünne Helmut Weitze herunter, streckte die Hand aus und fühlte am Hals des Mannes nach dem Puls. Dabei fasste er in das Blut, das sich feucht und kühl anfühlte. Er tastete mit Zeigefinger und Mittelfinger am Hals des Verletzten entlang, bis er die richtige Stelle gefunden hatte.

Ja, es pochte. Helmut Weitze hockte sich vor den reglosen Körper und überprüfte mit blutbeschmierten Fingern den Puls am Handgelenk des Fremden.

»Der lebt!«, rief der Landwirt in Richtung des Geländewagens. »Mutter, ruf die 110, der braucht einen Krankenwagen!«

Anastasya Smirnow war ausgestiegen und wuchtete Kästen aus dem Kofferraum, um den Verbandskoffer zu erreichen.

Hildegard Weitze verließ den Wagen und lehnte sich an die Tür. Ihr Herz klopfte laut und wurde nicht leiser. Was für eine Aufregung! Mit bebenden Fingern tippte sie auf ihrem Smartphone. Die alte Dame war stolz, damit umgehen zu können, aber jetzt fiel ihr nicht einmal der Sperrcode ein.

»Dein Geburtstag, Mutter!« Helmut rief ihr die Zahlenkombination zu. Damit gelang es ihr, die Notrufnummer zu wählen. »Bei uns im Spargelfeld liegt ein verletzter Mann. Der blutet aus dem Kopf.« Nach der Wegbeschreibung gefragt, stammelte sie nur: »*Weitzes Hofladen* und dann ins Feld. Das Spargelfeld. Hinten.«

Anastasya Smirnowa nahm das Handy an sich. »Sie können kommen zur Einfahrt von *Weitzes Hofladen*. Ich warte da und zeige Ihnen.«

Hildegard Weitze schritt langsam auf den Verletzten zu, neben dem ihr Sohn wartete.

»Liegt der hier einfach so …«, Helmut setzte an, sich die Haare zu raufen, und zuckte im letzten Moment zurück, als er einen Blutstropfen sah, der ihm langsam am Handgelenk entlang rann. »Liegt hier rum und blutet. Auf unserm Feld.«

»Mutter Hilde, Helmut, Sanitäter sagt, wir sollen nicht anfassen den Mann. Ich fahre zum Hof und zeige Krankenwagen den Weg«, rief Anastasya ihnen zu.

Sie schwang sich hinter das Steuer, ließ die Tür zukrachen und fuhr mit Schwung einige Meter zurück, um in einem schmalen Waldweg zu wenden. Dann raste sie den holprigen Feldrand entlang zum Hofgelände.

Helmut und Hildegard Weitze blieben in einigem Abstand zu dem Verletzten stehen.

»Also bei Bewusstsein ist der ja nicht«, stellte der Bauer fest. »Hab ein paarmal gefragt, ob er mich hören kann, aber da kam nichts.« Helmut Weitze spreizte die Hand, an der das Blut des Verletzten klebte, ungelenk vom Körper ab.

»Der muss wohl auf den Feldstein gefallen sein, Mutter, guck mal, da ist auch Blut dran.«

Hildegard Weitze kam vorsichtig näher, um sich den Stein anzuschauen.

»Dass ihr so ein scharfkantiges Ding auf dem Feld liegen lasst! Da habt ihr aber nicht ordentlich gearbeitet.«

»Quatsch, der Stein lag da gestern noch nicht. Anastasya und ich haben doch selbst hier gestochen. Da hätte ich den Stein wohl aus dem Weg geräumt.« Helmut Weitze sah sich nach etwas um, mit dem er das Blut von seiner Hand wischen konnte, und versuchte es mit einem Grasbüschel.

Für seine Mutter war das Gesicht des auf der Seite am Boden liegenden Mannes nicht erkennbar, doch dass er einen Bart trug, sah sie.

»Ich glaube, das ist der Penner, von dem im Dorf die Leute reden. Der sich hier schon ein paar Wochen rumtreibt. Soll ja immer mit einem alten Fahrrad durch die Gegend gefahren sein.«

Auf der landwirtschaftlichen Privatstraße entlang der Felder hörten sie die Sirene des Krankenwagens, der bald rumpelnd auf dem unebenen Grund zu stehen kam, Erde vor sich herschiebend, die zuvor eine angehäufte Spargelreihe war. Ein Notarztwagen folgte in hoher Geschwindigkeit.

»Mann, mitten drauf.« Helmut Weitze sah zarte Spargelspitzen unter den Rädern der Fahrzeuge verschwinden. »Ne ganze Mahlzeit platt gefahren«, murmelte er und zog mit der sauberen Hand seine Mutter einige Meter weiter in das Feld hinein, fort vom hektischen Treiben der Sanitäter.

»Ja, der lebt.« Ein junger Mann in Sanitäterkluft kümmerte sich um den Verletzten. Nachdem er stabilisiert und an ein EKG angelegt worden war, hoben zwei Sanitäter ihn auf eine Trage

Hildegard Weitze sah das Gesicht des Mannes. Taumelnd trat sie langsam näher.

»Vater, oh Gott, Vater.«

»Vater«, stammelte sie erneut, bevor sie auf dem Spargelfeld zusammensank.

AUF DEM GUTSHOF, 7. MAI 2020

Flora Kamphusen freute sich, dass wieder zwei Bestellungen für Restaurantgutscheine eingegangen waren. Ihre Idee, Verzehrgutscheine für *Blumes Rittersaal* mit 20 Prozent Rabatt anzubieten, bewährte sich, und es kam in jenen Wochen des Frühlings 2020, in denen das Restaurant geschlossen blieb, ein wenig Geld in die Kasse des Hauses.

Ein Pauschalangebot für Fahrradtouristen, bestehend aus drei Übernachtungen, zwei gepackten Picknickkörben und dreimal »Vitalfrühstück« war ihre neue Initiative. Das Hotel-Restaurant ihrer Eltern würde der Coronazeit trotzen. Flora stellte das Angebot auf die Website des

Gutshofes, fügte Bilder hinzu und klickte auf »Veröffentlichen«.

Am Tag, als die Lockdown-Maßnahmen im März angekündigt wurden, fällte sie schnell eine Entscheidung. In ihrem WG-Zimmer in Hannover war sie wie eingesperrt in dieser Zeit, in der die Stadt wie ausgestorben wirkte. Alle Klubs und Bars, in denen sie sonst ihre Abende verbrachte, waren geschlossen.

Mit Freunden treffen und feiern: Zum ersten Mal in der neueren deutschen Geschichte war dies untersagt und »Social Distancing« das Wort des Monats im März 2020. Flora packte ihre Sachen und fuhr zum Gutshof ihrer Eltern zwischen Ahlden und Rethem an der Aller, wo sie zwei Zimmer bewohnte.

Untätigkeit lag ihr nicht. Wenn ihre WG-Mitbewohner bei einer *Netflix*-Serie auf dem Sofa chillten, saß sie lieber am Rechner und recherchierte eine Story.

»Da kann ich mich mal wieder intensiv um meinen Blog kümmern«, sagte sie ihrer Mutter, die sich freute, als sie mit Rucksack und Reisetasche vor der Tür stand.

Nach einer selbst gewählten zweiwöchigen Quarantäne nahm Flora Kamphusen wieder am Familienleben teil. Und sie genoss es, mit der journalistischen Arbeit an ihrem Regionalblog www.aller-lei-online.de einen Beitrag zu leisten, um die lokalen Betriebe am Leben zu halten.

Sie schrieb lange Listen mit Geschäften, die für den Publikumsverkehr geschlossen blieben, aber gern Ware auslieferten oder zur Abholung vor der Tür bereithielten. Das brachte zwar keine Werbeeinnahmen für den Blog, doch Flora war sicher, dass ihr Engagement sich auszahlen würde, wenn die Geschäfte wieder öffnen durften.

Anderes gab es in dieser Zeit kaum zu berichten. Alles

drehte sich um das Coronavirus, und selbst die Polizeipressemitteilungen fielen kürzer aus. Sogar die Schurken waren in den Lockdown gegangen – notgedrungen. Taschendiebe fanden in den Innenstädten keine Opfer, Einbrecher waren arbeitslos, weil niemand verreiste.

Mit den ersten Lockerungen nahm der Betrieb auf den Straßen wieder zu. Die Dörfer im Aller-Leine-Tal erwachten aus dem Dornröschenschlaf.

Flora öffnete den Mailaccount und schaute, ob es etwas Verwertbares für die Newsseite gab. Eine neue Polizeimeldung lag vor: »Wer kennt diesen Mann?« Sie erblickte die Phantomzeichnung eines älteren Mannes mit Bart und strubbeligem grauem Haarschopf. Man hatte ihn vor drei Tagen schwer verletzt auf einem Spargelfeld in Eickeloh gefunden. Er lag im Koma, und seine Identität war unbekannt. Flora sah das Bild lange an, bevor sie es ausdruckte. Wenn man sich den Bart wegdachte und sich vorstellte, die Haare wären glatt gekämmt …

Das war doch … Die plötzliche Anspannung kannte sie vom letzten Jahr. Sie nahm den Ausdruck der Pressemitteilung und rief durch das geöffnete Fenster ihren Großvater, der mit seinem Laptop im Garten saß.

»Opa, hör mal, ich glaube, wir haben wieder einen Fall.«

Carsten Blume sah erstaunt zu seiner Enkelin hinauf. Er war Hauptkommissar im Ruhestand, und seine Planung, auf dem Gutshof seiner Familie geruhsame Seniorenjahre »ohne Mord und Totschlag« zu verbringen, war im letzten Jahr durch einen spektakulären Fall konterkariert worden.

Flora stand schon nicht mehr am Fenster, sondern erschien mit schnellen Schritten wenig später im Garten. Sie legte ihm einen Ausdruck vor die Nase.

»Das ist Henry Baumert«, rief Carsten Blume erstaunt,

bevor er den dazugehörigen Text las. »Ach Gott, im Koma! Und wie er auf der Zeichnung aussieht! Was mag mit ihm passiert sein, seit er bei uns ausgezogen ist?«

Carsten schwieg nach dem Lesen des kurzen beigefügten Textes betroffen. Viel war der Pressemitteilung nicht zu entnehmen, nur, dass der Unbekannte keine Papiere mit sich führte, am Rand eines Spargelfeldes schwer gestürzt und ins Koma gefallen sei.

Es war eindeutig Henry Baumert. Wie er sich in den letzten Wochen verändert hatte! Zur Zeit seines Aufenthaltes im Hotel trug er noch keinen Bart und sah gepflegt aus.

»Ein neuer Kriminalfall ist das nicht, Flora, eher ein Unglücksfall.«

»Mag sein, aber findest du es nicht auch komisch? Wie sich der Baumert verändert hat in den paar Wochen, seit er bei uns weg ist? Und dass er keine Papiere mit sich führte und ihn anscheinend niemand vermisst? Ich meine, heute ist der 7. Mai, gefunden wurde er schon am 4., also vor drei Tagen. Wollte der nicht zu Verwandten? Und irgendwo muss doch auch sein Leihwagen rumstehen.«

Carsten Blume erinnerte sich an den Eifer, manchmal Übereifer, mit dem seine Enkeltochter im vergangenen Herbst mit ihm zusammen an einem Kriminalfall gearbeitet hatte, der eng mit der Familie zusammenhing. Seine Einmischung geschah unfreiwillig, nachdem die Polizei eine Mordserie zu schnell zu den Akten gelegt hatte. Es war ihm, seiner Tochter Anna und der Enkelin Flora gelungen, Licht in den Fall zu bringen und ihn unter für sie selbst gefährlichen Umständen zu lösen.

Das brauchte er nicht schon wieder. Carsten Blume war zufrieden im Ruhestand, in dem die Ahnenforschung seine neue Fahndungsarbeit darstellte.

»Das wird sich alles aufklären, wenn wir der Polizei mitteilen, wer der Unbekannte ist. Das sollten wir schleunigst tun.«

»Okay, einverstanden. Aber fällt dir nichts an dem Fundort auf?«

Carsten Blume nickte. »Doch, natürlich. Eickeloh, das war ja sein Heimatort, wo er als Kind gelebt hat. Auf dem Booms-Hof, außerhalb des Ortes.«

»Und wer ist da der größte Spargelbauer?«

»Ach Flora, natürlich, das ist Helmut Weitze. Und was ist daran Besonderes?« Carsten Blume sah die geröteten Wangen seiner Enkelin, ihre wachen glänzenden Augen. So sah sie aus, wenn sie eine Story witterte.

Mit der Familie Weitze verstand sich Flora. Die Bauern waren Werbekunden ihres Blogs mit einer regelmäßigen Anzeige, seit sie einen lobenden Artikel über die Waren des Hofladens veröffentlicht hatte. Flora grinste. Okay, wenn Helmut Weitze wüsste, dass sie ihn im vergangenen Jahr für einige Wochen des Mordes verdächtigt hatte, wäre es mit der Geschäftsbeziehung sicher aus. Doch das war Schnee von gestern. Der Fund eines Schwerverletzten im Spargelfeld war vielleicht kein Kriminalfall, aber das roch nach einer Story mit vielen Klicks. Hatte der Bauer, der ihn fand, dem Mann nicht das Leben gerettet? Wenn Helmut Weitze dieser Lebensretter war, dann stand einem Interview nichts im Weg.

Flora informierte ihren Großvater nicht über ihre Pläne – der Blog war ihre Arbeit, sie ließ sich nicht reinreden. Die Geschichte eines Amerikaners, der durch Corona im Aller-Leine-Tal hängen blieb, dort verunglückte und von einem Spargelbauern gerettet wurde, war ausbaufähig.

Flora verdiente sich ihr Studium vorwiegend als freie Mitarbeiterin der *Hannoverschen Allgemeinen Zeitung*, doch in den letzten Wochen gab es keine Aufträge für Artikel mehr. Sie berichtete meist über Veranstaltungen – und die fanden pandemiebedingt nicht statt.

»Ich rufe dann mal bei der Polizeidienststelle in Hodenhagen an und sage, was wir wissen«, verkündete Carsten Blume.

Flora nickte, in ihre Gedanken vertieft. Sie überlegte, ob es ratsam war, bei den Weitzes erst einmal anzuklingeln oder direkt hinzufahren.

Ihr Großvater gab eine präzise Beschreibung des Mannes ab, den er für den Verletzten aus dem Spargelfeld hielt. Er diktierte dem Beamten der Polizeiinspektion Heidekreis die Heimatadresse Henry Baumerts in den Vereinigten Staaten, die er aus den Hotelunterlagen kannte. Man würde dem Hinweis nachgehen. Für den Hauptkommissar im Ruhestand war die Sache damit erledigt.

Flora sah auf die Uhr. Die Mittagspause im Hofladen war vorbei, wenn sie in Eickeloh einträfe. Sie huschte zurück in ihr kleines Wohnzimmer, wo der Laptop aufgeklappt darauf wartete, dass sie ihre Mails weiter bearbeitete. Doch stattdessen griff sie zur Kamera, schnappte sich einen Block, einen Kuli, ihre Baumwollmaske mit Totenkopfmotiv und brach auf. Endlich mal ein anderes Thema als Infiziertenzahlen und »7-Tage-Inzidenz«. Die drahtige Flora mit dem schwungvollen braunen Kurzhaarschnitt grinste und eilte die Treppenstufen hinunter. Leute interviewen, das war genau ihr Ding.

HENRY - 1. MÄRZ 2020

Mit einem unauffälligen weißen Mittelklasse-Leihwagen traf Henry Baumert am frühen Abend des 1. März 2020 auf dem Gutshof ein. Anna Blume-Kamphusen begrüßte ihn versiert in englischer Sprache, doch der Gast wehrte lächelnd ab.

»Lassen Sie uns Deutsch sprechen. Ich muss es wieder üben«, sagte er fast ohne Akzent.

»Oh, Sie reden ja wie ein Einheimischer«, wunderte sich Anna.

»Das bin ich, oder zumindest war ich es einmal.«

Bis zu seinem achten Lebensjahr habe er auf einem Bauernhof außerhalb von Eickeloh gelebt, berichtete Henry Baumert, der zum ersten Mal seit 60 Jahren wieder auf deutschem Boden stand.

»Sie haben eine schwierige Zeit für Ihren Besuch gewählt«, sagte die Hotelwirtin, doch Baumert wehrte ab.

»Ich konnte im Zug von Frankfurt nach Hannover Nachrichten lesen. In Deutschland gibt es 129 Infizierte mit Covid 19. Da muss man doch keine Angst haben.«

»Hoffen wir, dass es so bleibt. Bei uns in der Gegend kommt das sicher zuletzt an.« Anna reichte Henry Baumert seinen Schlüssel und schritt voran, um ihm das Zimmer mit dem weiten Blick auf den Park zu zeigen.

»Sie suchen also nach den Schauplätzen Ihrer Kindheit?«

»So ungefähr. Und ich möchte mir Zeit nehmen, die ganze Gegend hier kennenzulernen. Wissen Sie, meine Vorfahren kamen alle von hier. In vielen Dörfern gibt es Höfe, auf denen Ahnen von mir lebten.«

Anna nickte. Es verging kaum ein Abend, an dem sie nicht selbst Geschichten von ihren Vorfahren aus der Region hörte.

»Sie müssen meinen Vater kennenlernen, er ist passionierter Ahnenforscher! Unsere Familie stammt ebenfalls zum Teil von hier.«

»Das klingt interessant, danke. Möglich, dass ich darauf zurückkomme.« Henry Baumert schnappte sich das Gepäckwägelchen, zog es in sein Zimmer und schloss die Tür. Anna stutzte. Sie hatte mit einer begeisterten Antwort gerechnet. Ahnenforscher unter sich, die sich Abende lang über alten Unterlagen zusammenhockten: So hatte sie es sich vorgestellt. Doch dieser Gast wanderte lieber allein auf den Spuren seiner Vorfahren. Besser, sie sagte ihrem Vater nichts davon.

*

Der amerikanische Gast brach täglich auf, um die Sehenswürdigkeiten der Region zu erkunden und die Dörfer der Umgebung kennenzulernen. Zeitgleich braute sich in Deutschland ein Infektionsgeschehen zusammen, von dem man auf dem Gutshof wenig mitbekam.

Henry Baumert besuchte in der ersten Woche den *Serengeti-Park* in Hodenhagen und schwärmte am Abend im Restaurant von der zehn Kilometer langen Fahrt im Safari-Bus, von Löwen, Giraffen und Antilopen: »Wilde Tiere in den Wäldern, wo wir als Kinder gespielt haben! Wenn ich das meiner Schwester erzähle!«

Es bürgerte sich ein, dass Anna bei der Aufnahme der Essensbestellung fragte, was der Gast an diesem Tag erlebt hatte. Sie bekam stets einen kleinen Bericht.

Nur auf die Frage, ob er den Hof seiner Kindheit schon aufgesucht habe, erntete sie ein Kopfschütteln.

»Ich nähere mich da langsam an«, sagte Henry Baumert ohne eine weitere Erklärung, und Anna hakte nicht nach. Diskrete Unaufdringlichkeit gehörte zum Hotelgeschäft, und daran hielt sie sich.

Henry Baumert berichtete von einem sonnigen Tag in Ahlden, wo er sich über das Schicksal der Prinzessin Sophie Dorothea informierte, die im dortigen Schloss im 18. Jahrhundert in einem komfortablen Gefängnis lebte.

Der amerikanische Gast besuchte die Schleuse in Hademstorf am Zusammenfluss von Aller und Leine und erfuhr erstaunt von Ölbohrungen im Aller-Leine-Tal.

Er wanderte über den Friedhof in Bissendorf in der Wedemark und besuchte die dortige Kirche, wo einst seine Ururgroßeltern geheiratet hatten. Er schlenderte um das historische Amtshaus, nahm sich vor, demnächst noch das Heimatmuseum ganz in der Nähe zu besuchen und fuhr langsam durch die Dörfer zurück. Er entdeckte im Dorf Elze das Gasthaus Goltermann und gönnte sich ein zünftiges Schnitzel in Champignon-Rahmsaue. »Heute bin ich mal kulinarisch fremdgegangen«, erzählte er Anna.« Am gleichen Tag verkündete Italien weitgehende Sperrmaßnahmen für das ganze Land.

Zwei Tage später stand ihm der Sinn nach etwas mehr Trubel. Henry Baumert setzte sich in den Regionalzug und fuhr in die niedersächsische Landeshauptstadt, wo er die *Herrenhäuser Gärten* erkundete. Für seine Zwillingsschwester Christine fotografierte er die Nana-Skulpturen am Hohen Ufer. »So ist Deutschland heute, bunt und nackt«, schrieb er zu den Bildern, die er per *WhatsApp* versandte. An diesem Tag, dem 11. März 2020, rief Bundesgesundheitsminister Spahn dazu auf, Veranstaltungen mit über 1.000 Gästen abzusagen.

Mittlerweile war die Hälfte seines Aufenthaltes in Niedersachsen um. Henry war mit dem Leihwagen nach Gilten und Bierde gefahren, in Böhme, Essel und Steimbke umhergewandert. Aus all diesen Dörfern kamen Vorfahrinnen und Vorfahren der Familie Baumert. Die kleinen Rundgänge durch bäuerlich geprägte Orte und die Landschaft drumherum gefielen ihm.

Er fand den Hof in Großburgwedel, von dem seine Großmutter stammte, und die Hofstelle im Isernhagener Ort Kirchhorst, von der die Urgroßmutter nach Eickeloh gezogen war. Überall fotografierte er, doch er versuchte nicht, Kontakt zu den heutigen Hofbesitzern aufzunehmen. Das war nicht seine Art.

Henry Baumert, der pensionierte Bibliothekar, übte sich nicht gern in Small Talk. Aufdringlichkeit war ihm fremd.

Am 12. März 2020 saß er beim Abendessen im Gutshofrestaurant, als ihn der Seniorchef ansprach. »Sie sind auf der Suche nach Ihren Vorfahren, nicht wahr?« Henry nickte, ohne die Frage weiter zu kommentieren. »Ich bin sehr aktiv in der Ahnenforschung. Wenn ich Ihnen irgendwie helfen kann, tue ich es gern.«

Der Gast sah Neugier im Blick von Carsten Blume. Doch seine Familiengeschichte war nichts, womit man hausieren ging. Henry Baumert war sich selbst nicht im Klaren darüber, was er suchte, ob er etwas finden würde und wenn ja, ob es ihm gefiele. Er wandte seinen Blick ab und formulierte die passenden Worte, um sich aus der Affäre zu ziehen, ohne den freundlichen Hausherren zu beleidigen.

»Danke, ich werde sicher noch die eine oder andere Frage haben«, sagte er nur und merkte, dass Blume senior irritiert war, mit seiner Neugier ins Leere zu laufen.

»Aus meinen weiteren Reiseplänen wird vielleicht nichts«, kommentierte Henry Baumert am selben Nachmittag die Nachrichten und beruhigte seine Schwester, die ihn per *WhatsApp* zur umgehenden Heimreise aufforderte. »Nun bin ich hier. Meinst du, die werden die Flughäfen schließen?« Es erschien ihm so unwahrscheinlich, dass er laut lachte.

An diesem 12. März 2020 waberten Gerüchte von Schulschließungen in Deutschland durch die Medien. Am Tag darauf verkündete Donald Trump ein Einreiseverbot in die USA für Menschen, die aus Europa kamen. Das würde sicher nicht lange andauern, meinte Henry und beschloss, weiter seiner Wege zu ziehen. Statt Frankreich und Spanien, wo Tourismus aufgrund der hohen Infektionszahlen aktuell nicht möglich war, würde mehr Zeit in Deutschland seinen Reiseplan füllen. Er googelte nach lohnenden Reisezielen und erwog, Berlin einzuplanen.

Dann ging es Schlag auf Schlag. Henry Baumert verbrachte am 14. 2020 März einen Tag im *Vogelpark Walsrode*. Danach besuchte er noch das örtliche Kloster mit seiner bis in das 10. Jahrhundert zurückreichenden Geschichte und kam mit einer der Stiftsdamen ins Gespräch, die ihm das ehrwürdige Gebäude zeigte. In den Medien wurden zeitgleich Diskussionen laut, ob Deutschland einen Lockdown benötigte.

Die Bundesliga spielte nicht mehr. Diese Tatsache weckte den amerikanischen Gast schließlich aus seinem touristischen Schlendrian. Wenn hierzulande die Fußballstadien geschlossen wurden, dann war Gefahr im Verzug.

Am 16. März 2020, Henry legte einen Ruhetag ein, nachdem er am Tag zuvor in langen Spaziergängen das Dorf Oegenbostel erkundet und den Wedemärker Geopfad am Brelinger Berg beschritten hatte, sah er in seinem Hotelzimmer die Pressekonferenz der Bundesregierung. Die Schulen und Kindergärten wurden dichtgemacht, fast alle Geschäfte geschlossen. Einige Bundesländer verboten Hotelaufenthalte zu touristischen Zwecken. Für Niedersachsen galt dies nicht. Noch nicht.

Henry verfolgte die Nachrichten mit wachsender Anspannung. Für weitere fünf Tage hatte er im Gutshof gebucht. Danach sollte es weitergehen in Richtung Süddeutschland, wo er ebenfalls feste Hotelbuchungen hatte. Und jetzt?

Er googelte nach Flugverbindungen und fand den nahe gelegenen Flughafen Hannover-Langenhagen nahezu geschlossen vor. Von Frankfurt aus flogen Maschinen, doch nicht in die USA. Er nahm seinen Leihwagen und fuhr über die Autobahn extra nach Langenhagen, weil er sich einfach nicht vorstellen konnte, dass so ein lebendiger Ort wie der Hannover Airport keinen Flugverkehr mehr bieten solle. Der Besuch machte ihm seine Situation drastisch klar. Die Parkplätze waren leer. Selbst die Anzeigetafel im großen Terminal A war einfach dunkel. Nichts. Außer abgestellten Flugzeugen, einem Securitymann, der ihn von Weitem beäugte und auf der leeren Zufahrtsstraße drei Jungs auf Fahrrädern, die johlend dort fuhren, wo sonst reger Autoverkehr herrschte. Henry Baumert logierte in einer Region mit zu diesem Zeitpunkt null Infizierten. Er merkte, dass er, versunken in seine Gedanken, seine Ausflüge und die großen Fragen seiner Reise, um die er sich herumwand, zu wenig beach-

tet hatte, was in der Welt da draußen geschah. Er saß fest
in der Region seiner frühen Kindheit. Und wenn Niedersachsen ebenfalls den Tourismus verbot, dann wusste
er nicht, wohin. Er lehnte sich zurück und schloss kopfschüttelnd die Augen.

»Einmal im Leben will ich quer durch Europa reisen,
und nun machen die alles dicht«, schrieb er seiner Schwester per *WhatsApp*. Er überlegte. Jetzt galt es, ein Gespräch
mit seinen Gastgebern zu führen. Ob sie ihn vor die Tür
setzten, wenn touristische Übernachtungen nicht mehr
erlaubt waren?

IN EICKELOH – 7. MAI 2020

Flora stand vor *Weitzes Hofladen*. Sie sah die Seniorchefin
Hildegard, die Spargelstangen verschiedener Preiskatego-
rien in große Schütten aus Plastik nachlegte.

Bevor sie die Maske aufsetzte, um das Geschäft zu betreten, blieb Flora in der Tür stehen und winkte. »Hallo, Frau
Weitze, erinnern Sie sich an mich? Flora Kamphusen, aller-
lei-online.de.«

»Ach natürlich, kommen Sie rein, aber Sie müssen leider den Lappen aufsetzen.« Die Maskenpflicht beim Ein-

kaufen galt schon seit Ende April, und die Leute gewöhnten sich daran.

»Kein Problem. Ich habe ein paar Fragen an Sie, nachdem der Helmut doch diesem verletzten Mann neulich das Leben gerettet hat. Die Polizei hat das gemeldet.«

Es war ein Schuss ins Blaue und hart an der Grenze zur Unwahrheit, denn die Pressestelle der Polizeiinspektion hatte nichts von Lebensrettern geschrieben. Doch eine Meldung gab es zumindest. Floras schlechtes Gewissen hielt sich in Grenzen. Und sie hatte richtig geraten.

»Ja, schlimme Sache. Ich war sogar selbst dabei.« Hildegard Weitze ordnete die Spargelstangen in adretten Reihen und legte einige besonders prächtige Exemplare obenauf. Dann trat sie einen Schritt zurück, schaute auf das Ergebnis und nickte zufrieden.

»Wir können uns draußen unterhalten, dann können Sie das Ding abnehmen. Bei Ihrem Mundschutz denke ich wieder, es ist ein Überfall«, schlug sie vor.

Floras mit roten Rosen verzierte Totenkopfmaske fand sie selbst stylish, doch sie merkte, dass manche Menschen sie beim Einkaufen erschreckt ansahen. Und frei atmen war in jedem Fall besser. Gern nahm sie das Angebot an, etwas zu trinken.

»Wollen Sie einen Aroniasaft? Direkt hier aus Schwarmstedt. Soll ja gegen alles Mögliche helfen und sicher auch das Immunsystem stärken; können wir alle gebrauchen.«

Flora mixte sich mit dem bereitgestellten Mineralwasser eine Aroniaschorle und kam zum Kern ihres Besuches zurück.

»Also, wie war das an dem Morgen, als Sie den Mann gefunden haben?«

Hildegard Weitze erzählte von ihrer künftigen Schwiegertochter Anastasya, die so kernig das Feld entlanggerast war, dem Rettungswagen entgegen, und von Helmut, der mit blutverschmierten Fingern dastand, nachdem er den Puls des Verletzten gesucht hatte. Und dann berichtete sie von dem Moment, in dem ihre Knie weich wurden und sie sich am Boden liegend wiederfand.

»Stellen Sie sich vor, die drehen den Mann um, wir dachten ja, das ist dieser Penner, der sich hier herumtreibt, und dann sieht der genauso aus wie mein Vater! Die Nase, der Bart, diese buschigen Augenbrauen. Genauso hat Vater auf dem Totenbett ausgesehen. Da bin ich kurz weggeklappt, und sie mussten mir eine Spritze geben. Glücklicherweise hab ich mich nicht verletzt. Gar nicht so ungefährlich für meine alten Knochen.«

Das waren viele eigenartige Informationen auf einmal. Flora stutzte. Warum sah Henry Baumert aus wie der Vater von Hildegard? Und nebenbei: Helmut Weitze, der ewige Junggeselle, war verlobt? Anastasya, der Name kam Flora bekannt vor.

»Sie sagen, der Mann sei auf einen spitzen Stein gestürzt?«

»Sieht ganz so aus, das war ein großer Feldstein, wohl rausgebrochen aus einem noch größeren Brocken und mit scharfer Kante. Ich hab Helmut angemosert, wie er den auf dem Feld liegen lassen konnte. Aber Helmut sagt, der Stein war vorher noch nicht da.«

Flora kritzelte Notizen in ihren Block. Aus Hildegard Weitzes Erzählung wurde klar, dass sie keine Ahnung hatte, um wen es sich bei dem verletzten Mann handelte. Carsten Blumes Information an die Polizei war zu frisch. Ob die Bäuerin Henry Baumert in seiner Kindheit gekannt hatte? Eickeloh war ja nicht so groß … Sie widerstand der Versuchung, die Identität des Opfers auszuplaudern.

»Wo lag denn der Fremde genau?«, fragte Flora statt-dessen.

»Hinten bei unserem Spargel, wenn Sie das Duensings-feld hochfahren, auf halber Strecke zum Booms-Hof, das ist der nächste Hof an der Straße, aber der steht schon ewig leer. Ein Erbstreit. Ganz schlimme Sache. Wir haben die Felder von den Erben gepachtet.«

Der Booms-Hof! Der unfreiwillige Langzeitgast hatte wenig aus seiner Kindheit erzählt, doch eines hatte Henry Baumert mehrfach gesagt: Er stammte vom Booms-Hof, außerhalb von Eickeloh. Nun wurde er auf einem Feld gefunden, das womöglich zum Hof seiner Familie gehörte. Diese Information hatte Flora für den Moment exklusiv. Und nichts war ihr lieber als solche Details, mit denen sie den etablierten Zeitungen voraus war.

Rasch packte sie ihre Sachen zusammen, leerte ein zweites Glas Aroniaschorle, die wegen des herbsüßen Geschmacks prima den Durst löschte, und erhob sich.

»Das waren wirklich wertvolle Informationen, Frau Weitze, nun will ich Sie nicht länger aufhalten.«

»Ach, Sie halten mich nicht auf. Es passiert ja nicht so viel bei uns, und wenn Sie jetzt den Helmut loben wollen für die Rettung, dann ist das sicher auch gut für das Geschäft. Ihre Internet-Zeitungsartikelseite wird wohl ganz schön viel gelesen. Wie nennen Sie das noch gleich? Blog?«

Flora nickte grinsend. Die Weitzes waren immer dar-auf bedacht, ihren Spargel ins rechte Licht zu rücken. Und durch www.aller-lei-online.de hatten sie erkannt, dass »die-ses neue Medium« Internet Kundschaft brachte.

»Sagen Sie, der Helmut will heiraten? Letztes Jahr war er doch noch solo?«, fragte Flora, während sie ein Foto vom gepflegten Hofgelände mit Hildegard im Zentrum schoss. »Und den Namen Anastasya kenne ich doch auch irgendwoher …«

»Ach, der Helmut hat wirklich Glück gehabt. Jaja, die Anastasya, die kennen Sie wohl, hat doch im Kutscherhaus geputzt und noch an vielen anderen Stellen. Die haben sich bei der Beerdigung im Herbst kennengelernt. Da waren Sie sicher auch. Schlimme Zeit war das. Und jetzt wohnt sie schon bei uns. So eine fleißige Frau! Und gerade noch jung genug für Nachwuchs. 40 ist sie neulich geworden. Was denken Sie, was ich mich freue!«

Nach den Erzählungen der künftigen Schwiegermutter passte die patente Russin auf den Hof. Flora freute sich mit Hildegard Weitze und hoffte, dass Helmuts spätes Glück von Dauer war.

Sie ließ sich den Weg zur Fundstelle beschreiben und fuhr, mit einem Kribbeln im Magen ob der exklusiven Recherche, langsam die kleine Straße Duensingsfeld hinauf. Der geteerte Weg führte, durch die Schienen abgetrennt vom Dorf, östlich der Bahnlinie in waldiges Gelände.

Das Feld, auf dem man Henry Baumert gefunden hatte, war ein wichtiges Fotomotiv. Doch der Booms-Hof, einige 100 Meter weiter, reizte Flora mehr. Sie hielt kurz an der Unfallstelle, suchte nach dem Feldstein mit den Blutresten, fand ihn aber nicht.

Komisch, dass »der Helmut« meinte, der Stein sei vorher nicht da gewesen. Roch das nicht nach Fremdeinwirkung?

Der Feldrand lag in einer kleinen Senke. Durch die Knicks und Hecken am Rand war dieser Platz vom Weg aus nicht einsehbar. Trotz des flachen Landes, das einen weiten Blick über die Äcker bot, war von hier aus kein Gebäude zu sehen. Ein kleiner Eichenhain im Feld versperrte die Sicht.

Eine einsame Stelle. Für Henry Baumert vielleicht ein Ort, wo er am frühen Morgen vor dem Unglück die Vögel zwitschern gehört und die frische Frühlingsluft geatmet hatte. Ein bunter Schmetterling flatterte vor Floras Augen und flog zu einem Busch mit zarten weißen Blüten. Dort ließ er sich nieder. Sie zoomte mit ihrer Kamera nahe heran und drückte ab. Naturfotos waren immer ein Hingucker für den Blog, und in einer Zeit wie dieser brauchten die Menschen stimmungsvolle Bilder einer vermeintlich heilen Welt. Eine Fotogalerie »Frühling im Aller-Leine-Tal« bekäme viele Klicks. Doch sie war nicht wegen der ländlichen Aussicht gekommen. Flora wanderte schnell weiter zum eigentlichen Ziel, dem Hof, auf dem Henry Baumert seine Kindheit verbracht hatte.

Eine schmale zugewachsene Auffahrt, dahinter Hofgebäude, die von hohen Bäumen fast verdeckt waren: Flora stand an der offenen Hofeinfahrt und zögerte. Kein Tor versperrte den Weg auf das Privatgelände. Sie zückte die Kamera und marschierte los. Der Booms-Hof: Würde sie hier sogar Spuren von Baumerts Aufenthalt entdecken?

18. MÄRZ 2020 - HENRY

Das rostige Tor hing schief in den Angeln, Brombeerranken hatten das Grundstück erobert. Die ehedem so gepflegte Buchsbaumhecke um die Beete vor dem Haus war völlig überwuchert. Wo in seiner Erinnerung der große Blumengarten der Großmutter prächtig blühte, sah er nur mehr Gestrüpp und hohe Büsche, die dort nicht standen, als Henry Baumert ein kleiner Junge war.

Es war 60 Jahre her.

Er hatte zum ersten Mal seit seiner Ankunft das Ortsschild Eickeloh passiert und war aufgeregt, ob er etwas wiedererkennen würde. Von Hodenhagen kommend, fuhr er zunächst am Siedlungsbereich entlang, wo um 1960 erst wenige Häuser standen. Jetzt gab es eine geschlossene Bebauung. Ein Stück weiter kam er in den alten Ortskern. Hier sahen fast alle Gebäude so aus, als wären sie deutlich vor Henrys Geburt erbaut worden. Rechts gegenüber der Kirche, erinnerte er sich flüchtig, da war doch der Lebensmittelladen, in dem er mit seiner Mutter manchmal eingekauft hatte. Wenn das Geld reichte, bekam er eine »bunte Tüte«. Auf der anderen Straßenseite war ein Café-Schild angebracht. Die Gaststätte gab es in seiner Kindheit nicht.

Aufmerksam betrachtete er die Bauernhäuser links und rechts der Walsroder Straße und wartete auf Momente des Wiedererkennens, doch alle Erinnerungen blieben vage. Es war so lange her.

Den Weg zum Hof seiner Kindheit fand er hingegen sofort. Er bog in die Straße Am Wartenberg ein und fuhr immer weiter, bis er über die Bahnschienen kam, nahe am alten Bahnhof. Dann passierte er den Rosemeyer-Hof, der so modern aussah, dass in Henry kein Gefühl des Erkennens aufkam. Ein Schild an der Einfahrt zeigte die Aufschrift »Weitzes Hofladen«. Er bog links in jene kleine Straße ein, die zu seinem alten Zuhause führte. »Duensingsfeld« stand auf dem Straßenschild an der Abbiegung. Ja, hier war es. Er trat auf die Bremse, ließ den Wagen langsam rollen und schalt sich einen Feigling, weil er so zauderte. Sein Herz klopfte schneller, doch das war keine Vorfreude, merkte er, das Lenkrad fest umklammernd. Er brachte den Wagen zum Stehen, hielt mitten auf dem Weg, die Einfahrt linker Hand schon im Blick. Henry griff zu seiner Wasserflasche und bekämpfte die Trockenheit im Mund mit einem großen Schluck. Nur noch wenige Meter. Er ließ den Wagen wieder an, trat energisch auf das Gaspedal und bog in eine Hofeinfahrt, die er 1960 zum letzten Mal gesehen hatte.

Mit weichen Knien stieg er aus und stand reglos auf dem Gelände, das ihm vertraut und doch fremd schien.

Der blühende Apfelbaum inmitten des Buschwerks trotzte dem grünen Wildwuchs, den zehn Jahre ohne Pflege auf dem Hof seiner Vorfahren verursacht hatte. Langsam bahnte er sich einen Weg zur Haustür. Der Plattenweg aus Waschbeton war schemenhaft unter den dornigen Ranken erkennbar, die hölzerne Tür mit den matten Fenstern, die früher immer sauber geglänzt hatten, wirkte verwittert.

»Heinrich Baumert * Friederieke Heinemann 1887«: Seine Urgroßeltern hatten den Namensbalken über der Tür schnitzen und farbig ausmalen lassen. Doch die Farbe war schon lange nicht mehr erneuert worden. Sie blätterte ab und offenbarte, dass niemand das Andenken an eine Generation bewahrte, die auf dem Booms-Hof ein neues stattliches Wohnhaus erbaut hatte.

Henry schlich leise, obwohl er wusste, dass ihn hier draußen, auf dem einsam gelegenen Hofgelände außerhalb des Dorfes, niemand hören würde. Vogelzwitschern und emsiges Summen empfingen ihn auf dem Gelände seiner Kindheit. Er horchte in sich hinein, suchte Gefühle. Hier war einst sein Zuhause. Müsste er nicht Wehmut empfinden? Doch da war nichts.

Seine Schaukel hatte an einem dicken Ast des großen Walnussbaums links des Hauses gehangen. War es derselbe Baum wie damals? Erinnerungen flackerten auf und verschwanden. Sie waren nicht mit Freude verbunden, nur dumpfe Bilder, in matten Farben. Sein Herz klopfte wieder im gesunden Takt, die Beine gehorchten ihm besser. Er war angekommen.

Dem Zustand des Plattenweges nach zu urteilen, kümmerte sich niemand um das Grundstück. Ein Rechtspfleger besaß die Schlüssel, keiner der zerstrittenen Erben bekam allein Zugang zum Gebäude. Henry drückte gegen die alte Tür. Das rostige Schloss gab nach. Verblüfft sah er, dass die Tür quietschend aufschwang. Ein Schlüssel war gar nicht notwendig. Und nun?

*

Die Tür stand auf, und das Tageslicht erhellte die Diele. Die Sonne schien auf Spinnweben. Staubbedeckt war die kleine Garderobe, hinter der sich weit jener Raum öffnete, in dem die Familie früher am langen Holztisch beisammen saß. Henry atmete tief durch und trat ein.

Verlassene Häuser verströmen eine stille Traurigkeit, die sich mit dem Staub auf die Möbel legt, dachte er. Vorsichtig setzte Henry Baumert ein paar Schritte vorwärts und schaute sich um. Nichts, so schien es, hatte sich hier in den letzten 60 Jahren verändert. Sein Onkel Heinrich, der bis zu seinem Tod auf dem Hof lebte, war kauzig, so hieß es: ein Eigenbrötler, ein schlechter Wirtschafter ... Und ein Mann, der Veränderung scheute.

Henry stand im Haus seiner Kindheit, und immer mehr leise Erinnerungen streiften ihn. Eine einzelne Tasse verlor sich auf dem großen Dielentisch, an dem neun der zehn hohen Lehnstühle in akkurater Reihe dicht an die Tischplatte geschoben waren. Der Stuhl, vor dem die Tasse stand, war ein Stück zur Seite gerückt, als sei vor Kurzem jemand aufgestanden, nachdem er seinen Kaffee getrunken hatte. Er fuhr mit dem Zeigefinger durch die dicke Staubschicht auf dem Tisch und hinterließ dabei eine dunkelbraune Spur im Grau.

Links von der Diele sah er die Tür zur Küche. Henry öffnete sie vorsichtig und schaute auf eine alte Spüle, in der Geschirr lag, das seit zehn Jahren auf seine Reinigung wartete. Ein Teller, ein kleiner Topf, ein Besteck, ein Bierglas, staubig wie alles in diesem Haus. Er öffnete die linke Tür des Küchenschrankes und erinnerte sich genau, was dort stand. Die Trinkgläser auf dem oberen, die Tassen auf dem unteren Regalbrett.

In dieser Küche war die Zeit nicht nur zehn Jahre lang stehen geblieben. Hier hatte sich kaum etwas verändert, seit Henry und Christine mit ihrer Mutter das letzte Mal dort Brote schmierten, für die Fahrt mit dem Zug nach Bremerhaven, von wo das Schiff in Richtung Amerika abging. Der Herd war sicher neueren Datums, doch eine Geschirrspülmaschine suchte man vergebens. Den Kühlschrank öffnete Henry lieber nicht. Wenn dort zehn Jahre alte Lebensmittel lagerten ... Auf diesen Anblick verzichtete er gern. Er wischte sich eine Spinnwebe aus den Haaren und stellte dabei fest, dass seine Hände feucht waren. Seine Kehle hingegen fühlte sich trocken an – war das der Staub, den er bei jedem Atemzug einatmete?

Zimmer um Zimmer durchwanderte er. Der Wohnraum seiner Großeltern mit den Eichenmöbeln und dem offenen Kamin, vor dem seine Großmutter immer mit dem Strickzeug saß: Er lag im Halbdunkel der dichten alten Vorhänge aus zerschlissenem grünem Samtstoff. Der schwere Schreibtisch des Großvaters, ein Monstrum aus dunklem Holz, lauerte in einer Zimmerecke und weckte in Henry ein dumpfes Gefühl des Unbehagens. Einzig ein Stapel Landwirtschaftszeitungen aus den Nuller-Jahren zeigte, dass hier nach 1960 jemand gelebt hatte. Henry öffnete Schränke und Schubladen, sah das »gute Silber«, das nur zu Festtagen benutzt wurde, und das *Hutschenreuther* Porzellan, das ein Teil der Aussteuer seiner Großmutter war. Einmal erschrak er, denn vor ihm huschte etwas über die alten Bretter des Fußbodens. In diesen Räumen, in denen die Zeit stillzustehen schien, kam er sich wie ein Eindringling vor. Zurück in der hellen Diele stand er unschlüssig vor der großen Holztreppe mit dem verschnörkelten Geländer.

Lange verharrte er, drauf und dran, den ersten Schritt auf die Treppenstufen zu setzen. Doch er blieb am Fuß der Treppe stehen.

Henry Baumert beschloss, nicht zu schauen, wie das Zimmer aussah, in dem er die ersten acht Jahre seines Lebens verbracht hatte. Genug für heute. Ihm war klar: Er würde wiederkommen und die Treppe emporgehen. Doch das, was dort lauerte, war mit Beklemmung und Traurigkeit verbunden. Beim Blick die Treppenstufen hinauf war ein kurzes Gefühl aus den Tiefen der Erinnerung heraufgespült worden. Es war ein Gefühl verzweifelter Hilflosigkeit.

Schnell drehte er sich um und hastete zur Haustür zurück. An der offenen Stubentür wartete er fast darauf, dass der Ruf der Großmutter erklang: »Heinz, büst du datt? Wo gahst du hen? Na buten?«

Das Plattdeutsch seiner Kinderjahre, verschollen in der tief begrabenen Erinnerung, bahnte sich den Weg zurück. Zum ersten Mal kam ein wenig Wehmut auf, das Gefühl, es habe Geborgenheit gegeben in diesem Haus. Seine Großmutter war die einzige Person außer seiner Mutter und seiner Schwester, die ihm damals Herzlichkeit entgegenbrachte. Henry zog die Tür hinter sich zu, eilte zielstrebig den Plattenweg hinunter zur Pforte und atmete tief durch. Hier roch es wieder nach Frühling, ersten Blüten und dem nahen Wald auf der gegenüberliegenden Straßenseite. Er setzte sich in seinen Leihwagen und fuhr ohne Umwege zurück in seine Unterkunft im *Gutshof Blume*.

Nur mit einem knappen Nicken grüßte er dort die Wirtin und hastete in sein Hotelzimmer. Es erschien ihm wie eine Zuflucht mit seinen sauberen Möbeln und der hellen Atmosphäre, die nicht vergiftet war durch Erinnerungen, die den Weg an die Oberfläche suchten und doch nicht greifbar waren.

Henry Baumert war zu diesem Zeitpunkt klar, dass ihn die Coronapandemie am Weiterreisen hindern würde. Jetzt gab es genug Zeit, den Erinnerungen nachzuspüren.

FLORA – 7. MAI 2020

Sie verhielt sich leise, obwohl weit und breit kein anderes Haus stand und niemand sie hörte. Dieses Gelände war ja ein veritabler *Lost Place*!

Flora begeisterte sich für verlassene Gebäude, und dieser Booms-Hof war ideal für ein Fotoshooting. Ein kleiner Fachwerkschuppen, dessen Dach halb eingesunken war, geriet ihr vor die Kamera. Dass dieses Häuschen überhaupt noch stand! Hineinwagen würde sie sich nicht.

Hinter dem großen Wohnhaus fand sie eine Terrasse, auf der die Brombeerranken so wild wucherten wie an der klapprigen Pforte, die vorne am Gebäude den Durchlass durch eine zugewachsene vertrocknete Buchsbaumhecke bildete.

Doch an einer Ecke der Terrasse standen ein Tisch und ein Stuhl, die nicht verwittert aussahen. Kein Staub lag darauf, kein verwehtes Blatt hatte sich in dem verschnörkelten Fuß des Metalltisches verfangen. Diese Möbelstücke waren erst seit Kurzem hier! Und die Terrassentür dahinter – war sie einen kleinen Spalt weit offen?

Flora streckte die Hand nach der Tür aus und zog sie wieder zurück. Schon der Gang über das Gelände war grenzwertig. Aber das Haus betreten? Die Sonne blendete und versperrte den Blick durch die matten Fenster. Sie legte beide Hände an die Scheibe, um die Augen zu beschatten, die sie nahe an das Glas hielt. Doch da war zu viel Schmutz, um etwas zu erkennen. Mit nur einem Finger schob sie die Terrassentür vorsichtig ein Stück weiter auf. Dahinter sah sie eine große alte Bauernküche. Auf dem blank geputzten Tisch stand ein Campingkocher, und in der Spüle lag Geschirr, das frisch abgewaschen war.

Außerdem lag ein Geruch von modrigem Chili con Carne in der Luft, und die dazugehörige Dose stand geöffnet, mit erkennbar schimmelnden Spuren des Fertiggerichtes, auf einer Anrichte. Das Gelände war nicht so unbewohnt, wie sie vermutet hatte.

Flora schlenderte um das Gebäude herum zu den Scheunen. Wenn man sie hier erwischte, konnte sie sich mit Neugier herausreden, weil der Weg auf den Hof nicht durch ein Tor verschlossen war. Ein Fahrrad lehnte an einem Scheunentor. Der angebliche Penner, von dem Hildegard Weitze erzählt hatte, war immer mit dem Rad im Dorf unterwegs gewesen. Flora gab sich einen Ruck und öffnete das schwere Rolltor der größten Scheune. Dahinter stand – sie erkannte das Auto sofort – der Leihwagen, mit dem Henry Baumert wochenlang seine Ausflüge in die Umgebung unternommen hatte.

»Yes, Henry, der Penner warst du«, murmelte sie.

Der Fall war klar, Baumerts Verbleib nach seinem Auszug aus dem Gutshof geklärt. Er war auf den Hof seiner Vorfahren gezogen. In diese Bruchbude! Hatte er dort einige Wochen verbracht, ohne sich den nächsten Nachbarn und den Menschen im Dorf vorzustellen? Da steckte doch mehr dahinter!

Mit einer ordentlichen Portion Recherchestolz und der erhofften Story im Gepäck trat Flora Kamphusen in ihrem alten schwarzen Golf den Rückweg an.

HENRY – 18. MÄRZ BIS
20. APRIL 2020

»Natürlich können Sie bleiben, Herr Baumert.« Anna Blume-Kamphusen versicherte ihrem letzten Gast, dass er sein Zimmer behalten könne, trotz des Beherbergungsverbotes für Touristen in Niedersachsen.

»Die können ja wohl nicht verlangen, dass ein Gast aus den USA hier obdachlos wird während seines Aufenthaltes. Für uns sind Sie jetzt ein Geschäftsreisender. Die dürfen wir beherbergen. Wir dürfen uns da bloß nicht widersprechen, falls tatsächlich wer fragt. Denken Sie sich besser schon mal ein Geschäftsinteresse aus.«

Ein Frühstücksbuffet gab es nicht mehr, doch Anna überreichte ihm eine Kaffeemaschine für das Zimmer, versprach für morgens ein Tablett mit frischen Brötchen, Marmelade und Aufschnitt und bot an, dass er täglich ein Abendessen bekommen könne.

»Wir müssen ja auch etwas essen. Und mein Mann wird verrückt, wenn er nicht wenigstens für ein paar Personen kochen darf. Machen Sie sich also keine Sorgen, Herr Baumert, wir werden nicht verhungern. Sie gehören jetzt zu unserer Notgemeinschaft.«

Er war gerührt, dass sich die Familie Blume-Kamphusen so nett um ihn kümmerte. Ein paar Tage später lernte er die Tochter seiner Wirtin kennen, die aus der Stadt zurückkam, um den Lockdown im Elternhaus abzusitzen.

Er selbst war ein schweigsamer Gast, der manchmal allein in der verwaisten Gaststube Zeitung las und notgedrungen zusammen mit der Familie verköstigt wurde. Mit der Zeit kam er sich vor wie das fünfte Rad am Wagen. Nein, es war nicht die Hoteliersfamilie, die ihm dieses Gefühl vermittelte. Schon seit er in Deutschland angekommen war, empfand Henry Baumert so.

Wo immer er an Stätten seiner Kindheit kam, keimte dieser Gedanke auf, unerwünscht zu sein, nur geduldet zu werden. Er konnte den Grund dafür nicht greifen. Es hing mit seiner Herkunft zusammen. Mit der Tatsache, dass der »Vater unbekannt« war.

Heinz und Christel – die unehelichen Kinder, die auf dem Hof »mit durchgefüttert« wurden. So war es damals. Jetzt wurde er von der Familie Blume-Kamphusen »durchgefüttert«, unfreiwillig. Henry Baumert war selbstbewusst genug, dieses Gefühl immer wieder abzustreifen. Er zahlte für die Unterbringung, wissend, dass die Hotelbranche derzeit jeden Euro brauchte.

Doch dieser Hotelaufenthalt in den Zeiten von Social Distancing war Stillstand. Er kam sich vor, als ob er sich in einem Zeitvakuum bewegte in diesem stillen Hotel, das er zu Beginn seiner Reise von Gästen bevölkert erlebt hatte. Warum entspannte er sich nicht in der friedlichen Atmosphäre? Die Zeit der Bedrohung durch ein Virus löste ein unterschwelliges Gefühl der Anspannung aus. Es war schwer, die Ruhe und die Natur zu genießen, wenn man stets im Hinterkopf hatte, warum die Straßen leer waren und keine Flugzeuge ihre Kondensstreifen am Himmel hinterließen. Außerdem diente die Europareise nicht dem Zweck, sich zu entspannen und mit einem Buch unter hohen Bäumen im Park zu verweilen. So gestaltete sich, seit er vor drei Jahren in den Ruhestand gegangen war, sein Alltag in den Grünanlagen von Omaha und in der herrlichen Weite

Nebraskas. Europa: Das sollten aufregende Monate sein, zuerst mit einer Spurensuche an den Orten seiner Kindheit, dann mit dem Besuch bekannter touristischer Stätten wie dem Kölner Dom und dem Schloss Neuschwanstein. Frankreich mit der pulsierenden Stadt Paris und Spanien mit dem architektonischen Höhepunkt der Reise, der Kathedrale Sagrada Familia in Barcelona, lagen auf seiner Reiseroute. Er wollte die Sehnsuchtsorte sehen, bevor er zu alt dafür war, bevor die Knochen zu müde waren für lange Stadtrundgänge und die vielen Treppenstufen imposanter Aussichtstürme: Darum war Henry Baumert am 1. März 2020 in ein Flugzeug gestiegen, das ihn nach 60 Jahren wieder über den »großen Teich« flog.

Ostern wollte er ursprünglich in Paris verbringen. Stattdessen nahm er an einem kleinen Osterbrunch teil, den die Hoteliersfamilie nur mit ihm als Gast auf der Restaurantterrasse einnahm. »Sie sind von uns privat dazu eingeladen«, sagte Anna Blume-Kamphusen. »Einen Gast, der nicht zu unserem Haushalt gehört, dürfen wir bei uns haben.« Der schlecht gelaunte Koch, Ehemann der Hotelwirtin, amüsierte ihn, denn er versuchte zu argumentieren, dass hinter der Coronapandemie Pläne finsterer Kräfte steckten. Fehlte nur, dass er erzählte, die Mondlandung sei von Stanley Kubrick gedreht worden. Henry Baumert kannte die Verschwörungstheorien von *Chemtrails* bis *Hohlerde* und hatte bisher vermutet, nur in den USA gäbe es solche Spinner. Weit gefehlt: Sogar die wirre *QAnon*-Theorie war mittlerweile in Deutschland verbreitet! Henry recherchierte in sozialen Medien und nahm erstaunt wahr, dass es Deutsche gab, die hofften, Donald Trump und Wladimir Putin kämen mit Truppen, um sie aus irgendeinem Unrecht zu befreien. Das Lesen solcher Foren verwirrte ihn, schnell hörte er nicht mehr auf die Lesetipps von Michael Kamphusen und hoffte, dass dieser sich nicht zu tief darin versinken ließ.

Henry Baumert war nicht der Typ Mensch, dem schnell langweilig wurde, solang er ein gutes Buch in den Fingern hatte. Doch fast sieben Wochen im ländlich gelegenen Gutshof zwischen Rethem und Ahlden waren mehr als genug. Wenn er aufgrund der ersten weltweiten Pandemie, die Länder dazu veranlasste, sich für Touristen zu verschließen, schon im niedersächsischen Flachland blieb, statt berühmte Städte und Sehenswürdigkeiten kennenzulernen, dann konnte er zumindest die Reise in seine eigene Vergangenheit intensivieren.

Eine Woche nach Ostern packte er seine Sachen.

Er hätte über die US-amerikanische Botschaft nach Lösungen suchen können, doch je länger er blieb, umso mehr kam es ihm wie eine Fügung vor. Es gab etwas herauszufinden, und er hatte alle Zeit der Welt, um damit anzufangen.

»Ich habe eine andere Möglichkeit gefunden, bei Verwandten«, sagte er am 19. April und sah Neugier in den Augen seiner Gastgeber. Vom Grund seines Besuches hatte er einmal gesprochen, doch er war ausgewichen, als die Wirtin nachhakte. Die Familie Blume-Kamphusen ersparte sich und ihm weitere Nachfragen.

Mit freundlichen Wünschen für eine baldige Weiterreisemöglichkeit wurde er verabschiedet. Im letzten Moment nahm er eine Rolle Toilettenpapier aus dem Bad des Hotelzimmers und packte sie in seinen Koffer. Deutschland in der Pandemie – das war ein Land, in dem die Menschen Klopapier horteten, das darum in allen Supermärkten ausverkauft war. Friedliebender als in den USA, wo Krisensituationen meist damit einhergingen, dass die Waffenläden beste Geschäfte verzeichneten.

Henry Baumert fuhr am 20. April zum zweiten Mal auf den Hof seiner Kinderjahre, und diesmal hatte er eine große Pappkiste voller Lebensmittel dabei, einen neuen Gaskocher, eine Tischlampe, die mit Batterien funktionierte, einen Schlafsack und einen Vorrat an Kerzen. Ein Segen, dass die Baumärkte wieder geöffnet waren.

Was ihn im Erdgeschoss des Bauernhauses erwartete, wusste er, als er mit seinen Vorräten durch die Eingangstür des Backsteinwohnhauses auf dem Booms-Hof bei Eickeloh trat. Ja, er zog illegal in dieses Haus ein, das ihm zu 25 Prozent gehörte und das seit Jahren niemand mehr betreten hatte. Es war ihm egal. »Ich bin zurück und ich bleibe, bis ich wieder heimfliegen kann«, sagte er laut in das leere Haus hinein. Der Strom war abgestellt, doch bei seinem ersten Besuch hatte er gemerkt, dass ein Wasserhahn in der Küche tropfte. Die Tatsache, dass in diesem Geisterhaus frisches Wasser lief, gab den Ausschlag, es für wohnlich genug zu halten. Henry stellte seine Lebensmittelkiste auf den großen Dielentisch und betrat, ohne zu zögern, die Treppe zum ersten Stock. Es war an der Zeit. Hinauf zu den Schlafräumen und den kleinen Wohnzimmern seiner Mutter und seines Onkels Heinrich. Hinauf zu jenem Raum, der einst sein Kinderzimmer war. Was würde er dort vorfinden?

FLORA – 8. MAI 2020

»Das Unglück im Spargelfeld.« Nein, zu lahm. »Geheimnisvolles Unglück zwischen Spargelspitzen.« Kein idealer Satzrhythmus.

Flora überlegte auf der Heimfahrt schon die Titelzeile für ihre erste Meldung zum Fall Baumert. Was durfte sie zu diesem Zeitpunkt wissen und was nicht? Welche Informationen waren überhaupt gesichert?

Sie riss ihre Mutter Anna aus den Überlegungen für die Möbelanordnung im neuen, größeren Restaurantgarten.

»Mama, halt dich fest. Ich war auf dem Booms-Hof, und Baumerts Wagen steht da in einer Scheune. Der alte Knilch ist von seinem eleganten Hotelzimmer in einen *Lost Place* gezogen.«

Anna ließ den Stuhl, den sie auf den Rasen tragen wollte, an Ort und Stelle stehen und folgte ihrer Tochter in das Gebäude.

»Lass das bloß Carsten nicht hören«, raunte sie leise und zog Flora in die leere Gaststube. »Und jetzt erzähl mir alles.«

Anna war klar, dass sie mit Ermahnungen, die Tochter solle sich nicht einmischen oder bloß nicht unbefugt auf fremden Grundstücken umherwandern, erfolglos bleiben würde. Mit 21 hätte Anna sich selbst auch nicht bremsen lassen.

»Aber was kann ich konkret jetzt schon schreiben? Ist ja nicht mal bestätigt, dass es sich um den Baumert handelt.« Flora grübelte.

»Und wir haben keine Ahnung, wie es ihm geht. Das geht mir schon nahe, dass unser ehemaliger Gast vielleicht im Koma liegt und nicht wieder aufwacht.« Anna brachte stets die persönliche Komponente in das Gespräch ein. Und wenn sie gemeinsam über die möglichen Wendungen eines Falles diskutierten, war Anna für die psychologische Seite zuständig, denn vor ihrer Zeit auf dem Gutshof hatte sie viele Jahre als Familientherapeutin gearbeitet.

Die kleine rundliche Psychologin mit den blonden Haaren. Die größere drahtig-schlanke Flora mit dem dunkelbraunen Kurzhaarschnitt und dem Riecher für Recherchestorys. Der hagere Hauptkommissar im Ruhestand: »Wir sind die Cold Case Unit im Aller-Leine-Tal«, scherzte Anna manchmal, wenn sie an den Fall vom letzten Herbst zurückdachte. Vor einem halben Jahr war keinem der drei nach Scherzen zumute, doch so unheimlich und dramatisch die Ereignisse sich damals gestalteten, insgeheim erinnerte sie sich mit einem prickelnden Schaudern an die aufregende Zeit.

Und jetzt sah es aus, als würde ein neues Mysterium auf sie warten, wieder mit Bezug zu einer fernen Vergangenheit, denn Henry Baumerts stille Suche auf den Pfaden seiner Kindheit schien ebenfalls Geheimnisse zu bergen.

»Weißt du, Flora, jeder Gast verhält sich anders, wenn er von seinen Plänen für den Aufenthalt spricht. Der Baumert wollte ja auch erzählen, immer abends bei der Essensbestellung. Diese Fahrt durch den *Serengeti-Park*, da ist er richtig ins Detail gegangen. Doch immer, wenn ich ihn auf seine Familie und den Hof seiner Kindheit ansprach, hat er nur abgeblockt. Aus heutiger Sicht kommt mir das noch komischer vor.«

»Und dann Opas schlechte Laune, als sein Angebot, bei der Ahnenforschung zu helfen, so wortkarg abgeblockt wurde.«

Anna erinnerte sich gut: »Papa war ja regelrecht beleidigt, er meint doch, mittlerweile der führende Ahnenforscher der Samtgemeinde Ahlden, wenn nicht des ganzen Heidekreises zu sein. Übrigens sollten wir ihn doch einweihen in das, was du herausgefunden hast.«

»Ja klar, schon besser, wenn wir von Anfang an mit offenen Karten spielen.« Flora wusste, dass die Geheimnistuerei voreinander im Herbst nicht hilfreich für die Lösung des Falles gewesen war. »Ach, wenn man vom Teufel spricht. Opa, setz dich, es wird spannend.«

Carsten Blume nahm Platz. »Gehe ich recht in der Annahme, dass du eigenmächtig in Sachen Baumert rumgegraben hast?«, fragte er schmunzelnd.

Er traute seiner Enkelin einiges zu, doch wie weit sie an diesem Tag gegangen war für ihre »neue große Story«, das entsetzte und begeisterte ihn gleichermaßen.

»Naja, vom Hausfriedensbruch mal abgesehen hast du gute Arbeit geleistet«, kommentierte er Floras Schilderungen. Seine Enkeltochter saß ihm mit aufmerksamem Blick gegenüber, seine Reaktion auf das Erzählte abwartend.

»Scheint mir ein brüchiger Hausfrieden, wenn sogar die Terrassentür aufsteht.« Ein breites Grinsen zog sich über Floras Gesicht. Lob vom Großvater in Sachen Ermittlungsarbeit war ihr wichtig.

»Und wie formuliere ich nun die Story am besten, ohne dass ich mich in die Nesseln setze?«

»Hast du die Suchmeldung der Polizei auf dem Blog gebracht?«

»Klar, sofort heute Morgen.«

»Okay, dann ist es doch ganz einfach. Formulier es so, als wären Hinweise an die Redaktion ergangen, dass es sich bei dem Verletzten möglicherweise um einen amerikanischen Touristen mit deutschen Wurzeln handle, der nahe Eickeloh nach den Spuren seiner Kindheit suchte. Dann das Interview mit Hildegard, und eine Schilderug von Helmuts Heldentat. Soweit sind die Infos ja sattelfest.«

»Und dann verbinde ich das noch mit Corona, indem ich schildere, dass sich die Spur des hängen gebliebenen amerikanischen Touristen bei seinem Hotelauszug verlor und dass er ohne den Lockdown längst weitergezogen wäre, gesund und unbeschadet.«

Carsten überlegte. »Wenn ich noch mal bei der Polizei anrufe und den Hinweis gebe, dass unser ehemaliger Gast oft vom Booms-Hof geredet hat und dass dieser Hof in der Nachbarschaft vom Spargelfeld liegt, dann ist meinen Kollegen auch geholfen. Dann hat deine Recherche für deinen Blog und für die Polizei etwas gebracht.«

»So machen wir das.« Flora stand auf, um an die Arbeit zu gehen. Doch Anna brachte eine weitere Idee ein:

»Warte noch mal. Dieser Erbstreit, von dem Hildegard kurz was erwähnte, der wäre wohl der nächste Anknüpfungspunkt, wenn Baumert nicht selbst gefallen ist, sondern durch einen schweren Schlag auf den Kopf verletzt wurde. Vielleicht könnte der Ahnenforscher in dieser Runde rausfinden, wer die Erben sind, die sich gestritten haben? Eine Erbschaft ist ein starkes Motiv. Wenn wir da Namen hätten, wären wir der Polizei wieder einen Schritt voraus.«

»Wer sagt denn, dass wir der Polizei einen Schritt voraus sein wollen?« Carsten Blume schüttelte den Kopf.

»Ich sage das. Mensch, Papa, in Wirklichkeit willst du es doch auch.« Anna Blume-Kamphusen lachte ihrem Vater geradewegs ins Gesicht. »Ein alter Erbstreit, ein geheimnisvoller Hotelgast, der hoffentlich wieder gesund wird, und ein verlassener Hof, auf dem sein Auto gefunden wird. Ich würd mal sagen: Die Cold-Case-Unit im Aller-Leine-Tal ist wieder im Dienst. Ich möchte wirklich wissen, was dahintersteckt.«

Anna Blume-Kamphusen ließ ihren Vater in der Gaststube zurück, um Tische und Stühle auf dem Rasen zurechtzurücken. Flora setzte sich an ihren Laptop, an dem endlich mal wieder eine echte Story darauf wartete, geschrieben zu werden. Und Carsten Blume gab, für sich allein, im Stillen zu, dass er längst von großer Neugier getrieben war, das Familiengeheimnis herauszufinden, über das Henry Baumert beharrlich schwieg. Selbst wenn es sich bei diesem Fall nicht um ein Verbrechen handelte: Es steckte etwas dahinter. Ein Geheimnis der Vergangenheit. Es gab nichts, das ihn mehr reizte als solch ein Mysterium.

HENRY – 20. APRIL 2020

Der Flur im ersten Stock: Er sah, wie das Erdgeschoss, fast so aus wie damals. Ein großes gerahmtes Porträtfoto an der Wand direkt gegenüber der Treppe war dazugekommen. Sein Großvater als alter Mann. So hatte er den strengen, ihn nie anlächelnden Heinrich Baumert senior, nie gesehen. Als sie Deutschland verließen, war der Großvater 60 Jahre alt und hatte die kräftige Statur des Bauern, der zu jeder Jahreszeit harte Landarbeit verrichtete. Das Porträtfoto zeigte einen gütigen Greis mit erschlafften Gesichtszügen und schütterem Haar, der milde lächelte. Das war vielleicht Heinrich Baumert senior in seinen letzten Lebensjahren – aber es war nicht der Großvater, den Henry kannte.

Er zögerte, die Tür zu jenem kleinen Wohntrakt zu öffnen, den er sich bis 1960 mit seiner Mutter und seiner Schwester geteilt hatte. Zunächst öffnete er die Tür zum Wohnraum seines Onkels, Heinrich junior, dem letzten Bewohner des Hauses. Dieser Raum war, anders als die restlichen Zimmer, nicht in den 50er- oder 60er-Jahren stehen geblieben.

Ein Computer mit Röhrenbildschirm, um 2010 noch Standard, stand auf einem Schreibtisch, der mit Papieren übersät war. Ein Fernseher, ein Drucker, ein Faxgerät und eine alte Stereoanlage mit Plattenspieler, die aussah wie aus den 70er-Jahren, waren auf Tischen und in der Schrankwand verteilt. Überall lagen stapelweise Illustrierte, landwirtschaftliche Prospekte, und diverse Tageszeitungen, die aktuellste aus dem Jahr 2009. Dieser Raum war überfüllt mit dem Leben des kauzigen Onkels, der entgegen allen Erwartungen kein Testament hinterlassen hatte.

War die Unordnung auf dem schlichten Schreibtisch aus Eichenfurnier deswegen so groß, weil seine deutschen Verwandten überall nach diesem letzten Willen gesucht hatten? Für Paul Hasselbrink, Henrys Cousin und Heinrichs Neffen, galt es als abgemacht, dass er den Hof übernehmen solle. Der Rechtspfleger, der Henry und seine Zwillingsschwester Christine vor zehn Jahren kontaktierte, erzählte davon. Es war eine Riesenenttäuschung für Paul, sich das Erbe mit Verwandten zu teilen, von denen er nur flüchtig gehört hatte, dass es sie überhaupt gab. Mit den Töchtern seiner verstorbenen Schwester Helga einigte sich Paul Hasselbrink schnell, sie waren zufrieden mit einer eher geringen finanziellen Entschädigung entsprechend der Höfeordnung. Henry hatte sich nie darum gekümmert, was das für eine Regelung war, irgendein Sonderrecht für die Vererbung von Bauernhöfen, das auf den Booms-Hof nicht zutraf, wie sich aus dem Grundbuch ergab.

Paul hatte nicht mit Christine Walker gerechnet. Henrys Zwillingsschwester bestand auf dem Verkauf, war nicht mit einer Teilauszahlung und einem Ratenkauf durch den Cousin zufrieden. Henry schloss sich ihrer Forderung an. Sie waren Zwillinge. Was die eine sich wünschte, bestätigte der andere.

Paul Hasselbrink schrieb sie an, führte lange Telefonate mit der unbekannten Cousine, versuchte es freundlich, verhandelte mit Henry, bat, hoffte, schimpfte und zog sich schließlich enttäuscht zurück. Seither, es war einige Jahre her, sprachen nur noch die Anwälte miteinander.

In Onkel Heinrichs kleiner überfüllter Stube stehend, die keinerlei Erinnerungen barg, bedauerte Henry diesen Verlauf der verwandtschaftlichen Beziehungen. Seine Schwester und er, das wurde hier, im vernachlässigten, verfallenden Haus deutlich, waren in diesem Verwandtschaftsstreit nicht die Guten.

Unschlüssig stand er im Wirrwarr von Heinrichs Wohnzimmer. Er warf einen kurzen Blick in dessen Schlafzimmer, in dem der Onkel eines Morgens im Frühjahr 2010 tot im Bett gefunden wurde. Dann stand er wieder auf dem schmalen Flur, von dem eine Tür abging, hinter die er bisher nicht geschaut hatte.

Langsam drückte er die Klinke zu jenem Zimmer, das für ihn, die Schwester und die Mutter ein oder zwei Jahre vor ihrer Abreise nach dem Auszug der Tante Elisabeth zum gemeinsamen Wohnraum umfunktioniert wurde. Die Tür ließ sich kaum öffnen. Der Zugang zum Zimmer wurde durch Pappkartons versperrt, in denen Aktenordner und weitere Stapel von Illustrierten lagen. Übereinandergestapelt waren sie achtlos in den kleinen Raum geschoben worden. Henry hob einen Karton an und trug ihn aus dem Zimmer. Nachdem er alle Kisten auf den Flur geräumt hatte, lief ihm der Schweiß von der Stirn, der sich mit dem aufwirbelnden Staub mischte. Henry fuhr sich mit der Hand übers Gesicht und wischte die Finger an einer Serviette ab, die er in der Jackentasche fand, zusammenknüllte und in einen der Kartons schmiss.

Doch als er einen Blick in den freien Raum warf, lag es unverändert vor ihm, das Zimmer seiner Kindheit. Hinten an der Wand unter dem Fenster stand eine hölzerne Kiste, aus der die Segel eines kleinen verstaubten Spielzeugschiffes ragten. Henry Baumert sackten die Beine weg. Es war sein eigenes Spielzeug, das er nicht mit auf die lange Reise nehmen durfte! Er sah die kleine Dampflok aus Blech, um die er geweint hatte, weil sie nicht mehr in das Gepäck passte. Sie stand auf dem Stubentisch, wie er sie zurückgelassen hatte. Auf dem alten Sofa lagen die Kissen mit dem Gobelinmuster, die seine Mutter als junges Mädchen bestickt hatte. Henry kämpfte mit den Tränen.

Gerührt griff er zu seiner Lok und pustete vorsichtig den Staub vom Schornstein und dem Gehäuse des billigen Spielzeugs, das ihm einst so viel bedeutet hatte.

Lange stand er reglos, sein Kinderspielzeug im Arm haltend, und schaute aus dem Fenster auf Äste, die sich im leichten Wind bewegten. Er wandte sich um, der letzten verschlossenen Tür zu, die eine Tür in die eigene Vergangenheit war.

Er zögerte, die Lok fest umklammernd. Dann griff er beherzt mit der anderen Hand auf die Klinke. Hier versperrte keine Kiste den Zugang. Vor sich sah er sein Kinderbett, unter eine Schräge geduckt, davor das Bett seiner Schwester und an der gegenüberliegenden Wand das seiner Mutter. Eine Schublade der Kommode unter dem kleinen Dachfenster stand offen. Als habe die Mutter gerade die letzten Hemdchen und Strümpfe ihrer Zwillinge in den großen Koffer gepackt. Es gab nur diesen einzigen kantigen Koffer, in dem die wenigen Besitztümer von Henry und Christine auf den weiten Weg in die USA reisten.

Der schmale Schlafzimmerschrank, dessen Türen geöffnet waren, hing halb voller Kleider, die seine Mutter aussortiert hatte, weil in ihrem Gepäck kein Platz mehr war. Ein wirrer Haufen Kleidungsstücke lag am Boden unter der Kleiderstange, vor 60 Jahren zurückgelassen und nie wieder beachtet.

Henry Baumert sank auf sein Kinderbett. Auf einmal schien ihm, als sei es erst gestern gewesen, dass der Großvater herrisch die Treppe hinaufrief, ob sie endlich fertig seien. Der Zug am Walsroder Bahnhof würde nicht auf sie warten.

Die erste wirkliche Erinnerung an den Frühling 1960, die

sich jetzt einstellte, war so traurig, dass Henry Baumert von seinen Gefühlen überrollt wurde. Reglos saß er da, während Tränen über seine Wangen liefen.

AUF DEM GUTSHOF – 8. MAI 2020

»Komm mal rüber, Anna, ich zeig dir was.« Michael Kamphusen hockte seit Stunden an seinem Computer und schaute Videos. Dabei fluchte er manchmal laut. »Das darf doch nicht wahr sein«, rief er einmal und haute mit der Faust auf den Tisch, dass der Bildschirm wackelte.

»Dieser Arzt sagt genau, was los ist. Die verarschen uns, da steckt was ganz anderes dahinter.«

Anna Blume-Kamphusen reagierte zunehmend genervt auf die kruden Thesen und hanebüchenen Argumentationsfilme, die ihr Ehemann Michael schaute, um sich zu beschäftigen. Kürzlich war für Leute wie ihn ein neuer Begriff im Fernsehen gefallen: »Coronaleugner«. In den letzten Tagen gab es ein weiteres Schmähwort dafür: »Covidioten.«

Ja, sie verstand, dass er wütend war auf die Regierung, auf die Kontaktbeschränkungen und vor allem darauf, dass die Restaurants geschlossen blieben. Aber deswegen leugnen, dass es das Virus überhaupt gab?

»Nicht einen einzigen Fall haben wir hier in Ahlden, und in Rethem ist im Moment gerade ein Einziger infiziert. Aber wir müssen unser Geschäft auf null fahren. Ich mach das nicht mehr lange mit.«

Es gab im gesamten Heidekreis nur wenige Coronainfizierte, und zu der Zeit, als *Blumes Rittersaal* erzwungenermaßen schloss, war es höchstens eine Handvoll. Der große Osterbrunch an beiden Festtagen – ausgebucht und eine sichere Bank für soliden Umsatz – fiel aus. Das Maifest, bei dem sich sonst in jedem Jahr Aussteller in kleinen Kuppelzelten im Garten des Gutshofes präsentierten, der Chef Gegrilltes in großer Menge ausgab und die Kasse ordentlich klingelte: abgesagt.

Für Anna und den Rest der Familie lag die Notwendigkeit der Lockdown-Maßnahmen auf der Hand. Doch Michael, für den Kochen Leidenschaft und Lebensinhalt waren, langweilte sich von Tag zu Tag mehr und wurde zum arglosen Opfer jener, die dunkle Kräfte hinter dem Virus und seiner Eindämmung vermuteten.

Von den Videos eines Arztes aus Sinsheim, der kein Epidemiologe war, aber mit großem Selbstbewusstsein seine Thesen verkündete, konnte sich Michael Kamphusen kaum losreißen: »Der ist immerhin Arzt, weiß also, wovon er spricht.«

»Wenn dir ein HNO-Arzt sagt, du brauchst eine neue Niere, und der Nierenspezialist sagt, das sei nicht nötig: Wem glaubst du?«, fragte Anna, um ihrem Mann klarzumachen, dass zwischen den einzelnen ärztlichen Fachdisziplinen Welten lagen.

Doch Michael winkte ab. Seiner Frau fiel auf, dass er Ringe unter den Augen hatte wie nach wochenlangem Hochbetrieb im Restaurant. Ihr Mann wirkte erschöpft statt erholt und wütend dazu.

»Corona ist nicht schlimmer als eine Grippe«, verkündete er und nannte das Virus »chinesischen Schnupfen«. Der Lockdown sei unnötig und völlig übertrieben: Michael glaubte jedes Wort des HNO-Arztes. Die *NDR*-Podcasts des Coronaspezialisten und Epidemiologen Drosten fand er fadenscheinig, unlogisch und im schlimmsten Fall »von einer politischen Agenda bestimmt«. Es gab sogar Krach in der Familie, denn sein Schwiegervater Carsten entwickelte sich zum Anhänger von Karl Lauterbach, dessen düstere Mahnungen selbst Anna eine Spur zu dramatisch waren. Die Pandemie ließ bei allen die Nerven blank liegen, denn der fehlende Umsatz aus Hotel und Restaurantbetrieb nagte an der finanziellen Substanz.

Anna war heilfroh, dass ab 11. Mai das Restaurant wieder öffnen durfte, und sie nahm erste Hotelbuchungen entgegen. In der kommenden Woche würde Leben einkehren in den *Rittersaal*, und die Arbeit an der Umsetzung des Hygienekonzeptes beschäftigte sie voll.

Michael hingegen sprach mittlerweile von »Sklavenmasken«, wenn er den Mund-Nasen-Schutz meinte, und chattete mit den Anhängern eines veganen Kochkollegen bei *Telegram*.

»Nächste Woche kannst du wieder für Gäste kochen«, beruhigte sie ihn und ignorierte die Aufforderung, das neueste Video des Sinsheimer Arztes anzuschauen. »Und bis dahin ist wirklich genug zu tun. Stellst du mit Vater die Möbel für den Garten zusammen?«

Um viele Plätze im Außenbereich anbieten zu können, plante Anna, mehr Tische und Stühle mit gebührendem Abstand auf der weitläufigen Rasenfläche hinter dem Restaurant zu platzieren. In den Weiten des Gutshofes und den großen Kellerräumen gab es genügend alte Möbel, die man reinigen und zu Tischgruppen zusammenstellen konnte.

Und zur Not fuhr sie eben zu *IKEA*, um einen Wagen voll günstiger Gartenmöbel heranzuschaffen. In nächster Zeit galt es, erfinderisch zu sein und kreativ die Krise zu meistern. Ein Chefkoch, der sich die Nächte bei *YouTube* um die Ohren schlug, war da nicht hilfreich.

Anna hoffte auf ein lukratives Sommergeschäft und eine größere Tendenz zu Urlaub in Deutschland. Radtouren im Aller-Leine-Tal waren trendy, und Flora schrieb ambitioniert an einem Special für die Hotelwebsite, mit Tourenvorschlägen und einem Wochenendpackage inclusive Picknickkörben für die Ausflugstouren und abendlichem Grillen mit Allerblick.

Das Klingeln des Festnetztelefons unterbrach Annas Gedanken. Hoffnungsvoll meldete sie sich – eine Hotelbuchung?

»Ziegler, LKA, ist Ihr Vater zu sprechen?«

Anna horchte auf. »Geht es um unseren verunglückten Gast, den Herrn Baumert?«

»Ich hab in der Zwischenzeit vergessen, wie neugierig Ihre ganze Familie ist. Ich möchte mein Anliegen bitte mit Ihrem Vater persönlich besprechen.«

Mit Hauptkommissar Hartmut Ziegler war nicht gut Kirschen essen, daran erinnerte sich Anna aus dem letzten Jahr. Wenn die Familie Blume-Kamphusen nicht weiteren Spuren nachgegangen wäre, liefe ein Mörder nach wie vor frei herum. Ziegler war damals auf der völlig falschen Fährte und zudem empört, als ihm das Gegenteil bewiesen wurde. Im vergangenen Jahr schaltete sich das Landeskriminalamt ein, weil der Fall von größerer Tragweite zu sein schien. Dass der LKA-Ermittler sich jetzt um den verunglückten Henry Baumert kümmern würde, war kaum vorstellbar. Doch warum rief Ziegler sonst an?

Er verweigerte ihr jede Auskunft, also würde sie auch nicht kooperativ sein:

»Dann müssen Sie wohl versuchen, meinen Vater persönlich zu erreichen. Sie haben im Restaurant angerufen, mein Vater ist Privatier.«

»Herrje, ja, es geht um Ihren Gast, Henry Baumert, der übrigens immer noch im Koma liegt. Geben Sie mir nun Ihren Vater?«

»Der arme Herr Baumert. Und es war wohl doch Fremdverschulden, wenn Sie sich mit dem Fall befassen, oder?«

Der Hauptkommissar schwieg, und Anna lenkte ein. »Moment, ich schaue mal, wo er ist.«

Auf der Suche nach dem Vater fiel ihr auf, wie wenig ein neuer Kriminalfall ihnen ausgerechnet jetzt zeitlich passte. Die Familie müsste alle Kraft darin investieren, den Betrieb mit den Lockerungen wieder in Schwung zu bringen. Und nun das. Carsten würde nicht mehr bei der Sache sein. Flora würde die große Story wittern. Sie sah sich den Laden allein schmeißen, zusammen mit ihrem heimischen Verschwörungstheoretiker. Der hatte kürzlich etwas von Bill Gates gemurmelt und dass sie alle durch eine Impfung gechipt würden. Dabei hatte sie selber große Lust, an diesem neuen Fall mitzuarbeiten – klammheimlich, hinter dem Rücken des harschen Hauptkommissars aus Hannover.

»Papa, Herr Ziegler für dich am Telefon«, rief sie in den Garten, und schnell erschien der Vater, um den Anruf zu übernehmen. Anna beschloss, sich für den Moment nicht ablenken zu lassen. Hotelzimmer lüften, überall durchwischen – erstaunlich, wie viel Staub in ungenutzten Zimmern in wenigen Wochen entstand – und romantische Pauschalangebote für frühsommerliche Erholungssuchende zusammenstellen. Das stand auf ihrem Plan. Kein Kriminalfall. Jetzt nicht.

»Hartmut, was gibt's?«

Anna lauschte dem Telefonat. Die Antwort ihres Vaters auf das, was der Hauptkommissar ihm berichtete, sprach Bände.

»Ich hab es geahnt. Raubüberfall kann ich mir auch kaum vorstellen, ich meine: Eickeloh!«

Wieder Schweigen. Carsten wanderte auf und ab, das Telefon am Ohr.

»Ja, Anna wird dir ein Zimmer vorbereiten. Obwohl wir ja erst ab 25. Mai … ach so, ja, klar, du bist dann so etwas wie ein Geschäftsreisender. Okay, ich versuche in der Zwischenzeit, mich an alles zu erinnern, was Baumert hier erzählt hat. Bis morgen, Hartmut.«

Der erste Hotelgast nach langer Pause würde der Mann vom LKA sein. Der eigenartigste Frühling, den sie seit der Übernahme des Gutshofes erlebten, schien genauso kurios weiterzugehen.

MÄRZ 1960 – HENRY

Noch einmal schmiegte er sich dicht an das warme Fell von Bessy, der alten Stute seines Großvaters. Er rief nach Carlo und Mimi, doch nur der Kater ließ sich blicken und schnurrte um Henrys Beine. Der kleine Junge, bekleidet mit seinen besten Hosen und einem Pullover, den die Groß-mutter extra gestrickt hatte, konnte sich einfach nicht vor-stellen, dass er hier, auf dem Hof, nie wieder leben würde. Es lag meterhoch Schnee, doch er würde nicht mehr sehen, wenn diese Berge langsam schmolzen.

Sie stiegen in Großvaters neuen Opel Kapitän, der bald darauf vom Hof rollte. Lange schaute sich Henry, auf dem Rücksitz kniend, nach seinem alten Zuhause um. Die Groß-mutter stand weinend an der Pforte, sein Onkel Heinrich stumm daneben. Henry war traurig, weil er wusste, dass sie seinetwegen auswandern mussten. Nur den Grund hatte man ihm nicht genannt. Der kleine Henry Baumert, den sie in Eickeloh Heinz nannten, fühlte sich schuldig, glaubte er doch, auch der Mutter und der Schwester die Heimat genommen zu haben.

Christine und die Mutter aber waren fast erleichtert, zuerst den Hof und dann das Dorf hinter sich zu lassen.

»Auf Nimmerwiedersehen«, sagte Clara Baumert bitter, als sie das Ortsschild passierten. »Ab jetzt wird alles besser.«

Der Großvater schwieg, und der Abschied am Bahn-hof in Walsrode war kurz und schmerzlos. Der alte Hein-rich Baumert verließ den Bahnsteig schon bevor der Zug nach Bremen einfuhr. »Ab jetzt beginnt unser Leben neu«, seufzte die Mutter. Der Zug setzte sich in Bewegung, fort von der Heimat. Für immer. »Ihr werdet es sehen, Heinz und Christel, in Amerika werden wir glücklich.«

Die Mutter behielt recht. Die lange Reise von fast zwei Wochen mit Zügen, dem großen Schiff und erneut mit der Eisenbahn von New York nach Nebraska endete bei entfernten Verwandten, wo sie die ersten Monate verbrachten. Hier wurden sie neugierig erwartet und mit großer Herzlichkeit aufgenommen. Alles Schwere, das auf seinem Gemüt gelastet hatte, fiel von Henry ab. In Altona, einem Flecken, der von deutschen Siedlern gegründet worden war, redeten ihn die Leute in seiner Sprache an und fragten ihn aus über das Land ihrer Vorfahren.

Auf dem Hof der Verwandten lebten fünf Kinder, die großen Spaß daran hatten, die Neuankömmlinge durch die Weite des Wayne County zu begleiten. Welche Freiheit – und es gab Ponys, auf denen Heinz und Christel das Reiten lernten! Das Gefühl, eine Last zu sein, schwand mit jedem sonnigen Tag auf dem Hof der Familie Pflüger, und bald waren die Jahre im Booms-Hof für Henry und Christine nur mehr eine düstere Erinnerung. Dass die Gastgeberfamilie von seinem Großvater Geld dafür bekam, Clara und ihre Kinder für einige Zeit zu beherbergen, erfuhr Henry erst später.

Durch die anderen Jungen und Mädchen auf der Farm lernten die Geschwister schnell und spielend die neue Sprache und plapperten bald munter eine lustige Mischung aus Englisch und Deutsch, womit sie die Pflügers zum Lachen brachten. Clara war glücklich über ihre schlauen Kinder und kam eines Tages mit einer Überraschung aus der Stadt Omaha zurück, wohin sie eine kurze Reise unternommen hatte.

»Wir werden umziehen, in eine Stadt mit 300.000 Leuten! Könnt ihr euch das vorstellen, wir drei in der großen Stadt?«

Clara Baumerts Bewerbung auf eine Anzeige im *Omaha World Herald* war erfolgreich. Ein deutschstämmiger Witwer, Johann »Jonny« Kruger, suchte eine Hilfe für den Haushalt und sein Lebensmittelgeschäft, »spätere Heirat bei gegenseitigem Gefallen nicht ausgeschlossen«.

Die junge Frau gefiel Jonny Kruger auf den ersten Blick. Clara machte der Altersunterschied von 15 Jahren nichts aus. Er war ein gutmütiger Mann – und zudem glücklich über ihre Kinder, denn er hatte mit der verstorbenen Frau keine bekommen.

So wurde kaum ein Jahr später aus der jungen entwurzelten Mutter mit den beiden unehelichen Kindern die angesehene Mrs. Kruger. Henry und Christine bekamen nicht nur ein Zuhause, sondern auch einen Vater, der mit ihnen scherzte und sie mit Spielzeug überhäufte, so bunt und aufregend, dass die kleinen Dinge, die sie auf dem Booms-Hof zurückgelassen hatten, schnell vergessen waren. In der Erinnerung war dieses erste Jahr in Amerika für Henry so voller Ereignisse, dass alles davor verblasste. Die Adressen der beiden Schulfreunde aus dem Dorf, denen er versprochen hatte, sofort zu schreiben, wenn er angekommen war, gingen verloren, ohne dass eine einzige Postkarte abgeschickt wurde. Heute fielen ihm nicht einmal mehr die Namen der beiden Jungen aus Eickeloh ein. Jedes Jahr zu Weihnachten entstand ein neues Familienfoto mit der eleganten Clara im Mittelpunkt, um es der Großmutter in Deutschland zu schicken. Vom Großvater redeten sie nicht mehr.

Wenn Henry sich an die alte Heimat erinnerte, dann duftete sie nach Schnee, gemischt mit dem Geruch verbrannter Kohle aus dem Schornstein, dessen Rauch zu ihm herabschlug. Der Himmel war wolkenverhangen wie in den letzten Wochen vor der Abreise. Omaha, das waren hingegen Sonne und Kinderlachen und der Geruch von saftigen Wiesen und reifen Kornfeldern. Omaha roch nach Freude, Eickeloh nach Traurigkeit.

Das Dorf war nichts mehr als eine fade Erinnerung, verbunden mit dem Gefühl, dort nicht hinzugehören. Henry war stolz auf seine neue Heimat – die Stadt, aus der Fred Astaire stammte, in der Gerald Ford geboren war.

Henry blieb ihr ein Leben lang treu, wurde Bibliothekar an der *Omaha Public Library*, wo er seine Frau Jeannette kennenlernte, die als Lehrerin in einer Grundschule arbeitete. Es war ein schönes Leben.

Die Nachrichten aus der Heimat seiner frühen Kindheitsjahre kamen immer spärlicher, und nachdem Clara Kruger vor zehn Jahren starb, war die letzte Verbindung gerissen. So dachte Henry, bis nur wenige Monate später der Brief eines Notars ankam, der ihn und Christine darüber informierte, dass sie zu den Erben von Heinrich Baumert gehörten.

Und jetzt war er hier, in diesem Haus, das ihn zurückversetzte in die tristen ärmlichen Kinderjahre. Hatte Christine recht und die Reise war ein Fehler? Doch all die Jahre, in den seltenen Fällen, wenn das Gespräch auf den Booms-Hof kam, streifte ihn dieses Gefühl, dass damals etwas geschehen war. Warum erinnerte er sich nicht? Der Grund, aus dem sie den Hof verlassen mussten, und an dem er Schuld trug: Henry Baumert hatte nun die Chance, ihn herausfinden.

AUF DEM GUTSHOF – 9. MAI 2020

»Diese Erbangelegenheit ist wirklich kompliziert.« Hartmut Ziegler studierte die Papiere, die er vor Carsten Blume ausgebreitet hatte, mit kritischer Miene.

»Das kommt davon, wenn man kein Testament macht.« Der LKA-Mann blätterte stirnrunzelnd, schüttelte den Kopf und versuchte, Zusammenhänge zu verstehen.

»Der Booms-Hof gehört also seit 2010 einer Erbengemeinschaft, bestehend aus Paul Hasselbrink, einem Hannoveraner, Doktor Elena Gregolidis und Sophia Gregolidis, beide wohnhaft in Neustadt, sowie den Geschwistern Henry Baumert und Christine Walker in Omaha, Nebraska.« Carsten Blume nickte zustimmend und, wie Ziegler fand, etwas gönnerhaft.

»Du bist der Ahnenforscher, also erklär mir diese Stammbaumzusammenhänge mal so einfach, dass ein schlichter Hauptkommissar es versteht.« Hartmut Ziegler lehnte sich im Garten des Gutshofes auf einer Bank in der Sonne zurück und wartete.

»Natürlich wieder einmal ohne Beratungshonorar.« Carsten Blume runzelte die Stirn. »Hartmut, ich unterstütze dich gern, aber ein wenig mehr musst du schon an Informationen rausrücken. Zunächst einmal möchte ich wissen, wie es Herrn Baumert geht. Immerhin war er fast sieben Wochen unser Gast, und wir machen uns wirklich Sorgen.«

Carsten Blume log nicht – zumindest er und Anna hätten Baumert gern im Krankenhaus besucht. Schaute überhaupt jemand anderes nach dem Mann?

»Schädel-Hirn-Trauma, schwere Hirnblutung. Der hat

ja einige Zeit blutend im Feld gelegen. Als sie ihn fanden, war er gerade noch am Leben. Soweit ich weiß, wurde ihm die Schädeldecke entfernt, damit das Gehirn abschwillt.« Hartmut Ziegler schüttelte sich bei diesen Worten. »Was die Medizin heute alles kann, ist schon beeindruckend. Aber ob der Mann je wieder aufwacht, ist höchst fraglich. Und wenn, dann ist er wahrscheinlich Gemüse.«

»Gemüse? Was soll das denn heißen?«

»Ist nicht mein Ausdruck, das hab ich im Krankenhaus so gehört. Damit ist gemeint, dass er wohl zu nichts mehr in der Lage sein wird. Wachkoma oder zumindest geistig total weggetreten. Überlebenschance liegt derzeit bei 20 Prozent, aber dass der Baumert wieder ganz gesund wird, dafür liegt die Chance im Promillebereich. Am größten ist die Wahrscheinlichkeit, dass er gar nicht wieder aufwacht.«

»Wenn das eintritt, wäre es also ein Tötungsdelikt. Derzeit ist es ja nur eine schwere Körperverletzung, schlimmstenfalls ein Mordversuch. Warum bist du vor Ort? Noch gibt es ja gar keinen Fall, der normalerweise auf LKA-Ebene gehoben würde.«

»Das hat was mit internationaler Diplomatie zu tun, Carsten. Henry Baumert ist US-Bürger, und er hätte längst nicht mehr in Deutschland sein sollen, wenn man die Reisepläne anschaut, die er hatte. Nach den ganzen stornierten Flügen und Hotels zu urteilen, wär er jetzt in Spanien gewesen, Barcelona genau genommen. Das war leicht herauszufinden. Er konnte nicht mehr weiterreisen, auch nicht nach Haus fliegen und wurde ins Koma geschlagen, ohne dass wir wissen, wo er sich in den letzten Wochen überhaupt aufgehalten hat.« Ziegler griff beim Erzählen immer wieder zu den kleinen Streifen Butterkuchen, die Anna auf den Tisch gestellt hatte.

»Bevor es da zu internationaler Kritik kommt, weil sich hier niemand um einen gestrandeten US-Bürger kümmert, werden wir lieber von höherer Stelle aktiv«, sagte er mit vollem Mund und griff zur Kaffeetasse. »Die Kollegen im Kommissariat in Walsrode freuen sich, die haben es gerade mit einer Serie von Autodiebstählen in der Stadt zu tun, und die Überprüfung der ganzen Coronavorschriften macht das Alltagsgeschäft mühselig.«

»Wir haben uns übrigens gekümmert, Herr Baumert hätte im Hotel bleiben können.« Carsten Blume sah, dass Flora aus der Tür der Restaurantterrasse in den Garten kommen wollte, und deutete mit einem Kopfschütteln an, dass es nicht der richtige Zeitpunkt war.

Flora zog sich augenrollend wieder zurück.

»Jetzt weißt du, wie es dem Mann geht, nun entschlüssle mir mal diese Familienverhältnisse. Ich kenn dich doch, Carsten. Das hast du längst recherchiert.« Hartmut Zieglers leicht spöttischer Blick deutete an, was er von pensionierten Kommissaren hielt, die Parallelrecherchen zu laufenden Fällen anstellen. Er konnte nicht verdauen, dass im letzten Jahr genau diese privaten Ermittlungen zum Täter geführt hatten.

»Zufällig weiß ich, was es mit diesen Familienverhältnissen auf sich hat, ja.« Carsten Blume ließ sich Zeit mit der Antwort, schaute aufmerksam die Namen auf seinem Notizblock an, mit einem süffisanten Lächeln.

»Mein Gott, nun mach es nicht so spannend. Ich könnte das auch selbst rausfinden, kostet nur ein paar Anrufe.«

Carsten hatte nur ein einziges Telefonat gebraucht, denn er kannte einen Nachbarn des Booms-Hofes. Der Großbauer Friedrich Rosemeyer-Duensing gehörte zu jenen Menschen, denen die Coronapandemie einen Ehrentag vermasselte. Der alte Mann hätte im Juni seinen 80. Geburtstag gefeiert – in *Blumes Rittersaal*, mit fast 100 Gästen und einer Gästeliste voll Prominenz. Als ehemaliger Landtagsabgeordneter verfügte Rosemeyer-Duensing über exzellente Kontakte. Annas Freude bei der Anmeldung der Feier war im vergangenen Jahr so groß wie jetzt die Enttäuschung, dass dieses imageträchtige Fest den Coronabeschränkungen zum Opfer fiel.

»Die Erbengemeinschaft geht von Heinrich Baumert aus. Er war der Großvater von Henry und Christine Baumert, der Großvater von Paul Hasselbrink und sogar schon der Urgroßvater von den beiden Gregolidis-Frauen.«

Carsten Blume nahm sich ein leeres Blatt und zeichnete oben »Heinrich Baumert senior« ein.

Darunter malte er drei Pfeile und versah sie mit den Namen Heinrich Baumert junior, Elisabeth Baumert und Clara Baumert.

»Heinrich Baumert junior war kinderlos und führte den Hof bis ins hohe Alter. Er starb 2010 ohne Testament. Zu aller Überraschung war die Hofeigenschaft des Geländes vom Onkel aus dem Grundbuch genommen worden. Wie sich herausstellte, plante Heinrich Baumert in den 70er-Jahren den Verkauf des Hofes, weil ihm die Arbeit zu viel wurde. Dadurch entfiel die Höferegelung, nach der ein Hof komplett vererbt wird und weitere Erben nur eine geringe finanzielle Abfindung erhalten. Kein direkter Erbe, keine Sonderregel für den Bauernhof, kein Testament. Soweit klar?«

Hartmut Ziegler, der sich vorgebeugt hatte, um das Gezeichnete anzuschauen, nickte. »Alles klar – und weiter?«

»Also erbten seine nächsten Verwandten zu gleichen Teilen. Henry Baumert und seine Schwester Christine sind die Kinder vom Clara Baumert. Unehelich, mein Informant meinte nur, vom Vater der beiden sei nie die Rede gewesen. Clara ist dann mit ihren Kindern in die USA ausgewandert. Die beiden haben zusammen 50 Prozent des Hofes geerbt.«

Hartmut Ziegler bestätigte, verstanden zu haben. Carsten Blume zeichnete die nächsten Linien ein. »Elisabeth Baumert hat den Bauern Hasselbrink aus Gilten geheiratet. Mit dem bekam sie zwei Kinder, Helga und Paul. An diese beiden ging ebenfalls 50 Prozent des Erbes. Helga Hasselbrink, verheiratete Gregolidis, war allerdings damals schon tot, ein Autounfall, darum erbten ihre beiden Töchter und teilen sich jetzt 25 Prozent des gesamten Erbes.«

»Gar nicht so schwierig.« Ziegler tippte mit dem Finger auf die Namen der Gregolidis-Schwestern.

»Das Erbe ging nicht zu gleichen Teilen an die fünf Leute. Die Amerikaner halten zusammen 50 Prozent, die Deutschen auch. Und vom deutschen Teil gehört Paul Hasselbrink die Hälfte.«

»Das hast du fein zusammengefasst. Willst du jetzt auch noch wissen, warum die Erben zerstritten sind, ohne weitere Telefonate führen zu müssen?« Carsten klang amüsiert, sein Gegenüber hingegen schnaubte hörbar.

»Ich dachte, solche Infos gehören hier zum Zimmerservice. Ich hab mich nicht bei euch eingemietet, weil die Aussicht so schön ist.«

In der Tat entschied sich Hartmut Ziegler für den Hotelaufenthalt mit zwei Übernachtungen, weil er die Familie Blume-Kamphusen und ihre Aktivitäten im Blick behalten wollte. Dass dieses Trio aus Großvater, Tochter und Enkelin nicht locker lassen würde, wenn ein ehemaliger Hotelgast Opfer eines Verbrechens wurde, war sonnenklar. Der Tatort lag zu nah an Hannover für einen Übernachtungsaufenthalt, doch Hartmut Ziegler wohnte am südlichen Ende der Region, in Wennigsen. Anderthalb Stunden pro Fahrtweg, das war vermeidbar, wenn er ein Zimmer genau dort bekam, wo das Opfer längere Zeit verbracht hatte,

»Mit dem Erbstreit dürften wir vielleicht schon den wichtigsten Anhaltspunkt für die Tat bekommen«, hoffte Ziegler. »Also rück raus mit deinen Informationen.«

Heinrich Baumert junior, so erfuhr der Hauptkommissar, bewirtschaftete den Booms-Hof schon lange nicht mehr allein. Viele Flächen waren seit Jahren verpachtet. Der alte Bauer hielt nur einige Hühner und stellte seine restlichen Hektar komplett auf Mais um, kaum dass die Biogasanlagen in der Region in Mode kamen.

»Die Arbeit daran hat aber gar nicht der Alte gemacht, sondern sein Cousin Paul. Und die letzten beiden Jahre vor dem Tod des Alten waren sogar alle Ländereien verpachtet, weil der Hasselbrink wohl weniger Zeit hatte, sich zu kümmern.«

Paul Hasselbrink war studierter Agrarökonom, in der Landwirtschaftskammer Niedersachsen mit ökologischen Projekten wie Blühstreifenanlagen und Naturschutzfragen befasst. Den Hof seines Vaters hatte sein älterer Bruder übernommen. Paul war das Nesthäkchen der zweiten Ehe, für ihn blieb nur eine Abfindung. Er lebte zum Zeitpunkt des Erbes mit seiner Frau und den vier Kindern in einem Reihenhaus am Rande des hannoverschen Stadtteils Bothfeld. Mittlerweile war er geschieden und wohnte in einer Mietwohnung im Stadtviertel List. Hartmut Ziegler staunte, was Carsten Blume ihm detailreich vortrug. Der Aufenthalt lohnte sich. Und dieser hausgemachte Butterkuchen war nicht zu verachten. Er griff nach einem weiteren Stück.

»Irgendwann war klar, dass Heinrich Baumert unverheiratet bleiben würde, und er hatte wenig Lust auf Landarbeit. Der Hof war 1975 schon fast verkauft an einen reichen Fabrikanten aus Hannover. Baumert hat erst im letzten Moment einen Rückzieher gemacht.« Carsten Blume griff selbst nach einem Kuchenstück und aß es auf, bevor er weitersprach.

»Der alte Baumert soll wohl mit seiner Schwester Elisabeth übereingekommen sein, dass Paul den Hof erben kann, allerdings nur, wenn er tatkräftig mithilft. Paul sorgte also für eine gute Verpachtung jener Flächen, die der Hofinhaber nicht mehr bewirtschaften konnte. Er kümmerte sich um Ausbesserungen an der Hofstelle und war bis auf die letzten beiden Jahre, als er beruflich sehr eingespannt war, überhaupt immer da, wenn sein Onkel Hilfe brauchte. Paul Hasselbrink soll sich wirklich reingehängt haben, den Onkel zu unterstützen, sagt mein Informant.«

»Und dann gab es kein Testament zu seinen Gunsten?« Hartmut Ziegler schüttelte den Kopf. »Unverständlich.«

»Hasselbrink hat das ganze Haus danach abgesucht und nichts gefunden. Keinerlei letzter Wille, auch die Notare, bei denen die Baumerts ihre Grundstücksangelegenheiten regelten, wussten nichts von einem Testament. Der alte Onkel hat einfach nichts verfügt. Der Mann war als schrullig bekannt, vielleicht dachte er einfach, er würde steinalt und habe noch viel Zeit. Gestorben ist er überraschend, er lag eines Tages tot im Bett, Herzschlag. Gefunden haben sie ihn erst viel später, da war er bereits mindestens eine Woche tot.«

»Nur einen Viertel Hof statt einem ganzen Hof – der Hasselbrink muss ja entsetzt gewesen sein. Und er hatte wohl nicht genug Mittel, die anderen auszuzahlen. Oder weißt du dazu auch was?« Hartmut Ziegler setzte den

Namen Paul Hasselbrink gedanklich oben auf die Liste der Verdächtigen.

Carsten Blume war mit seinem Bericht noch nicht am Ende. Paul besaß die Vollmacht über ein zum Hof gehöriges Konto des Onkels. Er sorgte für die Beerdigung, und als klar war, dass kein Testament mehr auftauchen würde, setzte er sich mit seinen Nichten zusammen, die er für die einzigen beiden Miterbinnen hielt. Sie hatten wenig Interesse am Hofgelände, und Paul Hasselbrink rechnete sich aus, dass er mit einem Kredit in der Lage sein würde, die beiden auszuzahlen. Er versuchte, sich auf die erbrechtliche Sonderregelung für Bauernhöfe zu berufen, obwohl die Streichung der Hofeigenschaft aus dem Grundbuch dagegen sprach. Nach der »Höfeordnung« wurde das Überleben eines Hofgeländes dadurch gesichert, dass nur ein Erbe das Gelände zugesprochen bekam, um es weiterhin aktiv zu betreiben. Die Nichten stimmten zu.

Sie beantragten gemeinsam einen Erbschein beim Amtsgericht Walsrode, und dann hörten sie längere Zeit nichts mehr von der Sache. Paul kümmerte sich weiter darum, dass die Außenanlagen des Booms-Hofes gepflegt blieben, fuhr am Wochenende zum Hof hinaus, um zu lüften, und bezahlte eine junge Frau aus dem Dorf dafür, sich in der Woche um die Hühner zu kümmern. Eines Tages bekamen Paul Hasselbrink und seine Nichten Post, in der ihnen mitgeteilt wurde, dass es zwei weitere Erben in den USA gäbe.

»Noch nie von diesem Höferecht gehört. Was man alles lernt hier auf dem Land!« Hartmut Ziegler nuschelte, denn er hatte den Mund erneut voller Butterkuchen. »Die wussten gar nichts von den amerikanischen Baumerts?« Er leckte sich die Finger ab, an denen Zucker klebte. »Das muss also schon länger eine zerstrittene Familie gewesen sein.«

Carsten Blume wandte sich ab. Die Tischmanieren seines Kollegen waren für ihn schwer zu ertragen. Fehlte bloß noch, dass der LKA-Mann beim Essen schmatzte.

»Scheint so. Ich weiß außerdem noch, dass Henry Baumert und seine Schwester darauf bestanden, dass der Hof zu einem marktfähigen Preis verkauft würde, und ihrem deutschen Cousin die Möglichkeit zur Hofübernahme damit verweigerten. So viel Geld konnte Paul Hasselbrink wohl nicht aufbringen.« Carsten winkte Anna und deutete ihr mit der Hand, dass er eine Tasse Kaffee benötigte. Ziegler zeigte auf sich, um klarzumachen, dass er ebenfalls Kaffeedurst hatte.

»Und deshalb steht der Hof jetzt seit zehn Jahren leer. Die Amis wollten Geld sehen, die Deutschen wollten, dass der Hof in der Familie bleibt.« Hartmut Ziegler fasste zusammen, was ihm als Essenz aus den Erläuterungen wichtig schien.

»Exakt.« Carsten Blume zögerte, bevor er sagte: »Ich frage mich, ob Henry Baumert vielleicht nach Deutschland kam, um sich mit seinen Verwandten doch noch zu einigen. Aber ich glaube es eher nicht, denn er war, wenn es um die Familie und seine Kindheitsjahre in der Gegend ging, auffällig wortkarg, fast schon abweisend.«

»Dann schauen wir mal, was Paul Hasselbrink dazu sagt.« Hartmut Ziegler schob seine Notizzettel zu einem kleinen Stapel zusammen und erhob sich.

»Ich muss doch wohl nicht extra sagen, dass Paul Hasselbrink von mir befragt wird, nicht von dir oder deiner Journalisten-Enkeltochter, oder?«

Der hannoversche Hauptkommissar nahm Anna den Kaffee ab, den sie auf die Terrasse brachte, und marschierte zum Hoteltrakt, Kaffeetropfen auf den Fliesen hinterlassend.

»Gutes Gespräch?«, fragte sie leise.

»Hartmut redet mit vollem Mund, verstreut dabei Kuchenkrümel auf dem Tisch und leckt sich die Finger nach dem Essen ab.« Carsten Blume schüttelte sich angewidert. »Wenn man davon absieht, war es ein gutes Gespräch.«

HENRY – 21. APRIL 2020

Am ersten Morgen schälte sich Henry Baumert aus seinem Schlafsack. Die Sonne leuchtete fahl durch die verstaubten Scheiben. Kurz musste er sich orientieren, wo er erwachte. Eickeloh! Er hatte es gewagt, er war auf den Booms-Hof gezogen. Heimlich. Er öffnete das Schlafzimmerfenster, und sofort zog der Duft des Waldes hinter der Grundstücksgrenze in den kleinen Raum. Die Sonne warf ihre Strahlen direkt auf Henrys Gesicht, und er streckte sich gähnend im hellen Morgenlicht.

Bis auf die Tatsache, dass es im Haus keinen Strom gab, war alles vorhanden, was er brauchte. Das Wasser lief nur kalt im erstaunlich komfortablen Badezimmer, das er hinter dem Wohnraum seines Onkels entdeckt hatte. Für eine tägliche Katzenwäsche und Zähneputzen reichte es.

Kalt duschen: Das würde er sicher versuchen, aber nicht an diesem Morgen. In einem Schuppen am alten Schweinestall fand er ein Fahrrad, das leicht verrostet, aber ansonsten gut in Schuss war. Er beschloss, den Leihwagen in einer der windschiefen Scheunen unterzustellen, um nicht entdeckt zu werden.

Der Booms-Hof lag östlich des Dorfes hinter Eickeloh an einer kleinen landwirtschaftlichen Straße, die jenseits der Eisenbahnlinie und einem Waldstück parallel zur Ortschaft entlangführte. Hier war nur Anliegern das Fahren mit dem Pkw erlaubt.

Vorn, an der Ecke in Richtung Eickeloh, lag der große Rosemeyer-Hof. Dann kam die Einfahrt zum Booms-Hof, der vom Weg aus so weit hinter alten Bäumen und einer dichten Hecke lag, dass zufällige Passanten nicht bis zum Haus schauen konnten.

Ein paar 100 Meter Richtung Hodenhagen, schon zur Gemarkung Hudemühlen gehörig, lag der Sneers-Hof, die größte der Hofstellen an diesem Weg. Doch dessen Inhaber, die Familie Rosemeyer-Duensing, nahm von früher her eine andere Wegeinfahrt und kam auf ihren Alltagswegen nicht am Booms-Hof vorbei. Nördlich der Höfe am Duensingsfeld lag schon das Gelände des *Serengeti-Parks*. Die Voraussetzungen für einen heimlichen Aufenthalt waren ideal, solang Henry nicht auf die Idee kam, ein offenes Feuer zu entzünden oder den Kamin anzuschmeißen. Die Nächte waren kühl, aber er besaß genug warme Kleidung. Es würde ihn ja niemand sehen, wenn er in einer Steppjacke und mit einem Schal um den Hals abends in seinem kleinen Refugium saß.

Der fehlende Strom war das größte Problem. Das *iPhone* und der Laptop als Verbindung zur Außenwelt waren aufgeladen, zwei Powerbanks hatte er im Hotel noch einmal an die Steckdose gehängt. Wie lange hielt er es aus in dieser Einsamkeit? Wie würden die Abende vergehen, nur im Schein seiner batteriebetriebenen Tischlampe?

Zu seinem eigenen Erstaunen begann Henry Baumert den abenteuerlichen Aufenthalt im Haus seiner frühen Kinderjahre damit, zu putzen und aufzuräumen. Es gab ihm das Gefühl, Ordnung in diese Wendung seines Lebens zu bringen, wenn er zum Besen griff.

Er schlief im Bett seiner Mutter, empfand nur in den beiden Zimmern Geborgenheit, in denen die kleine Familie damals lebte. Eine völlig verstaubte und vergilbte Illustrierte aus dem Jahr 1959 förderte der Besen unter dem Bett zutage. Die *Bunte* zeigte auf ihrem Titel eine elegant gekleidete Dame namens Ruth Leuwerik. Henry wusste nicht, ob es eine Sängerin oder Schauspielerin war. In großer Pose und im roten Abendkleid lächelte sie hochmütig für den Fotografen. Seine Mutter hatte sich solche Bilder angeschaut, während ihr Alltag daraus bestand, im Kittel auf dem Bauernhof zu arbeiten und notdürftig ihre Kinder zu versorgen. Wovon hatte sie beim Leser der Illustrierten geträumt? Erst nach der Ankunft in den USA 1960 hörte Henry Lieder von Elvis Presley und begeisterte sich mit seiner Schwester für »Let's twist again«, das zu den Hits des Jahres gehörte. In Eickeloh gab es nur die Auftritte einer Kapelle zum Schützenfest, und im Radio lief in Großmutters Küche höchstens mal ein deutscher Schlager. Henry erinnerte sich, dass an dem Tag, als sie Brote für den Aufbruch schmierten, ein Lied mit dem Titel »Wir wollen niemals auseinandergehen« im Radio neu vorgestellt wurde. Gesungen wurde es von der jungen Heidi Brühl, die später sogar in den USA bekannt wurde.

Die Großmutter und die Mutter hatten das Lied durchgeweint, dessen Titel an diesem Tag so großen Symbolcharakter besaß.

Er putzte und räumte auf, gestaltete die beiden kleinen Zimmer wohnlich und dachte immer wieder an die vielen Aktenordner und Unterlagen im Wohnzimmer seines Onkels Heinrich. Und dann gab es diese Kisten, die zunächst den Zugang zum Wohnraum seiner Kindertage versperrt hatten. Was würde er darin vorfinden? Er hoffte auf Informationen zu einer der großen Fragen, die ihn bewegten, seit er in die Gegend gekommen war. Würde er den Namen seines leiblichen Vaters erfahren?

AUF DEM GUTSHOF – 9. MAI 2020

Floras Versuch, Hauptkommissar Hartmut Ziegler direkt vor Ort zu befragen, misslang.

»Liebe Frau Kamphusen, ich kann Ihnen ja keinen Vorteil gegenüber Ihren Kollegen bieten, nur weil ich zufällig im Hotel Ihrer Eltern wohne.«

Er verwies sie an die Pressestelle. Kam gar nicht infrage!

Flora baute sich mit verschränkten Armen selbstbewusst vor dem Gast auf.

»Tja, dann muss ich wohl selbst zum Booms-Hof raus-
fahren und gucken, wie der Baumert in den Wochen gelebt
hat, nachdem er von uns weg ist.«

»Da werden Sie keinen Erfolg haben. Den Hof haben wir
versiegelt.« Ungewollt bestätigte Hartmut Ziegler damit, dass
Floras Erkenntnisse der Wahrheit entsprachen. Henry Baumert war nach Ostern auf den Hof seiner Vorfahren gezogen.
Die Bestätigung seitens der Polizei hatte ihr gefehlt, nun
stand dem Bericht nichts mehr im Weg. Flora wandte schnell
das Gesicht von Hartmut Ziegler ab, damit er das selbstzu-
friedene Lächeln nicht sah, das sich darauf breitmachte.

Anna riet ihrer Tochter dringend davon ab, für den Blog
ein Interview mit Baumerts reichem Nachbarn Friedrich
Rosemeyer-Duensing zu versuchen, um über die Erbsache
zu schreiben.

»Dein Großvater hat ihn schon ausgefragt, wir wollen
doch nicht, dass er sich von unserer Familie genervt fühlt.
Ich hoffe, dass er seinen Geburtstag im Herbst oder im
nächsten Jahr bei uns nachfeiert.«

Das war ärgerlich. Je mehr Fakten im Bericht von aussagekräftigen Interviewpartnern erzählt wurden, umso überzeugender war der Artikel. Aber der Mutter das Geschäft
verderben? Besser nicht. Also hieß es, im Nebulösen zu
bleiben und die wenigen Sätze zum Erbstreit ohne Quel-
lennennung zu verfassen.

Wenigstens war mittlerweile offiziell, dass es sich im Fall
des verletzten Mannes im Eickeloher Spargelfeld um ein
versuchtes Tötungsdelikt handelte. Der Fundort des Steins,
die Verletzungen und die Lage von Henry Baumert machten es nahezu unmöglich, dass er gestürzt war.

Flora hatte sich von ihrem Großvater briefen lassen.
Der Stein lag jenseits der ersten, mit dunkler Plastikfolie

überzogenen Spargelreihe, Henry Baumert wurde zwischen Reihe zwei und drei gefunden. Wäre er am Feldrand unglücklich gefallen, hätte es dort Blutspuren gegeben. Außerdem hätte Henry Baumert dann, ohne die Feldhügel zu zertreten, vorsichtig über zwei Spargelreihen steigen müssen, um sich dort niederzulegen. Dazu war er nicht mehr in der Lage.

Die Polizeierkenntnisse ergaben: Henry Baumert war, im Feld stehend, mit dem schweren Stein auf die linke hintere Seite des Kopfes geschlagen worden, so kräftig, dass er an Ort und Stelle zusammenbrach und gekrümmt auf der rechten Körperseite aufschlug. So fand ihn die Familie Weitze vor.

Flora hatte ihren ersten Artikel schon diesbezüglich aktualisiert. Ihre eigenen Rechercheergebnisse würden folgen und einen klickstarken Blogbeitrag bilden. Bisher gab es auf keiner Medienwebsite ausführliche Berichte mit weitergehenden Informationen.

»Henry B. stieg am 1. März in Frankfurt aus einem Flugzeug. Drei Monate voller Erlebnisse in Deutschland, Frankreich und Spanien lagen vor ihm, so dachte der 68-jährige Pensionär aus Omaha, Nebraska, der vor fast genau 60 Jahren Deutschland als kleiner Junge zusammen mit seiner Mutter und seiner Schwester verlassen hatte ...« Flora schrieb sich in Schwung, die Finger huschten schnell über die Tasten.

Ein Foto des Booms-Hofes und dazu die Phantomzeichnung der Polizei. Zwei Stunden und 150 wohlüberdachte Zeilen später war der Bericht reif zur Veröffentlichung. Der Rettung Baumerts durch die Familie Weitze widmete Flora einen langen Absatz mit einer eigenen Headline. Bei so vielen offenen Fragen war es ratsam, sich die Bauernfamilie warmzuhalten.

Mit einem Klick war die Story in der Welt, jetzt galt es, sie mit *Facebook*-Posts in lokalen Gruppen und einem *Tweet* mit aussagekräftigen Hashtags bei *Twitter* trenden zu lassen. Ohne Social-Media-Arbeit ging der beste Artikel kaum viral.

*

Anna Blume-Kamphusen, die im Hotel den meisten Kontakt mit Henry Baumert pflegte, kramte nach Erinnerungen an das, was der Gast erzählt hatte. Zweimal war sie in der Nähe, als er mit seiner Schwester in den USA per Videotelefonat kommunizierte. Beide Male schienen sie zu streiten. Überhaupt: die Schwester! Anna machte sich auf die Suche nach ihrem Vater, um zu fragen, ob Christine, so nannte Baumert sie, schon informiert war, dass ihr Bruder im Koma lag!

Carsten setzte sich zu seiner Tochter auf die Terrasse, um Frühlingssonne zu tanken. »Ich hab keine Ahnung, ob Ziegler und seine Leute mit der Schwester gesprochen haben. Der Name Christine Walker als Miterbin, natürlich, davon haben wir geredet, aber mehr nicht.«

»Sie ist sicher die nächste Angehörige Baumerts, denn dass er kinderlos war und die Reise ein Jahr nach dem Tod seiner Frau antrat, hat er uns ja erzählt.«

Anna erinnerte sich an ein paar Details aus den Videocalls, die sie unfreiwillig mitgehört hatte, weil Baumert sie von einem Tisch im Garten aus führte, während sie dabei war, die Beete zu pflegen. »Nein, ich werde nicht nach ihm suchen. Was soll das bringen, höchstwahrscheinlich lebt er doch gar nicht mehr.« So ähnlich hatte sich Baumert ausgedrückt. Und wenn sie sich recht erinnerte, fiel immer wieder der Satz, die Vergangenheit ruhen zu lassen. Wen suchte Henry Baumert? Es lag auf der Hand: den Vater, den die unehelichen Zwillingsgeschwister nicht kannten.

Und was hatte Flora von ihrem Gespräch mit Hildegard Weitze berichtet? Im Spargelfeld liegend, auf den Rücken gedreht, hätte Henry Baumert ausgesehen wie Hildes Vater. Eine Schlussfolgerung drängte sich auf.

Anna beteiligte Carsten Blume nicht an ihren Gedanken. Schweigend hielten beide ihre Gesichter in die Sonne.

»Papa, ich glaube, wir brauchen dringend eine größere Menge Spargel für die Restaurantwiedereröffnung«, sagte sie abrupt nach einer längeren Gesprächspause. Ihr Vater nahm die Sonnenbrille ab und wandte sich der Tochter kopfschüttelnd zu.

»Wie kommst du jetzt auf das Restaurant? Ich grüble hier, wie ich Ziegler am besten nach Christine Walker aushorche, und du bringst mich aus dem Konzept.« Carsten Blume verstand den Gedankensprung nicht.

»Meinst du, es geht mir um Spargel? Quatsch. Baumert ist laut den Erbschaftsakten unehelich. Christine bekniet ihn, nicht nach irgendwem zu suchen. Hildegard Weitze meint, Baumert sähe aus wie ihr Vater. Das kann doch kein Zufall sein?«

»Damit hast du wohl recht. Und jetzt willst du also bei Weitzes Spargel ordern? Und nebenbei Hildegard aushorchen wahrscheinlich. Okay, dann mal los.«

Anna lächelte ihren Vater an. Im vergangenen Jahr, bei ihrem ersten Fall, der so viele Fallstricke bot, war er jedes Mal entsetzt, wenn sie und Flora eigene Ermittlungen anstellten. Da war er noch der Meinung, solche Recherchen seien allein der Polizeiarbeit zu überlassen. Doch als Hartmut Ziegler versagte, brauchte Carsten Blume seine Familie für die Lösung des Falles. Und diesmal, so ließ er verlauten, empfand er es als sicherer, gleich parallel zu recherchieren. Durchaus möglich, dass der Kollege wieder den Wald vor lauter Bäumen nicht sah.

»Ich versuche in der Zwischenzeit, Kontakt zu Christine Walker zu bekommen. Schon um ihr unsere Hilfe anzubieten. Selbst wenn sie wollte, könnte sie derzeit nicht rüber fliegen, um ihrem Bruder beizustehen.«

»Wie edelmütig von dir.« Anna grinste erneut. »So selbstlos kenn ich dich gar nicht.«

Carsten Blume ließ das nicht auf sich sitzen: »Natürlich will ich rauskriegen, ob die Zwillingsgeschwister wissen, wer ihr Vater ist oder ob er mit der Person gemeint ist, die Henry nicht mehr suchen soll. Aber das mit der Hilfe meine ich auch ehrlich.«

»Schon gut, Papa. Ich glaub's dir.« Anna brach auf, um ihre Tochter zu suchen. Eine Fahrt nach Eickeloh stand an. Flora ließ sich nicht lange bitten.

HENRY - 26. APRIL 2020

»Wo bist du? Henry, was hast du da zu suchen?« Christines Stimme überschlug sich, und er hatte volles Verständnis dafür. Die *WhatsApp*-Nachricht, dass er aufgrund der Coronabeschränkungen seine Europareise nicht fortsetzen könne, kam für sie nicht überraschend, doch dass der Bruder heimlich auf den Hof gezogen war, brachte Christine Walker aus der Fassung. Henry hörte die Sprachnachricht erst, als er mit dem Fahrrad solang in Richtung des Dorfes gefahren war, dass der Handyempfang LTE anzeigte. Ganz Eickeloh hatte erstaunlich konstanten Netzempfang, doch weit draußen am Duensingsfeld war das Netz schwankend. Und so saß Henry auf einem Gelände am alten Bahnhof, wo zwei denkmalgeschützte Scheunen standen und landwirtschaftliche Geräte ausgestellt wurden. Hier, in einem kleinen Holzpavillon am Rand des Areals, war er allein, die Dorfbewohner gingen ihrem Alltag nach und beachteten ihn nicht. Er stellte sein Handy vor sich auf den Tisch und wählte eine *Facetime*-Verbindung an.

»Wühl nicht in der Vergangenheit, ich bitte dich. Lass die alten Gespenster ruhen.« Christines Stimme klang aufgebracht. Und nicht zum ersten Mal überkam Henry das Gefühl, die Schwester wisse etwas, das sie ihm verheimlichte.

»Ach, Chrissie, wann erzählst du mir endlich, was dich so verängstigt und wütend macht, wenn es um die Vergangenheit geht?«

»Henry! Wie oft denn noch: Ich erinnere mich an nichts, ich weiß einfach, dass es für keinen von uns gut ist, sich mit damals zu befassen.«

Die perfekte Verdrängung. Fast beneidete er seine Schwester darum, nicht einmal wissen zu wollen, was sich 1960 oder in der Zeit davor ereignet hatte. Er selbst erinnerte sich ebenfalls an nichts. Doch für ihn wurde die Lücke in den Erinnerungen immer schmerzlicher, je länger er sich in Deutschland aufhielt.

Schluss mit Verdrängung! Er wühlte in der Vergangenheit, nur darum war er hier. Fast eine Woche nach seiner Ankunft auf dem Hof war er nur enttäuscht darüber, wie wenig sein Wühlen bisher an Erkenntnissen ergab.

Die Aktenordner aus den Kartons, die Unterlagen in Heinrichs Wohnzimmer, sie stammten alle aus der Zeit ab 1970, als der Onkel den Hof des Großvaters erbte.

Henry schaute selten in den Spiegel, seit er auf dem Hof lebte. Die Spiegel im Haus, staubig, ohne elektrischen Strom in dunklen Ecken stehend und teilweise blind, luden nicht dazu ein. Dass er mittlerweile nicht mehr wie der adrett gekleidete ältere Herr Baumert, stämmig, eher klein und mit weißem Haarkranz, aussah, der auf *Blumes Rittergut* ein Hotelzimmer bewohnt hatte, nahm er nicht wahr. Das kalte Wasser aus der Leitung schreckte ihn ab, sich umfassend zu pflegen. Der elektrische Rasierapparat war ohne funktionierende Steckdose nutzlos. Im Dorf munkelte man, dass sich ein Landstreicher im alten Booms-Hof herumtrieb, denn Spaziergänger hatten mehrfach einen unrasierten Mann dort herumstrolchen gesehen. Als Henry strubbelig und in ungewaschenen Jeans mit dem Fahrrad im Ort auftauchte, um frische Milch an *Blankes Milchtankstelle* zu kaufen und Lebensmittel, besonders den heimischen *Eilter Bauernkäse*, aus dem dortigen Automaten zu ziehen, nahm das Gerücht Fahrt auf. Er fuhr mit seinem Rad zu *Büchtmanns Hof*, um einen Beutel Kartoffeln zu kaufen und wurde neugierig betrachtet. Er kaufte dort auch ein Buch über de Geschichte von Eickeloh, das er seiner Schwester als Geschenk mitbringen wollte. Im Dorf grüßte man sich auf der Straße, und Henry erwiderte die freundlichen Grüße, doch da niemand ihm Fragen stellte, bekam er nicht das Gefühl aufzufallen. Er täuschte sich.

Die hellen Stunden des Tages nutzte er, bis auf die Zeit für notwendige Besorgungen, ausschließlich zum Aktenstudium.

Nur einmal war er wieder mit dem Leihwagen unterwegs, für einen Großeinkauf im Hodenhagener *Edeka*-Markt Dankenbring. Dort kaufte er auch aktuelle Illustrierte, um für die Beurteilung der Lage nicht komplett auf Strom angewiesen zu sein. Es war Ende April, und in den Nachrichten, die er auf dem *iPhone* hörte, wurde von Lockerungen der Coronabeschränkungen gesprochen, doch nicht davon, dass Auslandsreisen bald wieder möglich wären. Henry hoffte mittlerweile nicht mehr auf weitere Reisestationen. Die touristischen Pläne verblassten hinter den Fragen, die ihn beschäftigten: Wer war sein Vater? Und aus welchem Grund wurden Clara und ihre Kinder im Frühling 1960 so überstürzt gezwungen, ihr Zuhause zu verlassen?

AUF DEM GUTSHOF – 9. MAI 2020

Das Telefon klingelte. Carsten Blume war in Gedanken vertieft, sodass er den Klingelton erst spät wahrnahm. Da hatte der Anrufer schon aufgegeben – eine unbekannte Handynummer zeugte vom Anrufversuch. Er rief gleich zurück.

»Rosemeyer-Duensing!«

»Hallo, Carsten Blume hier, Sie hatten mich gerade angerufen? Ist Ihnen noch etwas zur Familie Baumert eingefallen?«

»Herr Blume, ich bin der Junior, Sie hatten neulich mit meinem Vater gesprochen. Und mir ist tatsächlich noch etwas aufgefallen. Mein Vater meinte, ich sollte es Ihnen zuerst sagen, und Sie könnten beurteilen, ob wir das der Polizei mitteilen oder ob es unwichtig ist.«

Carsten fühlte sich etwas geschmeichelt vom Vertrauen des prominenten Alten, der ihn für eine vertrauenswürdige Instanz hielt. Bekam er eine Info, der er parallel zu Hartmut Ziegler nachgehen konnte?

»Ja, erzählen Sie.«

»Neulich waren zwei Männer mit einem Lieferwagen bei uns auf dem Hof, die Arbeit in der Landwirtschaft suchten. Die kamen mit einem alten VW-Bus, und ich hab mir das Länderkürzel angeguckt: Moldawien. Vater hat dann gesagt, dass wir durchaus Arbeit hätten, aber nur angemeldet. Er hat gefragt, ob sie eine Arbeitserlaubnis für Deutschland hätten. Das haben sie angeblich nicht verstanden und sind wieder weg.«

Diese Information war doch eher eine Enttäuschung. Ausländer, die quasi im Vorbeifahren Henry Baumert ins

Koma geschlagen hatten? Das schien Carsten Blume weit hergeholt.

»Naja, am nächsten Tag hat Vater gesehen, dass derselbe Wagen oben am Weg hielt, relativ nah am Booms-Hof.«

»Wann war das genau?«

»Am Tag, bevor sie den Baumert im Feld gefunden haben. Ob der Wagen morgens noch dagestanden hat, weiß ich aber nicht. Wir fahren ja normalerweise andersrum, also über Hodenhagen.«

»Und das Autokennzeichen haben Sie sich auch gemerkt?«

»Tut mir leid, nein. Ich hab nur kurz auf das Länderkürzel geguckt. Konnte ja nicht wissen, dass so was vielleicht wichtig ist. Neben dem MD und der Flagge war ein C, an mehr erinnere ich mich nicht.«

Carsten schwankte, ob das eine bedeutsame Information war. Suchte Henry Baumert Hilfe bei irgendeiner Entrümpelungsarbeit, und die Fremden hatten etwas Wertvolles entdeckt, für das sich ein Mord lohnte? Unwahrscheinlich, denn Baumert wollte auf dem Hof nicht gesehen werden und machte in der ganzen Zeit nicht bei den Nachbarn auf sich aufmerksam. Dazu passte überhaupt nicht, fremde Arbeiter in das Haus zu lassen. Trotzdem musste Ziegler davon erfahren, was Rosemeyer-Duensing junior gesehen hatte. Jede Information war ein mögliches Puzzleteil in einem Kriminalfall.

»Ja, ich meine, Sie sollten das Hauptkommissar Ziegler mitteilen. Wissen Sie, ob es in dem Booms-Haus besondere Wertsachen gab oder gibt?«

»Keine Ahnung. Ewig her, seit ich zum letzten Mal drin war. Und Heinrich Baumert, der zuletzt da lebte, war nicht wohlhabend, soweit ich weiß. Aber das könnte mein Vater besser beantworten.«

Carsten instruierte Rosemeyer-Duensing junior, den Senior vor dem Anruf bei Ziegler nach Wertsachen zu fragen, und bat um dessen Rückruf, der nicht lange auf sich warten ließ.

»Lieber Herr Blume, ich sträube mich selbst, es zu glauben. Wissen Sie, wir haben uns zuerst gescheut, diesen Lieferwagen zu melden, es klingt ja durchaus vorurteilsbehaftet, als ob die bösen Ausländer an allem schuld wären.«

Der alte Friedrich Rosemeyer-Duensing sprach aus, was Carsten dachte.

»Aber wer soll es sonst getan haben? Es wusste doch niemand, dass Heinz Baumert überhaupt hier ist. Also Henry Baumert, Sie wissen sicher, dass er früher Heinz genannt wurde, er heißt ja Heinrich Georg, genau genommen.«

Carstens Interesse galt möglichem Diebesgut für potenzielle Zufallstäter.

»Ich habe mir die Frage gestellt, ob es vielleicht Wertsachen im Hause Baumert gab oder gibt, die für Diebe interessant sein könnten? Also, gesetzt den Fall, Herr Baumert hätte diese moldawischen Arbeiter hereingebeten, hätten sie vielleicht mit geübtem Blick Wertvolles entdecken können? Sie waren doch sicher oft genug im Booms-Hof, um so etwas zu wissen, Herr Rosemeyer-Duensing.«

»Lassen Sie mich überlegen, Herr Blume.« Einen Moment war Stille am anderen Ende der Leitung. »Bis auf die Goldmünzen fällt mir nichts ein. Und die waren wohl nicht auf den ersten Blick in den Räumen sichtbar. Vermutlich befinden sie sich ohnehin in einem Banksafe.«

Hatte Henry Baumert nicht gesagt, der Booms-Hof wäre der »arme Hof zwischen den beiden reichen Großbauern«? Carsten hakte nach: »Sie sind sicher, dass die Familie Baumert solche Wertgegenstände besaß? Um wie viele Goldmünzen mag es sich gehandelt haben?«

»Da fragen Sie mich zu viel. Der alte Heinrich, also der Vater des letzten Besitzers, der Großvater von Heinz, hat immer mal wieder etwas Geld in Gold angelegt und war doch recht stolz auf seinen Schatz. Erst waren es kleinere Barren, seit Ende der 60er-Jahre dann hauptsächlich *Krügerrand* und wohl auch ein paar *Tscherwonez*. Da meine Eltern und ich ebenfalls in Gold investiert haben, war das gelegentlich Gesprächsthema, wenn wir uns gegenseitig besucht haben.«

Carsten Blume glaubte kaum, dass im Booms-Hof Goldmünzen offen herumlagen, empfahl Friedrich Rosemeyer-Duensing aber, sein Wissen mit der Polizei zu teilen. Der bedankte sich und versprach, den Anruf schnellstmöglich zu erledigen.

Geraubtes Gold: War die Klärung des Mordanschlags auf Henry Baumert so einfach?

HENRY - 28. APRIL 2020

Unschlüssig stand Henry vor dem Schreibtisch seines Großvaters. Anfang der 70er war erst Heinrich Baumert senior gestorben, im Jahr darauf die Großmutter. Henry lebte zu dieser Zeit als Student der University of Nebraska in Lincoln und später, als frisch verheirateter Bibliothekar, wieder in Omaha. Die Nachrichten vom Tod der Großeltern nahm er ohne emotionale Regung auf.

Nach den Alten hatte niemand mehr in der großen Stube gelebt. Sein schrulliger Onkel beschränkte sich auf die eigenen kleinen vollgestopften Räume.

Drei Schubladen und zwei Türen, und alle waren abgeschlossen: Der Anblick des Schreibtisches reichte aus, um in Henry Unbehagen wachzurufen. In seiner rechten Hand hielt er einen Werkzeugkasten aus einer der Scheunen. Gut möglich, dass sein Onkel den Schlüssel dazu nicht gefunden hatte und die Neugier nie ausreichte, das Möbelmonstrum mit Gewalt zu öffnen. Henry blieb nur, die Türen aufzubrechen.

Kurz glomm in ihm das Gefühl auf, wie wütend der Großvater sein würde. Nach einem ersten Schreck darüber, wie übermächtig die Angst vor diesem Mann in seiner Kindheit war, griff er zu einem flachen rostigen Meißel und schob ihn in den schmalen Spalt zwischen Schreibtischtür und Rahmen.

Das alte Holz splitterte, das Scharnier quietschte, und die Tür sprang auf. Wenn es Unterlagen aus der Zeit vor 1960 gab, dann lagen sie hier.

Bis oben hin gefüllt mit Aktenmappen, zusammengehefteten Papieren und Umschlägen war dieser Schreibtisch. Nur die mittlere Schublade, die Henry ebenfalls aufhebelte, enthielt Füllfederhalter, Stempelkissen, Bleistifte, Radiergummis und eine Dose Pfeifentabak. Ein Tintenfass und eine kleine Schachtel mit goldfarbenen Federn weckten sein Interesse. Als Bibliothekar waren das Schreiben und das Lesen seine lebenslange Leidenschaft, und alte Schreibgeräte bewahrte er zu Hause in einer Vitrine zwischen den Büchern auf. »Pelikan 4001 königsblau« stand auf dem gläsernen Tintenfass, in dem sich Reste der getrockneten Flüssigkeit abzeichneten.

Das *Pelikan*-Symbol kam ihm bekannt vor, und dann erinnerte er sich: Ein Weihnachtspaket der Großmutter zu seinem ersten Weihnachtsfest in der Ferne hatte einen Patronenfüller enthalten. Mit dem *Pelikano* war er nach den Weihnachtsferien zur Schule gekommen und zeigte den Füller aus Deutschland glücklich seinen neuen Freunden. Wie schön das damals war, nicht mehr der vaterlose Habenichts vom Booms-Hof zu sein, sondern der Junge von Jonny Kruger, der Pakete von einem anderen Kontinent erhielt! Henry lächelte bei der Erinnerung an diese glückliche Zeit seiner Kindheit. Nur langsam kehrten seine Gedanken zum Schreibtisch des Großvaters zurück.

Die Schublade, in der auch lose rostige Büroklammern und eine braune Pfeife lagen, war voller kleiner Gegenstände, die Henry gern mit nach Hause genommen hätte. Er wühlte mit den Fingern in den Tiefen der Schublade, förderte immer neue Kleinigkeiten zutage und stellte sie auf der Schreibtischplatte ab. Doch sie waren nicht das Ziel seiner Suche. Theoretisch durfte er ja nicht einmal im Haus sein, geschweige denn Gegenstände daraus mitnehmen.

Die vielen Papiere waren es, von denen er sich Streiflichter auf eine Vergangenheit erhoffte, in der er selbst hier gelebt hatte. Er hätte gleich an dieser Stelle suchen müssen. Doch die Zeit, in der er sich mit den nutzlosen Pachtverträgen aus den 8oer-Jahren und Rechnungen für Viehfutter aus dem Zimmer des Onkels beschäftigt hatte, war notwendig, um die Hemmschwelle zu überwinden.

Er nahm Stapel um Stapel und trug die schriftlichen Hinterlassenschaften seines Großvaters in das kleine Wohnzimmer der Mutter. Es war sein geschützter Raum, in dem die

Geborgenheit nachhallte, die Clara ihren Kindern trotz aller menschlichen Kälte in der Familie gab. Nach drei Transportgängen die Treppe hinauf war Henry Baumert völlig außer Atem, setzte sich und stürzte ein großes Glas Wasser hinunter. Als Kind, das die vielen Treppenstufen problemlos mehrmals hintereinander auf und ab lief, hatte er sich in Erinnerung. Zurück kam er als alter Mann, der schon nach ein paar langsamen Treppenaufstiegen schnaufte. Sein Puls beruhigte sich. Er nahm Mappe um Mappe, Ordner um Ordner. Alles hatte der Großvater aufbewahrt. Henry fand den Kaufvertrag für den schwarzen Opel Kapitän, den der alte Heinrich Baumert nur vier Wochen vor ihrer Abreise in die USA angeschafft hatte. Damals fragte sich der kleine Henry nicht, wie der Großvater so einen teuren Wagen finanzierte. Heute stutzte er. 10.250 Mark!

Die Worte hallten in seinen Ohren nach: »Du musst kräftiger anpacken, Clara. Wir sind arme Leute, und deine vaterlosen Blagen fressen uns die Haare vom Kopf. Wie soll das erst werden, wenn die größer sind?« 1960 vermutete Henry, das sei der Grund: Er und Christine waren gewachsen, und der Großvater konnte sie nicht mehr mit »durchfüttern«, wie er es nannte. 10.250 Mark – bar erhalten, wie ein Stempel mit Unterschrift auf der Rechnung besagte. Das war 1960 ein Vermögen. Woher nahm der Alte eine solch hohe Summe? Obwohl Henry vorsichtig war und abends nur ungern beim Licht seiner batteriebetriebenen Lampe am Wohnzimmertisch saß, zündete er für das Aktenstudium zusätzlich Kerzen an, die er im Haus zusammengesammelt hatte. Er zog die Vorhänge fest zu und hoffte, dass niemand an diesem Abend im Dunkeln die abgelegene kleine Straße zu den Höfen am Duensingsfeld entlangfuhr und den Lichtschimmer sah. Das Barvermögen des Großvaters, von dem er gelesen hatte, war rätselhaft. Henry spürte, dass es mit ihm, seiner Schwester und der Mutter zusammenhing. Er würde nicht eher aufhören, bis alle alten Unterlagen gesichtet waren.

AUF DEM GUTSHOF – 9. MAI 2020

Carsten besann sich darauf, was er erledigen wollte, bevor die Männer vom Sneers-Hof mit der neuen Information seine Gedankengänge gestört hatten: Christine Walker, Henry Baumerts Schwester in Omaha zu finden, war sein Ziel. Er googelte und kombinierte, bis nur noch zwei Telefonnummern übrig waren. Beide gehörten zu Personen namens Walker, einmal Anthony und einmal »A & C«. Sie wohnten im selben Viertel von Omaha wie Henry Baumert und waren über öffentliche Telefonverzeichnisse zu finden.

Doch bis er soweit war, verging einige Recherchezeit. Die erste Suche nach Christine Walker ergab nichts Eindeutiges. Er probierte es mit der Suchfunktion in seinen diversen Ahnenforschungsportalen und landete einen Treffer bei *findagrave.com*, einem Portal, das eine Sammlung aus Grabsteinen von verschiedensten Friedhöfen, zumeist in den USA, darstellte. Freiwillige fotografierten die Monumente für die Nachwelt. Ein Kindergrabstein von 1982 war für einen kleinen Jungen namens Jonathan Walker in Omaha aufgestellt worden. Wer immer die Grabsteine des entsprechenden Friedhofs dokumentierte, hatte umfassende Arbeit geleistet, denn als zweites Bild war eine Todesanzeige aus dem *Omaha World Herald* beigefügt. Jonathan, der kurz nach der Geburt starb, war das »beloved third child of Anthony Walker and Christine Walker, born Baumert.«

Mit dem Vornamen des Ehemannes gab es diverse Treffer in Omaha und Umgebung, doch Carsten erinnerte sich, dass Henry Baumert über seine sorgsam gehegten Grünpflanzen gesprochen hatte, um die sich seine Schwester täglich kümmere. Dann würde sie wohl nicht am anderen Ende der Stadt wohnen. Er wählte zuerst die Nummer, die zu einem Anthony Walker gehörte und legte nach kurzer Zeit enttäuscht auf. Anthony Walker war ein junger unverheirateter Mann, eine Christine Walker gab es in seiner Familie nicht.

Blieb noch »A & C Walker«.

Henry räusperte sich, kramte im Gedächtnis nach Worten und hoffte, dass sein eingerostetes Englisch ausreichend sein würde. »Hello, I am Carsten Blume, I'm calling you from Germany. Do I speak to Christine Walker?«

»Ist etwas mit meinem Bruder? Lebt er?«

Henrys Schwester reichte es, »Germany« zu hören, und sie wechselte sofort zur deutschen Sprache.

»Frau Walker, Entschuldigung, wenn ich sie erschreckt habe. Jaja, Ihrem Bruder geht es unverändert, er lebt, soweit ich weiß. Ich möchte Ihnen meine Unterstützung anbieten.«

Christine Walker schwieg einen Moment. »Und wer sind Sie?«, fragte sie skeptisch. Die Polizei habe ihr mit einem Anruf gestern einen regelrechten Schock versetzt. Er sei doch nicht etwa von der Presse?

»Meiner Familie gehört das Hotel, wo Ihr Bruder bis auf die letzten zwei Wochen die Zeit in Deutschland verbracht hat. Wir sind sehr betroffen darüber, was ihm zugestoßen ist.«

»Ach so, dann danke ich Ihnen erst mal. Aber bitte, sagen Sie nicht so was wie ›zugestoßen‹. Jemand hat versucht, meinen Bruder umzubringen. Und wenn ich jemand sage, dann können Sie sicher sein, dass ich ein Mitglied unserer deutschen Familie meine.«

Das war eine klare Ansage. Die Stimme Christine Walkers klang resolut, man hörte ihr nicht an, dass sie in Carstens Alter war.

»Aber kostet das Telefonat nicht richtig viel Geld? Wollen wir nicht lieber *skypen*? Oder *Facetime*? Ich sehe auch gern, mit wem ich es zu tun hab.«

Es war Carsten Blume durchaus unangenehm, dass er sich mit solchen technischen Errungenschaften kaum auskannte. Ein Videotelefonat hatte er, gab er gegenüber Christine Walker zögerlich zu, bisher nicht geführt.

»Sorry, ich will Sie nicht alt aussehen lassen. Für mich ist das normal, wir haben eine Softwarefirma. Henry musste ich das vor seiner Europareise auch erst mühsam beibringen. Ich dachte, in Deutschland wären Sie weiter als in unserem beschaulichen Nebraska.«

So erklärte sich, dass die Baumert-Geschwister, in etwa gleich alt wie er, souverän mit der Technik umgingen! Carsten Blume war beruhigt.

»Wenn es irgendetwas gibt, das wir hier in Deutschland für Sie regeln können, sagen Sie es. Wir sind wirklich gern behilflich.«

»Gehen Sie ihn besuchen, sobald man Sie reinlässt. Und rufen Sie mich sofort an, falls Sie etwas hören, das mit meinem Cousin und meinen Nichten zu tun hat. Aber vermutlich werden Sie von denen nichts hören, Sie sind ja nicht von der Polizei.«

Carsten erzählte, dass er zwar nicht mehr im aktiven Dienst sei, aber aus seiner langjährigen Berufserfahrung heraus durchaus willens war, eigene Nachforschungen anzustellen, falls Christine Walker etwas in Erfahrung bringen wollte.

»Oh, Sie sind private investigator, wie heißt das auf Deutsch?«

»Das hieße Privatermittler oder Privatdetektiv, aber nein, das bin ich nicht. Ich unterstütze die Polizei hin und wieder mit meiner Kenntnis über diese Gegend, mehr nicht.«

»Gut, dann sage ich Ihnen eins: Finden Sie heraus, was mein Cousin Paul an dem Tag gemacht hat, als mein Bruder fast erschlagen wurde. Wissen Sie, was Paul in unserem letzten Telefonat gesagt hat? Wäre doch damals bloß das Schiff gesunken, mit dem wir in die USA ausgewandert sind. Das hat er gesagt. Paul sieht nicht nur aus wie mein Großvater, er benimmt sich auch so.«

Da war eine Menge Hass und tiefe Verletzung in Christine Walkers Stimme. Wäre Anna jetzt dabei, hätte sie die Worte und den Tonfall hinterher analysiert. Doch er ging ohnehin davon aus, dass sich seine Tochter und seine Enkelin ein weiteres Telefonat mit Christine Walker nicht nehmen ließen. Oder gleich *skypen*, wie immer das funktionierte.

»Ich hab noch eine wichtige Frage, Mrs. Walker.«

»Nennen Sie mich Christine, wir werden ja nun sicher noch mehrfach voneinander hören.«

Sie sprach ihren Namen selbst englisch aus. Henry hatte von seiner Schwester stets in deutscher Aussprache geredet.

Es war Carsten Blume recht, mit der Zwillingsschwester eine persönliche Ebene herzustellen. Es war wichtig, dass sie Vertrauen fasste, um Informationen zur Familienvergangenheit preiszugeben, die in diesem Fall bedeutsam erschienen.

»Okay, Christine, gern, ich bin Carsten. Und ich hab noch eine sehr direkte Frage.«

Sie schwieg.

»Ihr Bruder hat, glaube ich, davon gesprochen, dass sie beide nicht wüssten, wer ihr Vater sei. Erinnere ich mich da richtig, stimmt das?«

Henry Baumert hatte nichts dergleichen erwähnt, das Gerücht kam von Carstens Informanten Rosemeyer-Duensing.

Weiter Schweigen am anderen Ende der Leitung.

»Christine, sind Sie noch dran?«

»Ja, bin ich«, sagte sie, und es klang reservierter als vor ein paar Minuten.

»Entschuldigen Sie, wenn die Frage zu persönlich ist ...«

Christine Walker unterbrach ihn. »Ja, eigentlich ist die Frage zu persönlich. Aber vielleicht hilft es ja weiter. Bis letzte Woche wussten wir nicht, wer unser Vater war. Doch Henry hat es herausgefunden. Geben Sie mir mal Ihre Mobile-Nummer, ich leite Ihnen was weiter.«

Carsten Blume nannte seine Handynummer. »Sagen Sie, zu Ihrer Erbschaft gehört ja nicht nur der Hof, sicher gab es auch Konten und möglicherweise Wertsachendepots. Sind die im Lauf der Zeit unter den Erben aufgeteilt worden?«

Die direkte Frage nach einem kleinen Schatz in Goldmünzen stellte er nicht, um zunächst zu hören, wie Christine Walker reagierte. Doch die lachte nur.

»Wertsachendepots? No! Mein Onkel besaß nichts dergleichen. Er hatte ein Konto bei der Kreissparkasse Walsrode, und das war im Minus. Da das gesamte Ackerland verpachtet ist, dürfte das Konto jetzt im Plus sein. Es gibt ja niemand etwas von dem Geld aus, bis auf Grundsteuern und so was.«

Carsten musste doch direkter fragen: »Man munkelt, Ihr Großvater habe einige kleinere Goldbarren und mehrere *Krügerrand*-Münzen besessen. Das ist Ihnen nicht bekannt?«

»Gold?« Christine Walker klang ungläubig. »Wenn es so wäre, hätte mein Onkel Heinrich die längst verscherbelt. Arbeiten war nicht sein Talent. Nein, da ist nichts außer dem Hof und den Ländereien, aber wie Sie sicher wissen, ist Land in Deutschland das wahre Gold. Und das hat er wenigstens nicht verlebt.«

Den Spruch »Land kann man nur einmal verkaufen«, mit dem viele Grundbesitzer ihre Hektar beisammen hielten, kannte er. Sein eigener Bruder Friedrich hatte nicht so klug agiert. Vom ehemaligen Gutsbesitz waren außer dem Hofgelände nur einige Pferdewiesen übrig.

Carsten Blume bedankte sich bei Christine Walker für ihre Offenheit, ohne den moldawischen Lieferwagen zu erwähnen. Diese Spur war Sache der Polizei.

Henry Baumerts Schwester verabschiedete sich mit der Bitte um Mitteilung per Text- oder Voice-Message bezüglich aller Neuigkeiten, die er in Erfahrung brachte, und legte auf. Sein *iPhone* zeigte den Eingang einer *WhatsApp* an. Er klickte auf die Nachricht und sah, dass eine Datenübertragung im Gang war.

Ungeduldig wartete er auf das, was Christine Walker ihm zusandte. Wie sie angedeutet hatte, bekam er den Hinweis auf die Vaterschaft der Zwillinge. Wie fühlte es sich wohl an, wenn man mit Ende 60 erfuhr, wer der eigene Vater ist?

AUF WEITZES HOF - 9. MAI 2020

»Die wissen ja mittlerweile auch, wer der Verletzte ist, oder?«

Flora überlegte, wie sie Hildegard Weitze mit ihrer Befragung Neues entlocken konnten. Anna hatte das Dach ihres kleinen Cabrios geöffnet. Gemächlich fuhren sie Eickeloh entgegen.

»Wahrscheinlich braucht es den Spargelvorwand gar nicht. Hildegard redet ja frei von der Leber weg«, mutmaßte Flora.

»Aber wenn was für den Hof dabei rausspringt, dann redet sie noch lieber.« Anna bog im Dorf ab und drosselte das Tempo.

»Lass uns besser nicht mit der Tür ins Haus fallen. Erst der Spargel, dann so ganz nebenbei ein paar Fragen zu Henry.«

»Okay, good cop, bad cop, Mama. Du lockst mit Umsatz, dann grätsche ich seitlich rein und frage, ob der Baumert ihr Halbbruder ist.«

»Untersteh dich!« Anna lachte. »Ich glaube, du hast gar keine Vorstellung davon, wie schambehaftet Unehelichkeit auf dem Dorf vor 70 Jahren war.«

Sie bog in die Hofeinfahrt. »Auf geht's. Hoffentlich finden wir den richtigen Gesprächseinstieg für die große Frage aller Fragen.«

Doch Anna und Flora trafen nicht auf Hildegard, sondern auf deren Sohn Helmut, der auf dem Hof an einem Trecker schraubte. Zunächst sahen sie nur seine Beine, denn der Landwirt lag lang hingestreckt zwischen zwei riesigen Rädern eines großen Traktors und fluchte leise vor sich hin. Er klapperte mit Werkzeug.

»Hallo, Helmut, was macht der Spargel?«

Ein dumpfes Geräusch, gefolgt von einem empörten »Aua« zeigten an, dass der Bauer niemanden hatte kommen hören. Jetzt schob er sich langsam unter dem großen Gefährt hervor, die Hand an den Kopf haltend.

Er blinzelte gegen die Sonne, bis er erkannte, wer vor ihm stand.

Anna war per Du mit Helmut Weitze, da er zu den regelmäßigen Gästen im *Rittersaal* gehörte – zumindest bis zum letzten Jahr. Nach den damaligen Geschehnissen nahmen einige Beteiligte erst einmal Abstand von ihren üblichen Treffen. Es brauchte seine Zeit, so etwas zu verdauen.

»Anna, Tach auch. Der Spargel wächst. Sticht ihn bloß kaum einer. Jeden Tag sind wir selbst auf den Feldern, sogar Mutter sticht wieder.«

Helmut Weitze sortierte seine langen Beine und stand umständlich auf. Dann klopfte er sich den Staub von der Hose und befingerte nochmals die Stelle an seiner linken Schläfe, die er sich angestoßen hatte. Zufrieden stellte er beim Blick auf seine Finger fest, dass nichts blutete. Er streckte die Hand aus, um sie gleich darauf zurückzuziehen. »Ach nee, ist ja Corona«, murmelte er dabei und winkte statt eines Handschlages.

»Eure Erntehelfer konnten auch nicht kommen?« Es war ein Dilemma der Landwirte, dass die osteuropäischen Saisonkräfte aufgrund der Coronabeschränkungen nur in deutlich kleinerer Zahl anreisen durften. Einheimische Helfer waren für Mindestlohn plus Akkordzuschlag kaum zu bekommen. Harte Arbeit bei jedem Wetter: Da waren die Osteuropäer nicht ersetzbar.

»Wir haben ja noch Glück, die Anastasya hat viel rumtelefoniert, sodass wir dieses Jahr eine Truppe Russen aus ganz Deutschland da haben. Die meisten sind auf Kurzarbeit und haben darum nichts um die Ohren.«

Anna und Flora schauten sich an. Diese Arglosigkeit war typisch Helmut Weitze, dem man nachsagte, nicht der hellste Stern am Firmament zu sein. Spargelstecher, die in ihren deutschen Heimatstädten auf Kurzarbeit waren, konnte der Bauer auf dem Hof sicher nicht offiziell anmelden.

»Also stechen die schwarz?«, fragte Flora und versuchte, Zustimmung in ihren Tonfall zu legen.

»Was denn sonst? Wir sind doch froh, wenn einer das Zeug von den Feldern holt. Da dürfen wir dies Jahr nicht auf Behördenkram achten. Und die paar Russen fallen zwischen den Angemeldeten aus Polen gar nicht auf.«

Schwarzarbeit auf dem Spargelhof? Das Thema wäre ein echter Klick-Renner. Doch Flora überhörte Helmuts Eingeständnis lieber. Die Weitzes buchten ganzjährig Werbung bei ihr. Mist, das macht ja käuflich, fiel ihr auf.

Anna wurde mit ihrem Lockanliegen vorstellig.

»Wir machen Montag wieder auf und würden gern mal

euren Spargel für die Gäste ausprobieren. Und ein paar Zentner Laura kannst du uns auch bringen, Ofenkartoffelgröße.«

»Das ist aber nett, Anna. Kunden wie euch können wir brauchen. Seid ihr mit Ostmeyers nicht mehr zufrieden?«

Die Landwirte, bei denen sie für den *Rittersaal* bisher Spargel bezogen hatten, belieferten viele Restaurants. Ihre silberne Hochzeit feierte das Bauernpaar Ostmeyer im vergangenen Herbst bei Kollegen der Blumes in Schwarmstedt. Klar, den *Rittersaal* gab es erst im vierten Jahr, die anderen Wirte waren sicher schon länger Spargelkunden. Doch Anna fühlte sich darum den bisherigen Lieferanten nicht verpflichtet. Und mit Weitzes rotschaliger Kartoffel »Laura« waren die Restaurantgäste außerordentlich zufrieden.

Damit begründete Anna jetzt den Wechsel. »Eure Laura ist die beste Kartoffel im Restaurant, da dachte ich mir, euer Spargel ist sicher ebenfalls erstklassig.«

»Das kannste aber laut sagen. Und obwohl wir weniger von den Feldern kriegen, bleibt im Moment immer welcher über, weil die Gaststätten zu sind. Wir machen euch einen guten Preis, ehrlich.«

Helmut Weitzes zufriedenes Lächeln dehnte sich auf Flora aus. »Und Ihnen, Frau Kamphusen, wollte ich auch noch danke sagen. Der Artikel im Internet, da kommen jetzt sogar Schaulustige, aber die kaufen auch alle was. Und wollen natürlich hören, wie wir den Heinz, also den Henry, gefunden haben.«

Flora nickte. »Das hab ich mir gedacht, so eine Heldengeschichte ist gute Werbung.«

Weitzes letzter Satz beantwortete die Frage, ob die Polizei der Familie schon mitgeteilt hatte, wer auf ihren Feldern fast verblutet wäre.

»Sie kennen den Herrn Baumert aber nicht persönlich, oder?«, fragte Flora. »Der ist ja schon aus Deutschland weggezogen, als Sie noch nicht auf der Welt waren, nicht wahr?«

»Ich kannte den nicht, aber Mutter. Was denkt ihr, wie geschockt die war. Vor allem, dass der Henry, früher nannten sie den Heinz, weil er eigentlich Heinrich heißt, jetzt so aussieht wie mein Opa.«

»Ist deine Mutter auch zu sprechen?« Anna hätte lieber mit der alten Hildegard gesprochen, um etwas über Henry und Christine als Kinder zu erfahren.

»Nee, Mutter ist beim Friseur. Ging nicht mehr anders. Die Ilse macht ihr die Haare privat, seit sie in Rente ist. Kann sie sich was dazuverdienen. Als Friseurin kriegt sie ja nicht viel Rente vom Staat.«

Noch ein dörfliches Schwarzgeschäft! Dazu aktuell verboten, weil Friseurgeschäfte unter die Coronaschließungen fielen. Flora irritierte, dass Helmut Weitze so offen darüber sprach. Wem frisierte »die Ilse« wohl alles die Haare, jetzt, wo man bei Salons in den größeren Dörfern vor geschlossenen Türen stand?

»Hat deine Mutter erzählt, dass Henry und seine Zwillingsschwester uneheliche Kinder waren? Vater unbekannt.« Anna nahm jetzt den frontalen Weg, um Helmut Weitze mit der möglichen Tatsache neuer Verwandtschaft zu konfrontieren. Sie hatte Ware bestellt. Vom Hof jagen würde er sie selbst bei unverschämten Fragen nicht.

»Nein, davon weiß ich nichts.« Der Landwirt schüttelte energisch den Kopf, sah Anna bei seiner Antwort aber nicht an.

»Wenn der Henry aussieht wie dein Großvater, könnte der dann nicht Henrys Vater sein?«

Helmut Weitze nestelte grundlos an seinem Hemdkragen und schaute weiterhin an Anna vorbei.

»Kann ich mir nicht vorstellen. Die Clara Baumert war doch erst 17, als sie die Zwillinge kriegte. Großvater war damals schon um die fuffzig.«

Flora beobachtete den Bauern genau. Dafür, dass Weitze angeblich nichts von der Unehelichkeit der Baumertzwillinge gehört hatte, kannte er zu viele Details. Und er lenkte ab.

»Lass uns mal in den Laden gehen. Ihr könnt zwei Kilo erste Sorte zum Probieren mitnehmen. Ich sag der Anastasya Bescheid, die macht den Laden, bis Mutter wieder da ist.«

Der große dünne Landwirt, der immer ein wenig gebeugt ging, eilte voran, Anna und Flora folgten mit einigen Schritten Abstand.

»Der lügt«, zischte Flora ihrer Mutter zu. »Später«, murmelte Anna.

»Ihr kennt ja meine Verlobte Anastasya«, verkündete Helmut Weitze und legte lächelnd den Arm um die schlanke Frau, die ihre dunklen Haare zu einem langen Pferdeschwanz gebunden hatte.

»Aber ja, vom letzten Jahr, nicht wahr?« Anna begrüßte die ehemalige Putzhilfe ihres damaligen Nachbarn Markus Ernsting und beglückwünschte sie. »Wie schön für euch beide, ich glaube, ihr passt zusammen.«

»Wir müssen auch bald heiraten«, tuschelte Helmut Weitze verschwörerisch. Er flüsterte, als ob er ein großes Geheimnis offenbarte. »Es gibt Nachwuchs!«

»Wunderbar! Helmut, dass du heiratest und Vater wirst! Wir dachten alle, du wärst ein eingefleischter Junggeselle!« Anna freute sich ehrlich für ihn.

»Musste eben erst die Richtige kommen.« Anastasya Smirnowa füllte einen Beutel voll mit Spargel und reichte ihn Anna. Ihr Verlobter sah ihr mit einem seligen Grinsen zu.

»Helmut, feiern wir die Hochzeit im Rittergutshof? Möchte ich gern!« Anastasya strahlte ihn an.

»Machen wir, Schatz. Sobald wir wieder ein paar Leute einladen dürfen. So im August vielleicht? Dann sieht man auch schon was!«

Helmut Weitze starrte seiner gertenschlanken Verlobten beglückt auf die flache Bauchgegend.

Anna und Flora ahnten, dass der Wechsel zurück zum Thema Henry Baumert an diesem Nachmittag misslingen würde, und verabschiedeten sich.

Flora sprach, sobald sie auf dem Parkplatz wieder im Auto saßen. »Der lügt doch, oder? Der weiß mehr, als er zugibt.«

»Sieht ganz so aus, als wäre das Geheimnis um die Vaterschaft von Henry und Christine gelüftet. So ertappt wie Helmut geguckt hat, könnte man denken, er wär es selbst. Dabei war es wohl sein Großvater.«

»Und was wäre eigentlich schlimm daran, offen über so ein Thema zu reden?«

»Dorf!«, sagte Anna nur. »Oder Erbschaft. Der Hof scheint ja an Hildegard gegangen zu sein. Aber wann hat sie ihn geerbt? Und wenn da jetzt plötzlich noch zwei Halbgeschwister wären, die Ansprüche anmelden könnten?«

»Dann hätten wir den Helmut ja schon wieder als Verdächtigen. Ach herrje! Dem bleibt auch nix erspart.« Flora lachte.

»Naja, wie wir vorhin festgestellt haben, sind Weitzes geschäftstüchtige Leute.« Anna blieb ernst. »Neue Verwandte auszahlen, das kann einen fleißigen Landwirt schon zur Weißglut treiben.« Sie trat hinter dem Ortsausgangsschild von Eickeloh auf das Gaspedal. Der Gedanke behagte ihr nicht: »Es reicht ein Moment der Wut, in dem man die Kontrolle verliert.«

HENRY – 29. APRIL 2020

Der dicke Umschlag enthielt zwei handschriftlich verfasste Dokumente. Sie waren in fremden Schriftzeichen geschrieben. War das Sütterlin oder Kurrentschrift? Holy shit! Auch wenn er seit seiner Ankunft immer häufiger auf Deutsch dachte, fluchte Henry weiterhin auf Englisch. Das, was jetzt vor ihm lag, war ihm so fremd wie kyrillische Buchstaben.

Er hoffte, dass er an diesem Abend genügend Netz haben würde, um auf dem *iPhone* ein Sütterlin-Alphabet neben die Dokumente legen zu können, das beim Entziffern half. Doch nicht nur das Netz fehlte, das Handy brauchte dringend Saft. Indem er mit dem Leihwagen solang herumfuhr, bis der Akku sich am Zigarettenanzünder wieder genug Power geholt hatte, lud er es alle paar Tage auf.

Dieser Briefwechsel, hinten an der Wand eines hohen Schreibtischfaches gefunden, musste bis zum nächsten Tag warten. Vielleicht war der Inhalt für ihn belanglos, denn dabei lag eine Karte mit einer eingezeichneten Umrandung und Flurnamen. Ein Blatt in betont ordentlicher Schrift war vom Großvater und jemand anderem unterschrieben. Doch nur eine langwierige Verhandlung über den Kauf eines Waldstückes?

Henry legte den Umschlag beiseite. Ein kleiner Hefter lag jetzt vor ihm, und die Unterlagen darin waren mit Schreibmaschine getippt. Schon besser. Diese Akte würde er lesen können. Er öffnete den Hefterdeckel aus verblasstem graublauem Karton und erkannte nach den ersten wenigen Zeilen: Er hatte seinen Vater gefunden.

*

Es war sogar von Zeugen beglaubigt, dass mit der Zahlung von 15.000 Mark in bar, zahlbar in fünf Raten in fünf aufeinanderfolgenden Jahren, und der Überschreibung von drei Hektar Ackerland alle Ansprüche abgegolten seien. Heinrich Rosemeyer, der Inhaber des Halbmeyerhofes, der ein Stück die Straße herunter Richtung Dorf lag, kaufte sich frei von seiner Vaterschaft – und der Nachbar zur anderen Seite, sein entfernter Verwandter, Friedrich Rosemeyer-Duensing senior, bestätigte als Zeuge den Vertrag.

Henry Baumert las fassungslos, wie über den Kopf seiner damals erst 17-jährigen Mutter hinweg entschieden wurde. Aus den Unterlagen reimte er sich zusammen, dass Clara auf dem Rosemeyer-Hof dem frisch verwitweten Inhaber als Kindermädchen für die kleine Hildegard ausgeholfen hatte und in dieser Zeit vom Hofwirt geschwängert wurde. Henry erinnerte sich an Rosemeyer, der für ihn damals ein Furcht einflößender älterer Herr war. Ein ernster abweisender Mann wie Henrys Großvater.

Rosemeyer hatte spät geheiratet und seine Frau früh verloren. Der Schriftwechsel begann damit, dass Heinrich Baumert den Nachbarn aufforderte, Clara zu heiraten. Eine Antwort auf das Schreiben, das als Durchschlag vorlag, war nicht zu finden.

Wohl aber fand sich ein Brief vom Dezember 1951, dass der Vater für »das Kind« in »angemessener Weise« aufkommen würde, wenn die Familie Baumert sich zu Stillschweigen über die Vaterschaft verpflichte. War es dem alten Rosemeyer peinlich, eine 17-Jährige geschwängert zu haben? Von einer Hochzeit war nicht mehr die Rede.

Henry zitterten die Hände beim Umblättern. Sein Vater, er hatte ihn gekannt, damals in Eickeloh. Henry Baumert riss das Fenster auf, um frische kühle Luft in den Raum zu lassen. Ihm war heiß. Im nächsten Moment zog sich ein Frösteln durch seinen Körper. Dieser alte Mann, der ihn gezeugt hatte, wollte nichts von seinem Sohn und seiner Tochter wissen. Henry überwand sich weiterzulesen. Im Februar 1952 wurde nicht nur ein Kind geboren, sondern Zwillinge, und es entstand ein Vertrag, der ihn schaudern ließ. Heinrich Rosemeyer erstattete die Kosten für den Krankenhausaufenthalt der jungen Mutter und der Neugeborenen im Celler Krankenhaus. Es war sicher eine Risikogeburt, überlegte Henry. Anderenfalls hätte die Kinder, wie damals üblich, die Hebamme Meta Bruns aus Essel zu Hause auf die Welt geholt.

Drei Hektar Land und 15.000 Mark, die den Vater von allen Pflichten befreiten. Der Preis für das Schweigen einer Familie.

Jedes Mal, wenn Henry in diesen Tagen, 60 Jahre später, mit dem Fahrrad den Booms-Hof verließ, darauf achtend, dass niemand sah, woher er kam, fuhr er am Hof seines leiblichen Vaters vorbei. »Weitzes Hofladen« war die Einfahrt zu den Hofgebäuden heute ausgeschildert. Hatten die Erben den Hof verkauft? Henry las die Flurbeschreibung der drei Hektar Land, die zum Schweigegeld für seinen Großvater gehörten, genau durch, und erkannte die Beschreibung wieder.

Er öffnete den Laptop und betrachtete die Karten, die ein deutscher Rechtspfleger den Erben digital zugesandt hatte, als er anfragte, ob sie einverstanden waren, bestehende Landpachtverträge aufrechtzuerhalten.

Das Land gehörte zum Erbe des Booms-Hofes, doch es war seit Langem verpachtet – an einen Landwirt namens Helmut Weitze.

Henrys Anspannung entlud sich in Wut. Er hämmerte mit den Fäusten auf den kleinen Wohnzimmertisch, bis es schmerzte. Die Haare vom Kopf fressen? Durchfüttern? Sein Großvater hatte an der Geburt seiner unehelichen Enkelkinder ordentlich verdient! In fünf aufeinanderfolgenden Jahren waren jeweils 3.000 Mark in bar geflossen, Quittungen dazu lagen lose im Pappordner. Für heutige Verhältnisse klang es nicht nach einer großen Summe, aber damals war es eine Menge Geld!

Henry stand auf und lehnte sich weit aus dem Fenster, die kühle Luft tief einatmend. Es pochte in seinem Schädel, und er konnte die Worte nicht zurückhalten. »Du geldgieriges altes Schwein«, brüllte er und zuckte zusammen, als seine Stimme die Stille durchbrach. Schnell schloss er das Fenster. »Ich hoffe, ihr beiden seid elendig verreckt«, murmelte er und fiel kraftlos auf das kleine Sofa.

Clara und ihre Kinder sahen nichts von diesem Barvermögen, denn über finanzielle Mittel, um für sich und den Nachwuchs etwas zu kaufen, verfügte die Mutter kaum. Erfuhr sie damals überhaupt, wie ihr Vater aus der »Schande« der Tochter Kapital schlug? Frauen und Männer waren 1960 bis zu ihrem 21. Geburtstag minderjährig. Henrys Großvater war juristisch im Recht, über ihren Kopf hinweg Verträge zu schließen. Doch selbst als sie theoretisch allein hätte entscheiden können, also ab 1956, blieb sie in der Abhängigkeit auf dem Booms-Hof.

Eine junge unverheiratete Frau mit zwei Kindern war nichts wert in den 50er-Jahren des vergangenen Jahrhunderts. Das war Henry klar. Clara blieb mittellos, ohne Ausbildung und berufliche Perspektive. Eine finanziell günstige Ehe mit einem Landwirt ließ sich kaum mehr arrangieren für eine ledige Mutter.

Henry wusste nun, wie die kostspielige Reise der kleinen Familie in die USA und das Kostgeld an die Pflügers in Altona damals finanziert wurden. Es war aus den Zahlungen seines Vaters geschehen. Doch warum hatte der Großvater sie erst acht Jahre später fortgeschickt? Trotz der Freude seiner Mutter, alles hinter sich zu lassen, war es für Henry damals und heute klar, dass die Auswanderung nicht auf Claras Initiative beruhte. Sie wurden fortgeschafft, weit fort. Und es hing mit etwas zusammen, das er, Henry, verschuldet hatte.

»Nein, es war nicht meine Schuld!« Henry sprach laut in den Raum. »Ich war ein Kind.« Wenn er sich nur erinnern könnte!

Er nahm den Vertrag wieder zur Hand, der von drei Männern unterschrieben war, benachbarten Landwirten, die über den Kopf der minderjährigen Clara hinweg verhandelten.

Tief in seinem Gedächtnis, weit davon entfernt, an die Oberfläche zu dringen, schrillte leise eine Alarmglocke. »Halt dich fern.« »Dir wird niemand glauben!« Was bedeuteten diese Sätze, die ihm auf einmal durch den Kopf schossen?

AUF DEM GUTSHOF - 9. MAI 2020

»Opa, ich bin sicher: Der Baumert ist Hilde Weitzes Bruder. Und Helmut weiß Bescheid.« Flora platzte in das Wohnzimmer ihres Großvaters, der ihr ein Blatt Papier entgegenhielt.

»Klar. Und hier ist der Beweis.«

Der Vertrag, mit dem sich der alte Heinrich Rosemeyer von seinen Vaterpflichten freikaufte: Henry Baumert hatte ihn gefunden und seiner Schwester eine Aufnahme davon zugesandt. Nun war das Foto in einer *WhatsApp*-Nachricht auf dem Rittergut gelandet. Carsten hatte sich in der Zwischenzeit über die Verwandtschaftsverhältnisse zwischen den drei Höfen hinter Eickeloh schlaugemacht.

»Es gibt einen offen einsehbaren Stammbaum der Familie Rosemeyer-Duensing bei *Ancestry*, das ist eines meiner bevorzugten Ahnenforschungsportale. Den Stammbaum hat die Tochter vom ›alten Fritz‹ angelegt.«

Friedrich Rosemeyer-Duensing, der ehemalige Landtags-abgeordnete und Bundesverdienstkreuzträger, wurde im Dorf so bezeichnet. »Manche nennen ihn auch den ›König von Hudemühlen‹«, kommentierte Carsten Blume.

»Die Unterschrift unter diesen Vertrag hat er wohl nicht gesetzt. Ich vermute, das war noch sein Vater, der hieß genauso. Übrigens gibt es in dieser Generation auch wie-der einen Friedrich auf dem Sneers-Hof. Das ist dann schon der fünfte in Folge.«

»Wie kommt es, dass die ganze Familie Doppelnamen trägt?« Flora kannte einige Bauerndynastien mit zwei Nachnamen, obwohl doch das Namensrecht erst in den 8oer-Jahren geändert wurde.

»Dafür gab es schon im 19. Jahrhundert Ausnahmege-nehmigungen, wenn jemand auf einen großen Hof ein-heiratete und der Inhabername erhalten bleiben sollte. In diesem Fall ist es so, dass der Großvater vom ›alten Fritz‹ ein Bruder des Inhabers vom Rosemeyer-Hof war, der heute Weitzes gehört. Weil es an der Ecke schon einen Hof Rosemeyer gab und der Sneers-Hof der Duensings viel größer war, haben sie den Doppelnamen eingeführt.«

Carsten Blume entnahm dem Stammbaum weitere Informationen. »Der kleine Booms-Hof entstand im 17. Jahrhundert, nach dem 30-jährigen Krieg. Damals wurde eine kleine Hofstelle für den zweiten Sohn der Duensings vom Sneers-Hof abgetrennt. Eine Enkelin des Inhabers erbte und heiratete einen Baumert. Henry und Christine sind also mit beiden Familien von den großen Höfen ver-wandt.«

»Alles Inzucht«, kommentierte Flora.

»Aber klar.« Carsten schmunzelte. »Unser eigener Stammbaum ist auch nicht anders.«

Flora zögerte kurz und winkte dann ab. Besser nicht dieses Fass aufmachen. Wenn der Großvater anfing, vom Familienstammbaum zu reden, war er nicht zu bremsen. Flora fragte sich, was so prickelnd daran war, dass sie eine einzelne jüdische Vorfahrin Mitte des 19. Jahrhunderts hatte und ein anderer Vorfahr auf einem großen Steinbild an der Wand der Helstorfer Kirche genannt wurde. Für Carsten Blume alles Entdeckungen, die ihn begeisterten. Für die Enkeltochter, deren Gedanken der Zukunft zugewandt waren, nur Legenden aus grauer Vorzeit. Wie viel bäuerliche Inzucht in ihrem Stammbaum steckte, wollte Flora lieber nicht wissen.

Hartmut Ziegler unterbrach die Familienrunde, rief die Treppe hinauf und fragte nach der Möglichkeit eines Abendessens.

Der Hauptkommissar trug vorschriftsmäßig Maske und blieb am unteren Treppenabsatz stehen.

»Ich könnte das ja fast für eine Fangfrage halten«, kommentierte Anna, die sich über das Geländer zu ihm hinunterbeugte. »Unsere Küche ist natürlich ordnungsgemäß noch bis einschließlich Sonntag zu. Bei uns finden Sie keine Übertretung der Coronavorschriften.«

»Hätte ja sein können, dass sie Essen zum Abholen anbieten«, erwiderte der Hauptkommissar. »Ich hab den ganzen Tag noch nichts gegessen, zu viel zu tun. Es hat sich noch etwas Wichtiges ergeben, wir konnten einen Durchbruch erzielen.«

Ziegler schaute in drei neugierige Augenpaare. Flora war bei der Erwähnung eines »Durchbruchs« ebenfalls an der Treppe aufgetaucht, Anna stand mit leicht geöffnetem Mund und fragendem Blick neben ihrer Tochter.

Carsten Blume ging ein paar Stufen hinunter und lenkte ein. »Wir können uns ja privat mit einer Person treffen, die nicht zu unserem Haushalt gehört, bevorzugt an frischer Luft, das sehe ich doch richtig?«

Hartmut Ziegler nickte.

»Anna, was kocht uns Michael heute Abend?«

»Wir haben die zwei Kilo Probierspargel, also schneiden wir einen Schwarzwälder Schinken an, es gibt Kartoffeln dazu und natürlich die warm aufgeschlagene frische Hollandaise.«

Anna sah Hartmut Ziegler an. Der lächelte werbend.

»Vater, dann lad doch Herrn Ziegler heute Abend privat zum Essen ein, und ich decke draußen einen Tisch. Ist ja lange genug hell, nur müssen wir dann eben Jacken anziehen.«

»Gute Idee, Anna. Hartmut, wie sieht es aus? Würdest du auch die private Einladung eines ehemaligen Kollegen für heute Abend annehmen?«

Ziegler stutzte und wartete einen Moment mit der Antwort. Diese Einladung war nur insofern privat, dass keine Summe für das Essen auf seiner Hotelrechnung stehen würde. Er kannte seine Pappenheimer. Carsten Blume und seine Familie führten anderes im Schilde.

»Da habt ihr mich aber schön eingeseift. Danke für die Einladung, ich komme gern. Aber wenn Sie meinen, dass ich …« Anna unterbrach ihn.

»Ganz ohne Hintergedanken, lieber Herr Ziegler. Sagen wir um 20 Uhr?«

Der Hauptkommissar dankte erneut und verschwand aus dem Blickfeld.

Flora konnte das Lachen kaum zurückhalten, bis Ziegler verschwunden war.

»Na, dann lasst uns den Typen mal ordentlich aushorchen«, freute sie sich. Sie sah erstaunt, dass die Mutter und der Großvater nicht mitlachten. »Oder meint ihr das etwa ernst, ohne Hintergedanken?«

Dann brach es aus Carsten Blume und seiner Tochter heraus, die sich nur zurückgehalten hatten, bis der LKA-Mann sie ganz sicher nicht mehr hören konnte.

»Auf eine erfolgreiche Vernehmung«, kommentierte Flora und hob die Hand, um mit der Mutter abzuklatschen.

»Wenn Ziegler noch nicht weiß, wer Baumerts Vater war, haben wir ihm ordentlich was zu bieten. Dafür muss auch etwas zurückkommen.«

HENRY - 29. APRIL 2020

»Chrissie, ich weiß, wer unser Vater ist.«

Zum zweiten Mal in diesem Monat hatte Henry Baumert Datenvolumen nachgebucht, das Smartphone war seine Verbindung zur Außenwelt und zum fernen Zuhause in Omaha. Manchmal, wenn Henry sich an die glückliche Kindheit in der großen Wohnung hinter dem Lebensmittelladen von Jonny Kruger erinnerte, benannte er seine Schwester mit dem Kosenamen der frühen amerikanischen Jahre. »Chrissie, hast du gehört? Unser leiblicher Vater!«

Die Schwester schwieg, sah ihn fragend an. Er fand keine Neugier in ihrem Blick. Sah er da Angst? Die *Facetime*-Verbindung war stabil, Henry saß auf einer Bank direkt an der Hauptstraße durch Eickeloh, an einem Gedenkstein, der an die Gründung des Ortes unter dem Namen »Eclo« erinnerte. Hier gab es *LTE*-Empfang, und da keine Passanten unterwegs waren, fühlte sich Henry unbeobachtet und wagte den Anruf.

»Wie siehst du überhaupt aus? Rasierst du dich gar nicht mehr? Die Leute werden dich für einen Obdachlosen halten!«

Christine lenkte ab. Henry war enttäuscht. Was für ihn die Sensation des gestrigen Abends war, schien die Schwester kaum zu interessieren.

»Wir sind Kinder von Heinrich Rosemeyer«, sagte er leise.

Christines Augen weiteten sich, sie rückte näher an ihren Laptop, vor dem sie in ihrem Wohnzimmer saß.

»Heinrich? Bist du ganz sicher? Nicht Friedrich?«

»Heinrich, der Bauer vom Hof Richtung Bahnhof, also vom Rosemeyer-Hof. Wen meinst du mit Friedrich? Rosemeyer-Duensing?«

»Ja, den. Und der ist es wirklich nicht?«

»Nein, ganz sicher der alte Heinrich Rosemeyer. Ich schicke dir den Beweis gleich.« Christine Walker saß im fernen Omaha vor ihrem Rechner. Tränen kullerten über ihre Wangen, und sie starrte wortlos den Bildschirm an.

Friedrich Rosemeyer-Duensing vom Sneers-Hof, der von Booms aus gesehen in Richtung Hodenhagen lag: Wie war Christine auf diese Idee gekommen?

Henry schob den Gedanken beiseite, ihn interessierte, was die Schwester über den fremden verstorbenen Vater wusste.

Sie war im Gegensatz zu ihm gelegentlich auf den Rosemeyer-Hof geschickt worden, um Milch zu holen. Und sie hatte die jugendliche Hildegard bewundert, die eheliche Tochter.

»Der Hof wird jetzt von einer Familie Weitze bewohnt. Ob die Rosemeyers verkauft haben?«

Christine schüttelte den Kopf. »Nein, das ist Hildegard mit ihrer Familie. Sie hat damals den Heinrich Weitze geheiratet. Großmutter hat es in ihren Briefen an Mutter erwähnt.«

Wie viele Männer hier in der Gegend früher Heinrich genannt wurden! Henry hieß ja selbst so – doch den Namen hatte er schon mit der Einbürgerung in die USA offiziell abgelegt. Aus »Heinrich Georg« wurde »Henry George«, ein stolzer Bürger der Vereinigten Staaten von Amerika.

»Und weißt du, ob Hildegard noch lebt? Wir haben …« Henry zögerte, es auszusprechen. »Wir haben eine Schwester.«

Christine Walker schüttelte den Kopf, in der ruckeligen Übertragung sah sie dabei seltsam verschwommen aus. »Ich weiß nicht, ob sie noch lebt. Nach Großmutters Tod haben wir doch nie wieder etwas aus der alten Heimat gehört. Das muss so um 1970 gewesen sein.«

»Ich fahre da hin«, beschloss Henry und erntete von seiner Schwester Widerwillen. »Vorbeigefahren bin ich schon einige Male, hab aber immer aufgepasst, dass mich keiner sieht. Das war mir zu nah an unserem Hof. Ich hab lieber bei den anderen Bauern im Dorf eingekauft.«

»Was haben wir davon, wenn du hinfährst? Willst du Hildegard die alten Unterlagen unter die Nase halten und dich als verlorener Bruder vorstellen?« Christine sprach so laut, dass Henry sich umschaute, ob niemand auf der Straße war, der zuhörte. Ihre Stimme klang durchdringend, wenn sie sich aufregte. »Du weißt es jetzt. Nun lass endlich die Vergangenheit ruhen. Sieh zu, dass du Land gewinnst und wieder eine Unterkunft mit Strom bekommst. Die Hotels öffnen doch demnächst!« Die Zwillingsschwester googelte regelmäßig nach den neuesten deutschen Coronaregeln, um zu wissen, auf was sich ihr Bruder einzustellen hatte.

Doch der winkte ab. Ein Hotel, nein, nicht mehr – oder noch nicht.

In den ersten Tagen fühlte Henry sich eingeschränkt ohne Kühlschrank, ordentlichen Herd und elektrisches Licht. Doch mittlerweile hatte er sich daran gewöhnt und zwei weitere batteriebetriebene Lampen gekauft. Er erwog, die »Essen to go«-Angebote auszuprobieren, die Restaurants aus der Umgebung trotz der verordneten Schließung der Gasträume anboten. »Mittagstisch to go«: Das Denglish der Werbeaufsteller amüsierte ihn immer wieder und erinnerte an die Kindheit, als die Sprache im Hause Kruger/

Baumert ein lustiger Mischmasch aus der alten Heimatsprache und amerikanischem Englisch war. Sein neudeutsches Lieblingsmischwort hieß »Walkinghose«, das er in einem Sonderangebotsprospekt gefunden hatte.

Die Abbildung zeigte, dass es sich um eine enge Sporthose handelte, keinesfalls um einen spazierenden Gartenschlauch, was die englische Bedeutung von »hose« war. Christine kam aus dem Lachen nicht mehr heraus, wenn er ihr die denglischen Begriffe nannte oder aus Prospekten ablichtete und zusandte.

Obwohl ihr wegen seiner Vergangenheitssuche nicht zum Lachen war, konnte er sie mit solchen Kleinigkeiten wenigstens etwas amüsieren.

Henrys Gedanken kamen zu seinem knurrenden Magen zurück. Für die fertig gekochten warmen Gerichte »to go«, nach denen er sich sehnte, müsste er häufiger den Wagen aus der Scheune fahren. Das erhöhte die Gefahr, entdeckt zu werden. Doch war es nicht egal, wenn ihn jemand erkannte? Er würde sich als jener vorstellen, der er war. Henry Baumert, einer der fünf Hauseigentümer des Booms-Hofes. Darum wagte er jetzt, mitten im Dorf zu sitzen. Das Versteckspiel war nicht mehr wichtig.

»Nein, Chrissie, ich bleibe noch. Ich verhungere hier nicht. Und bei Weitze werde ich einkaufen. Die haben einen Hofladen und bieten frischen Spargel, Kartoffeln und so was an. Ich war auch schon auf zwei anderen Höfen hier im Dorf und habe Milch, Käse und Kartoffeln gekauft. Ich muss mich schließlich nicht verstecken. Es weiß niemand, wer ich bin. Ich bin einer von vielen Tagesausflüglern, die hier gerade rumschwirren, weil man ja nicht verreisen darf.«

Er würde auf seinem kleinen Campingkocher keine Spargelmahlzeit zubereiten, aber darauf kam es nicht an. Er wollte den Hof des Vaters besuchen – und das am besten sofort.

Christine rang ihm das Versprechen ab, seine Identität weiterhin nicht zu offenbaren. Dann beendete sie den *Facetime*-Call, und er fuhr langsam mit dem Fahrrad zurück zum Haus. Es war schon spät, die Sonne würde bald untergehen, und der Hofladen war längst geschlossen. Die Zeitverschiebung sorgte dafür, dass er seine Schwester immer erst ab dem späteren Nachmittag erreichte.

Er gähnte, denn die letzte Nacht war durch das lange Aktenstudium kurz gewesen. Beim Blick in die Sonne tränten ihm die Augen, und er blinzelte.

Heute würde er weder Essen »to go« holen noch zum *McDrive* an der Autobahnabfahrt Schwarmstedt fahren oder weiter in Unterlagen wühlen. Es war kaum dunkel, als Henry Baumert das Licht ausmachte und in einen tiefen traumlosen Schlaf fiel.

AUF DEM GUTSHOF, 9. MAI 2020

»Diese Hollandaise ist ein Gedicht, Herr Kamphusen! Ich nehme gerne noch …« Hartmut Ziegler brachte einen gesunden Appetit mit in den Gutshofgarten. Anna, Flora und Carsten blieben bei ihrem Vorhaben, während des Hauptgangs Small Talk zu halten und erst beim Nachtisch über den aktuellen Fall zu sprechen. Dadurch kam das Gespräch schnell auf die Coronabeschränkungen, und Michael Kamphusen konfrontierte den Hauptkommissar mit seinen Thesen.

»Ich frage Sie: Wird die Polizei im Zweifel auf der Seite der Bevölkerung sein? Oder werden Sie und Ihre Kollegen gehorchen, wenn wir alle gespritzt werden sollen?«

Hartmut Ziegler unterbrach das Kauen und starrte seinen Gastgeber mit vollem Mund an. Er setzte zu einer Antwort an.

»Kau mal in Ruhe fertig, Hartmut.« Carsten Blume fürchtete die Tischmanieren seines Kollegen fast mehr als die Verschwörungstheorien des Schwiegersohns.

Ziegler wandte den Blick ab und sah aus dem Augenwinkel, dass Anna Blume-Kamphusen ihrem Mann unter dem Tisch kräftig gegen das Schienbein trat. Der stand auf und tapste murmelnd in Richtung Küche. »Ihr seid doch alles Schlafschafe«, grummelte er.

»Den Namen des Vaters von Henry Baumert und seiner Schwester habt ihr bereits?«, konfrontierte Carsten den Hauptkommissar direkt mit dem Fall Baumert, um rasch den peinlichen Moment zu überwinden.

»Wasch? Nein!« Ziegler kaute schneller und schluckte den letzten Happen unzerkaut herunter, um verständlicher zu reden.

Er sah irritierter drein als bei Michael Kamphusens Coronaleugner-Thesen. »Nein, den Namen haben wir nicht. Hast du ihn?«

»Selbstverständlich.« Carsten Blume zückte lässig sein *iPhone* und zeigte den Vertrag von 1952. »Ich denke, das bringt euch noch mal auf andere Ermittlungsansätze.«

Er lächelte milde, und Flora lehnte sich zufrieden zurück. Da hatten sie den Hauptkommissar kalt erwischt.

Ziegler las das alte Schreiben aufmerksam. »Und woher hast du das jetzt schon wieder?«

»Von Christine Walker. Eine sehr sympathische Dame.« Carsten schaute ein wenig zu selbstgefällig, fand sogar seine Tochter, die aufstand, um mit ihrem Ehemann in der Küche ein ernstes Wort zu reden. Er bereitete dort den Nachtisch vor, seine in der Umgebung mittlerweile viel gerühmte Creme Brulée.

»Entschuldigung für die steilen Thesen von Michael«, murmelte sie in Richtung des Gastes, als sie zurückkam. »Die Tatsache, dass er wochenlang nicht für das Restaurant kochen durfte, hat ihn ganz kirre gemacht.«

Ziegler winkte ab. Er war nicht bereit, sich über Coronaleugner aufzuregen, wenn neue Erkenntnisse für einen aktuellen Fall auf dem Tisch lagen. Carsten Blumes Einstellung zu Christine Walker teilte er nicht.

»Sympathische Dame? Da bin ich nicht so sicher. Die hat doch Haare auf den Zähnen! Sie hat sich auf ihren Cousin Paul Hasselbrink, den potenziellen Hoferben, als Täter eingeschossen und ist sauer, dass er sich noch nicht hinter Schloss und Riegeln befindet. So ein Quatsch! Jedes Mal, wenn ich mit ihr rede, blafft sie mich an.«

»Quatsch? Warum Quatsch, für mich steht er auf der Liste der Verdächtigen ebenfalls ganz oben.« Carsten wunderte sich, dass Ziegler den Kopf schüttelte.

»Was wäre denn sein Vorteil? Christine Walker beerbt ihren Bruder, wenn der stirbt. Und während der Henry wohl, das sagt zumindest Hasselbrink, wenigstens freundlich blieb im Gespräch, hätte ihn die Cousine immer nur abgewehrt. Für Paul Hasselbrink und seinen Plan, den

Hof zu übernehmen, würde es also schlimmer statt besser.«

Die Creme Brulée wurde am Tisch flambiert. Michael Kamphusen erwartete volle Aufmerksamkeit für seine Dessertzauberei. Doch Hartmut Ziegler warf einen Satz in die Runde, der den Rest der Familie sofort ablenkte.

»Außerdem fahre ich morgen nach Hannover und gebe den Fall an das zuständige Kommissariat in Walsrode zurück, weil wir es wohl eher mit einem Raubdelikt mit vorsätzlicher schwerer Körperverletzung zu tun haben. Du solltest ja wissen, was ich meine, Kollege. Die Moldawier!«

»Nicht dein Ernst!« Carsten Blume schaute den Hauptkommissar fassungslos an. »Die Information ist doch gerade von heute Morgen! Wie kommt ihr darauf, euch auf diese Theorie zu versteifen? Mir erschien sie weit hergeholt.«

»Komisch, hast du nicht dem alten Politiker gesagt, er soll uns anrufen und die Geschichte mit den Goldmünzen erzählen? Tja, was soll ich sagen – das passte wie die Faust aufs Auge zu unseren Funden im Booms-Hof. Da steht ein großer alter Schreibtisch im Erdgeschoss, mit einem Meißel aufgebrochen. Der Schreibtisch war bis auf Krimskrams in einer Schublade komplett leer.«

»Und von einem aufgebrochenen Schreibtisch schließen Sie auf einen verschwundenen Goldschatz? Das nenne ich mutig.« Flora, die geschwiegen hatte, weil sie wusste, dass Ziegler immer harsch auf ihre Fragen reagierte, hielt sich nicht mehr zurück.

»Frau Kamphusen, Ihnen ist klar, dass Sie nichts von dem, was ich hier gerade ausplaudere, in Ihrem Blog verwenden dürfen, bevor wir es morgen veröffentlichen, klar?« Flora nickte augenrollend. Ziegler schob sich einen Löffel Crème Brulée in den Mund und berichtete mümmelnd weiter.

»Der Schreibtisch war nur auf den ersten Blick leer. In einem der großen Fächer haben meine Kollegen in einer Ecke eine *Tscherwonez*-Münze zu zehn Rubel von 1977 und einen *Krügerrand* aus dem Erstausgabejahr 1967 gefunden.«

»Also gab es den Goldschatz?« Flora beugte sich gebannt vor und vergaß den Nachtisch. »Und Sie meinen, es waren die Moldawier?«

»Es spricht alles dafür. Mein Gespräch mit dem Landwirt Helmut Weitze ergab, dass der Lieferwagen mit MD als Länderkennzeichen auch auf seinem Hof Halt machte. Zwei Typen, die nach Arbeit fragen wollten, weil sie wegen Corona in Deutschland hängen geblieben seien. Weitze wusste nicht mehr, an welchem Tag das war, konnte die Typen aber recht gut beschreiben. Und die Beschreibung deckte sich mit der vom jungen Rosemeyer-Duensing.«

»Diese beiden Männer suchten Arbeit. Im Booms-Hof wurde ein Schreibtisch aufgebrochen, in dem zwei Münzen zurückblieben. Und daraus konstruiert ihr eine Fahndung?« Carsten Blumes Stimme klang empört. »Das steht doch auf völlig tönernen Füßen!«

»Eine Kleinigkeit fehlt noch in dem Puzzle, soweit wir es bisher zusammensetzen konnten. Die Moldawier konnten bei Weitze zwar keine Arbeit bekommen, weil er ebenfalls auf Papiere bestand, aber sie durften einen Mittagstisch einnehmen, bevor sie weiterzogen. Am Tisch mit Anastasya Smirnowa.«

»Und was sagt uns das? Kommt jetzt noch eine Pointe in der Geschichte?« Flora war ungeduldig.

»Die heutige Republik Moldau gehörte früher zur UdSSR. Natürlich sprechen die meisten da heute noch russisch. Eine gute Verständigung war also möglich. Anastasya Smirnowa erzählte von der bevorstehenden Hochzeit, und nach dem Essen sprach einer der Moldawier Helmut Weitze an und offerierte ein Angebot. Sie könnten ganz günstig echten Diamantschmuck, auch einen Trauring, besorgen, ganz legal angeblich.«

Das überzeugte Carsten Blume. »Die Geschichte wird langsam rund, das klingt nach Hehlerware.«

»Und jetzt geben sie die beiden mit Phantomzeichnungen zur Fahndung raus? Also morgen?« Flora merkte sich so viele Details wie möglich, um die Geschichte abends vorzuschreiben. Je mehr fertig war, umso rascher könnte sie nach Übermittlung der Pressemitteilung veröffentlichen. Schneller sein als die anderen Medien: Zeit war eine wichtige Währung im Online-Medienbusiness. Nur ein kleiner Zeitvorsprung und sie generierte schon Klicks, wenn die Kollegen noch Informationen sammelten.

»Phantombilder gibt es nicht. Wir suchen die Moldawier offiziell nur als Zeugen. Aber ein Foto von einem baugleichen Lieferwagen wird in der Mail sein.« Hartmut Ziegler wischte mit dem Zeigefinger die letzten Reste des Nachtisches aus dem Schälchen und leckte den Finger ab. Carsten Blume schaute in eine andere Richtung.

»Gibt es auch frische Fingerabdrücke, die zu unbekannten Personen gehören, am Schreibtisch? Und wenn ja, wurden die bereits mit der Datenbank abgeglichen?« Flora sah ihre Chance, den zufrieden gesättigten Ziegler auszuhorchen.

»Journalistenfragen gerne morgen an unsere Pressestelle.« Er ließ Flora abblitzen und erhob sich. »Ich möchte mich recht herzlich bei Ihnen für das vorzügliche Essen bedanken, Herr Kamphusen, Frau Blume-Kamphusen.«

»Ach, hat doch jemand hier am Tisch mitbekommen, dass es ein vorzügliches Essen war?« Michael Kamphusen, der, entgegen seiner Erwartung, wenig Aufmerksamkeit für den Nachtisch bekommen hatte, lachte bitter.

Anna legte ihm die Hand auf den Arm. Ihr Mann streifte sie ab, stand abrupt auf und verließ wortlos die Terrasse.

»Das war jetzt etwas unbedacht von uns allen …«, sagte sie leise. »Die Coronazeit nagt wirklich sehr am Selbstbewusstsein meines Mannes.«

Hartmut Ziegler schüttelte bedauernd den Kopf. »Dabei schmeckte alles so wunderbar. Sagen Sie Ihrem Mann noch einmal meinen herzlichsten Dank.« Der Hauptkommissar deutete Carsten mit einer Geste an, ihm zu folgen. »Können wir noch kurz unter vier Augen reden?« Sie schlenderten in den Park. Anna räumte den Tisch ab, Flora hingegen hatte es eilig, an ihren Computer zu kommen.

Carsten Blume kam bald zurück und schnappte sich einen Stapel Geschirr, um seiner Tochter zu helfen.

»Kannst du dir vorstellen, dass Henry Baumert den Goldschatz seines Großvaters an moldawische Hehler verkaufen würde?«, fragte er.

Anna unterbrach ihre Arbeit und drehte sich erstaunt zu ihrem Vater um: »Wie bitte? Das wird ja eine immer steilere These. Wie kommt Ziegler denn auf so was?«

»Überall am aufgebrochenen Schreibtisch und auch an einem Meißel, der als Aufbruchswerkzeug daneben lag, sind dieselben Fingerabdrücke. Und alle gehören zu Henry Baumert.«

HENRY – 30. APRIL 2020

Einen schalen Instantkaffee und eine Scheibe ungerösteten Toast mit Butter und Salz – mehr gab es nicht zum Frühstück, bevor er am nächsten Morgen den Wagen aus der Scheunengarage holte, um zum Hof seines Vaters zu fahren. Hoffentlich gab es dort im Laden auch Marmelade und Honig, um das Frühstück künftig angenehmer zu gestalten.

Der Hof seines Vaters … Er würde auf Weitzes Hof Verwandte treffen! Henry Baumert fuhr zielstrebig in die Einfahrt mit dem Hofladenschild und hielt direkt vor einem gepflegten Scheunengebäude, das eine geöffnete Ladentür aufwies.

Seit einer Woche war Maskenpflicht, und Henry kam diese Regelung zugute, denn so betrat er, mit Sonnenbrille, Basecap und Mundschutz ausgestattet, völlig unkenntlich das Geschäft. Ein Schild an der Ladentür wies darauf hin, dass sich höchstens drei Kunden gleichzeitig im Laden aufhalten dürften. Das würde kein Problem sein, denn außer Henry war niemand da.

»Guten Morgen! Ich bin gleich bei Ihnen.« Eine freundliche Stimme begrüßte ihn, nachdem die Türglocke die Anwesenheit von Kundschaft signalisiert hatte. Henry sah sich um. Verschiedene Handelsklassen Spargel lagen hinter der Glasscheibe eines Tresens, davor war mit schwarzem Abklebeband eine Linie gezogen. Ein handgeschriebener Zettel, mit Tesafilm an die Scheibe geklebt, wies ihn darauf hin, Abstand zu halten und hinter der Klebelinie zu bleiben. Einen modernen Hofladen besaßen seine Verwandten, Henry sah die verschiedensten landwirtschaftlichen Produkte in hohen beleuchteten Regalen und einen großen Kühlschrank, in dem Milchprodukte standen. *Hemme Milch*: Henry erinnerte sich, auf der Herfahrt an der L190 an diesem Bauernhof vorbeigefahren zu sein. Das war erst knapp zwei Monate her, doch es schien eine Ewigkeit zurückzuliegen.

Eine ältere Frau mit adrettem Kurzhaarschnitt, gekleidet in Jeans und Poloshirt mit dem Aufdruck »Weitzes Hofladen« trat aus dem Dunkel der Nebenräume hinter den Tresen und verschanzte sich in dem Bereich, der durch eine Glasscheibe abgetrennt war.

»Ich bleibe hier stehen, sonst müsste ich die Maske aufsetzen«, sagte sie freundlich. »Schauen Sie sich in Ruhe um.«

Das Einzige, was Henry anschauen konnte, war die Frau hinter dem Tresen. Ein kleines Namensschild an ihrem Shirt wies sie als Hildegard Weitze aus.

Hildegard! Seine ältere Halbschwester! Sie war schon um die 80. Das sah man ihr nicht an.

»Ist etwas, geht es Ihnen nicht gut?«, fragte sie kritisch. Sie bemerkte, dass der unbekannte Kunde sich nicht umsah, sondern hinter seinen dunklen Brillengläsern nur reglos in ihre Richtung schaute.

Henry riss sich zusammen. »Nein, nein, alles in Ordnung. Ich musste nur gerade überlegen, was ich brauche.«

Die Ausflucht überzeugte Hildegard Weitze. Sie zählte auf, was frisch eingetroffen war.

»Die Eier hier hat meine Schwiegertochter heute Morgen aus dem Stall geholt. Die Erdbeeren sind auch schon von hier, aber noch aus dem Gewächshaus.«

Der Kunde war ihr ein wenig unheimlich, denn die Mütze und die Sonnenbrille verbargen selbst das, was die Maske vom Gesicht sonst freiließ. Hildegard Weitze gewöhnte sich langsam an die maskierte Kundschaft. Doch wenn ein vermummter Mann wie dieser Unbekannte vor ihr stand, fürchtete sie immer noch einen Überfall.

Die meisten Kunden kamen aus den umliegenden Dörfern und waren ihr bekannt. Spätestens wenn sie sprachen, erkannte Hildegard sie hinter ihren Masken.

Diesen Kunden hatte sie nie zuvor gesehen. Und er redete komisch. War das Deutsch mit einem englischen Akzent?

»Sie sind nicht von hier?«

Henry lächelte, was unter der Maske verborgen blieb. Seine Halbschwester Hildegard war neugierig – das hatte sie mit ihm gemeinsam. »Ich bin auf der Durchreise. Das Hofladenschild an der Hauptstraße hat mich angelockt.«

»Durchreise? Wohl geschäftlich? Privat soll man ja nicht reisen im Moment.«

Hildegard Weitze ließ nicht locker, doch Henry wechselte das Thema und sprach von Spargel.

»Ich hätte gern ein Pfund der Spargelspitzen, bitte. Muss man da noch etwas dran schälen?«

»Nein, nein, die waschen sie noch kurz ab, und dann können die frisch in den Topf. Sind von heute Morgen. Frischer bekommen Sie Spargel nirgends.«

Henry stellte ein Glas Honig, einen wie ein Kännchen geformten Literbeutel mit Milch und ein Set aus drei Marmeladengläschen mit ausgestreckten Armen auf den Tresen. »Wenn ich hinter der Glasscheibe stehe, können Sie ruhig über die schwarze Linie treten«, informierte ihn Hildegard Weitze. »Nicht, dass noch was runterfällt, weil Sie nicht bis an den Tresen kommen.«

Sie scannte die Preise in die erstaunlich moderne Kasse ein. »Zahlen Sie mit Karte?«

Das würde ihr so passen. Hildegard Weitze wüsste bei der Ansicht seines Namens sicher sofort, wen sie vor sich hatte, denn die Tatsache, dass Heinrich Baumert kein Testament hinterließ und Verwandte aus Amerika zu den Erben gehörten, war vor zehn Jahren mit Sicherheit Dorfgespräch.

»Nein, bar bitte.« Er kramte nach einer möglichst passenden Summe in seinem Portemonnaie, als ein Mann in den Fünfzigern die Ladentür öffnete. Henry drehte sich um – und sah in ein Gesicht, das ihm vertraut war.

So hatte sein eigenes Gesicht ausgesehen vor 20 Jahren! Die schmale Nase, das ausgeprägte Kinn, die buschigen Augenbrauen … Nur die Augen waren braun statt grau wie bei ihm. Und größer war dieser Mann – lang und dünn wie eine Spargelstange. Das passte zum Beruf.

»Mutter, die Anastasya und ich fahren zu den Russen. Nur dass du Bescheid weißt.«

»Ist gut, Helmut.«

Schon war der Mann wieder verschwunden.

Henry sah ihm nach, drehte sich dann verblüfft zu Hildegard Weitze um, die mit ihrem runden Gesicht und der Stupsnase keine Ähnlichkeit mit ihm aufwies.

»Mein Sohn und meine zukünftige Schwiegertochter«, informierte sie den fremden Kunden. »Die fahren jetzt zu unseren neuen Aushilfen, die schlafen in Bauwagen bei uns am Wald. Ist ja nicht mal die Hälfte der regulären Saisonkräfte gekommen durch Corona. Wir wissen gar nicht, wie wir den vielen Spargel vom Feld kriegen sollen. Sogar ich gehe noch mit raus und steche.«

Henry hörte kaum zu. Er hatte seinen Cousin gesehen. Und es gab eine zukünftige Schwiegercousine. Seine Familie. Freundliche, arbeitsame Verwandte. Wie anders wäre sein Besuch verlaufen, hätten die Geschwister einander ein

Leben lang gekannt! Er hätte »die Anastasya« kennengelernt und sicher eine herzliche Umarmung seiner Schwester Hildegard bekommen. Doch er stand hier als Fremder.
Die kurze Eingebung verblasste. Ein Moment der Einsamkeit überkam ihn. Er war allein mit seinem Wissen und mit
seiner Isolation am Rande des Dorfes. Es wäre so leicht zu
ändern. Zwei Sätze nur: »Ich bin übrigens Henry Baumert!
Erinnern Sie sich an mich?« Doch die Worte kamen nicht
über seine Lippen.

Er zahlte und verabschiedete sich. Am liebsten hätte er
sein Handy gezückt, die fremde Halbschwester und ihren
Hof fotografiert, um Christine Bilder zu senden. Doch das
war nicht möglich, ohne aufzufallen.

Henry verließ den Hofladen mit hastigen Schritten und
schaute sich nicht um. Er fuhr Richtung Eickeloh. Vorsichtshalber würde er andersherum, am Sneers-Hof vorbei, und erst gegen Abend wieder in sein Domizil fahren.
Besser, er saß nicht mehr so offen, und von allen Passanten
beobachtbar, auf der Bank am Gedenkstein. Wenn es eine
Familienähnlichkeit zu seinem Cousin gab, war es ratsam,
nicht aufzufallen.

Oder war das Gegenteil richtig? Ein zweites Mal den
Hof der Schwester besuchen und sich offiziell vorstellen?
Henry war hin- und hergerissen zwischen dem Wunsch,
erkannt zu werden, und der Unsicherheit, was passieren
würde, wenn er seinen Namen sagte. Wovor hatte er Angst?
Er wischte den Gedanken beiseite.

Die Powerbanks und das *iPhone* brauchten Strom, er
hatte Besorgungen zu erledigen und Appetit auf eine Pizza.
Dass er sie an diesem Tag nicht auf der Terrasse eines Restaurants verzehren konnte, sondern sich einen Platz suchte,
der mehr als 50 Meter davon entfernt lag, war eine der

Kuriositäten dieser eigenartigen Pandemiebeschränkungen. Es kam ihm typisch deutsch vor, Abstandsmeter für den Außenverzehr vorzuschreiben.

Außerdem brauchte er neue Kleidung. Die Modegeschäfte waren seit einigen Tagen wieder offen. Endlich! Frische Unterwäsche und ein paar leichte T-Shirts waren dringend nötig. Spontan bog er in die Straße zum Eickeloher Friedhof. Diesen Besuch schob er schon einige Zeit vor sich her. Seit er wusste, dass er dort das Grab seines Vaters finden würde, zog es ihn hin zu dieser Erinnerungsstätte an Menschen aus seiner Vergangenheit.

Die nebeneinanderliegenden Grabstätten der Höfe fand er rasch wieder. Aufgereiht wie am Duensingsfeld lagen die Gräber nahe dem südöstlichen Friedhofsrand. Von der kleinen Straße Müggenburg aus waren sie schnell erreichbar. Der Friedhof lag direkt an der Bahnlinie, und Henry sah, dass in der Verlängerung des Weges ein Trampelpfad an die Gleise heranführte und sich auf der anderen Seite in das Wäldchen fortsetzte. Den Fußweg vom Booms-Hof durch Wald und Acker zum Dorf war er als Kind oft gegangen, obwohl die Mutter es nicht erlaubte. Er erkannte die Kurve, hinter der die Bahnlinie Richtung Norden verschwand, und hörte im Geist die Warnung, dass es gefährlich sei, hier über die Schienen zu steigen. Er sah, dass ein Mädchen mit einem Hund an der Leine zielstrebig auf die Bahnschienen zuging, sie überquerte und weiter in das Wäldchen marschierte. Ob ihre Mutter sie wohl auch davor warnte?

*

Henry stand vor der Grabstätte der Familie Rosemeyer und stellte fest, dass es ihn nicht berührte. Erschrocken betrachtete er hingegen den Wildwuchs auf der Grabstelle seiner eigenen Vorfahren direkt daneben. Sie war, wie alle großen Familiengrabstellen, mit einer Lebensbaumhecke umgeben. Doch dahinter wuchs ein ungepflegtes Durcheinander. Er fing an, zumindest das gröbste Unkraut zu entfernen. Eine hohe vertrocknete Diestel vom letzten Herbst rupfte er aus, ein paar Kletten und eine Winde, die eine Konifere fest im Griff hatte. Doch er riss sich zusammen und blieb, das Wildkraut in der Hand, still vor den überwucherten Grabsteinen stehen. Beim Unkrautjäten auf einer Grabstelle ertappt zu werden, hieße, sich als Mitglied der entsprechenden Familie zu outen. Er wurde bereits beobachtet. Ein alter Mann, der einen frischen Strauß Rosen auf der nächstliegenden Fläche in einer Vase arrangierte, grüßte freundlich.

Die Grabstätte Rosemeyer-Duensing war die prachtvollste der drei – diese Familie hielt auf sich, schon damals. Der alte Mann war ein Stück weitergegangen und stellte Rosen auf ein kleines Grab eine Reihe weiter. Henry schaute nach, wem die Blumen bei Rosemeyer-Duensing galten: Der Name »Annegret Samlandt« stand auf der unscheinbaren Steinplatte. Diffuse Erinnerungen strömten auf ihn ein. Ja, da war diese junge Magd auf dem Nachbarhof, ein komisches Mädchen. War sie nicht taubstumm? Er schaute auf die Lebensdaten und erschrak – die Ärmste war schon mit 22, nur zwei Jahre nach Henrys Auswanderung, gestorben. Was war ihr geschehen? Eine spontane Erinnerung glomm vor seinem inneren Auge auf. Annegret, die am Tag vor der Abreise ein Abschiedsgeschenk der Nachbarn brachte und dabei so komisch mit den Händen fuchtelte. Henry ließ das Unkraut achtlos fallen, zog einen Zettel, den er in seiner Jackentasche fand, hervor und notierte mit dem Kugelschreiber, den er stets in der Innentasche seiner Jacke trug,

Namen und Stichworte. Manchmal kamen sie plötzlich, diese Erinnerungsfetzen, und es war besser, sie zu notieren, bevor sie wieder in Vergessenheit gerieten.

Er hob den Blick und sah, dass der alte Mann ihn von der nächsten Gräberreihe aus weiter beobachtete. Dann drehte er sich um und schlenderte in Richtung Friedhofspforte. Henry trieb die Neugier herauszufinden, wessen Grab dieselben Blumen bekommen hatte wie die Magd Annegret. Er wartete, bis der Fremde sich entfernt hatte, und schaute nach. Gertrud Eilers lag dort, gestorben vor drei Jahren im Alter von 72. Der Mann mit den Blumen, war das etwa Ludschen Eilers? Der Knecht vom Sneers-Hof, dem er manchmal geholfen hatte, die Pferdeställe auszumisten? Eine weitere Erinnerung glomm kurz auf. Ludschen, der mit dem taubstummen Mädchen auf einer Bank vor den Ställen saß, und er selbst, Henry, der ihn später naseweis fragte, ob er die Annegret geküsst hätte.

Der ehemalige Knecht des Sneers-Hofes hatte die Pforte mit seinen langsamen Schritten erreicht. Ludwig Eilers, der in seiner Jugend mit der plattdeutschen Koseform »Ludschen« bezeichnet wurde, verließ den Friedhof nachdenklich und erstaunt. Heinz Baumert! Kein Zweifel, war der Mann doch seinem Vater wie aus dem Gesicht geschnitten. Alles, was Ludwig Eilers schon so lange im Gedächtnis mit sich herumtrug und das ihn so belastete, hing mit Heinz Baumert und seiner kleinen Schwester Christel zusammen. So lange her. Es war zu spät, das Schweigen zu brechen. Jahrzehnte zu spät. Gut, dass Heinz ihn nicht erkannt hatte.

Henry wartete, bis Ludwig Eilers einige Zeit außer Sicht war, bevor er den Friedhof ebenfalls verließ. Das hätte noch gefehlt, dass sein heimlicher Aufenthalt durch einen alten Bekannten aufflog, an den er sich erst in dem Moment überhaupt erinnerte, als er den Namen »Eilers« auf einem Grabstein las. Gut, dass Ludschen ihn nicht erkannt hatte. Wie auch – mit dem achtjährigen Jungen, der ihm in den Ställen half, hatte Henry keine Ähnlichkeit mehr.

Er versuchte, sich den Rest des Nachmittags durch Einkäufe in Schwarmstedt abzulenken. Die Fahrstrecke war weit genug, um das *iPhone* am Zigarettenanzünder aufzuladen. Sogar einen Spaziergang durch den Ortskern unternahm er und vertrieb sich den Tag mit ein wenig Sightseeing. Im Kaufhaus GNH erwarb er nicht nur Unterhosen und Socken, sondern auch noch eine Fahrradtasche, um bei den Ausflügen in die Gegend Brote und ein Getränk mitnehmen zu können.

Doch in seinen Gedanken war er abgelenkt. Das Gesicht von Helmut Weitze ging ihm nicht aus dem Kopf. Sein Neffe! Diese Ähnlichkeit … Wäre sie Hildegard sofort aufgefallen, wenn er sich nicht hinter Maske, Sonnenbrille und Kappe verborgen hätte? Am Rathaus in Schwarmstedt fand Henry ein offenes WLAN-Netz und tippte eine lange *WhatsApp* für Christine. Er brannte darauf, seine Eindrücke mit einem vertrauten Menschen zu teilen – und da blieb nur die Schwester. Leute eilten an ihm vorbei, ihrer Alltagswege gehend. Zwei lachende und plaudernde junge Frauen standen an einer Straßenecke. Passanten grüßten ihn, wenn er sie freundlich anlächelte. Er freute sich über jedes »Guten Tag«. Es bewies ihm, dass er existierte, eine reale Person war, nicht nur ein Schatten aus der Vergangenheit, der inmitten lebendiger Menschen einsam seine Kreise zog.

Gern säße er jetzt mit jemandem zusammen, der sich mit ihm für die Familienvergangenheit interessierte. Der

Seniorchef des Ritterguthotels fiel ihm ein, der sich mehrfach angeboten hatte, ihn bei der Ahnenforschung zu unterstützen. Doch einem Fremden die alten Familiengeheimnisse offenbaren?

Das Problem löste sich von selbst. Als Henry an diesem Abend in die Einfahrt des Booms-Hofes bog, stand dort bereits ein Auto. Eine junge Frau schaute von außen durch die Fenster des Haupthauses. Wer war das? Hatten sie ihn entdeckt?

AUF DEM GUTSHOF – 10. MAI 2020

Flora verschwieg die Information, dass ausschließlich Fingerabdrücke von Henry Baumert am Schreibtisch und am Meißel zu finden waren. Das wusste sie nur von ihrem Großvater, der betonte, dieses Detail habe Hartmut Ziegler nur für ihn persönlich ausgesprochen. Der Artikel war trotzdem rund. Und vor allem war er fertig, als die dürre Presseinformation der Polizei am nächsten Mittag in Floras Mailpostfach aufblinkte.

Das Bearbeiten des angehängten Fotos war schnell erledigt. Kaum zehn Minuten später stand der Aufruf, Informationen über die beschriebenen Personen der Polizei zu melden, schon online. Flora setzte im Fall einer deutschlandweiten Fahndung vor allem auf *Twitter* und versah ihren *Tweet* mit diversen aussagekräftigen »Hashtags«, Hinweiswörtern, denen ein Rautenzeichen vorangestellt war, sodass der Beitrag gefunden würde, wenn jemand nach diesen »Hashtags« suchte.

Mit der Veröffentlichung des Artikels war der Fall für sie zunächst abgehakt.

Gleich am Montag, am ersten Öffnungstag des Restaurants nach der Coronapause, hatte sie ihre WG-Mitbewohnerin Katrin Harms und deren Freund Jonas zum Essen in den Garten des *Rittersaals* eingeladen. Flora freute sich auf diese Ablenkung, um ihre Enttäuschung, dass der Fall Henry Baumert keine Geheimnisse der Vergangenheit barg, ad acta zu legen.

Moldawische Zufallstäter, die sich Baumerts Goldmünzen geschnappt hatten. Der Fall war durch, ihr Interesse erlosch.

Beim Mittagessen hörte Flora, dass ihre Mutter sich mit der Täter-Theorie der Polizei nicht so schnell abgefunden hatte.

»Wenn er wirklich das Haus abgesucht hat, um den Familiengoldschatz zu finden und heimlich zu verkaufen, dann ist das Auftauchen dieser Moldawier schon ein Riesenzufall«, bemerkte Anna. »Wie wahrscheinlich ist es, dass an einem abgelegenen Bauernhof hinter Eickeloh just in dem Moment die passenden Hehler auftauchen, wenn du dort einen Sack voll Gold gefunden hast?«

Carsten Blume nickte und erwiderte, als der Schellfisch in Dijon-Senfsoße vertilgt war: »Die Wortkargheit von Baumert hat mich die ganze Zeit, als er bei uns war, irritiert. Aber dass er deswegen nicht über seine Familiengeschichte reden wollte, weil er heimlich nach einem Goldschatz sucht, halte ich für unvorstellbar. Ich meine, wir haben den Mann sieben Wochen lang erlebt!«

»Nachdenklich. In sich gekehrt, so als würde er etwas verarbeiten müssen, so kam er mir vor.« Anna grub in ihren Erinnerungen, um sich dem Fall Henry Baumert von der psychologischen Seite zu nähern. »Wir müssen bedenken, dass er nur im Booms-Hof gelandet ist, weil er von hier nicht mehr weiterreisen konnte. Alle seine Reiseziele waren fest gebucht, unter seinem echten Namen.« Anna legte ihre Serviette beiseite und lehnte sich zurück.

»Sollte er das Gold aber zufällig entdeckt und beschlossen haben, es zu verkaufen, so muss das spontan gewesen sein. Und dann wären die Moldawier wirklich ein außergewöhnlicher Zufall.«

»Außergewöhnlich unwahrscheinlich«, ergänzte Carsten Blume.

»Baumert hat etwas gesucht, das Wunden der Vergangenheit heilen sollte. Und Geld heilt keine Wunden, es überdeckt sie höchstens. Henry Baumert ist außerdem zu klug für so eine überstürzte Handlung – Gold finden und dem nächstbesten Hehler anbieten ...«

»Gut, dann bleibt eine zweite Theorie. Baumert hat das Gold gefunden und wollte es gar nicht verkaufen. Die Moldawier kommen auf den Hof, fragen nach Arbeit und bekommen aus irgendeinem Grund das Gold zu sehen. Vielleicht sogar durch ein Fenster. Sie bleiben in der Nähe, schlagen am nächsten Morgen Henry Baumert nieder und schnappen sich den Schatz.« Carsten Blume sah seiner Tochter an, dass diese Theorie sie mehr überzeugte.

»Die Akte Baumert können wir wohl schließen«, kommentierte sie. »Gut so, dann haben wir den Kopf frei für die Restauranteröffnung. Die Realität braucht uns. Hilfst du mir mit den Tischen und Stühlen, Papa?«

Carsten widmete sich, wie von der Tochter gewünscht, der Gartenmöblierung, als sein Handy klingelte. Der Name »Christine Walker« wurde angezeigt.

Er nahm den Anruf an.

HENRY – 30. APRIL 2020

Es war zu spät, zurückzusetzen und unbemerkt zu bleiben. Henry entschloss sich zur Flucht nach vorn. Im Haus stand sein Gepäck und darin waren sein Reisepass und andere persönliche Dokumente. Abhauen war keine Alternative.

Die junge Frau drehte sich um, und Henry atmete erleichtert auf. Er kannte das Gesicht und er kannte die Stimme, die ihn jetzt völlig überrascht rief.

»Onkel Henry, das darf doch nicht wahr sein. Bist du das?«

»Hallo, Elena, ja, ich bin das.«

»Was machst du hier? Bist du der Penner, von dem die Nachbarn uns erzählt haben? Deswegen bin ich hier, ein Penner soll sich am Haus rumtreiben! Wieso bist du in Deutschland? In dieser Zeit?«

Henry seufzte. Jetzt war eine längere Erklärung fällig. Vor ihm stand Doktor Elena Gregolidis, die Tochter seiner verstorbenen Cousine Helga. Erkannt hatte er sie sofort. Die blaue Haarsträhne, die sie in ihren dunklen kurzen Haaren trug, etwas länger als die restliche Frisur, war ein unverkennbares Markenzeichen, an das sich Henry aus den Videokonferenzen der vergangenen Jahre erinnerte.

»Tja, Elena, das ist eine lange Geschichte.«

»Ich hab Zeit.« Sie lächelte ihn an. »Leg los.«

Es war fast dunkel, als er seinen Bericht beendete.

»Nun weiß ich endlich, wer unser Vater ist, und ich hab einen Neffen, der so aussieht, wie ich früher aussah. Ohne dieses Corona hätte ich es gar nicht herausgefunden. Ich wollte ja längst woanders sein. In Paris wär ich jetzt gerade.«

Elena Gregolidis hörte die Geschichte mit großem Staunen. In den *Skype*-Gesprächen vor ein paar Jahren drehte sich alles nur um das Erbe. Elena und Henry waren die letzten beiden Familienmitglieder diesseits und jenseits des Atlantiks, die am Ende noch miteinander kommunizierten.

»Und wo wohnst du jetzt, bis du zurückreisen kannst?«

Henry deutete auf das dunkle Haus: »Na hier!«

»Was? Aber hier gibt es doch gar keinen Strom. Und das Haus ist total dreckig und verstaubt. Hier kannst du doch nicht bleiben!« Mit den letzten Worten verriet sie, dass Henry nicht der Einzige war, der ohne Erlaubnis des Amtsgerichtes den Hof besuchte.

»Du gehst auch heimlich in das Haus?«, fragte er.

»Klar, hinten liegt unter einem Blumentopf an der alten Terrasse ein Schlüssel.« Elena lachte. »Der Schlüssel lag schon immer da, das wussten bloß die Leute vom Gericht nicht.«

»Den Schlüssel brauchst du nicht mehr. Das verrostete Schloss ist von allein aufgegangen, als ich gegen die Tür gedrückt habe. Es hat sich angefühlt, als ob das Haus mich einlädt. Ich bin der Einladung gefolgt.«

Elena überlegte kurz. »Jetzt verstehe ich, warum du irgendwie heruntergekommen aussiehst und die Leute dich für einen Penner halten! Du kannst dich nicht ordentlich rasieren, deine Klamotten nicht waschen, und die Dusche ist eiskalt.« Elena lachte erneut, es war ein herzliches Lachen. »Ich dachte ja, das Schrullige in der Familie sei mit Onkel Heinrich ausgestorben, aber du hast es auch geerbt.«

»Es ist nicht mehr überall dreckig. Komm mit rein«, forderte Henry seine Nichte auf.

Zu ihrer Überraschung knipste er gleich hinter der Tür Licht an. Dort stand eine seiner batteriebetriebenen Lampen auf einem Garderobentischchen. Die Diele war gefegt, auf dem großen Tisch lag kein Staub mehr.

»Du weißt, dass wir ohne Zustimmung dieses Typen vom Amtsgericht beide nicht hier sein dürften, oder?« Elena grinste ihn verschwörerisch an.

»Ihr habt hier in Deutschland doch so ein Sprichwort: ›Wo kein Kläger, da kein Richter.‹«

»So ist es, Onkel Henry.« Die Einstellung gefiel ihr.

Er nahm die Lampe, um für sich und Elena den Weg die Treppe hinauf auszuleuchten.

»Komm mit rauf, da hab ich es mir gemütlich gemacht.«

Henry öffnete die Tür zum Wohnzimmer seiner Mutter und knipste eine zweite Lampe an.

»Das sieht ja richtig heimelig aus. Du hast sogar Blumen in die Vase gestellt.«

Ein bunter Frühlingsstrauß, wie ihn Supermärkte anboten, arrangiert in einer der schweren Kristallvasen aus Uromas Stubenschrank, schmückte den kleinen Wohnzimmertisch.

»Diesen Raum kenne ich gar nicht. Standen die Möbel schon vorher so? Und waren hier nicht nur alte Kartons?«

Henry erzählte, wie er die Stube vorgefunden hatte und dass er sich nur hier und im Schlafzimmer willkommen fühlte.

»Hier hat unsere Mutter versucht, für uns ein gemütliches Zuhause zu schaffen. Im Rest des Hauses waren Christine und ich doch nur die unehelichen Blagen von Clara, die durchgefüttert werden mussten.«

»Ach, Onkel Henry, das klingt so bitter. Ich hab immer geahnt, dass hinter Christines harscher Art irgendwelche alten Verletzungen stecken.«

Elena sah sich das Schlafzimmer an und nahm die Spielzeuglok in die Hand, die Henry auf seinen Nachttisch gestellt hatte. »War das etwa deine, als du noch hier gelebt hast?«

»Ja, hier war alles unverändert. Genauso wie wir es zurückgelassen haben. Ich hab mich viele Jahre an nichts mehr von hier erinnert, und plötzlich stand ich da, sah mein altes Spielzeug und musste fürchterlich weinen.«

»Magst du mir erzählen, was damals wirklich vorgefallen ist?« Elena saß auf dem Kinderbett, in dem einst die kleine Christel geschlafen hatte, und sah sich aufmerksam um.

»Ich würde es dir sofort erzählen. Wenn ich es wüsste. Mir ist so vieles wieder eingefallen, aber die Zeit vor unserer Abreise ist wie ein schwarzes Loch in meinem Gedächtnis.«

Elena blätterte in der alten Illustrierten mit dem Titelbild von Ruth Leuwerik. »Ist es unverschämt, wenn ich frage, ob ich die mitnehmen kann? Oder hängst du dran?«

»Ach was, die hab ich mit dem Besen unter Mutters Bett vorgekehrt. Nimm sie dir.« Henry lachte. »Ich muss dir was dafür bieten, dass du mich nicht an die Familie verrätst. Kann ich mich auf dich verlassen?«

»Natürlich. Ich erzähl keinem etwas. Du willst wirklich hier bleiben? Der Lockdown wird zwar jetzt gelockert, aber du weißt doch immer noch nicht, wann du wieder nach Haus fliegen kannst, oder?«

Elena hockte sich vor den Kleiderschrank, auf dessen Boden achtlos zurückgelassene Kleidungsstücke lagen. Eine Bluse, Kleider, ein kleines Päckchen in Seidenpapier. Sie wühlte mit den Händen in der Kleidung, erhob sich dann und kehrte in das Wohnzimmer zurück.

»Tut mir leid, wenn ich hier so neugierig überall herumkrame. Das sind ja die Sachen von deiner Ma, die gehen mich nichts an. Also: Wie lange willst du noch bleiben?«

»Ich könnte mir wohl ein größeres Hotel suchen, das Geschäftsreisenden Zimmer bietet. Aber was bringt mir das? Ich könnte duschen und die Powerbanks aufladen, klar.« Henry zögerte, den Hauptgrund dafür zu nennen, warum er sich vom verfallenden Booms-Hof nicht lösen konnte.

»Ich glaube, dass ich noch nicht alles weiß, was ich in diesem Haus erfahren kann. Ich muss weitersuchen. Es muss einen Grund geben, warum wir so überstürzt mitten im Schuljahr nach Amerika aufgebrochen sind.«

Henry zeigte auf einen dicken Stapel Mappen und Papiere, der sich auf dem kleinen Stubentisch türmte.

»Das alles hab ich noch nicht durchgearbeitet.«

Elena verstand. Henry schien etwas zu suchen, doch keine Gegenstände. Er suchte Antworten.

»Wo im Haus hast du die Sachen denn gefunden? Gibt es hier wirklich noch Ecken, in denen ungeahnte historische Schätze schlummern?«

»Ich habe den alten Schreibtisch meines Großvaters aufgebrochen«, sagte Henry leise und verschämt, ohne Elena
dabei anzuschauen.

Doch die lachte nur herzlich. »Und ich hielt dich für
einen freundlichen alten Spießer, der sich nur in Büchern
vergräbt!«

Die Nichte unterbreitete ihm einen Vorschlag, den Henry
dankend annahm.

»Ich geh mal davon aus, dass du morgen nichts vorhast,
oder? Komm doch zu mir nach Neustadt. Da kannst du
duschen, dich rasieren und die technischen Geräte aufladen. Und wir stecken deine Wäsche in die Maschine. Ehrlich, Onkel, du müffelst.«

»Das ist nun wirklich peinlich. Und so war ich einkaufen.« Henry schüttelte sich. Was war nur aus ihm geworden? »Ich komme gern, Elena.«

»Es ist keine Bedingung, nicht dass du mich falsch ver-
stehst, aber während die Wäsche läuft, sollten wir vielleicht
noch einmal darüber reden, wie es mit dem Erbe nun wei-
tergeht.«

Henry nickte bedächtig und schaute in Gedanken auf
einen Punkt an der leeren Wand.

»Paul soll den Hof bekommen«, sagte er nach einer langen Pause. »Christine wird mich dafür hassen, aber jetzt,
wo ich hier alles gesehen habe, tut es mir in der Seele weh,
wie alles verfällt, nur weil wir uns nicht einigen können.«

*

Elenas Herz schlug schnell, als sie bei der Heimfahrt begriff,
was Henrys Aussage bedeutete.

Sie ärgerte sich, nicht nach seinen Lieblingsgerichten

gefragt zu haben. Eine leckere Mahlzeit würde seine Entscheidung sicher beflügeln.

Die Überlegung, ob sie ihrer Schwester und ihrem Onkel
Paul Henrys Anwesenheit verraten sollte, schob sie auf.
Sophia hielt bombenfest zu Paul, und der hasste die »ame-
rikanische Mischpoke« mittlerweile. Besser den nächsten
Tag abwarten. Henry Baumert war der Penner auf dem
Booms-Hof! Nicht zu fassen – und womöglich ein Glücks-
fall für die Familie.

AUF DEM GUTSHOF – 10. MAI 2020

So aufgebracht, wie Christine Walker klang, verstand Carsten Blume, warum Hartmut Ziegler sie mit »Haare auf den
Zähnen« charakterisierte.

»Die wollen sich einen leichten Fall machen und suchen
nach den großen Unbekannten im Lieferwagen. Was für ein
Bullshit. Vielleicht haben meine unfähigen Verwandten die
zwei Münzen vergessen, als sie den Rest zu Geld machen
wollten. Viel eher war das aber der komplette Goldschatz.
Henry jedenfalls hätte mir den Fund eines Goldschatzes
sofort mitgeteilt.«

Carsten wollte etwas entgegnen, doch Christine Walker redete sich in Fahrt. Er kam nicht zu Wort.

»He's stupid, Ihr Kommissar. Henry hat mir dauernd Nachrichten geschickt, von allem möglichen Kram, den er gefunden hat. Und da soll er gerade die Goldmünzen nicht erwähnen?«

»Und wenn er das Gold für sich allein behalten wollte?«, wandte Carsten ein.

»Wir sind Zwillinge, wir teilen alles. Ich würde sofort bemerken, wenn Henry mir etwas verschweigt, so ginge es ihm auch mit mir.« Was sie von Carsten Blume erwartete, machte Henry Baumerts Schwester mit ihrer hellen konsequenten Stimme schnell klar: »Ich möchte Sie als Privatdetektiv engagieren. Geld spielt keine Rolle, solang sie den Mann finden, der meinen Bruder ins Koma geschlagen hat. Bloody bastard.«

Es amüsierte Carsten, dass Christine ins Englische verfiel, wenn es darum ging, zu schimpfen und sich unflätig auszudrücken. Doch was sollte er der aufgebrachten Frau antworten?

»Gut, Christine, dann denken Sie bitte noch einmal über alles nach, was Ihr Bruder erzählt hat. Welche Menschen hat er getroffen, wer könnte gewusst haben, dass er auf dem Booms-Hof ist. Wer hätte ein Interesse, ihn tot zu sehen. Ich überlege mir bis morgen, ob es Sinn macht, weiter zu ermitteln, und rufe Sie wieder an.«

Es schmeckte Christine nicht, einen Tag lang vertröstet zu werden, doch sie willigte ein und schlug vor, Carsten Stichworte mit allem zu mailen, was ihr zu Henrys Aufenthalt einfiel.

Die Restaurantwiedereröffnung am folgenden Tag nahm die Familie Blume-Kamphusen in Beschlag, denn wider

Erwarten war der Restaurantgarten an diesem Montag komplett ausgebucht. Montags war sonst ein »toter Tag« im Restaurant. Doch die Gäste sehnten sich nach Abwechslung, und der Zeitungsartikel über den großen Gutshofgarten, der großräumigen Platz ohne Ansteckungsgefahr bot, hatte sich schnell herumgesprochen.

Da ohnehin wieder geöffnet war, bot Michael Kamphusen zusätzlich fertige Gerichte »to go« an, und Anna pendelte hektisch zwischen Abholung vor der Vordertür und Bestellungen im hinteren Garten. Vieles war unsicher in Bezug auf die Hygienebestimmungen, und sie trug vorsichtshalber die ganze Zeit Maske – besser so, als aus Versehen gegen Regeln zu verstoßen.

Am späten Abend, als die letzten Gäste das Restaurant verlassen hatten, sank sie erschöpft in einen Sessel und freute sich, dass Flora, ihre Freundin Kathrin Harms und deren neuer Freund es übernahmen, die Tische abzuräumen.

Emsig liefen Flora, Kathrin und der junge Mann, den sie mitgebracht hatte, mit Tellerstapeln vorbei, unmaskiert und ohne auf Sicherheitsabstände zu achten.

Anna überlegte – und sagte nichts dazu, denn freiwillige Helfer zu kritisieren, schien ihr doch vermessen.

Während ihr Großvater längst in seinen eigenen Räumen über seinen Unterlagen zur Ahnenforschung saß, kam Flora mit ihrem *iPhone* zu Anna, die sich mit einem kräftigen Kaffee wachhielt.

»Guck mal, Mama. Die Sache mit den Moldawiern scheint sich zu verfestigen.«

Ein neuer Kommentar unter Floras *Facebook*-Post mit dem Fahndungsaufruf legte es nahe: »Bei mir waren die beiden auch. Aber die wollten nicht nur Arbeit, die wollten auch Handel treiben. Sogar Goldmünzen unter Materialwert haben sie mir angeboten.«

Der *Facebook*-Kommentar kam von einem Account mit dem Namen »BEbeling«. Nach seinem Profil zu urteilen, war er Inhaber einer Tischlerei in Langenhagens Stadtteil Engelbostel, denn ein bulliger Mann mittleren Alters war auf dem Titelfoto an einem Lieferwagen mit Firmenaufschrift zu sehen. Es gab schon einige Antworten unter dem Kommentar. Die Frage, ob er das bei der Polizei gemeldet habe, bestätigte »BEbeling«.

Fahndungsaufrufe brachten fast immer Trittbrettfahrer, doch der Mann wirkte seriös, und vor allem das Goldangebot ließ Flora aufhorchen. In keinem Zeitungsbericht war die Information aufgetaucht, dass es im Hause Baumert einen Goldschatz gegeben hatte. Sie beschloss, sich mit dem Mann persönlich in Verbindung zu setzen. Sie googelte erst einmal die Tischlerei in Langenhagen und stellte fest, dass diese von Tischlermeisterin Tatjana Ebeling in zweiter Generation geleitet wurde. »Na gut, Bernd, Bodo oder wie immer du heißt. Dann erzähl mir mal was zu den Moldawiern«, murmelte Flora. Wer sein Wissen bei *Facebook* postete, war sicher zu einem Interview bereit.

Doch sie täuschte sich. Der Mann antwortete zügig auf ihre *Facebook*-Nachricht und beantwortete ihre Fragen, aber:

»Schreiben Sie bloß nicht meinen Namen, diese Moldawier sind ja anscheinend gefährlich. Nicht dass die zurückkommen und uns auch was antun.«

Ja, sie wären mit einem Lieferwagen wie auf dem Foto gekommen und suchten Arbeit. Dass es sich bei den beiden um Moldawier handelte, erfuhr Ebeling erst aus den Artikeln der örtlichen Presse, denn er hatte nicht auf das Kennzeichen des Wagens geachtet.

Sicher war das Datum, an dem die Männer ihr Arbeits-
angebot und die Möglichkeit, günstig Gold einzukaufen,
offerierten: Es war der 5. Mai, der Tag nach dem Angriff
auf Henry Baumert. Aufschlussreich auch für die Fahrt-
route der Moldawier: Sie waren also Richtung Hannover
weitergefahren und mussten irgendwo an der circa fünfzig
Kilometer langen Strecke übernachtet haben.

Das waren stimmige Auskünfte. Über »BEbeling« aber
schüttelte Flora den Kopf. Da kommentierte der Mann
öffentlich mit einem Profil, in dessen Titelfoto sogar die
Firmenadresse stand. Und dann hatte er Angst vor einer
Namenserwähnung in den Medien? Das »B« im Profil-
namen steht sicher für »Boomer«, stellte sie fest. »Okay,
Boomer« war seit einigen Wochen die herablassende Äuße-
rung, mit der Leute in Floras Alter in den sozialen Medien
das typische Verhalten der Menschen ab 40 kommentier-
ten. Naiver Umgang mit *Facebook* und Co. gehörte dazu.

Sie überlegte einen Moment, fertigte Screenshots von
Ebelings Profil und seinem Kommentar und wies ihn
freundlich darauf hin, dass es ratsam sei, seinen Hinweis
zu löschen, wenn er Angst vor den Moldawiern hätte.

Er bedankte sich umgehend. Eine halbe Stunde später
schaute sie nach, und es war nicht nur der Kommentar
gelöscht, sondern auch das Foto mit dem Firmenwagen.
Der Mann war wenigstens lernfähig.

Dadurch wurde seine Aussage noch vertrauenswürdiger.
Sie lehnte sich enttäuscht zurück und beschloss, den Fall
endgültig abzuschreiben. Ihre Mutter glaubte, dass Henry
einen Goldfund umgehend seiner Schwester gemeldet hätte.
Flora zweifelte. War es nicht möglich, dass Baumert das
Gold just an dem Morgen gefunden hatte, als er die Moldawier zu irgendeiner Hilfsarbeit in das Hofgebäude holte?

Dann wäre er nicht mehr dazu gekommen, es Christine mitzuteilen. Der Fall war durch, die Täter auf der Flucht, Henry Baumert im Koma. Traurig, aber keine Recherchestory mehr, in die sich zu investieren lohnte.

*

Eine lange Liste mit Stichworten lag vor Carsten Blume. Christine Walkers Mail kam prompt, und wäre der Fall aktuell, hätten Ermittler daraus einige Anhaltspunkte abgeleitet. Speziell wenn sie nach möglichen persönlichen Kontakten in den letzten Tagen vor der Tat suchten:

»+ Henry wollte Hildegard Weitze besuchen, um Spargel zu kaufen.

+ Er wollte in den nächsten Tagen zum Friedhof, vielleicht hat ihn wer vor dem Grab unserer Familie gesehen.

+ Er hat gesagt, dass er in die Kirche wollte, weil die regelmäßige Öffnungszeiten hat. Da kann ihn wer erkannt haben.«

Carstens Telefonat mit Hartmut Ziegler am Morgen ergab nur, dass sich der Verdacht gegen die bisher unbekannten Moldawier durch einen Zeugen aus Langenhagen erhärtet hatte.

Weitere Anrufer berichteten, den Lieferwagen beobachtet zu haben, an allen möglichen Orten in Deutschland. Orte, die so weit auseinander lagen, dass es zeitlich gar nicht passen konnte. »Die sind vermutlich über alle Berge«, kommentierte Ziegler den für ihn uninteressant gewordenen Fall. »Von Langenhagen aus kommst du direkt auf die Autobahn in alle Himmelsrichtungen. Und in der Gegend um Hannover hat sie nach diesem Engelbosteler keiner mehr gesehen.«

Carsten zögerte, Christine Walker anzurufen und seine Unterstützung für weitere Recherchen abzusagen. Das Argument seiner Tochter Anna war nicht von der Hand zu weisen: ein fast unmöglicher Zufall, wenn just an dem Tag, an dem in einem bisher verlassenen Hof ein Goldfund entdeckt wurde, Männer mit krimineller Energie in eben diesem abgelegenen Hof nach Arbeit fragten.

Andererseits gab es glaubwürdige Zeugen. Der alte Fritz Rosemeyer-Duensing vor allem – und jetzt dieser Tischler aus Langenhagen. Ohne seine Aussage hätte Carsten gezweifelt. Dieser neue Zeuge war das i-Tüpfelchen auf der Moldawier-Theorie.

Abgesehen davon gab es ein Personengeflecht aus Verwandten und Nachbarn:

Christine Walker vermutete, dass die Familie Weitze Kontakte zu Paul Hasselbrink, ihrem Cousin, pflegte, den sie für den Täter hielt. Hatte Henry Baumert den Hofladen besucht und sich vorgestellt? Hatte Helmut daraufhin Hasselbrink informiert?

Und der Spargelbauer selbst? Wie war die erbrechtliche Situation rund um den Weitze-Hof?

Hatten die Baumert-Geschwister hier noch Entschädigungsansprüche? Ein Besuch auf dem Friedhof in Eickeloh, um zu schauen, wann der alte Heinrich Rosemeyer gestorben war – das ging schnell.

War es länger als 30 Jahre her, dann hätte die Familie Weitze nichts mehr zu befürchten. Doch wenn es nicht so wäre? Traute er Helmut zu, Baumert mit dem Stein zu attackieren, um ihn dann, in einer schnellen Reueaktion, zu »retten«?

Und was für ein Mensch war Paul Hasselbrink? Einen finanziellen Vorteil würde es ihm vielleicht nicht einbringen. Aber war auszuschließen, dass dem Mann die Sicherung durchbrannte, wenn er von den Weitzes erführe, dass der verhasste Cousin sich in der Gegend herumtrieb?

Carsten Blume kannte den Booms-Hof bisher nur vom Hörensagen. Die Polizeiabsperrung für das Gelände war aufgehoben. Es schadete nicht, rasch einen Blick auf das Gemäuer zu werfen, um das ein so heftiger Erbstreit entbrannt war.

Wenn er Christine Walker absagte, wollte Carsten Blume sicher sein, das Richtige zu tun. Die kleine Ausflugstour war ein Weg zur Entscheidung.

*

Anna lächelte und ließ die Haare im Wind fliegen. Ihre Entscheidung, den Vater zu begleiten und das kleine Cabrio zu nehmen, das ihr persönlicher Luxus war, gefiel Carsten Blume, der sich gar nicht mehr erinnerte, wann er zum letzten Mal allein mit seiner Tochter etwas unternommen hatte.

»Mit Flora fahre ich auch nur durch die Gegend, wenn wir was zu ermitteln haben«, stellte Anna lachend fest.

»Wir könnten ruhig mal grundlos alle zusammen einen Ausflug machen.«

Sie bog in die Stichstraße ein, die von Hodenhagen-Hudemühlen, am Sneers-Hof vorbei, zum Booms-Hof führte. Das grün umrandete Schild »Privatweg« ignorierte sie.

»Was ist eigentlich aus Henry Baumerts Koffern geworden? Hat Ziegler dazu was gesagt?«, fragte Anna und ließ den Wagen an der Toreinfahrt zum Hof ausrollen.

»Hat er tatsächlich. Es scheint, als hätte Baumert abreisen wollen, denn sein Gepäck war im Leihwagen. Wo sie die Sachen jetzt aufbewahren, weiß ich allerdings nicht.

Da könnte sich Christine mal bei den Kollegen erkundigen. Handy und Reisepass fehlten allerdings. Der Laptop anscheinend auch. Das Portemonnaie war hingegen im Handschuhfach.«

Carsten Blume schritt langsam neben seiner Tochter durch die Einfahrt des alten Hofes, wo ein Rest Flatterband von der Polizeiabsperrung der letzten Woche zeugte. Anna eilte zielstrebig voran, ihr Vater zögerte weiterzugehen.

»Komm, los«, ermunterte sie ihn. »Im Zweifel sind wir im Auftrag von Christine Walker hier.«

Sie streiften durch den zugewucherten Garten am Haus entlang, ohne wirkliches Ziel. Ob dieser Dschungel einst gepflegt aussah – mit angelegten Beeten und sauber geharkten Wegen? Nichts davon war zwischen Buschwerk, Brombeerranken, toten Fichten, die der Borkenkäfer zerstört hatte, und zerfledderten braunen Buchsbäumen, gemeuchelt vom Buchsbaumzünsler, zu erkennen. Der Garten des Gutshofes Blume zeigte sich verwachsen und verbuscht, als Anna und ihre Familie das Grundstück übernahmen. Doch das war nichts im Vergleich zum Booms-Hof. Hier schien es, als habe der Vorinhaber schon lange vor seinem Tod die Kontrolle verloren.

Vor dem Scheunentor, hinter dem Flora Baumerts Auto entdeckt hatte, blieb Anna stehen. Das Tor stand jetzt offen, der Wagen war fort. Sie trat hinein und hob einen kleinen etwas angeschmuddelten Zettel auf, über den Reifen gefahren waren.

Darauf standen nur vier Worte – doch Anna war sofort sicher, dass es sich um Henry Baumerts Handschrift handelte. In der Lockdownzeit lief die Kommunikation zwischen ihr und dem Gast manchmal über Notizen, wenn er zum Beispiel mitteilte, dass er Handtücher, Toilettenpapier oder neue Bettwäsche benötigte.

»Annegret Samlandt? Geschenk? Ludschen.« Sie las laut vor, was auf dem kleinen Papierstück aus der Scheune stand und gab den Zettel an ihren Vater weiter.

»Wer mag das wohl sein? Jedenfalls hatte Baumert Fragen zu dieser Frau. Und zu einem Geschenk, das sie machte oder das ihr gemacht wurde. Aber was ist denn wohl ein Ludschen?«

»Ludschen? Keine Ahnung.« Carsten Blume steckte die Notiz ein. Ein wichtiger Hinweis oder völlig nebensächlich – beides möglich. Vielleicht war Henry Baumert nur der Name einer Klassenkameradin eingefallen, und er hatte sich eine Erinnerungsstütze dazu geschrieben, um ihn nicht wieder zu vergessen.

»Das Gelände sieht so heruntergekommen aus, das ist mehr ein *Lost Place* als ein Bauernhof. Kein Wunder, dass Flora total fasziniert davon ist.« Anna schaute auf das Wohngebäude zurück, bevor sie das Grundstück wieder verließen. »Die Gebäudesubstanz ist natürlich stabil, diese Backsteinbauten sind ja quasi unkaputtbar. Aber um darin zu wohnen, müsste wahrscheinlich noch mal richtig Geld in die Hand genommen werden.«

Seit Anna die Sanierungsarbeiten für den Gutshof geplant hatte, war sie geschult darin, Mängel zu erkennen. Das alte Gutsgebäude bot bei ihrem Einzug 2015 mehr als genug davon.

»Sollte Paul Hasselbrink vom Goldschatz wissen, wäre ihm dieser Geldsegen sicher sehr gelegen gekommen. Für den Umbau und um die Verwandten auszuzahlen.«

Auf der Autofahrt zum Friedhof spielte Anna eine bisher unbeachtete Variante durch.

»Stellen wir uns einmal vor, nicht die Moldawier entde-
cken, dass Henry den Schreibtisch aufgebrochen und das
Gold gefunden hat. Vielleicht wollte Hasselbrink auf dem
Hof nach dem Rechten sehen, sieht das Gold auf einem
Tisch liegen, der Cousin kommt dazu …«

»Im Bereich des Möglichen. Nur wundert mich dann,
warum er dem Cousin ein paar 100 Meter weiter am Feldrand eins übergezogen hat. Na gut, vielleicht ist er ihm
gefolgt und hat bewusst gewartet, bis er von hinten zuschla-
gen konnte.« Carsten Blume erwärmte sich für die Theorie. »Wenn er schon nicht den Hof kriegen konnte, wollte
er wenigstens den Goldschatz nicht teilen.«

»Allerdings frage ich mich, warum sich das Gold dann
überhaupt noch im Haus befand. Dass es Gold gibt, war ja
anscheinend kein Geheimnis, wenn es sogar der alte Fritz
weiß. An Hasselbrinks Stelle hätte ich das längst beiseitegeschafft.«

Anna parkte ihr Cabrio am Wegrand vor dem Haupt-
eingang des Eickeloher Friedhofs und ließ ihren Gedanken
freien Lauf. »Vielleicht hat Hasselbrink Henry Baumert
sogar hier auf dem Friedhof gesehen, als er Frühjahrsblu-
men auf das Familiengrab bringen wollte.«

Die Grabstelle Rosemeyer, auf der Heinrich Weitze, Hildegards Mann, lag, entdeckte Anna zuerst, sie hatten bis
dahin fast den ganzen Friedhof durchquert.

»Na endlich, hier sind sie.« Aufmerksam las sie die ein-
gravierte Schrift auf dem schwarzen Grabstein. »Heinrich
Rosemeyer ist vor 22 Jahren gestorben. Die Baumerts könnten also tatsächlich noch einen Pflichtteil einfordern. Damit
wären wir dann wieder bei Helmut. Oder, ich meine, sie ist
kräftig und zupackend – Anastasya!«

»Du entwirfst hier ein ordentliches Tableau von Verdächtigen. Vergiss aber nicht, dass da noch die Moldawier sind, die dem Mann aus Langenhagen Gold verkaufen wollten.«

Anna betrachtete die Grabstelle Baumert.

»Oh nein, die vergesse ich nicht. Und dafür haben ja nicht zuletzt Helmut und Anastasya gesorgt, nicht wahr? Wer brachte noch gleich die Hehlerware ins Spiel? Anastasya, der sie angeblich Schmuck, also Trauringe, anboten.«

Eine ungepflegte Grabstelle, nahezu komplett überwuchert von Efeu, lag vor Anna Blume-Kamphusen und ihrem Vater. Die Inschrift auf dem größten Stein war gerade noch lesbar: »Grabstätte Baumert«. Die Namen auf den kleinen Grabplatten der einzelnen Gräber waren von Moos und wilden Ranken überdeckt.

»Okay, Paul Hasselbrink war nicht da, um zu gießen oder Blümchen zu bringen«, stellte Anna fest. »Diese Grabstelle sieht aus wie die Fortsetzung des Gartens. Wie traurig. Ob so was heute noch Dorfgespräch ist?«

»Da kannst du sicher sein. Je kleiner das Dorf, umso mehr gilt der Pflegezustand von Grabflächen auch als Zeichen von Sauberkeit und Ordnung im Haus.« Carsten Blume schmunzelte und schritt weiter.

Direkt neben dem Baumertschen Erbbegräbnis blühte es, kein Unkraut wagte sich durch die akkurat geharkte Erde, und die Grabsteine wirkten wie frisch gewienert. Ein hoher alter Stein aus glänzendem schwarzen Material zeigte, dass hier »Familie Rosemeyer-Duensing« lag. Anna überlegte.

»Und wenn es gar nicht Paul war, dem Henry hier begegnet ist? Würden der alte und der junge Fritz vielleicht den Hasselbrink informieren, wenn sie jemanden am zugewachsenen Baumert-Grab gesehen hätten?«

Carsten Blume ließ die Reihe der so unterschiedlichen Grabflächen auf sich wirken.

Anna freute sich unterdessen über ihre nächste Entdeckung.

»Annegret Samlandt haben wir auch gefunden. Die liegt hier bei Rosemeyer-Duensing und ist schon 1962 gestorben, 1940 ist sie geboren. Die wurde nur 22.«

Eine Vase mit Rosen stand vor dem Grabstein der früh verstorbenen Frau.

»Schau mal, Papa, irgendwer hat speziell ihr frische Blumen hingestellt, die anderen Gräber haben keine.«

Ob Henry Baumert auf dem Friedhof den Namen gesehen hatte, sich an das Mädchen aus seiner Kindheit erinnerte und sich fragte, was ihr passiert sei? Entstand die Notiz, die ihm später aus der Tasche gefallen war, direkt hier auf dem Friedhof? Oder war er es, von dem der frische Blumenstrauß stammte? Carsten hatte genug von immer neuen Fragen.

»Puh, das wird mir gerade zu viel, Anna, du weißt doch, was Flora sagt, wenn ihr zu viele verschiedene Gedanken im Kopf herumschwirren? Das geht mir jetzt auch so. Alter, ich krieg Hirnbrutzeln.«

Anna schaute verblüfft und brach dann in Kichern aus, das sie schnell wieder unterdrückte, weil es so gar nicht zur Stille des Friedhofes passte.

Entschlossen schritt Carsten Blume zum Auto zurück, seine Tochter zurücklassend, die alle Grabsteine auf den Stellen der drei benachbarten Höfe rasch mit dem Smartphone fotografierte und dabei leise vor sich hin kicherte.

✣

Den alten Mann, der sie, auf eine Harke gestützt, von Weitem beobachtete, nahmen sie nicht wahr. Ludwig Eilers hörte, dass sie Annegrets Namen erwähnten. Er kannte die Leute, die lange vor den drei Bauern-Grabstellen standen. Das waren die Besitzer vom *Rittergut Blume*, das sein Sohn als Architekt umgestaltet hatte. In all den Jahren, die er auf den Friedhof kam und seiner Annegret Rosen brachte, hatte sich niemand für sie interessiert. Und jetzt erst Heinz und heute die Blumes! Waren dies nicht Zeichen genug, das Schweigen endlich zu brechen?

*

Carsten Blumes Einstellung veränderte sich durch den Ausflug nach Eickeloh. Der Fall Baumert, wie ihn sich Ziegler anhand der Moldawier-Theorie zurechtgelegt hatte, stand auf tönernen Füßen.

Ließ man den einen unabhängigen Zeugen und dessen angebliches Goldangebot außen vor, gab es nicht mehr als die Tatsache, dass zwei Männer mit einem Lieferwagen an den Tagen rund um den Anschlag auf Henry Baumert durch Eickeloh und Umgebung gefahren waren. Das war nichts. Christine Walker konnte auf Carsten Blume zählen.

Mit einem Klick öffnete Flora das Programm *Facetime* auf ihrem *iPad* und wählte ihre Nummer. Anna beobachtete sie genau. Es war sinnvoll, für die künftigen Gespräche mit der Baumert-Schwester nicht auf die Hilfe des jüngsten Familienmitgliedes angewiesen zu sein.

Anna Blume-Kamphusen nahm den Fall von Anfang an persönlich. Es war ihr Gast, ein freundlicher, stets zufriedener Gast obendrein, der jetzt in der Hannoverschen Medizinischen Hochschule im künstlichen Koma lag.

Flora wunderte sich über den Sinneswandel ihrer Familie. Sie hielt nichts von Hauptkommissar Hartmut Ziegler, aber die Moldawier-Theorie schien ihr spätestens nach der Aussage des Langenhagener Tischlers schlüssig.

Sie drängte sich darum nicht mit vor die Kamera des *iPads*, sondern blieb im Hintergrund.

Christine Walker nahm den Videoanruf an und erschien nach kurzer Pause selbst im Bild. Keineswegs sah diese Frau aus wie 68. In Jeans und weiße Bluse gekleidet, mit bunten großen Ohrringen, die zu ihrer raspelkurzen grauen Frisur auffällig wirkten, sah sie tatsächlich aus wie eine Software-unternehmerin und nicht wie die Schwester des freundlichen älteren Herrn, der im Hotel gewohnt hatte.

Das erzählte Anna der Gesprächspartnerin, nachdem sie sich selbst vorgestellt hatte.

»Ich weiß, wir sehen uns nicht ähnlich – zweieiige Zwillinge sind wir. So wie mich können sie sich Clara, unsere Mutter, vorstellen. Wie wir nun ja wissen, sieht Henry aus wie unser Vater Rosemeyer. Vater! Was sag ich da ...« Christine Walker schüttelte sich und verzog angeekelt den Mund. »Erzeuger trifft es besser.«

Sie berichtete, dass der Zustand ihres Bruders unverändert sei, fluchte auf Englisch darüber, dass sie nicht an seinem Bett sitzen könne, und kam dann zum wichtigsten Punkt des Gespräches.

»Anna, Carsten, wie ist Ihre Antwort, wollen Sie mir helfen, den wirklichen Täter zu fassen?«

Beide bestätigten, und ein Lächeln breitete sich auf Christine Walkers Gesicht aus. »Es ist egal, was es kostet. Geld spielt keine Rolle.«

Carsten erwiderte, dass er nicht einen Cent dafür nehmen wolle, doch ergab sich aus dem Angebot eine neue Frage.

»Augenscheinlich ist Geld bei Ihnen nicht das Problem. Darf ich fragen, wieso Sie dann so stark dagegen sind, dass

Paul Hasselbrink den Hof übernimmt? Anna und ich waren heute auf dem Booms-Hof, der verfällt zusehends. Ich bitte Sie um Offenheit. Was ist vorgefallen, dass sich die Fronten so verhärtet haben?«

Der folgende Redeschwall zeigte den Grimm der Amerikanerin ungefiltert.

»Nur gelitten haben wir unter dieser Sippschaft. Der Großvater hat uns quasi vom Hof gejagt. Die Verwandtschaft hatte bloß schiefe Blicke für uns uneheliche Kinder übrig.«

Christine Walker sah nicht ein, den Nachfahren dieser Familienmitglieder unproblematisch den Hof zu überlassen.

»Zum ersten Mal können wir mitentscheiden, was mit diesem Grundstück passiert, auf dem wir wie Störenfriede behandelt wurden. Und ich will, dass niemand aus der Familie dort weitermacht, als wäre unser Leid in den 5oer-Jahren nie passiert.«

Das war deutlich. Anna verstand die Motivation Christine Walkers und hakte nach. »Wie hat sich diese Ablehnung damals konkret gezeigt? Was ist geschehen, das sie bis heute nicht verzeihen können? Ich würde Sie gern noch besser verstehen.«

»Ach, genau kann ich das gar nicht sagen. Ich habe wohl alles verdrängt, so sehr, dass ich mich gar nicht mehr erinnere. Doch eines ist geblieben: dieses Scheißgefühl, unerwünscht zu sein.«

Sie erzählte davon, dass den Baumert-Zwillingen erst mit dem Erbe ihres Onkels klar wurde, dass die Mutter Erbansprüche gehabt hätte – zumindest auf den finanziellen Pflichtteil entsprechend der Höfeordnung. Doch darüber wurde nie gesprochen. Clara Baumerts Eltern starben, ihr

Bruder wurde Hofbesitzer. »Da sind wir schon einmal vergessen worden«, erklärte Christine.

»Und jetzt hätten Sie also noch die Chance auf ein zweites Erbe«, sagte Anna. »Ihr Vater ist erst 23 Jahre tot, Sie könnten eine Entschädigung aus dem Rosemeyer-Hof einklagen.«

Christine Walker stand der Mund offen. Einen Moment lang schwieg sie. »Der Hof gehört jetzt Hildegard?«, fragte sie, die Augen über die Kamera des Laptops hinweg gerichtet, als müsse sie nachdenken.

»Ja, Hildegards Sohn Helmut führt den Hof weiter. Ein sehr moderner und erfolgreicher Hof mit großem Hofladen. Sie könnten der Familie empfindlich schaden. Kann es sein, dass Henry den Hof aufgesucht und solche Andeutungen gemacht hat?«

Anna beobachtete die Regungen im verblüfften Gesicht von Christine Walker genau. Deren Züge schienen sich zu entspannen.

»No, no way! Hildegard hat uns nichts getan. Sie war lieb zu uns damals. Immer, wenn ich Milch geholt habe, bei uns gab es ja keine Kühe, bekam ich eine Süßigkeit. Einmal zeigte sie mir junge Kätzchen im Stall und ließ mich auf ihrem Pony reiten.« Christine Walker verneinte vehement. »Hildegard kann doch nichts für unseren blöden Erzeuger.«

Anna verstand. Es ging der Erbin nicht um Geld, sondern um Verletzungen, die ausschließlich mit dem Booms-Hof in Verbindung standen.

»Sieht Henry das wie Sie?«

»Henry hätte Paul sogar den Hof überlassen, nur meinetwegen war er dagegen. Nie und nimmer würde er auf einen fremden Hof spazieren, sagen, dass er der uneheliche

Sohn sei und sein Erbe wolle. Sie kennen doch Henry. Er ist ein ganz stiller, zurückhaltender Typ. Ach Henry, mein lieber Bruder. Ich vermisse ihn schrecklich.« Eine Träne rollte Christine Walker über die Wange. Sie verschwand aus dem Bild und kam mit einem Taschentuch in der Hand wieder.

»Können Sie also ausschließen, dass Ihr Bruder Kontakt zu Ihren Verwandten aufgenommen hat, während er hier war?« Carsten schloss nicht aus, dass Henry Baumert ihr etwas verschwieg, wenn er meinte, es könne verletzend für sie sein. Je öfter er mit ihr redete, umso besser konnte er sich vorstellen, dass Henry vermied, seine Schwester in Rage zu bringen. Doch das sagte er Christine Walker nicht.

»Was heißt ausschließen? Er hat mir fast jeden Tag getextet, also Mails und *WhatsApps*, und wenn er genügend Netz hatte, machten wir *Facetime*. Warum sollte er mir Kontakte zu den deutschen Verwandten verschweigen? Hätte mir nicht gefallen, aber ich konnte ihn ja nicht daran hindern. Nein, ich weiß von keinen Kontakten.«

»Wenn das Treffen erst direkt vor dem Überfall auf Ihren Bruder stattgefunden hat, ist es aber möglich, dass er Sie nicht mehr informieren konnte, oder?« Anna wurde das Gefühl nicht los, dass Henry doch jemanden getroffen hatte.

»Stimmt. Das wäre möglich, zum letzten Mal gemeldet hat sich Henry drei Tage vor der Tat. Da schickte er mir eine Message, dass er nun an diese letzten Unterlagen mit der altdeutschen Schrift rangehen wolle. Ich habe mich tatsächlich gewundert, dass dann nichts mehr von ihm kam. Untypisch für ihn. Aber wenn die Sütterlin-Schreiben wichtig gewesen wären, hätte er sich gemeldet, da bin ich sicher.«

Carsten horchte auf. Was war in den letzten drei Tagen vor der Tat passiert, dass Henry Baumert sich nicht mehr bei der Schwester meldete? Lag hier das Geheimnis, das es zu entschlüsseln galt?

HENRY - 1. MAI 2020

Der Maifeiertag begann sonnig. Henrys Stimmung stieg bei der Aussicht auf eine warme Dusche und frische Wäsche. Er kam sich vor wie ein Kind, das den Eltern etwas verheimlichte, denn Christine hatte er nichts von seinem Vorhaben erzählt. Auf eine Konfrontation mit der energischen Schwester war er derzeit nicht aus.

Gemütlich fuhr er über Landstraßen Richtung Neustadt am Rübenberge. Das Gelb der Rapsfelder ließ nach und wich einem satten Grün. Erste Klatschmohnblüten sorgten für rote Tupfer am Wegesrand. Henry fuhr langsam, die Farben des Frühlings genießend. Neustadt empfing ihn mit Sonnenstrahlen, und er stellte fest, dass die Stadt aus historischer Sicht einen Besuch wert war. Ein schlossähnlicher Gebäudekomplex ragte über satten Wiesen jenseits der Leine auf.

Elena bewohnte ein Reihenhaus am Stadtrand, mit

Blick auf den Fluss, der gemächlich in seinem breiten Bett floss.

Die Archäologin nutzte die Zeit, in der ihre aktuellen Ausgrabungsstätten in Israel aufgrund von Corona geschlossen waren, für die Vorbereitung von wissenschaftlichen Veröffentlichungen, doch darunter war nichts Eiliges. Ihr Ehemann und Kollege Al Hunter war in seiner Heimat England. Er war zu Beginn der Pandemie wie Henry »hängen geblieben« und kümmerte sich dort um seine Eltern, die aufgrund von Vorerkrankungen das Haus nicht verließen. Elena war allein und hatte Zeit. Henry kam frisch geduscht aus dem Bad, bekleidet mit der neuen Wäsche, den hellen Jeans und dem blauen Poloshirt, die er am Vortag gekauft hatte. Seine Nichte applaudierte lachend.

»So kann man mit dir wieder unter die Leute gehen! Und du riechst auch besser.«

Henry fuhr sich mit der Hand durch den gestutzten Bart und schaute peinlich berührt. »War es so schlimm?«

»Naja, du hast eben gemüffelt wie einer, der zwei Wochen nicht geduscht hat.«

Sie schlug ihm vor, einen gemeinsamen Spaziergang zum Schloss Landestrost zu unternehmen, während die Waschmaschine lief.

»Wollen wir danach noch zusammen kochen?«

Henry stimmte zu. »Ich hab die letzten beiden Wochen keinen Menschen gesehen, nur hier über meinen Aufsätzen gehockt, das ist bei dir sicher nicht anders.«

War das gemütlich, mal wieder mit jemandem so wie früher an einem Küchentisch zu sitzen, zu klönen oder einfach nur zum Fenster hinauszuschauen. Und der dampfende Filterkaffee war ein Genuss im Vergleich zum Instantkaffee, den er seit Wochen trank. Henry merkte nicht, dass er die ganze Zeit lächelte, und seine Augen strahlten. Elena gefiel dieser bisher fremde Onkel, den sie nur vom *Skypen* kannte. Doch sie passte genau auf, ihn nicht zu irritieren oder zu verärgern. Paul solle den Hof bekommen: Der Satz von gestern stand im Raum, und im Lauf des Tages wollte sie zu diesem Thema konkreter werden. Sie wartete nur auf den richtigen Moment.

Das *iPhone*, der Laptop und zwei Powerbanks hingen an Steckdosen, die Wäsche lief, und die erste Kanne Kaffee war ausgetrunken. Sie brachen auf, um Neustadt zu erkunden. »Ich zeig dir einfach mal meine Stadt, ja?«

Elena Gregolidis war in Neustadt am Rübenberge aufgewachsen, der griechisch stämmige Vater führte hier seine Anwaltskanzlei und lebte jetzt, als Witwer, in einer kleinen Stadtwohnung. »Al und ich haben das Reihenhaus übernommen. Papa wollte nicht mehr darin wohnen nach Mamas Tod. Kanntest du Mama überhaupt?«

Henry schüttelte den Kopf. Sein Cousin Paul und dessen ältere Schwester Helga kamen zur Welt, nachdem Clara mit ihren Kindern schon in den USA lebte.

»Ich wusste, dass es die beiden gibt, Mutter korrespondierte wohl manchmal mit ihrer Schwester Elisabeth. Aber Fotos hab ich nie gesehen. Und es hat uns auch nie jemand aus der Familie in Omaha besucht.«

Bedauern schwang in dieser Feststellung mit, fand Elena. Das spielte ihr in die Karten. Sie bot Henry Verwandtschaft und bekam im Gegenzug das, was sich Paul seit nunmehr zehn Jahren wünschte: den Hof.

Sie besuchten die Sektkellerei im Schloss Landestrost und nahmen eine Flasche alkoholfreien *Apfelsecco* mit für den

Nachmittag. Nach einer Umrundung der Liebfrauenkirche im Stadtzentrum erledigte sich das Thema des gemeinsamen Kochens, denn Henry steuerte zielstrebig auf eine *Subway*-Filiale zu.

»In dieser Hinsicht bist du ja wirklich ein typischer Ami«, stellte Elena fest. »Junkfood über alles.«

»*Subway* ist nicht Junkfood«, sagte Henry und ließ sich sein langes Baguette mit allem beladen, was die Theke hergab. Gurken, Röstzwiebeln, Tomatenscheiben, Hähnchenstreifen und ein Honigdressing füllten den Raum zwischen den Brothälften. Elena hingegen stellte sich eine Veggie-Variante zusammen. Verzehrt wurde das Mitgebrachte auf Elenas Terrasse, mit einem Glas echtem *Neustädter Secco*.

»Das ist ein wirklich schöner Tag, Elena, ich danke dir für deine Gastfreundschaft.« Henrys Gedanken drehten sich um die Frage, wie das Verhältnis zur deutschen Verwandtschaft sich so kalt und desinteressiert entwickelt hatte.

»Weißt du, Christine und ich haben uns, außer von der Großmutter, immer abgelehnt gefühlt. Und dann kam diese überraschende Erbschaft, und ich glaube, Christine wollte euch stellvertretend für unseren Großvater und Onkel Heinrich eins auswischen. Irgendetwas anderes steckt auch noch dahinter, etwas, das sie mir partout nicht erzählen will. Aber ich glaube, der alte Groll war ihr Hauptgrund.«

Henry überlegte still, dass sein Empfang bei der Ankunft in Deutschland anders verlaufen wäre mit Paul als neuem Hofinhaber. Sicher hätte ihn jemand vom Flughafen abgeholt. Ein Gästezimmer auf dem Hof, den sein Cousin führte, hätte auf ihn gewartet. Er schämte sich, einer der Schuldigen zu sein, die eine solche positive Entwicklung verhinderten. Jetzt war er zumindest bei Elena willkommen. Ein Tag lang Geborgenheit, die er vermisst hatte. Nachdem sie erfolglos versuchten, die dick belegten Baguettes ohne große Kleckerei zu verzehren, kam Henry darum von selbst auf den Booms-Hof zu sprechen.

»Ich möchte ein Testament schreiben, in dem steht, dass du, Sophia und Paul meinen Anteil am Hof zu gleichen Teilen erben.«

Elena war verblüfft. Sie wünschte ihm ein langes Leben, nur: Wenn der Onkel ein hohes Alter erreichte, dann konnte Paul mit dem Hof nichts mehr anfangen. Jetzt, mit 50, war es für einen Neuanfang schon höchste Zeit.

Sie fragte zunächst nur vorsichtig: »Und das wirst du verfassen, sobald du wieder zu Hause bist?«

Henry bestätigte. »Ich werde dann umgehend den Notar aufsuchen, bei dem mein bisheriges Testament liegt.«

Elena schwieg, und Henry merkte, dass seine Nachricht nicht jene Zustimmung bekam, die er sich erhofft hatte.

»Das scheint dich nicht gerade zu begeistern. Was ist los?«

»Weißt du, das kann noch so lange dauern, bis Corona vorbei ist und du wieder nach Hause kannst. Und jeder von uns kann vom Virus erwischt werden, ich möchte dir nicht zu nahe treten, aber du bist im Risikoalter ...«

»Ich verstehe, und du hast natürlich recht. Wenn mich das Virus auf der Reise erwischt, sind das nichts als schöne Worte gewesen. Okay, Elena, dann schreibe ich es hier und heute. Handschriftlich, wie es sein muss. Was sagst du dazu?«

Seine Nichte versuchte, nicht zu begeistert zu wirken. Es war ein komisches Gefühl, den Onkel zu drängen.

Und damit war der Hof ja längst nicht im mehrheitlichen Besitz der deutschen Familienhälfte. Es war aber ein erster Schritt.

»Danke«, murmelte sie leise.

»Ich habe schon ein Testament, darin vermache ich Christine und ihren Kindern mein gesamtes Vermögen, nur meine Sammlung wertvoller Bücher geht an die Bibliothek von Omaha, wo ich mein ganzes Berufsleben verbracht habe«, erläuterte Henry. »Gib mir ein leeres A4-Blatt und einen Kuli«, forderte er die Nichte auf.

Henry formulierte sein Testament in englischer Sprache. Sein persönliches Vermögen und das Haus im Zentrum von Omaha, ein Erbe des Stiefvaters, gingen weiterhin an Christine Walker und ihre Kinder, die Buchsammlung an die *Public Library*. Doch der Satz, mit dem er seinen bisherigen letzten Willen ergänzte, war entscheidend: Alle seine Ansprüche auf den Nachlass von Heinrich Baumert, verstorben 2010 in Eickeloh, verteilten sich nach seinem Tod auf die drei deutschen Erben. Henry schrieb zwei Ausfertigungen, googelte die Adresse des Anwalts in Omaha, bei dem sein bisheriges Testament lag, und bat Elena um einen Briefumschlag.

Es gab ausreichend Briefmarken für das Porto im Haus, sodass sie den Brief gemeinsam zum Postkasten an der Hauptdurchfahrtsstraße brachten. Vorher fotografierte Henry Testament und Umschlag und sandte seinem Anwalt eine Mail mit den beiden Bildern im Anhang, damit dieser schon vor Ankunft des Briefes informiert war. Henry staunte selbst über seine Erleichterung, das formale Schreiben versandt zu haben. War es die permanente unsichtbare Gefahr der Pandemie, die ihm das Gefühl gab, besser nichts aufzuschieben? Oder doch dieses heftige Herzklopfen und die Stiche in der Brust, wenn er mehrfach hintereinander die lange Treppe erklommen hatte? Vielleicht will ich einfach meiner Nichte Elena gefallen, gestand er sich ein.

»Sollte mich das Virus erwischen oder ich in Europa von einem Auto überfahren werden, ist jetzt alles klar«, sagte Henry.

»Du behältst ein Exemplar des Testaments, das andere hat dann mein Notar. Aber eine Bedingung hab ich noch: Sollte ich erfahren, dass du Sophia oder Paul davon erzählt hast, solang ich lebe, mache ich ein neues Testament zugunsten Christines. Und wenn ich zurück bin in der Heimat, werde ich auf meine Schwester einwirken, damit Paul den Hof schon bald übernehmen kann, darauf darfst du dich wirklich verlassen.«

Elena nickte. Es war nicht das, was sie sich erhofft hatte, doch weit mehr, als bis gestern im Raum stand. Henry verabschiedete sich, und sie nahm ihn kräftig in den Arm. »Ich habe jetzt einen richtigen Onkel in Amerika«, sagte sie lächelnd. »Und ich eine liebe Nichte in Deutschland«, erwiderte er.

Schon an seinem Wagen stehend fiel ihm etwas ein: »Hey, Elena, welcher Nachbar hat dich eigentlich angerufen und dir von dem Penner erzählt?«

»Das war der alte Fritz vom Sneers-Hof. Rosemeyer-Duensing.«

»Der alte Fritz?«

»Ja, es gibt da zwei Friedrichs, den jungen, der jetzt den Hof betreibt, und den alten, der ist schon um die 80 und dackelt dauernd zu Fuß über die Feldwege. Der sieht alles, und den nennen sie alter Fritz.« Elena lachte bei der Beschreibung.

»Er hat neben Pauls Nummer auch meine, um uns zu informieren, falls er etwas Ungewöhnliches auf dem Hof sieht. Paul wohnt ja weiter weg als ich, und neulich hat der alte Fritz ihn wohl auch nicht erreicht.«

Henry winkte zum Abschied und stieg in den Wagen. Er fuhr zurück zum Booms-Hof, mit einem Koffer voll duftender Wäsche, frisch aus dem Trockner, mit komplett aufgeladener Technik und dem Ausdruck eines Sütterlin-Alphabets für die beiden letzten Schreiben, die es zu entziffern galt. Und mit dem Gefühl, wieder ein Mensch unter Menschen zu sein, nicht mehr der einsame Wanderer auf einer Suche ohne richtiges Ziel. Er drehte das Radio laut auf und pfiff ein Lied mit, das er gar nicht kannte. Was für ein herrlicher Tag!

AUF DEM GUTSHOF - 14. BIS 16. MAI 2020

»Wir treten auf der Stelle.« Anna Blume-Kamphusen grübelte seit ihrem Gespräch mit Christine Walker und fand keine Ansatzpunkte. Auch ihr Vater haderte mit diesem

Fall, denn ohne die polizeilichen Befugnisse fehlte ihm der Anlass, Paul Hasselbrink aufzusuchen.

Ein Anruf bei Hauptkommissar Ziegler ergab nur, dass man die Moldawier bisher nicht gefunden hatte. »Und es ist nun einmal kein Mordfall. Das hiesige Kriminalkommissariat in Walsrode, das den Fall wieder bearbeitet, befasst sich gerade mit anderen Delikten. Tut mir leid, Carsten.«

Anna war froh, dass Christine Walker sich erneut meldete. Ihre Stimme klang aufgebracht.

»Eine meiner Nichten hat im Krankenhaus angerufen, und die haben ihr Auskunft gegeben. Das hat mir eine Krankenschwester gesagt. Zuerst wollten sie nicht einmal mir etwas sagen, und nun reden sie mit irgendwem! Nur weil sich da jemand nach einem Onkel erkundigen will.«

»Vielleicht ist eine ihrer beiden Nichten tatsächlich besorgt um Henry?« Anna kannte mehr als eine Woche, nachdem sie von Henry Baumerts Koma erfahren hatte, kein Familienmitglied außer Christine Walker. Und alles, was sie über deren Cousin Paul sowie die Nichten Elena und Sophia gehört hatte, war negativ gefärbt, weil Christine an der Familie kein gutes Haar ließ. Es wurde Zeit, ein persönliches Bild zu bekommen.

»Soll ich mich mit ihren Verwandten einmal in Verbindung setzen und nachfragen, wer im Krankenhaus angerufen hat?«

Christine überlegte einen Moment. »Ich weiß, ich hätte längst selbst den Kontakt suchen sollen«, gestand sie etwas kleinlaut. »Aber ich hab mich mit allen zerstritten. Ich konnte ja nicht ahnen, dass Henry einmal in der alten Heimat auf einer Intensivstation vor sich hin dämmern würde.«

Christine Walker legte auf mit dem Versprechen, sich

gleich wieder zu melden – mit den Telefonnummern der Nichten.

»Ich glaube, das am Telefon war Elena. Wenn ich ehrlich bin, ist sie ein nettes Mädchen. Doch, Anna, fragen Sie Elena.«

Henrys Schwester druckste um ein anderes Anliegen herum.

»Anna, meinen Sie, Hildegard würde mit mir reden wollen? Weiß sie schon, dass wir verwandt sind? In die Intensivstation dürfen, wenn demnächst der Besuch wieder erlaubt ist, nur nahe Angehörige. Ich denke immer wieder, dass es ja nahe Angehörige gibt. Henrys deutsche Halbschwester. Aber vielleicht will die Familie gar nichts von uns wissen?« Christines Stimme wurde sanfter, wenn sie von Hildegard Weitze sprach.

»Normalerweise hätte ich sicher keinen Kontakt aufgenommen. Nicht nach so langer Zeit. Aber im Moment fühle ich mich so hilflos ohne jemanden aus der Verwandtschaft, der mir in Deutschland hilft.«

Anna sagte gern Hilfe zu. Diesen Schritt in Richtung einer Annäherung hatte sie von Christine nicht erwartet und freute sich. Die Zerstrittenheit der Familie Baumert weckte die Familientherapeutin in Anna. Sie verfügte über 15 Jahre Erfahrung in diesem Beruf, den sie ausübte, bevor sie sich mit ihrem Mann Michael den Traum vom eigenen Hotel und Restaurant erfüllte. Aber war Hildegard überhaupt offiziell informiert über ihre neuen Geschwister? Hartmut Ziegler wüsste eine Antwort. Carsten Blume weigerte sich, den Hauptkommissar erneut anzurufen.

»Tut mir leid, Anna. Zwei Anrufe innerhalb von zwei Tagen – die ehemaligen Kollegen denken dann von mir, ich sei so ein typischer Kommissar im Ruhestand, der einfach nicht aufhören kann, sich einzumischen.«

»Ja, Papa, ich weiß, das ist dein spezieller Komplex. Okay, ich ruf ihn selbst an.« Anna zögerte nicht lange.

»Diesmal also Sie, traut sich Carsten nicht mehr?«

Anna atmete tief durch, um nichts Unüberlegtes zu sagen. Sie brauchte Informationen, Konfrontation war dabei nicht hilfreich.

»Es geht mir nicht um den Fall als solches. Ich versuche, in der Familie zu vermitteln, Sie wissen ja sicher noch, dass ich Therapeutin bin. Ich müsste wissen, ob Frau Weitze über den Vertrag Bescheid weiß, der die Vaterschaft beweist.«

»Sie wollen also Auskunft über Vernehmungsgespräche. Frau Blume-Kamphusen, ich darf Ihnen wirklich keine Details sagen.«

Dieser Betonkopf! Anna schwieg und war kurz davor aufzulegen, doch Ziegler ließ sich zu einer Antwort herab. »Natürlich haben wir alles, was sich im Fall ergab, als wir noch Verdächtige im direkten Umfeld suchten, mit den entsprechenden Personen besprochen. Hilft Ihnen das weiter?«

Anna atmete auf. Diese verklausulierte Bestätigung reichte völlig. Sie bedankte sich, beendete höflich das Gespräch und grübelte, wie sie Hildegard Weitze das Anliegen der Halbschwester am besten klarmachte. Dann wählte sie die Telefonnummer des Hofladens.

Ein diplomatischer Gesprächseinstieg war gar nicht notwendig. Hildegard Weitzes Erleichterung, dass Christine sich Kontakt wünschte, äußerte sich in tränenerstickter Stimme.

»Natürlich möchte ich mit ihr reden. Das ist ja meine Schwester. Und ich möchte mich auch gern um meinen Bruder im Krankenhaus kümmern, sobald da wieder Besucher zugelassen werden. Ich hatte Christel doch schon lieb, als sie noch klein war. Jetzt weiß ich auch, warum ich sie so gern mochte.« Hildegard Weitze überlegte seit Tagen, wie sie Kontakt aufnehmen könnte und was sie der fernen neuen Schwester sagen sollte. »Können Sie sich vorstellen, was das für ein Schock war? Ich hab schon fast mein ganzes Leben lang Geschwister und wusste es nicht? Wie vor den Kopf geschlagen fühl ich mich.«

Anna erläuterte schnell, dass Christine Walker keine Erbansprüche an sie stellen wollte. Hildegard Weitze schien sich für die finanzielle Seite nicht zu interessieren.

»Darüber werden sich Helmut und Anastasya freuen, die haben sich aufgeregt, dass sie Baumerts vielleicht auszahlen müssten, falls die prozessieren. Ich möchte mit meinen Geschwistern nur die verlorene Zeit nachholen, es bleibt ja nicht mehr viel davon. Ich bin schließlich schon 80 …«

Hildegard Weitze, die ein Smartphone besaß und darum mit moderner Kommunikation vertraut war, staunte dann doch, dass ein erstes Gespräch »Auge in Auge« über den Computer möglich war. Anna schlug den *Rittersaal* dafür vor.

»Dann zeigt Flora Ihnen, wie Sie in Zukunft die Verbindung vom Handy selbst herstellen können. Haben Sie morgen Nachmittag Zeit?«

»Für das erste Gespräch mit meiner Halbschwester seit mehr als 60 Jahren hätte ich sogar Zeit, wenn's bei uns brennt.« Hildegard Weitzes Stimme zitterte vor Aufregung. »Bis morgen dann.«

*

Floras Laptop war für die *Facetime*-Session gerüstet. »Ich stelle jetzt die Verbindung her, Frau Weitze. Sie können Ihre Halbschwester dann sehen und sich ganz normal mit ihr unterhalten. Sie brauchen auch nicht lauter zu reden als normal. Ich gehe weit genug weg, damit Sie Ihre Maske abnehmen können, Sie wollen sich ja sehen.«

Flora, die ihre Stoffmaske aufbehielt, um Hildegard Weitze nicht zu gefährden, tippte auf den Kontakt »Christine Walker«, und kurze Zeit später erschien ein Gesicht auf dem Bildschirm. Flora entfernte sich schnell.

»Christel, bist du das wirklich?«

Eine kurze Pause trat ein, denn Christine Walker musste sich erst einmal fassen beim Anblick ihrer Halbschwester, der jetzt Tränen die Wangen herunterliefen.

»Hallo, Hilde, ja, ich bin das. Aber Christel nennt man mich nicht mehr. Unser Bruder nennt mich Chrissie ...«

»Unser Bruder, ach ... Chrissie ... was haben sie euch nur angetan, die Alten!«

Die Frauen sahen sich schweigend an, beide weinten. Anna und Flora zogen sich zurück und bedeuteten Anastasya Smirnowa, sie zu begleiten, denn was sich die Schwestern zu erzählen hatten, war zu persönlich für Zuhörer im Hintergrund.

Es dauerte fast eine Stunde, bis Hildegard Weitze die Treppenstufen von der Terrasse zum Gutshofgarten hinunterkam. »Wie mache ich denn das Programm wieder aus? Wir haben fertig telefoniert!«

Die Augen der alten Bäuerin leuchteten, als Anna, mit Flora und Anastasya im Schlepptau, korrekt maskiert wieder im Gastraum auftauchte.

»Mutter Hilde sieht glücklich aus«, freute sich ihre künftige Schwiegertochter und nahm die strahlende Dame herzlich in den Arm. »Die neue Schwester ist sehr nett?«

»Ach, ihr könnt euch gar nicht vorstellen, wie das für mich war. Die kleine Christel war so ein liebes Mädchen. Wenn sie bei uns Milch holen kam, hab ich mit ihr gespielt, ich mochte sie damals schon. Und sie hat mir erzählt, dass sie mich als kleines Mädchen bewunderte, weil ich so eine schicke Frisur hatte.«

Hildegard Weitze lachte. »Könnt ihr euch gar nicht vorstellen, oder? Ich hatte eine ganz moderne Lockenfrisur und trug immer große Schleifen im Haar.«

Anna stellte zur Feier des Tages eine Platte Butterkuchen auf den Tisch. Hildegard griff zu. »Das brauche ich jetzt, ich hab vor Aufregung keinen Happs zu Mittag gegessen.« Sie kaute schnell, spülte mit einem großen Schluck Kaffee nach und lehnte sich strahlend zurück.

»Christel, also Chrissie, will mir eine Sprachnachricht auf das Handy schicken, die kann ich bei Henry im Krankenhaus abspielen, sobald ich ihn besuchen darf, sagt sie. Bekannte Stimmen helfen ihm vielleicht beim Aufwachen. Ich hoffe, ich schaffe das technisch. Sie wird im Krankenhaus Bescheid geben, dass eine weitere Schwester sich jetzt regelmäßig meldet. Ab Anfang Juni wollen sie wohl Krankenhausbesuche wieder erlauben. Ich hoffe, du kannst mich da hinfahren, Anastasya.«

Die Wangen gerötet, die Nase vom Weinen schniefend, berichtete sie nach einem Schluck Kaffee weiter.

»Und sobald sie nach Deutschland fliegen dürfen nach der Seuche, kommt sie mit ihrem Mann Anthony, der kann allerdings kein Deutsch. Wie sollen wir das denn am besten anstellen? Helmut hat sein Schulenglisch sicher vergessen, die Anastasya und ich haben nie Englisch gelernt …«

Anna hörte schweigend zu. Die alte Dame redete wie ein Wasserfall, die aufgestauten Gefühle entluden sich in Worten.

»Haben Sie mal ein Tempo?«

Anna ging zum Tresen und brachte eine ganze Packung mit. Hildegard Weitze schnäuzte sich, sank dann gegen die Lehne ihres Stuhles. »Und jetzt bin ich auf einmal müde. Zu Hause werde ich erst mal ein Nickerchen machen. Anastasya, du musst wohl in den Laden.«

Hildegard Weitze verließ die Gaststube, und es war schon Zeit, die Tische für die Gäste auf der Terrasse einzudecken. Die Eisheiligen schlugen voll zu an diesem 16. Mai. Anna hoffte nur, dass die Reservierungen für die Außenplätze nicht abgesagt wurden. Das »Spargel satt«-Angebot lockte die Gäste, aber drinnen blieb es bei nur sieben Tischen, um die vorgeschriebenen Abstände einzuhalten. Alles weiterhin schwierig. Doch Michael kochte wieder und hatte keine Zeit mehr für *Telegram* und *YouTube*-Videos. Das allein war schon eine große Erleichterung.

*

Carsten Blume stellte an diesem Abend eigene Nachforschungen an. Die Aufgabe herauszufinden, ob eine der beiden Nichten in der Medizinischen Hochschule vorgesprochen hatte, übernahm er gern, denn er plante, die hiesigen Baumert-Nachfahren gleich ein wenig auszuhorchen.

Elena Gregolidis war eine leicht auszufragende Gesprächspartnerin, denn sie erzählte fast von allein. Ja, sie war es, die sich nach ihrem Onkel auf der Intensivstation erkundigte und Auskunft erhielt, nachdem sie die Intensivschwester von ihrer Seriosität überzeugte.

»Er ist so ein netter Mensch. Es ist schrecklich, wie er jetzt da liegt, an Schläuchen und Maschinen angeschlossen. Und niemand darf an seinem Bett sitzen und ihm die Hand halten. Scheiß Corona. Wir haben uns blendend unterhalten, als er mich besucht hat. Das war ein richtig toller Tag und ist doch gerade mal zwei Wochen her.«

Das war eine Überraschung für Carsten Blume, dessen Verdacht, Baumert habe in Deutschland mehr Kontakte gepflegt, als er seiner Schwester gegenüber zugab, sich bestätigte. Elena erzählte gern von seinem Besuch und davon, wie der Onkel sie am Tag zuvor durch das alte Bauernhaus führte, in dem er sich recht wohnlich eingerichtet hatte.

»Dabei wusste er nicht mal von dem Schlüssel, der seit Jahrzehnten hinter dem Haus unter dem Palmenkübel liegt. Henry ist regelrecht eingebrochen!«

»Wer weiß denn alles von diesem Schlüssel?«

»Auf jeden Fall unsere Familienmitglieder und wahrscheinlich auch die Nachbarn. Nur dieser Rechtspfleger vom Amtsgericht nicht.« Elena Gregolidis lachte. »Ich gebe zu, dass ich ab und an mal in dem Haus war, wenn ich in der Nähe etwas zu tun hatte, meine Schwester und Paul sicher auch. Und in meinem Wohnzimmer steht eine Kristallschale aus dem Schrank meiner Urgroßeltern. Dieses eine Andenken hab ich gemopst.«

Carsten wunderte sich, dass Baumerts Nichte ihm so bereitwillig berichtete. Doch diese Auskunftsfreude galt es zu nutzen, und er lenkte das Gespräch auf den möglichen Goldschatz des Booms-Hofes.

Die Miterbin zog die Existenz der Goldmünzen nicht einmal in Erwägung. »Wer hat so etwas denn in die Welt gesetzt? Wäre da Gold gewesen, dann hätte Onkel Heinrich es aufgebraucht. Wenn Paul nicht eingeschritten wär, hätte der Onkel doch sogar das Land verkauft.«

Carsten erfuhr, dass Paul Hasselbrink schon lange vor dem Tod von Onkel Heinrich den Hof mitführte, sich um finanzielle Angelegenheiten kümmerte und dem alten Hof-inhaber nur eine Pflicht überließ: das Hühnerfüttern.

»Paul hat sich voll reingehängt, dafür hat er keinen Cent gekriegt. Er war wie ein Sohn für den Alten, hat für ihn ein-gekauft, ihn zum Arzt gefahren. Können Sie sich vorstellen, wie ungerecht es ist, dass er nicht geerbt hat?«

»Das ist verständlich. Aber es gab nun mal kein Tes-tament.« Carsten Blume merkte, dass Elena Gregolidis abschweifte, und brachte sie wieder in die Gesprächsspur.

»Sagen Sie, wann waren Sie bei Henry Baumert auf dem Hof? Wissen Sie das noch?«

»Natürlich, am letzten Aprilabend. Das kann ich genau sagen, weil Onkel Henry dann am 1. Mai bei mir zu Besuch war.« Carsten Blume notierte sich die wichtigsten Daten und Fakten mit einem Bleistift auf seiner Schreibtischunterlage, die aus einem dicken Block Papier mit Kalendarium bestand.

»Die Frage mag Ihnen komisch vorkommen, aber Sie wis-sen sicher, wo in dem Haus ein großer dunkler Schreibtisch steht. Waren Sie bei Ihrem Hofbesuch in dem entsprechen-den Raum und erinnern Sie sich, wie der Schreibtisch aussah?«

Da Carsten Blume das Hofgebäude nicht von innen kannte, verwendete er die Beschreibung, an die er sich aus Hartmut Zieglers Erzählung erinnerte.

»Das ist tatsächlich eine komische Frage. Aber Sie sagen mir sicher gleich, worauf Sie hinauswollen. Der Schreibtisch steht im alten Wohnzimmer meiner Urgroßeltern. Und an dem Tag stand er offen, weil Henry ihn aufgebrochen hat. Das ist es, was Sie hören wollten, oder?«

»Und was befand sich in dem Schreibtisch?«

»Gar nichts mehr. Die ganzen Stapel mit alten Unterlagen hat Henry mit nach oben genommen. In dem Schreibtisch war auch dieser komische Vertrag, aus dem die Vaterschaft des alten Rosemeyer hervorging.«

Carsten Blume merkte, dass Elenas Stimme skeptischer wurde. Doch er hakte weiter nach. »Und Sie haben dort nirgends Goldmünzen gesehen?«

»Also langsam frage ich mich, was Sie von mir wollen. Wird das hier eine Vernehmung? Ich dachte, Sie sind ein Bekannter von Onkel Henry und rufen im Auftrag meiner amerikanischen Tante an, aber was sollen diese Fragen? Sie klingen, als wären Sie von der Polizei.«

Doktor Elena Gregolidis' Plauderstimmung endete abrupt. Carsten erklärte sich.

»Ich war tatsächlich bis vor einigen Jahren Polizist. Und ich zweifle an der These meiner Kollegen, dass Henry Baumert von moldawischen Arbeitern ausgeraubt und niedergeschlagen wurde. Diese These steht und fällt mit dem angeblichen Goldbesitz. Es tut mir leid, wenn die Fragen wie ein Verhör klingen, ich kann wohl nicht anders.«

»Okay, verstehe. Aber dann stelle ich jetzt mal 'ne Frage. Von wem stammt eigentlich diese Goldschatz-Geschichte? In unserer Familie wurde, seit ich mich erinnern kann, nie darüber geredet, dass da noch Gold sein könnte.« Elena klang unwirsch. Um das Gespräch wieder zu drehen, war es an Carsten, neue Informationen zu bieten.

»Kennen Sie Friedrich Rosemeyer-Duensing? Den ›alten Fritz‹?«

»Klar, wir sagen alle Onkel Fritz zu ihm. Und der wusste vom Gold auf dem Booms-Hof?«

»Der alte Fritz ist sicher, dass Ihre Urgroßeltern in Gold investiert haben – Münzen und kleine Barren.«

»Sensationell. Wenn der das sagt, ist sicher was dran. Onkel Fritz weiß alles, was in Eickeloh und Umgebung passiert.«

Elena Gregolidis sprach nicht ironisch, sie schien den letzten Satz ernst zu meinen.

»Wenn Henry Gold gefunden hat, dann war er nicht ehrlich zu mir. Für ihn waren nur diese Unterlagen Gesprächsthema und so ein Umschlag mit Schreiben in Sütterlin, die er nicht entziffern konnte und die ihm irgendwie wichtig schienen. Er suchte noch nach einem alten Geheimnis, bloß wusste er selbst nicht, wonach er da sucht.«

»Sagen Sie, Frau Doktor Gregolidis, wurden Sie von der Polizei nach einem Alibi gefragt? Und wissen die Kollegen von Henry Baumerts Besuch bei Ihnen?

»Ah, jetzt wieder Verhör, okay. Natürlich habe ich nicht verschwiegen, dass Henry bei mir war. Nein, ich habe kein Alibi. Ich sitze seit März hier allein zu Hause, mein Mann hängt in England fest, unsere Ausgrabungsstätte in Israel ist dicht.« Elena klang jetzt gelangweilt.

»Und falls Sie das auch noch wissen wollen: Meine Schwester Sophia verfügt ebenfalls über kein Alibi. Sie ist alleinstehend, arbeitet hier in Neustadt im Sozialamt und ist im Homeoffice, wo sie niemand sieht.«

»Danke für Ihre Offenheit.« Carsten war klar, dass sie ihm die Fragen aus freien Stücken beantwortete. »Und Ihr Onkel Paul wird wohl nur ein Alibi seiner Familie haben?«

»Nee, wenigstens Paul ist fein raus. Familie wär übrigens nicht, Paul ist geschieden. Aber er hatte morgens einen beruflichen Termin im Freien, ist mit drei Bauern unterwegs gewesen, um über die Einsaat von Blühstreifen für die Bienen zu reden und Saatmischungen für das jeweilige Gelände zu empfehlen. Das macht er ja beruflich.«

Carsten Blume war dankbar für diese Informationen, die er von Hartmut Ziegler nicht bekommen hatte. Darum also wurde Paul Hasselbrink so schnell als Verdächtiger ausgeschlossen.

»Das werden meine Kollegen sicher überprüft haben«, murmelte Carsten und wunderte sich über die lässige Antwort.

»Klar, Nachbars Helmut und der junge Fritz konnten das bestätigen. Mein Onkel Paul hat mit dem Mordversuch nichts, aber auch gar nichts zu tun.«

»Helmut Weitze und Friedrich Rosemeyer-Duensing junior sind die Zeugen?« Carsten Blume staunte, was die junge Frau so nebenher ausplauderte. »Das Treffen fand also in Eickeloh statt?«

»Herr Blume, das weiß ich nicht. Und ja, die beiden sind Zeugen. Und noch so ein Typ vom Hegering, ein Freund von Paul. Namen weiß ich nicht.« Elena klang wieder genervt.

»Wenn Sie mit dem Verhör durch sind, hätte ich auch noch eine Frage.«

»Gern, alles, was ich Ihnen beantworten kann.«

»Gibt es eine Chance, dass Christine bereit ist, mit mir zu reden? Onkel Henry wollte sich sofort nach seiner Rückkehr bei seiner Schwester dafür starkmachen, dass Paul doch noch ihre Hofanteile kaufen kann. Er sagte, seine Schwester sei nur so voll von altem Groll, in Wirklichkeit sei sie ganz reizend. Vielleicht kann ich ihr ja nun irgendwie helfen und dabei etwas gegen den alten Groll tun.«

Carsten versprach, Christine Walker zu informieren, dass Elena gern Kontakt mit ihr aufnähme.

»Nachdem ich gemerkt habe, was Henry für ein netter Kerl ist, liegt mir was dran, die Familie zu versöhnen«, ergänzte sie. »Nicht nur für die Klärung der Erbsache, auch so menschlich, wirklich.«

Daran zweifelte Carsten Blume zwar, denn für ein zwischenmenschliches Ansinnen sprach Henrys Nichte ein wenig zu oft von der Erbsache. Doch jeder Kontakt war sinnvoll, um den wahren Hintergrund des Überfalls auf Henry Baumert zutage zu fördern. Christine Walker wäre gut beraten, mit Elena zu reden.

Die Offenheit der jungen Archäologin war hilfreich. In ihrer unverblümten Sprache war sie ihrer amerikanischen Tante ähnlich.

Zwei Informationen aus dem Gespräch ließen ihn noch stärker daran zweifeln, dass irgendwelche fremden Moldawier Henry Baumert niedergeschlagen hatten.

Nach Elenas Auskunft wurde der Schreibtisch schon im April aufgebrochen, und es waren nur alte Unterlagen darin. Gold lag nirgendwo im Haus offen sichtbar herum. Und die Alibizeugen, die Paul Hasselbrink vorbrachte? Jene beiden Nachbarn des Booms-Hofes, die ihn vermutlich gern als neuen Hofinhaber sähen. Darunter Helmut Weitze, der ebenfalls um sein Erbe fürchtete und wenige Stunden später den Verletzten fand. Und der dritte Zeuge: »ein Freund« vom Hegering …

Für Carsten war es schwer vorstellbar, dass der alte Rosemeyer-Duensing, zu dem sie alle »Onkel Fritz« sagten, Paul nie etwas vom vermeintlichen Goldvermögen der Baumerts erzählt hatte.

Diese drei Familien mit ihren Höfen hinter dem Dorf schienen eng miteinander verbunden – gegen den Besuch aus den USA?

*

Es klopfte an ihrer Tür. Flora ließ sich ungern stören. Seit sie immer häufiger von Kollegen hörte, dass in der Medienbranche als Folge von Corona vermehrt Stellen abgebaut wurden, war sie in Sorge um die berufliche Zukunft. Sie vertiefte sich in Bildschnitt-Tutorials bei *YouTube* und hoffte, ihre Chancen zu verbessern, wenn sie sich neue »Skills draufschaffte«, wie sie ihrer Freundin Katrin erklärte, die anrief, um sie zu einer Radtour zu überreden. Ihr Vater wirkte als Versuchskaninchen an Floras ersten Filmprojekten mit – »Kamphusens Küchentipps« als neue Blogrubrik boten sich für ein »learning by doing« an. Positiver Nebeneffekt war, dass ihr Vater weniger Zeit für *YouTube*-Filmchen aus der Verschwörer-Ecke erübrigte. Jetzt probte er lieber für seine Kochfilme.

Das Klopfen wurde von der Stimme ihrer Mutter unterstützt. »Flora, hey, kann ich reinkommen?«

»Ja klar, komm rein«, antwortete sie grummelnd und stoppte das Tutorial.

»Interessierst du dich gar nicht dafür, was wir in unserem aktuellen Fall herausbekommen haben?« Anna wunderte sich über Floras Desinteresse, nicht wissend, dass die Tochter von beruflichen Zukunftssorgen geplagt wurde.

»Mama, ich lerne und bin froh, dass ich mich so gut darauf konzentrieren kann. Unterbrich mich bitte nicht zu lange.«

Doch obwohl Flora nicht offen war für den Fall um Henry Baumert, schaffte die Mutter es, ihr Interesse wieder zu wecken. »Hasselbrinks Alibizeugen sind also Helmut, der Nachbar und ein Freund? Das ist wirklich fadenscheinig.«

»Ja, genau. Und kannst du dir vorstellen, dass diese Elena ihren Onkel und ihre Schwester nicht sofort angerufen hat, als sie Henry am Booms-Hof antraf?« Anna wusste zwar nur von ihrem Vater, also aus zweiter Hand, was Elena Gregolidis-Hunter erzählt hatte, doch für sie schien das Geflecht zwischen den drei Bauernhöfen die Wurzel der Geschehnisse zu sein.

»Und du meinst also, ich kann euch helfen? Soll ich schon wieder Weitzes interviewen? Das wird für meine Leserinnen und Leser nun wirklich bald langweilig. Ich kann ja nicht einfach den Paul Hasselbrink anrufen und um ein Interview bitten.«

Anna war nicht ohne Plan zu ihrer Tochter gekommen. »Es ist dir ja sicher schon aufgefallen, dass Rosemeyer-Duensing immer wieder als Name auftaucht in diesem Fall. Der Sohn wusste von den Moldawiern zu berichten, der alte Fritz brachte das Gold ins Spiel. Und dessen Vater hat den unmoralischen Vertrag, mit dem sich Heinrich Rosemeyer von der Vaterschaft freikaufte, als Zeuge testiert.«

»Und nun ist der junge Rosemeyer-Duensing auch noch Pauls und Helmuts Alibizeuge für die Tatzeit. Mama, du hast recht, diese Familie steckt irgendwie mittendrin in der ganzen Geschichte. Von früher bis heute. Aber warum sollten die Interesse haben, dass ich sie für den Blog interviewe?«

Jetzt grinste Anna und freute sich über ihre eigene Idee. »Wichtig ist doch erst mal, dass sie dich in ihr Haus lassen. Und dafür gibt es einen ziemlich guten Anlass. Der alte Fritz wird doch nächsten Monat 80 und hätte eigentlich groß bei uns gefeiert. Nun kommt die Familie am Sonnabend nach dem Geburtstag nur mit wenigen Leuten, die wir im Garten bewirten. Er hat gerade vorhin angerufen und das angemeldet.«

»Also ein Porträt über den verdienten Politiker und Wohltäter, meinst du? Mama, du bist raffiniert! Und wenn ich ein Filmporträt daraus mache, kann ich für meine neuen Skills üben und auch noch bei denen auf dem Hof rumschleichen, um die besten Kulissen für die Einstellungen zu suchen.«

Ihre Mutter nickte. »Ich weiß nicht, ob wir dabei irgendetwas erreichen, außer das Vertrauen des Alten zu bekommen. Aber das wäre auch schon was wert. Meine These ist, dass sein Sohn die beiden Hauptverdächtigen deckt. Zu den Verdächtigen gehört leider auch wieder Helmut. Und außerdem ist da noch irgendein Geheimnis der Vergangenheit, das Henry Baumert gesucht hat. Wenn einer alle Geheimnisse in der Gegend kennt, dann der König von Hudemühlen.«

Im Geiste sah sich Flora schon mit ihrer Kamera durch die kleine Straße hinter dem Dorf ziehen – legitimiert von jenem Mann, dem man überall mit großem Respekt begegnete. Das lobende Porträt des Jubilars wäre sicher kein Renner für den Blog. Aber wenn sie nur irgendeinen Hinweis aus dem »alten Fritz« herauskitzelte, hätte sie schon etwas erreicht.

»Am besten, ihr beratschlagt, welche Themen ich von hintenrum ansprechen könnte, damit ich ihn in die richtige Gesprächsrichtung locke. Das mache ich, wenn die Kameras aus sind, so als ob ich am Rande noch mal über den armen Henry Baumert plaudern will. Okay, ich bin also wieder im Boot.«

Beschwingt kehrte Anna Blume-Kamphusen zurück in die Gaststube und bereitete sich auf den Abendbetrieb vor. Der Restaurantalltag wurde langsam wieder zur Routine, und Anna hoffte, dass sie an diesem Abend nicht versehent-

lich ein volles Bierglas schwungvoll gegen die Plexiglas-
scheibe donnerte, die jetzt vor den Tresen montiert war.
Die Gäste lachten, wenn sie in der Hektik des Abends vergaß, dass die Servicekraft die Gläser und Tabletts nur durch
einen schmalen Durchlass zwischen zwei Scheiben ent-
gegennehmen konnte. Michael regte an, schwarze Vogelauf-
kleber anzubringen, damit sie das Glas nicht vergaß. »Eine
verrückte Zeit«, murmelte Anna Blume-Kamphusen, die
sich beim Wienern der Tische Fragen für Floras Interview
überlegte.

AUF DEM GUTSHOF - 18. MAI 2020

Friedrich Rosemeyer-Duensing senior war angetan, dass
seine Verdienste »nun auch in diesem modernen Medium
Internet« gewürdigt wurden. Er nahm sich Zeit für Flora,
die nach einem raschen Termin fragte, da der Filmschnitt
viele Stunden in Anspruch nehmen würde und der Film
doch zum Geburtstag fertig sein solle.

Die Familie instruierte sie mit Stichworten für das
»Gespräch am Rande« zum Fall Baumert. Auch Christine
Walker, mit der Anna mittlerweile alle paar Tage redete,
hatte etwas beizutragen:

»Wusstet ihr, dass Hildes Sohn Helmut und Paul denselben Patenonkel haben? Ratet mal, wer das ist?«

Flora und Anna saßen vor dem Bildschirm und sahen Christine an, die von einem Gespräch mit ihrer Nichte berichtete. »Henry war bei Elena und hat es mir verschwiegen. Ich habe überhaupt nichts mehr von ihm gehört seit dem Abend, an dem er Elena traf. Das Mädchen ist jetzt sehr nett zu mir, aber kommt euch das nicht auch komisch vor?«

Anna brachte Christine auf die Frage zurück, die sie kurz zuvor in den Raum gestellt hatte. »Der alte Fritz? Ist er der Patenonkel von beiden?«

»Ganz genau. Der ist doch die Spinne, die mitten im Netz sitzt. Flora, quetschen Sie den mal ordentlich aus. Bin ich hysterisch, wenn ich denke, dass die sich gerade alle gegen uns verbünden, die Elena inklusive? Und irgendwie kommt mir Hildegards Zuneigung auch ein wenig plötzlich. Ich würde gern daran glauben, sie telefoniert wirklich täglich mit dem Krankenhaus. Aber vielleicht passt sie auch nur auf, dass er nicht sagen kann, wer ihn überfallen hat. Also falls er wieder aufwacht. Shit, ich sitze hier in Omaha und kann nicht kommen und bilde mir die schlimmsten Geschichten ein.«

Anna hätte Christine Walker gern ihre Sorge genommen, dass alle Freundlichkeit, die ihr von der Familie ihrer Halbschwester und ihrer Nichte jetzt entgegenkam, rein ehrlich gemeint war.

Doch wie sicher war das?

»Was ist eigentlich mit diesen Sütterlin-Papieren, von denen Henry mir etwas schrieb und die er auch Elena gezeigt hat? Seit er die Papiere entziffern wollte, hat keiner mehr was von ihm gehört.«

Christine brachte ein Thema ins Spiel, das schwer zu klären war.

»Ich fürchte, alle Papiere liegen so im Haus, wie Henry sie hinterlassen hat, und wir haben keine Chance, da heranzukommen. Wir können ja nicht in das Haus einbrechen.« Anna schüttelte bedauernd den Kopf.

»Wenn ich der Elena doch nur vertrauen könnte. Sie hat mir von dem Schlüssel erzählt, mit dem sie manchmal ins Haus geht. Sie könnte für uns nachschauen.« Christine Walker haderte mit sich und ihrem Misstrauen.

»Ach, Christine, dann vertagen wir dieses Thema doch erst einmal.« Anna fiel ein Detail ein, nach dem sie seit ihrem Besuch auf dem Eickeloher Friedhof fragen wollte. »Sagt Ihnen der Name Annegret Samlandt etwas?«

Christine Walker stutzte. Für einen Moment wurden ihre Augen groß, und sie schaute über die Kamera des Laptops hinweg, als ob sie einen Blick in eine ferne Vergangenheit warf. »Annegret, ja, und da war noch ein Mädchen. Sie hieß Irene. Sie lebten als Pflegekinder auf dem Hof von Rosemeyer-Duensings, wurden aber behandelt wie Mägde. Annegret konnte nichts hören und nicht sprechen. Wie kommen Sie darauf?«

»Henry hat den Namen Annegret Samlandt auf einen Zettel geschrieben, und auf der Familiengrabstelle der Rosemeyer-Duensings gibt es einen Grabstein für sie. Annegret Samlandt ist schon 1962 gestorben.«

Anna war überrascht, wie stark Christine Walker auf diese Nachricht reagierte. Auf einmal sah sie blass aus.

»Auf Henrys Zettel stand neben dem Namen noch das Wort ›Geschenk‹ mit einem Fragezeichen dahinter. Und dann stand da noch ›Ludschen‹, also nicht lutschen, das Verb, sondern mit ›d‹ geschrieben, als Hauptwort. Können Sie sich vorstellen, was Ihr Bruder damit gemeint hat?«

Christine Walkers Blick war leer, sie sah weiter an der

Kamera ihres Computers vorbei. »Das Geschenk, ja, die stumme Annegret brachte meiner Mutter ein kleines Paket, am Tag bevor wir abgereist sind. Komisch, dass es mir jetzt wieder einfällt. Sie weinte, und ich dachte noch, dass sie traurig ist über unsere Abreise. Das Geschenk war so ein flaches kleines Päckchen. Mutter hat es nur wütend in den Schrank gedonnert. Keine Ahnung, was drin war. Wir haben es nicht geöffnet. Ein Brief war auch noch dabei. Und Ludschen, das ist ein Name, Ludwig Eilers, den nannten sie Ludschen, und er war Annegrets Verehrer und als Knecht auf dem Sneers-Hof.«

Christine Walker wirkte nachdenklich und drängte darauf, das Gespräch zu beenden. »Fragen Sie Fritz nach den Pflegetöchtern seiner Eltern. Fragen Sie ihn danach.«

Schnell verabschiedete sie sich. »Welches Gespenst der Vergangenheit ist denn da gerade über Christine hergefallen?«, fragte Flora.

»Finde es heraus. Wie alt war der alte Fritz 1960? 20! Am besten, du lässt dir für deinen Bericht Schwänke aus seiner Jugend erzählen und fragst dann ganz nebenbei nach seinen Pflegeschwestern.«

Anna merkte, dass Floras Neugier endgültig geweckt war. Friedrich Rosemeyer-Duensing vermutete, dass dieses Interview eine Gefälligkeit für die Buchung einer Feier in *Blumes Rittersaal* darstellte, erst in kleiner Runde, und später, nach Corona, im großen Kreis. Er war arglos. Das galt es zu nutzen.

»Irgendwas gibt es, das wir alle noch nicht wissen und das der Schlüssel zu dem Verbrechen an Henry Baumert ist. Flora, das ist unsere Chance.«

»Ich finde es heraus.«

»Wenn eine es schafft, dann du.«

»Mama, jetzt schleimst du zu auffällig.« Flora drückte ihrer Mutter einen Kuss auf die Wange. »Aber danke, dass du meinst, ich wär das Brain unserer Cold Case Unit. Ich tu, was ich kann.«

HENRY – 2. MAI 2020

Den Tag nach seinem Besuch bei Elena begann Henry Baumert in bester Laune. Das Vogelgezwitscher im Garten ließ ihn lächeln, sogar der Instantkaffee schmeckte. Er war sich zu lange wie ein Phantom vorgekommen, das ungesehen zwischen den Bewohnern von Eickeloh umherwanderte, auf der Suche nach Geheimnissen, die es vielleicht gar nicht gab. Jetzt war er wieder Mensch. Ein Onkel, der einen Tag mit seiner Nichte verbracht hatte.

Mit ihr hatte er über Stätten seiner Kindheit gesprochen, und es waren ihm immer mehr Orte eingefallen, an denen er gern gespielt hatte. »Meine Aller-Kinder« hatte die Mutter sie genannt, wenn sie dreckig und erschöpft vom Spiel am Fluss zurückgekehrt waren. Die alte Seilzugfähre über die Aller nach Grethem – die gab es sicher nicht mehr, meinte er. Er googelte und fand heraus: Dieses Relikt aus einer Zeit, als Eickeloher Bauern zu ihrem Land jenseits der Aller übersetzten, gab es ja doch noch! Die Fähre war gelegentlich in Betrieb, um zum Beispiel Ausflugsgruppen über den Fluss zu transportieren.

Er setzte sich auf sein Fahrrad und fuhr westlich aus dem Ort heraus, einen sanft gewundenen Feldweg entlang. Er begegnete Spaziergängern, die ihn freundlich grüßten. Statt nur still zu nicken wie an den Tagen zuvor, erwiderte er den Gruß jetzt. »Guten Morgen! Schöner Tag heute!« Die Fremden lächelten ihn an, er lächelte zurück. Dann stand er direkt vor der alten Fähre. Der Betrieb war für die Dauer der Pandemie eingestellt, aber der Zugang auf die Fährplanken war frei. Weit reichte der Blick den Fluss entlang.

Picknicktische standen auf der Anhöhe über dem Fähranleger, und Henry nahm Platz, um sich die Sonne ins Gesicht scheinen und den Blick auf die mäandernde Aller schweifen zu lassen. Kinder spielten auf einer Wiese mit einem Ball, und er sah sich auf einmal selbst auf dem Gras stehen, mit seinen beiden Freunden aus der Grundschule. War das im Sommer, bevor die Familie fortzog? Es war eine leichte, beschwingte Erinnerung. Warum fiel sie ihm erst jetzt wieder ein?

Auf dem Rückweg kam er an der alten ehemaligen Dorfkirche aus dem 13. Jahrhundert vorbei und wunderte sich, ihr Gelände frei zugänglich vorzufinden. In seiner Kindheit war der Kirchhof mit seinen alten Steinen und Grabkreuzen verschlossen. Er stellte sein Fahrrad ab und wanderte um das Kirchlein »Zum Heiligen Kreuz«. An der Rückseite gab es einen schmalen Weg durch Buschwerk auf einen kleinen Hügel mit einer Bank. Was für ein herrlicher Platz. Henry freute sich, dass er alle Zeit der Welt hatte, hier zu sitzen und auf das alte Gemäuer zu schauen. Er fragte sich, ob vor 700 Jahren, als diese Kirche erbaut wurde, schon Vorfahren von ihm zu den Kirchgängern gehörten. Dagegen waren die 60 Jahre, die er aus Eickeloh fort war, nur ein Wimpernschlag.

Kleine Erinnerungen ließen ihn jetzt lächeln: Der Kaufmann Conrad Hogrefe, bei dem es fast immer eine Süßigkeit für ihn gab, wenn er Clara zum Einkaufen begleitete, fiel ihm ein. Der Schuster Braun, bei dem man am alten Dorfplatz nicht nur neue Schuhsohlen bekam, sondern sogar Medikamente abholen konnte, wenn man vorher sein Rezept in einen Kasten am Haus gesteckt hatte, den ein Apotheker leerte! Als sei ein Schloss geöffnet worden, hinter dem zuvor seine Erinnerungen versteckt waren, sah Henry Bilder aus seiner Kindheit. Er stieg vor einem alten Gemäuer vom Fahrrad, an dem ein verwittertes Schild auf einen »Saal« hinwies. Aber ja! Dort gab es Feste, zu denen die Baumerts eingeladen waren. Henry zückte sein Handy, um das »Saal«-Schild für Christine zu fotografieren. Wie lange es wohl die Gaststätte schon nicht mehr gab? Ob seine Schwester sich daran erinnerte, dass sie dort immer so viel süße Brause getrunken hatten, dass es im Magen blubberte? Es waren nicht die Menschen in Eickeloh, die Henry und Christine damals das Gefühl gaben, unerwünscht zu sein, das war ihm jetzt klar. Das Unbehagen war nicht mit dem Dorf verbunden, das er im Sonnenschein erkundete. Es war die abgeschiedene Welt der drei Höfe am Duensingsfeld, über der in seinem Gedächtnis eine große Traurigkeit lag. Er radelte zu seiner alten Schule und stellte fest, dass es sie nicht mehr gab. *Google* verriet ihm, dass die Schule 1977 geschlossen wurde. Sein Lehrer, hieß er nicht Herr Schröder?

Mit Manni aus der Flüchtlingssiedlung und Schorse, einem Bauernkind wie er selbst, hatte Henry damals gelernt. Die Namen der Schulfreunde fielen ihm wieder ein. Der Schleier über der Vergangenheit hob sich immer mehr. Ob die beiden noch in Eickeloh lebten? Er bekam sogar Lust, diese alten Freunde wiederzusehen. Was so ein Tag in menschlicher Geborgenheit bewirkte! Henry verzehrte, auf einer Bank mit Blick auf die Kirche im Grünen sitzend, zwei Brote mit Käse und Mettwurst, die er zu Hause geschmiert hatte. Er fühlte sich zunehmend versöhnt mit den Stätten seiner Kindheit. Im Booms-Hof wartete dieses eine letzte Dokument in Sütterlin-Schrift darauf, entziffert zu werden, doch Henry zweifelte, dass es ein großes Geheimnis lüften würde. Die einsamen Tage im Hofgebäude und die unterschwellig bedrohliche Situation der Coronapandemie waren schuld daran, dass er eine Verschwörung in seiner Kindheit suchte, die es vermutlich gar nicht gab, meinte er.

Mit vielen neuen Fotos auf dem Smartphone trat er, nach Stunden im Dorf und in der Natur, den Rückweg an und freute sich schon auf ein kräftiges Abendbrot, obwohl es nur eine Dose Chili con Carne war. Er ahnte nicht, dass sich seine Stimmung bald in Wut verwandeln würde, mit auf ihn einprasselnden Erinnerungen, die endlich Klarheit brachten, was geschehen war im Winter 1959/60.

»Wenn ich nur wüsste, wie ich an Paul Hasselbrink heran-
komme!« Carsten Blume haderte einmal mehr mit der Tatsache, dass er ohne offiziellen Ermittlungsauftrag unterwegs war. »Wie sollen wir vorankommen, wenn wir mit
dem Hauptverdächtigen noch nicht einmal reden können?«
Ungeduldig klopfte er mit den Fingerspitzen rhythmisch
auf die Schreibtischplatte und machte seine Tochter damit
nervös.

»Was klapperst du da mit den Fingern rum, Papa? Ich
muss überlegen.«

Carsten stellte das Fingerklappern ein und malte stattdessen mit dem Kuli Kringel auf seine Schreibtischunterlage.

»Ich könnte natürlich noch stärker zwischen den Fami-
lienteilen vermitteln wollen. Immerhin reden jetzt Christine
und Elena schon miteinander. Sollte ich Paul Hasselbrink
einmal anrufen, um auch mit ihm ein familientherapeu-
tisches Gespräch zu führen? Es wäre zu seinen Gunsten,
wenn die Cousine mit ihm wieder ins Gespräch käme.«

Diese Idee brachte Anna ein zustimmendes Nicken ihres
Vaters ein.

»Der darf dabei natürlich überhaupt nicht merken, dass
wir die Moldawier-Theorie für Blödsinn halten«, wandte
er ein. »Und am liebsten würde ich diesem Paul mal direkt
in die Augen schauen.«

»Also versuchen wir, ihn auf den Hof zu locken mit der
Begründung, vermitteln zu wollen?«

Carsten Blume bestätigte. »Das scheint mir derzeit der
einzige Weg. Wenn ihm wirklich so viel an der Übernahme

des Hofes liegt, müsste er darauf eingehen. Und ich wette, wir müssen ihm nicht erklären, wer wir sind. Wenn wir recht damit haben, dass diese drei Familien eng zusammenhängen, dann weiß er schon von uns – durch Helmut, durch den ›alten Fritz‹ und durch die Frau Doktor der Archäologie.«

»Okay, dann her mit der Telefonnummer. Und wenn wir das Gefühl bekommen, er ist unschuldig, dann nützt das Gespräch vielleicht wirklich etwas zur Versöhnung der Familie.« Die Festnetznummer Hasselbrinks war bei Carsten Blume längst gespeichert. Er reichte sein Handy an die Tochter weiter, die den Anrufknopf drückte.

»Mein Name ist Anna Blume-Kamphusen und ich …«

Paul Hasselbrink unterbrach sie mit einer dunklen angenehmen Stimme: »Ach Sie! Das ist gut. Ich wollte Sie schon selbst kontaktieren.« Annas Ruf eilte ihr voraus – und nicht im Negativen. Ein optimaler Gesprächsstart.

»Dann können Sie sich denken, warum ich mich melde?«

»Naja, um irgendwie zwischen der biestigen Christine und mir zu vermitteln. Ich kann es mir zwar nicht vorstellen, aber ist Madame etwa bereit, mit mir zu reden?« Paul Hasselbrink berichtete von Elenas Begeisterung, mit der sie die Kontaktaufnahme schilderte. Christine sei gar nicht so übel, meine die Archäologin mittlerweile.

»Aber Elena ist ja generell sehr begeisterungsfähig.« Paul Hasselbrinks Stimme klang, als würde er schmunzeln.

»Um ehrlich zu sein, bin ich nicht im Auftrag Ihrer Cousine unterwegs. Sie wissen vielleicht, dass Ihr Cousin Henry eine Zeit lang bei uns im Hotel gewohnt hat. Daher weiß ich, wie sehr ihn der Streit zwischen den amerikanischen und deutschen Familienmitgliedern belastete.«

Das war krass gelogen. Anna schämte sich ein wenig, denn Henry hatte nichts dergleichen gesagt, nicht einmal ausführlich über den Erbstreit gesprochen. Doch Paul Hasselbrink konnte nicht wissen, welch ein diskreter und zurückhaltender Mann sein Cousin war. Die Lüge fiel ihm nicht auf.

»Elena meint ja auch, der Henry wäre sympathisch und wollte sich bei seinem Schwesterdrachen für mich einsetzen. Und nun liegt er auf der Intensiv, und wenn er stirbt, erbt Christine. Ein elendes Schlamassel. Dann sind wir wieder bei null.«

Der potenzielle Inhaber des Booms-Hofes klang ehrlich betrübt. Dass Henry für ihn lebendig nützlicher war als tot, hatte er taktisch geschickt in seinen Sätzen untergebracht.

»Waren Sie überrascht, als Elena Ihnen von Henrys Besuch bei ihr erzählte? Sicher wussten Sie auch längst, dass er sich in der Gegend befindet.« Annas Versuchsballon verfing nicht. Paul Hasselbrink lachte.

»Sie hat mir den Besuch verschwiegen. Wissen Sie, wann ich von Henry Baumerts Aufenthalt erfahren habe? Tage, nachdem Helmut ihn im Feld gefunden hat. Irgendwie kam die Polizei darauf, wer er ist, und dann wurde ich vernommen, als ob ich auf ihn eingeschlagen hätte. Mit meiner Nichte rede ich auch nicht so oft. Sie wollte wohl mal wieder im Haus rumstrolchen, das macht sie alle Nase lang, wenn sie in der Gegend ist. Dabei stieß sie auf Henry. Und dann haben sich die beiden getroffen, und sie fand das wohl nicht sensationell genug, um mich anzurufen.«

Carsten lauschte dem Gespräch, das Anna auf Lautsprecher geschaltet hatte, und schob ihr einen schnell bekritzelten Zettel hin: »Er soll herkommen. Schlag das vor.«

»Herr Hasselbrink, was halten Sie davon, wenn wir persönlich miteinander reden, um einen Weg zur Versöhnung mit Ihrer Cousine zu finden. Auge in Auge bespricht sich das doch besser als am Telefon. Sind Sie demnächst einmal in unserer Nähe?«

Henry Baumerts Cousin überlegte einen Moment. »Ich möchte nicht übereifrig klingen, aber ich bin tatsächlich morgen Mittag zu einem Außentermin in Rethem. Ich kenne Ihren Gutshof vom Vorbeifahren. Wäre Ihnen morgen Mittag recht?« Carsten bestätigte mit »Daumen hoch«-Geste. Anna passte der Termin überhaupt nicht, denn sie musste zur *Metro* nach Hannover, um Vorräte für das Restaurant nachzukaufen. Doch der eindringliche Blick ihres Vaters bedeutete, dass eine Absage keine Option darstellte.

»Gern, Herr Hasselbrink. Wir freuen uns. Und wenn wir Sie mit Ihrer Cousine wieder in Kontakt bringen können, dann würde uns das sehr freuen. Das sind wir unserem lieben Gast, Ihrem Cousin Henry, schuldig.«

Anna gruselte sich über ihre eigenen Worte. »Da hab ich aber ganz schön rumgeschnulzt«, kritisierte sie sich nach dem Ende des Telefonats.

»Nein, nein, exzellente Gesprächsführung«, lobte ihr Vater. »Jedes Wort glaubwürdig. Mit deinem Therapeutenslang bist du der ideale ›good cop‹, glaub mir.«

Anna zog sich zurück, um darüber nachzudenken. Wie leicht es war, Hasselbrink anzulügen, um mehr zum Anschlag auf Henry Baumert herauszufinden. Ohne Scham daher gesagte Flunkereien – fiel es ihrem Gesprächspartner genauso leicht? Dann wäre das ganze Gerede, Elena habe nichts vom Besuch des Onkels erzählt, ein Märchen. Wie viele Lügen waren unter den Erzählungen, die sie in den letzten Tagen schon gehört hatte? Elena, Hildegard Weitze, Helmut, ja sogar Christine Walker: Wer verbarg etwas? Nur in einem war sich Anna sicher: Henry Baumert in seiner besonnenen, freundlichen Art führte in der Zeit seines Aufenthaltes im Hotel nichts Böses im Schilde. Gut möglich, dass eine Versöhnung der Familie ein Vermächtnis nach Henrys Geschmack wäre, falls er nicht wieder aus dem Koma erwachte.

AUF DEN HÖFEN – 20. MAI 2020

»Heute wird ein großer Tag für die Cold Case Unit aus dem Aller-Leine-Tal.« Flora packte ihre Kameraausrüstung ein. Sie testete das externe Mikrofon, das die Fotokamera mit Filmfunktion in ein akzeptables Aufnahmegerät verwandelte.

»Ihr nehmt Hasselbrink in die Zange, ich bring den ›alten Fritz‹ zum Reden, und wenn wir abends unsere Ergebnisse zusammenschmeißen, kommt die große Erleuchtung.« Sie amüsierte sich selbst über diese optimistische Sicht und steckte ihre Mutter damit an. »Oder vielleicht verschwenden wir alle nur einen Tag«, bemerkte Anna. »Außer du bringst uns einen Cold Case mit. Bisher hat unser Fall ja noch Körpertemperatur. Hoffen wir, dass es so bleibt.«

»Für mich ist der Tag nicht verschwendet, ich übe schließlich Kameraführung und Bildschnitt.«

Anna bewunderte die technische Zuversicht ihrer Tochter, die sich nach ein paar Probeclips mit Michael in der Küche an ein echtes filmisches Interview wagte.

»Das wird schon, ich hab immerhin ein langes Tutorial geschaut und die Übungen durchgearbeitet.« Diesen Optimismus der Jugend hätte sich ihre Mutter gern bewahrt.

Flora verließ das Haus eine halbe Stunde vor Paul Hasselbrinks Eintreffen. Anna erkundigte sich rasch bei Hildegard Weitze nach dem Zustand von Henry Baumert und erfuhr Bedrückendes:

»Ach, ich weiß gar nicht, wie ich es Chrissie sagen soll. Die Ärzte haben doch vorgestern das Narkosemedikament abgesetzt, sodass Henry aufwachen kann, wenn er dazu in der Lage ist. Kurz danach hat er einen so schweren Schluckauf bekommen, dass sie ihn wieder in Tiefschlaf legen mussten, weil das stundenlang nicht aufgehört hat. Und der Arzt sagt, das käme möglicherweise von einer schweren Hirnschädigung.«

Keine guten Nachrichten. »Sie wollen noch einige Tage warten und es dann erneut versuchen. Jetzt ist er erst mal wieder sediert, und es sieht nicht gut aus.« Hildegard Weitze drückte sich schon recht professionell aus in Bezug auf die medizinischen Begriffe, und sie klang so betrübt, dass Anna nur Ehrlichkeit heraushörte. Wenn es eine dritte vertrauenswürdige Person außer Christine und Henry gab, dann war es Hildegard. Doch gleich mischten sich wieder Zweifel in Annas Gedanken, Sie erinnerte sich an ihre eigenen Lügen des gestrigen Tages. Lügen fiel so leicht, wenn man ein Ziel verfolgte.

Es klopfte an der Restauranttür. Paul Hasselbrink stand davor, korrekt mit Maske. Er benutzte das Desinfektionsmittel aus dem Spender unter dem Vordach und rieb sich sorgsam die Hände damit ein. Anna setzte selbst eine Maske auf, bat den Gast herein und gleich weiter auf die Terrasse, wo Carsten schon wartete. »Ich hoffe, Sie sind wetterfest. Es ist zwar kühl, aber wir reden doch besser unmaskiert.«

Paul Hasselbrink folgte ihr und setzte draußen seine professionelle FFP2-Maske ab.

»Natürlich bin ich wetterfest. Ich bin Landwirt.«

Anna starrte den Gast verblüfft an, denn sie hatte mit einem Bauern vom Typ Helmut Weitze gerechnet, einem typischen Ackermann mit strubbeligen Haaren und groben Händen. Paul Hasselbrink aber war ein gepflegter Mann mit strahlenden braunen Augen und einem gewinnenden Lächeln im glatt rasierten Gesicht. Unter seiner modischen Outdoorjacke trug er Poloshirt und Jeans, die perfekt saßen. Flora hätte Pauls Outfit »stylish« genannt. Und dieser Mann riss sich um den verwilderten Booms-Hof?

»Ich gehe davon aus, dass Sie nach wie vor den Hof übernehmen möchten?« Anna eröffnete ihr Gespräch mit einer kurzen Bestandsaufnahme der Tatsachen und Befindlichkeiten. Ihr Gast saß mit lässig übereinandergeschlagenen Beinen entspannt auf einer Bank und trank die Latte macchiato, die er aus den aufgezählten Kaffeespezialitäten gewählt hatte.

»Darf ich fragen, warum Sie sich das antun möchten? Der Hof sieht doch ziemlich heruntergekommen aus, und wie mir Ihre Nichte erzählte, könnten Sie es sich mit Ihrer Arbeit bei der Landwirtschaftskammer einfacher machen.«

»Als mein Onkel starb, war der Hof zwar sanierungsbedürftig, aber nicht heruntergekommen. Wenn man mich gelassen hätte, dann wäre das mittlerweile ein moderner Bioland-Betrieb.« Paul Hasselbrink erzählte von den Investitionsplänen, die in der Schublade schlummerten, lange bevor sein Onkel starb. »Mein besonderes Anliegen ist es, den konventionellen Landwirten in unserer Region den Weg in die biologische Anbauweise nahezubringen.«

Derzeit warb er beruflich bei den Bauern für Blühstreifen und Brachland, um Insekten, Vögeln und anderen bedrohten Tierarten wieder einen Lebensraum zu schaffen.

»Mit dem Booms-Hof will ich einen Betrieb aufbauen, auf dem junge Landwirte in Praktika mit biologischer Anbauweise vertraut gemacht werden.«

Hasselbrink, dessen dunkle weiche Stimme Anna genauso gefiel wie sein gepflegtes Äußeres, schilderte einen nachhaltigen Plan zum Umbau des Hofes. Es fiel ihr schwer, von diesem Mann nicht beeindruckt zu sein.

»Seit meiner Jugend war ich als Hoferbe gesetzt. Dazu gab es mündliche Abmachungen mit meiner Mutter. Onkel Heinrich konnte sich dafür auf unsere Familie und natürlich besonders auf mich verlassen. Von Bioanbau hielt er aber nicht viel. Er hat immer gesagt, das müsse warten, bis er tot sei, dann könne ich mit dem Hof ja solchen Tünkram machen.«

Paul Hasselbrink berichtete freundlich und schien dem Onkel nicht einmal übel zu nehmen, dass er vergaß, ein Testament zu schreiben.

Die charmante Art passte so gar nicht zu den Ausdrücken, mit denen er seine amerikanische Cousine bedachte. Genauso, wie Christine Walkers Tonfall sich schlagartig änderte, wenn sie auf Paul zu sprechen kam. Diese Baumert-Nachfahren waren sich ähnlicher, als sie zugegeben hätten.

Anna schilderte ihm diesen Eindruck, und er antwortete souverän.

»Es tut mir leid, wenn ich mich so ausdrücke. Wenn ich Christine als Biest oder Drachen bezeichne, dann ist das meine Art, mit der schwierigen Situation fertigzuwerden. Verstehen Sie mich bitte. Unser Erbe verfällt, ich werde nicht jünger, ich bin seit Jahren geschieden, und die Kinder sind erwachsen. Ich wäre jetzt ungebunden und frei dafür, auf den Hof umzuziehen.«

Dass Paul Hasselbrink plante, sich allein, ohne eine Familie, auf dem Hof anzusiedeln, erfuhren Anna und Carsten nebenbei. »Das große Wohngebäude soll eine Art Seminarhaus werden, mit Schulungsräumen im Erdgeschoss und Zimmern für den Aufenthalt unserer Seminarteilnehmer und Praktikanten im ersten Stock. Und ein Verwalter soll natürlich einziehen, dafür müsste ich die kleinere der beiden Scheunen umbauen. Meine Partner in diesem Projekt würden einen Löwenanteil des Umbaus finanzieren, nur Geld für den Ankauf des Hofes kann ich nicht zusätzlich herbeischaffen. Da geht nur eine langsame Abzahlung oder die Beteiligung der anderen Erben an diesem Projekthof.«

Anna konnte sich beim besten Willen nicht vorstellen, dass Paul Hasselbrink am Morgen des 4. Mai am Feldrand einen Stein erhoben und seinem Cousin von hinten auf den Schädel geschlagen hatte.

»Ich verstehe übrigens nicht, wie irgendjemand auf die Idee kommt, es könnte mir nützen, wenn Henry tot wäre. Bei seinem Tod würden wir ja nicht seine Anteile erben. Die Wahrscheinlichkeit, dass seine Zwillingsschwester dann noch mehr Anteile am Erbe hätte, liegt ja wohl bei rund 100 Prozent, oder?«

Carsten mischte sich zum ersten Mal aktiv in das Gespräch ein. »Also ist Ihnen persönlich auch daran gelegen, den Schuldigen zu finden, nicht wahr?«

»Aber ja, ich helfe gern, so gut ich kann. Vielleicht erkennt meine Cousine dann endlich, dass ich es nicht schlecht mit ihr meine. Doch wie soll ich da helfen? Ich habe diese Moldawier nie gesehen!«

»Das stimmt. Aber vielleicht können Sie zur Aufklärung anderer Rätsel beitragen, um Christine Walker zu überzeugen? Henry Baumert suchte nach einem alten Familiengeheimnis in den Unterlagen seines Großvaters. Wenn Sie, Herr Hasselbrink, dazu beitrügen, das Geheimnis aufzuklären, wäre das ein großer Schritt in Richtung einer Vertrauensbasis zu Christine Walker.«

Anna wusste, worauf ihr Vater abzielte. Wenn alle Erben zustimmten, wäre es möglich, sich im Haus umzuschauen und in den alten Unterlagen zu wühlen. Das Original des Vertrages zur Rosemeyerschen Vaterschaft war dort, und dieser ominöse Umschlag mit den Schreiben in Sütterlinschrift reizte Carsten ebenfalls.

»Ich hab keine Ahnung, was für ein Geheimnis gemeint ist. Aber wenn es den Kontakt zu Christine verbessert, helfe ich beim Suchen.«

Carsten wurde konkret. Er schlug vor, mit Einverständnis aller Erben den Booms-Hof aufzusuchen und sich die Unterlagen vorzunehmen. Als versierter Ahnenforscher mit Kenntnissen in alten Schriften bot er sich an, persönlich dabei zu sein. »Ich weiß nicht, ob Sie dafür mit der Rechtspflege in Kontakt treten müssen ...«

»Klar müsste ich das«, unterbrach ihn Paul Hasselbrink. »Aber wollen wir so lange warten? Henry Baumert hat mehrere Wochen da gewohnt, ohne zu fragen. Elena geistert mit dem Schlüssel von der Veranda alle paar Monate durch das Haus, weil sie sich als Archäologin dafür interessiert, wie der Verfall eines Geländes voranschreitet, wenn sich niemand darum kümmert. Wenn ich in der Nähe bin, gehe ich rein und lüfte.«

Paul Hasselbrink verschränkte die Arme vor dem Körper und sah von Anna zu Carsten. »Lassen Sie uns einfach hinfahren.«

»Nachdem wir das Einverständnis Ihrer Cousine eingeholt haben.« Anna nahm den selbst gewählten Auftrag ernst, zwischen Hasselbrink und Christine Walker zu vermitteln.

»Ich schlage vor, wir rufen sie an. In Omaha ist es früh am Morgen, aber ich denke, sie wird schon wach sein.« Durch den Zeitunterschied war es in Nebraska kurz nach 7 Uhr. Anna zückte ihr Handy und öffnete die App *Facetime*.

»Wir reden gern Auge in Auge«, verkündete sie lässig und gefiel sich dabei, vor Paul Hasselbrink mit ihren technischen Fähigkeiten zu protzen.

Er nickte. »Christine und ihre Softwareanforderungen. Wir haben alle extra ein Programm namens *Zoom* runtergeladen, um online zu verhandeln. Und immer dieses *Skypen*. Gebracht hat es nichts, wie Sie wissen.«

Christine Walkers Gesicht erschien auf Annas Handybildschirm. Sie war informiert, dass ihr ungeliebter Cousin an diesem Tag auf dem Gutshof zur »Vernehmung« geladen war, und spielte, wie abgesprochen, die Unwissende. Sie war zu allem bereit, was die Blumes vorschlugen, um zur Lösung des Falles beizutragen.

»Hallo, Anna, gibt es etwas Neues? Sie rufen so früh an.«

»Guten Morgen, Christine. Ja, gibt es. Hier sitzt jemand, der mit Ihnen reden möchte.« Sie rückte näher an Paul Hasselbrink, sodass er in die Handykamera schaute. »Bitte hören Sie uns zu und legen Sie nicht auf. Ihr Cousin möchte uns gern unterstützen.«

»Hallo, Paul!«

»Christine, so sieht und hört man sich wieder.«

Sie schwiegen sich an. Beider Blicke waren nicht mehr so freundlich wie wenige Momente zuvor. Christine presste die Lippen aufeinander. Ihr Cousin atmete tief und unüberhörbar aus.

Anna griff ein, sonst würde es nichts mit einem Gespräch. »Liebe Christine, wir wollen heute Morgen nicht darüber sprechen, was Sie entzweit hat. Machen Sie sich keine Sorgen. Ich kann Ihnen jedoch sagen, dass Ihr Cousin bereit ist, uns bei der Suche nach Hinweisen im Booms-Hof zu unterstützen. Wir hätten gern Ihr Einverständnis, dass wir mit ihm dort suchen dürfen.«

Christine schwieg weiter und starrte nur mit gerunzelter Stirn aus dem Handy. Paul Hasselbrink ergriff das Wort.

»Es geht doch jetzt nicht um den Hof, sondern darum, dass wir als Familie zusammenhalten, auch wenn wir uns nicht sonderlich mögen. Nimm meine Hilfe an oder lass es bleiben.«

Die sonst so weiche dunkle Stimme hatte sich verändert, klang abgeklärt und fast ein wenig höhnisch. Die Situation entwickelte sich nicht so, wie Anna es erhofft hatte.

»Christine, Herr Hasselbrink, bitte legen Sie den alten Groll für den Moment beiseite. Eine besondere Zeit erfordert neue Allianzen. Ihr Cousin macht einen Schritt auf Sie zu, Christine. Es ist zu Ihrem Nutzen, wenn wir im Haus nach Hinweisen suchen, das verstehen Sie doch.«

»Okay, Anna, ich bin einverstanden. Aber achten Sie darauf, dass er nichts mitnimmt.«

Ein Satz wie eine Ohrfeige. Paul Hasselbrink zuckte zusammen und beugte sich mit finsterer Miene nach vorn.

Anna drehte den Bildschirm von ihm weg.

»Danke für Ihr Einverständnis, Christine. Über alles andere reden wir bei einer weiteren Gelegenheit. Ich melde mich wieder bei Ihnen.« Schnell beendete sie das Gespräch.

Christine Walker war eine miserable Schauspielerin. Ihr Versprechen vom gestrigen Abend, sich neutral zu verhalten, falls es zu einem Telefonat mit Paul käme, hielt nicht einmal zwei Sätze lang.

»Kein guter Start«, gab Anna zu, die erstaunt sah, wie Paul Hasselbrinks braune Augen zu wütenden Schlitzen wurden. Er stand auf, entfernte sich schnell von Carsten und Anna, atmete tief durch und kam nach einiger Zeit an den Terrassentisch zurück. Seine Gesichtszüge hatten sich entspannt. Eine Fassade? Oder konnte er sich so rasch wieder beherrschen?

»Und jetzt meinen Sie, ich wäre noch bereit zu helfen?« Carsten Blume fürchtete, dass sich sein Ansinnen, mit dem designierten Hoferben in den Räumen zu stöbern, in Wohlgefallen auflöste.

»Ich hoffe es zumindest«, sagte er. »Lieber Herr Hasselbrink, wir kennen Frau Walker wirklich ganz anders. Und wenn es etwas gibt, das ihren Argwohn gegen Sie bekämpfen kann, dann ist das aktive Hilfe.«

»Aber Hilfe wobei? Wir suchen nach irgendwelchen alten Gespenstern, während diese Moldawier weiter frei herumlaufen. Oder suchen wir in Wirklichkeit nach irgendwelchen Täterhinweisen, und Sie meinen, es waren gar nicht die Moldawier? Spielen Sie hier Privatdetektive im Auftrag meiner Cousine?« Hasselbrink klang entrüstet.

Carsten suchte nach einer sinnvollen Antwort. Anna mischte sich ein und klärte die Situation diplomatisch.

»Vor allem suchen wir einen Umschlag mit Schriftstücken in Sütterlin, die Henry Elena gezeigt hat und in denen er ein Geheimnis vermutete, das mit seiner Kindheit zusammenhängt. Elena hat ihm extra ein Sütterlin-Alphabet ausgedruckt, damit er an den Dokumenten arbeiten konnte. Christine liegt etwas daran, dass wir diese Schriftstücke finden. Konzentrieren wir uns doch darauf, danach zu suchen. Wahrscheinlich steht nichts Besonderes drin, und dann schließen wir das Thema ›Geheimnisse der Vergangenheit‹.«

Paul Hasselbrink stimmte widerstrebend zu.

»Können Sie sich nun vorstellen, warum ich dabei bin aufzugeben? Ich suche sogar schon nach einem anderen Hofgelände, kann mit meinen begrenzten Mitteln aber nichts Passendes finden.«

Anna fiel auf, dass Henry Baumerts Cousin sich bisher nicht einmal nach dem Gesundheitszustand des Verwandten erkundigt hatte. Die Fassade des gepflegten Mannes bröckelte, Annas anfängliche überraschte Begeisterung für ihn schwand zusehends.

»Es kostet sie nur ein, zwei Stunden. Und ist vielleicht ein kleiner Schritt, den Hof doch noch zu bekommen. Ich an Ihrer Stelle würde es tun.« Anna sah ihn prüfend an und ergänzte: »Ihrem Cousin Henry geht es übrigens schlechter, wie wir heute Morgen hörten. Es sieht nicht gut aus.«

War das Erleichterung in Hasselbrinks Augen bei dieser Nachricht? Bekümmerung war es nicht.

»Wissen Sie, es ist irgendwie traurig, aber das berührt mich nicht«, sagte er bedauernd, schaute auf seine Uhr und sah dann Carsten an. »Ich hab noch Zeit bis 17 Uhr, bringen wir es hinter uns und fahren zum Hof. Sie wissen ja, ich wohne in Hannover und möchte den weiten Weg nicht noch mal extra machen.«

Anna bedauerte, nicht mitzukommen.

»Fahr allein, Papa, ich muss das Restaurant für abends vorbereiten.«

Überrumpelt von der Geschwindigkeit, mit der Paul Hasselbrink die Tour hinter sich bringen wollte, setzte sich Carsten Blume in seinen alten Geländewagen und folgte Baumerts Cousin, der in einem Mercedes unterwegs war, auf dem Weg nach Eickeloh. Die ganze Fahrt über grübelte er, was er von diesem Mann halten sollte, und kam zu keinem Ergebnis.

※

Im Garten des Sneers-Hofes wartete ein gedeckter Tisch auf Flora, die sich über den Anblick einer großen Kaffeekanne freute. In der Planung des Interviews war der Kaffeekonsum am Morgen zu kurz gekommen.

Floras Wissen über die Familie Rosemeyer-Duensing wuchs beim Googeln zur Vorbereitung schnell, denn der alte Fritz wurde nicht zum ersten Mal porträtiert. Zu seinem 75. Geburtstag war ihm das Bundesverdienstkreuz am Bande verliehen worden, und die damaligen Medienartikel enthielten ausführliche Hintergrundinformationen. Neben seiner politischen Tätigkeit im Gemeinderat von Ahlden und als Landtagsabgeordneter wurde er für sein soziales Engagement ausgezeichnet. Die Familie beherbergte auf dem Hof seit Ende der 60er-Jahre immer wieder Pflegekinder und begleitete diese jungen Menschen aus schwierigen Verhältnissen auf dem Weg ins Leben. Flora ärgerte sich beim Lesen darüber, dass der alte Fritz dafür gelobt wurde. Die Erziehungs- und Versorgungsarbeit der Familie hatte sicher seine mittlerweile verstorbene Frau geleistet. Die wurde in den Artikeln von 2015 nur insofern erwähnt, dass sie schon fast 50 Jahre an seiner Seite sei. Und doch war das Pflegekinderthema eines, das Flora in ihrem Interview ebenfalls aufgreifen wollte.

Es war die Gesprächsbrücke zu den beiden Pflegetöchtern, die bei den Eltern des »alten Fritz« gelebt hatten.

Ob es überhaupt einen für den Fall relevanten Grund dafür gab, dass Henry Baumert einen Zettel mit dem Namen Annegret Samlandt beschrieben hatte? Ihre Mutter hatte sich an diesem Nebenschauplatz festgebissen, vielleicht, weil sie es war, die den Zettel fand.

Friedrich Rosemeyer-Duensing junior begrüßte Flora und führte sich an den Terrassentisch, auf dem eine Platte mit kleinen Kuchenstücken und ein großer Teller mit belegten Brötchenhälften standen. Sie wurde wie ein gern gesehener Gast empfangen, und Flora fühlte sich ein wenig geschmeichelt. Allein auf der Terrasse, wartend auf den »alten Fritz«, drehte sie den Porzellanteller um, der teuer aussah. Man bewirtete sie hier auf *Rosenthal*-Porzellan. »Maria Weiß«, der Porzellanklassiker schlechthin – sogar Flora, die in ihren Räumen keine eigene Küche und nur ein paar Tassen und Gläser aus der Kollektion eines schwedischen Möbelhauses besaß, kannte den Namen.

In einem grauen Anzug mit Weste trat der alte Fritz aus der Terrassentür und entschuldigte sich gleich dafür, ihr wegen der Pandemie nicht die Hand zu geben. Eine imposante Gestalt, schlank, kaum vom Alter gebeugt, mit einem weißen Haarkranz, stand vor Flora. Der passende Mann zum Porzellan – ein stilvoller Klassiker. Das milde Lächeln, freundlich, ein wenig gönnerhaft, deutete an, dass er Medienbesuche kannte. Und für ihn war es nicht einmal etwas Neues, gefilmt zu werden.

»Vor fünf Jahren kam der *NDR*, als sie mir das Verdienstkreuz verliehen haben. Die Geschichte zweier unserer Pflegekinder wurde verfilmt. Ein ganz besonderer Film, wir haben leider kein Video davon.«

Das würde sie online finden. Sie erläuterte ihrem Gastgeber, was sie selbst gern aufzeichnen würde.

»Könnten Sie vielleicht alte Fotoalben zur Hand nehmen, während Sie von Ihren Pflegekindern erzählen? Dann könnte ich auch ein paar Takes von alten Bildern machen, und es wirkt lebendiger, wenn Sie beim Erzählen in einem Album blättern.« Rosemeyer-Duensing stimmte zu und rief nach seiner Schwiegertochter, die er bat, Alben aus den 70er-Jahren zu holen.

Zunächst spazierte Flora mit ihrem Interviewpartner durch den gepflegten Bauerngarten, in dem gelbe und weiße Stiefmütterchen entlang eines Kiesweges blühten und hohe Eichen eine stattliche Filmkulisse bildeten. »Welfenfarben«, stellte Flora fest. Passend für einen Dorfkönig. Der alte Fritz marschierte für die Kamera einmal schweigend und lächelnd den Weg entlang, ein Take, um später Offtext darüber zu sprechen. Die Kulisse des Sneers-Hofes mit der historischen Baumallee musste sich hinter Blumes Gutshof nicht verstecken. Das ganze Grundstück mit dem Gebäudearrangement aus Wohnhaus mit Herrenhauscharakter, Scheunen und Ställen sah nach sorgsam gehütetem altem Geld aus.

Auf dem Rückweg zur Terrasse fragte Flora beiläufig.

»Ihre Eltern kümmerten sich auch bereits um Pflegetöchter, nicht wahr? Annegret und Irene hießen sie, glaube ich.«

Friedrich Rosemeyer-Duensing blieb stehen und starrte Flora mit offenem Mund an, dann fing er sich wieder.

»Woher wissen Sie das denn?«, fragte er. Dabei klang seine Stimme nicht so selbstsicher wie zuvor, und er hielt sich am Terrassengeländer fest.

»Das muss ich irgendwo gelesen haben.« Flora schaute

so unschuldig wie möglich. »Leben diese beiden Damen noch und haben Sie Kontakt zu ihnen?«

Friedrich Rosemeyer-Duensing setzte sich und trank einen großen Schluck Wasser, bevor er antwortete. Er brauchte etwas Zeit, um sich zu fangen.

»Leider muss ich das verneinen. Annegret war ein taubstummes Mädchen, und das war ihr Verderben, denn sie ist nicht weit von hier von einem Zug überfahren worden, als sie erst 22 Jahre alt war. Sie konnte den Zug nicht kommen hören. Die Eisenbahnlinie macht dort, auf Höhe des Friedhofes, eine kleine Kurve, es gibt da einen wilden Übergang, den wir oft genutzt haben, um direkt ins Dorf zu kommen. Vielleicht ist Annegret gestolpert … ich weiß es nicht. Eine schreckliche Sache, und ich möchte darüber nicht gern reden. Ich selbst war damals als Erster an der Unfallstelle. Den Anblick konnte ich viele Jahre nicht vergessen.« Er griff wieder zum Wasserglas und trank schnell. »Entschuldigen Sie, wenn ich von der Erinnerung übermannt wurde, als Sie den Namen nannten.«

Flora kam sich schäbig vor, die Reaktion des alten Mannes mit detektivischer Freude gesehen zu haben. Das war eine schreckliche Erinnerung. Von allein kam Rosemeyer-Duensing auf den zweiten Namen zurück. »Meine andere Pflegeschwester Irene ist ein paar Jahre vorher nach einem Streit mit Annegret weggelaufen, es war kalter Winter. Ich glaube, Annegret hat sich das nie verziehen. Wir sind tagelang unterwegs gewesen, um Irene zu suchen, und konnten sie nicht finden. Einige Ältere im Dorf werden sich noch an diese Suchaktion erinnern. Irene ist nie wieder aufgetaucht. Vielleicht ist sie wirklich zum Bahnhof gegangen und hat den nächsten Zug genommen.«

Der alte Mann schaute Flora traurig in die Augen. »Bitte

lassen Sie uns von etwas anderem sprechen, diese Erinnerungen beschweren mein Gemüt.«

Der Themenwechsel zur politischen Arbeit im Landtag
brachte den ehemaligen Abgeordneten auf andere Gedanken und das Interview plätscherte dahin – in gepflegter Lan-
geweile, wie Flora fand.

Sie stellte Fragen, die souverän und mit Humor beantwor-
tet wurden. Der alte Fritz erweckte vor der Kamera einen agi-
len Eindruck und bestand darauf, nur im Stehen zu antworten: »Die Leute sollen nicht denken, dass ich gebrechlich bin.«

Die Szenen, in denen er über seine Pflegekinder berichtete
und schilderte, wie sie ihren Weg gegangen seien, ergänzte
Flora dadurch, dass sie auf Fotoalbenseiten mit Bildern der
Kinder zoomte. Das ergab Material für ordentliche Zwischen-
schnitte. »Ich weiß, dass manche nicht namentlich genannt
werden möchten«, sagte der alte Fritz und überlegte. »Lassen Sie uns möglichst keine Namen erwähnen, ich versuche,
mich neutral auszudrücken. Wer möchte schon von sich in
der Zeitung lesen, dass er aus asozialen Verhältnissen auf einen
Bauernhof vermittelt wurde? Bei uns gehörten die Kinder als
vollwertige Familienmitglieder dazu, sie nennen mich noch
heute Vater. Für mich sind es meine Söhne und Töchter.«

Bei einer Pflegetochter freute er sich über die erfolgreiche
Promotion, ein Pflegesohn arbeitete mittlerweile im niedersächsischen Landtag als Referatsleiter, zwei andere hatten
sich eine Selbstständigkeit als Tischlermeister beziehungsweise als Rechtsanwalt aufgebaut. »Es ist aus allen etwas
geworden. Darauf bin ich stolz. Zwölf junge Menschen
haben wir ins Leben begleitet, und alle kommen noch gern
zu Besuchen auf den Hof.«

Flora stellte fest, dass sie durchaus beeindruckt von der
Lebensleistung des »alten Fritz« war. Beim Zoomen auf ein

Gruppenfoto kam ihr ein Gesicht vage bekannt vor, doch sie erinnerte sich nicht, woher. Vielleicht fiel es ihr ja später wieder ein. Ein großes Foto zeigte Rosemeyer-Duensing mit drei jungen Männern, von denen Flora zwei wohlbekannt waren. »Ah, ich erkenne Helmut Weitze und Ihren Sohn auf dem Bild. Wer ist der dritte? Der sieht ja gut aus.«

»Das ist eines meiner Patenkinder, Paul Hasselbrink. Ihm sollte eigentlich der Hof nebenan gehören, aber das ist eine lange Geschichte. Fragen Sie Ihren Großvater, ich habe neulich mit ihm darüber geredet.«

So sah der Mann aus, der zeitgleich im Gutshof befragt wurde! Paul Hasselbrink war ein Schönling! Schnell fotografierte Flora das Bild ab, das genau die Allianz zeigte, die ihr suspekt war. Der alte Fritz, sein Sohn, seine Patenkinder Helmut und Paul. Wichtig, so ein Foto im Archiv zu haben, falls sich der Verdacht erhärtete, dass diese eingeschworene Gruppe Henry Baumert nach dem Leben getrachtet hatte. Friedrich Rosemeyer-Duensing stimmte zu, dass sie die Alben zur Veröffentlichung abfilmte und abfotografierte. Falls sie eines der Bilder später in einem anderen Kontext verwenden würde, wäre es grenzwertig, das Risiko aber überschaubar.

Sie verabschiedete sich nach einer weiteren Tasse Kaffee und einem Lachsbrötchen und bog in Richtung Booms-Hof auf die Straße ein. Ein paar heimliche Außenaufnahmen des Hofes mit der Filmkamera reizten sie. Sobald sie hinter den Bäumen der Einfahrt verschwunden war, konnte sie niemand mehr dabei beobachten. Flora wunderte sich, schon beim Parken von Weitem die geöffnete Haustür zu sehen. Und vor der großen Scheune parkte, direkt neben einem glänzenden schwarzen Mercedes, der Geländewagen ihres Großvaters.

*

Flora trat vorsichtig ein und hörte Stimmen im ersten Stock. Das war eindeutig ihr Großvater, der sich mit einem anderen Mann unterhielt. Sie nutzte die Chance, sich leise in der großen Diele umzuschauen, und warf einen Blick in den Raum, der gleich vorne rechts an der Garderobe davon abging. Ein Wohnzimmer mit schweren Eichenmöbeln, einem Klavier und einem Kamin, im Halbdunkeln hinter dunkelgrünen Vorhängen liegend, empfing sie. Ein Blick um die Ecke zeigte einen Schreibtisch, an dem Türen und Schubladen offenstanden. Flora freute sich, ihre Kamera dabeizuhaben, und lichtete schnell das Corpus Delicti ab, über das so häufig gesprochen wurde.

Sie nahm ihre lichtstarke kleine Taschenlampe und ließ sie mit einer Hand von schräg oben scheinen, während sie mit der anderen Hand fotografierte. Das fahle Tageslicht in diesem Raum hätte für kontrastreiche Aufnahmen nicht ausgereicht, und der integrierte Blitz der Kamera sorgte nur selten für eine stimmungsvolle Ausleuchtung. Der aufgebrochene Schreibtisch mit den beiden Goldstücken – das war er. Flora hockte sich davor, ohne etwas zu berühren, und leuchtete die Schrankfächer ab, doch da war keine vergessene Münze mehr.

Leise schlich sie in die Diele zurück und rief, als habe sie das Haus soeben betreten: »Opa, bist du da oben?«

»Ach, Flora, komm hoch. Ich bin hier mit Herrn Hasselbrink, und wir sammeln gerade Schriftstücke in Kartons, um sie mitzunehmen. Aber setz deine Maske auf.«

Sie zog die Maske aus ihrer hinteren Jeanstasche und stieg die knarrende Treppe hinauf. Was für ein *Lost Place*! Dieser düstere Wohnraum, die große Diele und das Treppenhaus mit seinen Stufen, die bei jedem Schritt Töne von sich gaben! Oben schien die Zeit genauso stehen geblieben zu sein. Eine riesige Truhe aus dunklem Holz verlockte Flora, einen Blick hineinzuwerfen. Sie trat näher heran und berührte den Metallgriff.

»Lohnt sich nicht, da sind nur alte Leinenballen drin.«

Fast lautlos war ein Mann in den Flur getreten. Er stellte sich als Paul Hasselbrink vor, und Flora hätte gern einen Blick hinter die Maske geworfen. Auf dem Jugendfoto, das sie abfotografiert hatte, wirkte er wie ein Männermodel.

Carsten Blume kam auf den Flur und trug einen Karton voller Papierstücke.

»Wir nehmen die ganzen Unterlagen, an denen Henry Baumert gearbeitet hat, mit zu uns aufs Gut«, erklärte er. »Aber es fehlen uns noch zwei Kartons, um alles einzupacken.« Paul Hasselbrink ging die Treppe herunter, um danach zu suchen.

»Darf ich Sie begleiten? Dieses Haus ist faszinierend!« Flora rief ihm hinterher, und Hasselbrink stimmte zu.

»Wenn meine amerikanischen Verwandten nicht mitgeerbt hätten, wäre dies keine Geisterbude, sondern ein florierender Lehrbauernhof mit Biolandstandard, das sollten Sie wissen.«

Flora begleitete ihn in die Küche, die sie durch ihren ersten heimlichen Besuch von außen kannte. Zielstrebig öffnete der verhinderte Hofinhaber eine kleine Seitentür, fand dort aber nichts. »Ich dachte, in der Besenkammer wären Kartons. Da waren doch immer welche!« Hasselbrink stutzte. »Klar, ich vergaß. Henry hat hier ja wochenlang sein Unwesen getrieben. Na ja, suchen wir eben weiter.«

Flora fragte nach einer Tür, die hinter dem Wohnzimmereingang lag: »Vielleicht da?«

»Sicher nicht. Im ehemaligen Schlaftrakt meiner Großeltern gibt es nur Spinnweben und Schränke voller Kleidung aus dem letzten Jahrtausend.«

Paul Hasselbrink öffnete eine Tür, die etwas versteckt unter dem voll vertäfelten Treppenhaus lag, und murmelte: »Eine Taschenlampe wär jetzt wichtig, in den Keller ohne Licht zu gehen, ist unsinnig.«

Flora griff in ihre Kameratasche und förderte ihre Taschenlampe zutage.

»Bitte sehr, die Presse ist stets gern zu Diensten.«

»Ach ja, Sie waren gerade bei meinem Onkel Fritz für ein Interview zu seinem Geburtstag. Hat mir Ihr Opa erzählt. Hat er sich ordentlich in Schale geschmissen fürs Foto?«

Paul Hasselbrink leuchte die Kellerstufen hinab. »Der alte Fritz liebt es, in der Zeitung zu stehen. Und wenn er dann noch für sein Lebenswerk gelobt wird ...«

Hinter der nächsten Tür, die er öffnete, lag eine Speisekammer. »Wenn Sie etwas wirklich Kurioses sehen wollen, dann müssen Sie hier gucken.« Er leuchtete ein langes Regal mit Brettern aus, die voller gefüllter Einmachgläser standen. »Und jetzt schauen Sie die Gläser mal genau an: Können Sie die kleinen Aufkleber lesen?«

Flora trat näher an die Regale heran. Der Inhalt der hohen alten Einmachgläser war schmutzigbeige bis rostbraun und auf den Schildern las Flora »Zwetschgen 1970« und »Stachelbeeren 1968«.

»Ach herrje, hat hier nie jemand etwas Verdorbenes weggeschmissen?« Flora staunte, als Hasselbrink die langen Regalreihen für sie ableuchtete. »Das sind die Einmachgläser meiner Großmutter. Mein Onkel Heinrich mochte sie wohl nach ihrem Tod nicht entsorgen. Oma ist 1970 gestorben – das Eingemachte ist ihr Vermächtnis.« Paul Hasselbrink stand in der geöffneten Tür. »In diesen Raum sollte man nicht allein gehen und die Tür hinter sich zufallen lassen. Die hat von innen keine Klinke.« Er zeigte Flora mit der Taschenlampe den fehlenden Türgriff. »Ich bin hier am Anfang mal rein und habe glücklicherweise die Tür nicht ganz zugemacht. Ich war heilfroh darüber, als ich beim Rausgehen gesehen habe, dass man sich hier selbst einsperren kann. Hier drin gibt es nicht mal eine Glühbirne. Dieses Haus ist voller Kuriositäten.«

Mit zwei Pappkartons, die, wie er vermutet hatte, direkt hinter der Tür standen, sprintete Paul Hasselbrink die Treppe wieder hinauf und gab Flora dankend die Taschenlampe zurück. Im Obergeschoss angekommen, erhielt er einen Anruf und verschwand damit rasch hinter einer anderen Tür, die er fest zuzog.

Flora nutzte die Zeit, um ein bestimmtes Bild auf ihrer Kamera zu suchen und parallel zu lauschen. Der alte Fritz hatte die Namen seiner Pflegekinder bewusst verschwiegen, doch das wusste Hasselbrink nicht. Da war dieses eine Gesicht, das Flora so bekannt vorkam. »Ich fahre auf dem Rückweg bei ihm vorbei«, hörte sie, die angestrengt lauschte, um Worte durch die geschlossene Tür zu verstehen.

Die nächsten Sätze gingen in einem Poltern unter, das Carsten Blume mit einem gefüllten Pappkarton verursachte, den er auf den Flur brachte. Flora legte den linken Zeigefinger an ihre Lippen und wies in Richtung des verschlossenen Zimmers. Indem sie die Hand hinter ihre Ohrmuschel hielt, verdeutlichte sie ihrem Großvater, dass sie lauschte.

»Hör endlich auf, dir Sorgen zu machen.« Flora war nicht sicher, ob sie den Satz korrekt verstand, denn Hasselbrink schien mit seinem Gesprächspartner zu tuscheln.

Nach einigen Satzfetzen, die so leise durch die Tür wehten, dass sie keine Worte heraushörte, trat er wieder in den Flur.

Flora, die zur Tarnung auf ihr Kameradisplay schaute, setzte gleich zu einer Frage an.

»Ich hab vergessen, Ihren Patenonkel nach den Namen dieser Jugendlichen zu fragen. Und es lag ihm daran, dass die Pflegekinder erwähnt werden. Können Sie mir die Namen sagen, dann muss ich Herrn Rosemeyer-Duensing nicht noch mal anrufen.«

»Klar, zeigen Sie her. Also ganz links steht Monika, dann Frank, Claudia, Burkhard und Rainer. Aber die Nachnamen fallen mir nicht von allen ein. Ich bin ja nicht hier aufgewachsen und habe nur mit denen gespielt, wenn wir zu Besuch waren.«

Flora notierte seine Angaben und bedankte sich. Der Junge, dessen Gesicht ihr so bekannt vor kam, hieß Burkhard, aber das brachte sie nicht weiter.

»In diesem Haus müssen ja noch ungeahnte Werte schlummern«, stellte sie stattdessen fest. »Wer immer das Haus mal leer räumt, kann bei *Ebay* sicher ein Vermögen machen.«

»Das denken Sie! Aber haben Sie mal geguckt, was altes Porzellan bringt? Für das *Hutschenreuther* ›Goldrand‹ meiner Großmutter kriegt man vielleicht 100 Euro – für das ganze Service. Diese bunten Römergläser, von denen Großmutter dachte, sie wären eine gute Wertanlage – vergessen Sie's! Einen Bruchteil des damaligen Kaufpreises bekommt man heute. Es finden zu viele Haushaltsauflösungen statt, weil die Erben ihre eigenen Häuser besitzen, die auch schon voll bestückt sind. Und das edle Bleikristall will keiner mehr, weil es in der Spülmaschine stumpf und grau wird.«

Carsten Blume war mit Pappkartons auf dem Weg zur

Treppe, Paul Hasselbrink hielt ihn höflich auf und nahm ihm den schwersten Karton ab. An der Tür verabschiedete er sich und kehrte wie selbstverständlich in das Haus zurück.

»Bemerkenswert, dass er mir die ganzen Unterlagen so bereitwillig mitgibt«, stellte Carsten beim Beladen seines Kofferraums fest.

»Das muss dich nicht wundern. Der weiß genau, dass du in den Kartons nichts Wichtiges findest«, erwiderte Flora.

Carsten stutzte. »Wie kommst du darauf?«

»Der konnte mir aus dem Stand sagen, was in welchem Schrank liegt, und kennt den Wert des Geschirrs seiner Oma bei *Ebay*. Von wegen ›die Erben dürfen nicht einfach so in das Haus‹. Der Paul musste in der Speisekammer nur blind um die Ecke greifen und hatte zwei Kartons in der Hand.«

»Gute Beobachtung, Flora. Lass uns zu Hause weiterreden«, murmelte Carsten Blume. »Vielleicht bin ich wegen dieser Unterlagen umsonst gekommen. Aber deine Beobachtungen sind auch etwas wert. Das scheint ja ein reges Kommen und Gehen in diesem Haus zu sein, das eigentlich niemand betreten sollte.«

*

Annas Neugier war groß, doch es wurde später Abend, bis sie Zeit dafür fand, sich mit Flora und ihrem Vater zusammenzusetzen. Michael Kamphusen schlich glücklich und erschöpft nach harter Arbeit in der Küche Richtung Schlafzimmer.

Doch obwohl Anna nur zu gern selbst die Füße hochgelegt hätte, siegte die Neugier. Im Büro ihres Vaters brannte Licht, und sie hörte, wie Flora und er munter diskutierten. Schnell wurde sie ins Bild gesetzt über die Erkenntnisse des Tages.

»Weder der Rosemeyer-Vaterschaftsvertrag noch ein Umschlag mit Schriften in Sütterlin war bei den Unterlagen, die Henry in seinem kleinen Refugium im Booms-Hof durchgearbeitet hat und die wir von dort geholt haben.« Für Carsten Blume gab es nur eine Schlussfolgerung: Jemand war schneller und hatte diese Schriftstücke an sich genommen. »Nur gut, dass Henry den Vaterschaftsvertrag an Christine gemailt hat, sonst gäbe es keinen Beweis.«

»Und der schöne Paul wusste so gut über die Werte im Haus Bescheid, da kann mir keiner erzählen, er wäre gerade über den Goldschatz nicht im Bilde gewesen. Ich glaube, das Gold war längst aufgebraucht oder von Paul schon zur Seite geschafft, bevor die anderen Hauserben überhaupt davon erfahren konnten.«

Flora fand Hasselbrink sympathisch, traute ihm aber nicht über den Weg.

»Und die Goldmünzen hinten im alten Schreibtisch?«, warf Anna ein.

»Die wurden geopfert, um eine falsche Fährte zu legen, glaub mir.« Flora legte sich nach Ansicht der Räume und ihrem Besuch beim »alten Fritz« eine neue Theorie zurecht. »Stellt euch vor, einer aus dem verschworenen Trio, Weitze, Hasselbrink, Rosemeyer-Duensing junior, opfert zwei Münzen aus seinem Vermögen, und dann erinnern sie den ›alten Fritz‹ daran, dass Baumerts doch mal Goldstücke besaßen. Und der korrekte alte Herr gibt das natürlich umgehend weiter. Und so haben sie eine klasse Begründung dafür, dass vom Gold nichts mehr da ist – geklaut von dubiosen Ausländern oder verschachert vom bösen Cousin aus Amerika.«

»Sie machten sich also die Reputation des Alten zunutze, um die Räuberpistole von den Moldawiern zu streuen. Ob der alte Fritz wohl weiß, wofür er benutzt wird?« Anna überlegte. »Aber sind wir sicher, dass es diese Moldawier überhaupt nicht gibt? Da ist noch dieser unabhängige Zeuge, der sich bei *Facebook* gemeldet hat. Und ich kann mir beim besten Willen nicht vorstellen, dass Helmut etwas damit zu tun hat.«

»Tatsache ist, dass wir wieder auf der Stelle treten und diese Papiere verschwunden bleiben.« Carsten Blume ärgerte sich. »Baumerts Pass, sein Handy und der Laptop sind ja ebenfalls weg. Vermutlich alles längst verbrannt, verbuddelt oder geschreddert.«

Er ahnte nicht, wie sehr er sich damit täuschte.

*

War es Zeitverschwendung, dass sie Henry Baumerts kleinem dahingekritzelten Zettel so großes Gewicht beimaß? Anna zweifelte selbst daran. Doch da war ein Name, der neue Erkenntnisse versprach. Dieser »Ludschen« genannte Ludwig Eilers. Der Verehrer von Annegret Samlandt war heute 80 oder älter. Hildegard Weitze wusste sicher, ob der Mann noch lebte und wenn ja, wo. Ein kurzes Telefonat, und Anna erfuhr, dass Ludwig Eilers der freundliche Senior war, dessen Sohn als bekannter Architekt für denkmalgeschützte Bauten die fachgerechte Sanierung des Gutshofes verantwortet hatte. Ludwig Eilers war nicht nur am Leben, sondern »auch noch richtig fit«, wie Hildegard Weitze sagte.

»Der fährt sogar noch Fahrrad. Da ist er immer in Übung geblieben, wir kennen ihn gar nicht anders als auf dem Rad.«

Anna erfuhr, dass Ludwig Eilers jahrzehntelang im Dorf die Post ausgefahren hatte, immer mit dem Rad und stets freundlich. Für die Kirche übte er bis ins hohe Alter das Küsteramt aus, war mehrfach Schützenkönig und Besitzer eines kleinen Hofes »Richtung Hodenhagen raus«.

»Und geheiratet hatte er schließlich die Gertrud von der Poststelle, nachdem er die Sache mit der Annegret nach Jahren verkraftet hatte.«

Das Schicksal des Mädchens, das auf so grausame Art gestorben war, unter den Rädern eines Zuges, nicht weit entfernt von ihrem Zuhause auf dem Sneers-Hof, beschäftigte Anna. Ludwig Eilers' Sohn freute sich über ihren Anruf.

»Anna, was für eine Überraschung! Habt ihr wieder was zu bauen für mich?«

»Derzeit nicht. Eigentlich möchte ich deinen Vater sprechen.«

»Der ist mit dem Rad auf Tour. Was willst du denn von meinem alten Herrn?«

»Es geht um Annegret Samlandt.«

»Huch, das Phantom der Familie! Ich konnte den Namen schon als Kind nicht mehr hören. Mutter hatte eine Engelsgeduld mit Vater, ich hätte mir an ihrer Stelle die Geschichten von der wunderbaren Annegret nicht angehört. Wie kommst du auf sie?«

Anna erzählte von dem kleinen Zettel und von Henry Baumert. »Vielleicht fasst du mir kurz zusammen, was es mit Ludschen und Annegret auf sich hat, dann brauche ich deinen Vater gar nicht zu erreichen.«

»Ist mir auch lieber. Seit meine Mutter tot ist, redet er

beim Abendbrot über sie. Ich hab keine Lust, dass er wieder auf Geschichten über Annegret umschwenkt.«

»Dann erzähl du, damit wir diesen Zettel als Indiz abhaken können.«

»Na gut, wenn's euch weiterhilft.«

Der alte Fritz, so erfuhr Anna nebenbei, war auch Stefan Eilers Patenonkel.

»Der hat aber 'ne Menge Patenkinder, den Helmut Weitze und Paul Hasselbrink ja auch.« Anna war gespannt, wie der Architekt auf diese Namen reagierte.

»Och, da sind noch ein paar mehr. Und dann die ganzen Pflegekinder! Jedes Jahr im Sommer sind wir alle zu einem Fest auf dem Sneers-Hof, dann sammelt Onkel Fritz all seine Schäfchen um sich. Ist 'ne beeindruckende Runde. Er sorgt auch dafür, dass wir uns alle gut kennen und darum gegenseitig unterstützen. Der wusste schon zu netzwerken, lange bevor der Begriff in Mode kam.«

Der alte Fritz hatte ein Gespür dafür, Seilschaften zu knüpfen, Anna zweifelte nicht daran. Doch ihr Thema war Familie Baumert.

»Meinst du, dein Vater erinnert sich an Henry Baumert und würde mit mir über ihn reden wollen?«

Stefan Eilers zögerte. »Ich frage ihn, versprechen kann ich nichts.«

Anna dankte und verabschiedete sich. Jede kleine Information half, damit sich ein immer umfassenderer Einblick in das Leben am Duensingsfeld um 1960 bildete. Im Mittelpunkt des Geschehens schien dabei stets der Sneers-Hof zu sein, die Baumerts waren nur Randfiguren.

»Ludschen« stammte aus einer armen Familie. Sein Vater war früh gestorben. Mit 14 Jahren heuerte der mittellose Junge auf dem Sneers-Hof als Knecht an und verliebte sich später in das westpreußische Waisenmädchen Annegret.

Anna setzte ihren Vater ins Bild: »Er war wohl lange untröstlich, dass er ihren Unfall nicht verhindern konnte. Die beiden waren sogar verlobt, sagt Stefan. Der Vater des ›alten Fritz‹ hat ihm dann die aufgegebene Schäferei am Ortsrand als kleinen Hof gegeben.«

»Das ist ja eher eine Geschichte, die nichts mit unserem Fall zu tun hat.« Carsten Blume war enttäuscht.

»Scheint so. Stefan meint, Ludschen hat den Rosemeyer-Duensings alles zu verdanken. Sie haben ihm die Schäferei mit etwas Gartenland später einfach geschenkt, für treue Dienste.« Anna war beeindruckt. Je mehr sie vom »alten Fritz« erfuhr, umso imposanter wurde das Gesamtbild. »Die ganze Familie vom Sneers-Hof hat mit Ludschen um seine Annegret getrauert. Muss eine schlimme Zeit gewesen sein.«

»Das ist ja eine tragische Geschichte, der arme alte Herr Eilers.« Dessen Hof war ein echtes Schmuckstück, erinnerte sich Carsten. Ein ideales Aushängeschild für das Architekturbüro, dessen Sitz es war. Doch einen weiteren Nebenschauplatz ohne Belang brauchte es in diesem Fall nicht.

»Scheint wieder eine Sackgasse zu sein, diese Annegret und ihr Ludschen.« Carsten gähnte. »So langsam nervt es, dass wir nicht weiterkommen.« Er stand auf und streckte sich. »Ich lege mich eine Stunde hin, vielleicht erscheint mir der Täter ja im Schlaf.«

HENRY - 2. MAI 2020 ABENDS

Selbst mit dem ausgedruckten Alphabet war es schwierig, die beiden Schriftstücke zu entziffern. Henry nahm sich den kürzeren Schrieb vor, der nur eine Seite lang und mit dem Begriff »Schenkung« überschrieben war. Sein Blick wanderte zu der Unterschrift auf dem Schenkungsvertrag. Friedrich Rosemeyer-Duensing senior, ihm gehörte diese altertümliche Schrift.

Wie immer, wenn er den Namen hörte oder las, klang etwas in ihm an, das angstbehaftet war. Was hatte es auf sich, dass er als kleiner Junge Angst vor diesem Nachbarn hatte? Und warum erfolgte die Schenkung einen Monat, bevor Clara mit ihm und Christine in die USA zog?

Henry übersetzte weiter. Wenig später hatte er entziffert, dass ein hofnahes Waldstück ohne Bezahlung in den Besitz seines Großvaters übergegangen war. Die nächsten Sätze offenbarten, dass zusätzlich eine Summe in bar floss, 12.500 Mark. Und dann las Henry, dass dieser Vertrag doch nicht völlig ohne Gegenleistung zustande kam. Die Schenkung des Waldes würde nichtig, wenn sich der Großvater nicht an »die Vereinbarung vom 2. Februar 1960« hielt.

Diese Vereinbarung lag, mit einer verrosteten Büroklammer zusammengehalten, vor Henry und war ungleich schwerer zu entziffern. Die Tinte auf den beiden Seiten war verblasst. Lohnte es, sich dafür anzustrengen? Er zweifelte.

AUF DEM GUTSHOF - 21. MAI 2020

»Ich wundere mich, dass sie dem ›alten Fritz‹ nur das Bundesverdienstkreuz und nicht gleich einen Heiligenschein verliehen haben«, kommentierte Flora beim Mittagessen, als Anna von ihren Recherchen in Sachen Ludschen Eilers erzählte.

»Vielleicht passiert das ja, wenn er demnächst hier seinen Geburtstag feiert.« Carsten Blume ließ sich eine Spargelcremesuppe schmecken und freute sich einmal mehr, dass seine Tochter einen so exzellenten Koch geheiratet hatte.

»Oder der König von Hudemühlen wird endlich offiziell gekrönt, bei uns im *Rittersaal*.«

Anna, Flora und Carsten war nach Scherzen zumute. Die Sonne schien, und die Coronasorgen rückten langsam wieder in den Hintergrund, die Gästezahlen im Hotel stiegen wieder. Urlaub in Deutschland war im Trend. Auf einmal war es »hip«, im eigenen Land die Natur zu erkunden.

Das nutzte Flora als Vorwand für einen speziellen Ausflug. Ihr ging eine Anmerkung von Christine nicht aus dem Sinn. Das Geschenk, das Annegret Samlandt am Abschiedstag gebracht hatte, zusammen mit einem Brief: Clara Baumert habe es »ungeöffnet in den Schrank gedonnert«, zu den Bekleidungsstücken, die nicht mehr in den Koffer passten.

Bei ihrem kurzen Besuch in den ehemaligen Gemächern Clara Baumerts, zusammen mit Paul Hasselbrink, hatte sie eine Schublade aufgezogen, in der Damenwäsche lag, die vor 60 Jahren der jungen Mutter gehörte.

Was, wenn dieses Geschenk und der dazugehörige Brief ebenfalls dort lagen?

»Das verrückte Mädchen hat wohl tatsächlich gedacht, Baumerts holen sie nach Amerika.« Hildegard Weitze schilderte es so, als habe man Annegret für wunderlich gehalten – und das war noch freundlich ausgedrückt. Was stand in dem Brief, den sie damals überbrachte?

Ob es einen Zusammenhang mit dem Anschlag auf Henry Baumert gab: Flora zweifelte weiter, doch es reizte sie zu erfahren, was die wunderliche Annegret zum Abschied an Clara geschrieben hatte. Flora beschloss, selber nachzuschauen und vorsichtshalber nicht mit dem Auto am Booms-Hof vorzufahren.

Auch wenn es sich in der Familie eingebürgert hatte, mit offenen Karten zu spielen – von ihrem illegalen Betreten des Baumertschen Hofes wollte sie Mutter und Großvater lieber erst im Nachhinein berichten. Sie hatte keine Lust auf Begleitung und schon gar nicht auf Argumente gegen ihre erneute Suche im alten Bauernhaus. Ein herrlich warmer Nachmittag, es würde lange hell sein.

»Mama, ich schwing mich aufs Rad und fahre ein paar Strecken ab, die ich unseren Fahrradtouristen empfehle, okay?«

Anna war angetan von der Idee, denn es kamen immer mehr Buchungen für die »Aktivwoche an Aller und Leine«.

»Mit dem Abendbrot müsst ihr nicht warten, ich esse unterwegs etwas.« Flora genoss es, dass Cafés und Bistros wieder geöffnet hatten – nicht nur, weil es dem heimischen Betrieb nutzte. Eben mal einzukehren auf ein Stück Kuchen, im Café sitzen, das war Lebensqualität. Erst als es diese Möglichkeit im Frühlingslockdown nicht mehr gab, lernte Flora, das Angebot zu schätzen.

Flora nahm eine Strecke durch Felder und Wälder, die südlich der viel befahrenen Durchfahrtsstraße verlief. Sie fuhr hinter Eilte entlang und bog in Ahlden wieder zur Hauptstraße ein, da die nächste Aller-Brücke an der L191 lag.

In Hodenhagen radelte sie zur Meiße-Mündung.

Der Blick über die Felder unterwegs mit Schäfchenwolken bis zum Horizont – war der Himmel schon immer so weit? Wirkte es sich aus, dass der Flugverkehr seit Wochen zum Erliegen gekommen war? Hoffentlich würde das jenen, die den Klimawandel leugneten, verdeutlichen, dass der Mensch den Himmel beeinflusste. Die Luft roch frisch, und manchmal wehte ein Hauch von Blütenduft zu ihr herüber. Sie hielt an einem kleinen Knick. Es summte geschäftig in den zarten Blüten des Buschwerks. Flora ließ sich mit geschlossenen Augen die Sonne aufs Gesicht strahlen. Hinter ihr in einer dichten Hecke rief der Vogelnachwuchs nach den Eltern.

Als sie die Augen öffnete, sah Flora eine Amsel mit gefülltem Schnabel im Geäst verschwinden. Das aufgeregte Fiepen der Amselküken verstummte.

Die Fahrradtouristen würden nicht enttäuscht sein, wenn sie an der Aller standen, deren Wasser in der Sonne glänzte.

Sobald Flora Hodenhagen hinter sich gelassen hatte, kam die Konzentration auf das eigentliche Anliegen zurück. Diesmal fuhr sie gar nicht erst nach Eickeloh hinein, sondern nahm die hintere Einfahrt zur Straße östlich der Bahnlinie, vorbei am Sneers-Hof. Hier begegnete sie niemandem mehr und wähnte sich ungesehen, als sie ihr Fahrrad auf den Hof des Baumertschen Geländes schob. Wie man in das Haus kam, war bekannt. Die Tür schloss nicht mehr und ließ sich aufdrücken.

*

Sie stand in der Diele und zog die Tür langsam hinter sich zu. Das Hochgefühl des Nachmittags verschwand mit einem Schlag. Das stille, verlassene Haus, in das nur fahles Licht fiel, ließ sie schaudern. Das Vogelgezwitscher, überall in der Wildnis des Baumertschen Gartens zu hören, blieb vor den Mauern zurück. Regungslos stand sie in der Diele und horchte in die Stille hinein. Kein Geräusch drang von außen in das Haus – sie war allein in dem alten Gemäuer. Und obwohl ihr Herz heftig klopfte, lief sie kurz entschlossen die Treppenstufen hinauf. Sie erschrak, wie laut die eigenen Schritte auf den knarzenden Stufen klapperten. Schnell hastete sie weiter, öffnete die Tür zu Henry Baumerts zeitweiligem Wohnraum und zog sie rasch hinter sich zu. Sie setzte sich auf einen Stuhl und atmete tief durch, um sich erst einmal zu beruhigen. Wenn jemand käme und sie bei ihrem »Einbruch« überraschte, hätte sie keine sinnvolle Ausrede. Aber die Neugier war zu groß, um darüber nachzudenken. Die Luft roch abgestanden im Wohnzimmer. Es fiel Flora auf, weil sie bis vor wenigen Momenten den Duft des Frühlings nach Gras und Blüten geatmet hatte. Sie trat in den kleinen Schlafraum mit den drei Betten. Das größte davon war erst kürzlich benutzt worden, von Henry Baumert.

Flora öffnete den alten Kleiderschrank, dessen Tür quietschte, und betrachtete den achtlos hingeworfenen Haufen an Kleidungsstücken am Boden unter der Kleiderstange. Wenn Clara Baumert das ominöse Geschenk »in den Schrank gedonnert« hatte, dann hier. Flora wühlte und zog bald ein längliches Päckchen aus dem Kleiderhaufen, eingewickelt in seidiges Geschenkpapier mit einem feinen blassen Blumenmuster in zartbeige. Da war es, das Geschenk – nach so vielen Jahren.

An Ort und Stelle öffnete Flora vorsichtig das Papier und zog drei kleine lindgrüne Frotteehandtücher daraus hervor, in die Namen eingestickt waren, »Heinz«, »Christel« und »Clara«. Dazu ein Kärtchen: »Zur Erinnerung an die alte Heimat von eurer Familie Rosemeyer-Duensing«, stand da in feiner Schreibschrift.

So weit, so unspektakulär. Und ein wenig traurig, denn es sah aus, als ob die Namensstickerei Handarbeit war. Hier hatte sich jemand Zeit genommen, um ein persönliches Abschiedsgeschenk anzufertigen, und niemand würdigte es.

Doch dieses kleine Kärtchen war nicht Annegrets Brief, von dem Christine Walker geredet hatte. Flora legte die Handtücher auf einem der Betten ab und kniete sich wieder vor den Schrank, um in der muffig riechenden Bekleidung zu wühlen. Und schließlich lugte ein Briefumschlag daraus hervor. Es stand kein Adressat darauf, nur eine hingekritzelte Botschaft: »Bitte in Amerika übersetzen, es gibt viele Polen da.« Was hieß das nun wieder?

Flora betrachtete den verschlossenen Brief mit einer gewissen Ehrfurcht, denn das Schreiben lag seit nunmehr 60 Jahren ungeöffnet in diesem Schrank. Sie brachte es nicht übers Herz, den Umschlag an Ort und Stelle mit dem Finger aufzuratschen. Das hatte zu warten, bis sie ihr Fundstück zu Hause Carsten und Anna zeigte. Flora packte den Brief in ihre Hosentasche, nahm die Frotteehandtücher mit dem Einwickelpapier und verließ den Raum. Auf dem Flur blieb sie abrupt stehen. War da ein Geräusch? Verdammt, das raue Quietschen kam von der Vordertür.

Sie war nicht mehr allein im Haupthaus des Booms-Hofes.

HENRY – 2. MAI 2020 ABENDS

Henry übersetzte die ersten Zeilen in lateinische Schriftzeichen und übertrug den Text handschriftlich auf einen Schreibblock. »Hiermit bestätigen wir, Heinrich Baumert und Friedrich Rosemeyer-Duensing sen., dass die Schenkung des Waldstückes Im Gehäge vom Diestelgraben bis an die Kreisstraße (siehe die beigelegte Zeichnung) unter folgenden Bedingungen zustande kommt:

1.) Heinrich Baumert verpflichtet sich, die Auswanderung seiner Tochter Clara Baumert und ihrer unehelichen Kinder Heinrich Georg und Christine Elisabeth nach den Vereinigten Staaten von Amerika zu veranlassen. Die Schenkung wird im Kataster eingetragen, wenn die genannten Personen in den Vereinigten Staaten von Amerika eingetroffen sind.«

Der alte Friedrich, damals schon im Seniorenalter, war es, der dafür sorgte, dass Clara und ihre Kinder in die USA auswanderten? Henry schloss kurz die müden Augen. Welches Interesse hatte der alte Mann, äußerlich ein gütiger Großvatertyp mit Pfeife, daran, dass sie aus Eickeloh verschwanden?

Im dünnen Lichtkegel der batteriebetriebenen Tischlampe verschwammen Henry die schwer zu entziffernden Buchstaben. Er rieb sich die Augen mit den Zeigefingern, doch davon wurde der Blick nicht klarer. Jetzt brannte die Haut um die Lider. Er riss sich zusammen, denn die weiteren Punkte auf dieser blassen Dokumentenseite waren entscheidend.

Er suchte in seiner Erinnerung nach dem Abend vor der Abreise. Die Mutter packte. Er selbst und Christine durften nicht mehr draußen spielen, weil es zu kalt war. Er erinnerte sich, in den Wochen zuvor krank im Bett gelegen zu haben. An diesem Abend kam auf einmal die taubstumme Annegret, die Pflegetochter des Nachbarn, die ihm unheimlich war, weil sie jeden so groß anstarrte, und überbrachte gestikulierend ein Abschiedsgeschenk. Sie weinte dabei, dann zog sie etwas aus der Manteltasche und drückte es Clara in die Hand. Es war ein Brief. Die Mutter nahm ihn achtlos an sich. Annegret wirkte so aufgebracht. Wild flogen ihre Arme, und sie regte sich auf, wenn man diese Handzeichen nicht verstand. Clara schob sie nach wenigen Minuten aus dem Zimmer. Niemand bei den Baumerts war in der Lage, Annegret Samlandts fuchtelnde Gesten zu deuten. Henry erinnerte sich, dass er froh war, als sie den Raum verlassen hatte. Doch es fiel ihm beim besten Willen nicht ein, welches Geschenk sie von ihren Pflegeeltern damals überbracht hatte. Ob es überhaupt ausgepackt wurde? Seit heute wusste er: Das Präsent war keine nette Geste, die Nachbarn hatten veranlasst, dass Claras kleine Familie ihre Heimat verließ.

Erst jetzt erkannte Henry: Annegrets »Gefuchtel«, wie es alle im Dorf nannten, war Gebärdensprache, die außer ihr niemand in Eickeloh beherrschte.

AUF DEM BOOMS-HOF – 21. MAI 2020

Leise schlich Flora in das Wohnzimmer zurück. Sie ließ sich langsam auf den Stuhl sinken, auf dem Henry Baumert im Schein der batteriebetriebenen Lampe gesessen hatte, die noch auf dem Tisch stand. Wer war das, dessen Schritte jetzt unüberhörbar über die Steinfliesen der Diele klapperten?

Flora versuchte, reglos zu verharren. Ein raues Husten, dann wurde es wieder still. Sie hörte ein schleifendes Knarren, als ob eine Tür geöffnet wurde. Es polterte. Knarzten die hölzernen Treppenstufen? Hatte jemand den ersten Stock betreten? Ihr fiel ein, dass sie ihr Fahrrad direkt vor der Haustür hinter einem großen toten Buchsbaum ins hohe Gras gestellt hatte. Unübersehbar. Mist. Das war naiver Übermut.

Nach einiger Zeit, in der sie keine Geräusche hörte, Flora kam es wie Stunden vor, öffnete sie die Zimmertür zum Flur einen Spalt weit. Niemand war zu sehen. Sie schlich ein paar Schritte in Richtung Treppe. Stille.

Sie blieb stehen, konzentriert lauschend, immer mit dem Blick die Stufen hinunter. Ein Windzug streifte ihren Nacken. Es war zu spät, sich umzudrehen. Ein großer gammelig riechender Sack wurde ihr über Kopf und Schultern gestülpt. Kräftige Arme umfassten sie, drehten sie herum und zerrten sie die Treppe hinunter.

»Wer sind Sie? Lassen Sie mich los!« Flora brüllte hustend, denn uralter Staub aus dem Sack drang ihr in Nase und Kehle. Ihr Angreifer antwortete nicht.

Jemand schleifte sie die Treppen herunter. Ihre strampelnden Beine stießen sich an den Stufen, und alle Versuche, sich loszureißen, scheiterten.

Der Angreifer hatte Flora fest im Griff, seine Arme umfassten ihren Oberkörper, der bis zur Taille im Sack steckte. Keine Chance, sich zu befreien.

»Meine Familie weiß, wo ich bin«, rief sie. »Man wird mich suchen.«

Der Mann, der sie bei ihrem Einbruch ertappt und gefangen genommen hatte, blieb stumm. Am Fuß der Treppe angekommen, hoffte Flora, dass sie ins Freie geschleppt würde, doch sie täuschte sich. Sie trat um sich und wurde weitergezerrt, um eine Ecke herum. Und dann waren da weitere Stufen. Der Mann brachte sie in den Keller! Am Fuß der Treppe angelangt, lockerte sich der schmerzhafte Griff kurz, und Flora hoffte schon, sich freizustrampeln. Sie hörte eine Tür quietschen. Die Umklammerung wurde wieder eng, bevor sie mit Schwung nach vorne geworfen wurde und hart auf einem Betonboden aufkam.

»Das wird dir beibringen, nicht mehr rumzuschnüffeln«, hörte sie eine fremde raue Stimme sagen. Eine Tür fiel ins Schloss. Sie rappelte sich auf, stolperte und hockte sich wieder hin. Jenseits der Tür klangen Schritte, die sich schnell entfernten. Hustend befreite sie sich aus dem Sack und fand sich in völliger Dunkelheit wieder. Hektisch betastete sie ihre Hosentaschen.

Der Brief steckte in der hinteren Tasche, ihr Handy und die kleine Taschenlampe, die sie immer mit sich führte, sowie das Multifunktionstaschenmesser, das beim *Geocaching* nützlich war, lagen an Ort und Stelle in den Taschen ihrer Outdoorhose.

Flora atmete tief durch, der Husten ließ nach. Sie nestelte mit zitternden Fingern die Taschenlampe aus der Oberschenkeltasche und erleuchtete den stockdunklen Raum. Hier war sie gelandet! Die alte Speisekammer mit der verrückten Sammlung von Einmachgläsern aus dem vergangenen Jahrtausend! Floras bebende Hände zogen das Handy hervor, doch wie sie fast schon erwartet hatte, gab es hier unten keinen Empfang. Sie beleuchtete die massive Metalltür zum schmalen Kellerflur und erinnerte sich an die Anekdote, die Paul Hasselbrink erzählt hatte: Es war eine Tür ohne Griff, wenn sie zufiel, hatte man sich eingesperrt.

Flora konzentrierte sich darauf, mit ihrem Taschenmesser etwas in jenem kleinen Hohlraum zu bewegen, in dem einst die Klinke befestigt war. Doch sie hörte nur den Rost rieseln. Sie versuchte, den Schraubendreher des Multifunktionswerkzeugs zwischen Tür und Türrahmen zu schieben. Nichts bewegte sich.

Flora rief um Hilfe und bollerte mit den Fäusten gegen die Tür. Aussichtslos. Dieser Keller lag fensterlos komplett unter der Erdoberfläche. Sie ließ die Arme sinken und starrte auf die Tür.

Flora fluchte laut. »What the fuck. Das darf doch alles nicht wahr sein.« Was für ein mieses Krimi-Klischee! Überrumpelt und gefangen in einem Kellerraum: In den Fernsehkrimis kam die Rettung stets in letzter Minute, wenn die Luft fast aufgebraucht war. Sie hoffte inständig, dass sie schneller aus diesem Verlies kam. Man würde sie suchen. Aber wann würde jemand auf die Idee kommen, dass sie im Booms-Hof in Gefangenschaft saß?

*

Ein sonniger Nachmittag auf dem Gelände des Rittergutes neigte sich dem Ende zu. Carsten Blume machte an diesem

Tag seinem Nachnamen alle Ehre und kümmerte sich um die Staudenrabatten im Gutshofpark. Er jätete mit einer Hacke rund um die Rhododendren und zupfte vorsichtig mit den Fingern Unkraut zwischen den Sommerblumensämlingen. Die schauten schon zwei Zentimeter weit aus der Erde und würden den sommerlichen Garten in ein Blütenparadies für die Gäste verwanden. Sein Smartphone ließ er im Haus.

Zurück in seiner Wohnung, war er angenehm müde und beschloss, sich ein schnelles Abendessen aus der Küche zu holen, statt später am Abend mit der Familie zu essen. Es war nichts gegen einen frühen Nachtschlaf einzuwenden, fand er und schaute nicht einmal, ob Anrufe in Abwesenheit auf dem Smartphone verzeichnet waren. So hatte er sich den Ruhestand vorgestellt, nicht im freiwilligen Dienst zur Lösung von Straftaten. Weit vor Mitternacht fiel er in einen angenehmen, tiefen Schlaf.

Anna Blume-Kamphusen hingegen humpelte mit schmerzenden Füßen nach einem langen Abend mit vielen Gästen im Restaurantgarten hinauf in die Privaträume. Die dauernde Arbeit mit Maske und der Mehraufwand des Desinfizierens von Tischen und Stuhllehnen bei jedem Tischwechsel gestalteten den Alltag beschwerlich. Aber es lohnte sich. Die Kasse hatte ordentlich geklingelt. Ihr Mann Michael schlief schon, wie so oft, wenn sie hinter dem letzten Gast die Tür zugesperrt, abgerechnet und endlich das Restaurant abgeschlossen hatte.

Anna setzte sich ein paar Minuten in ihren Massagestuhl, ließ sich die Wirbelsäule durchwalken und stellte fest, dass ihr dabei die Augen zufielen. Das sonore leise Brummen der Massageelemente und das wohlige Gefühl im Rücken ließen die Anspannung der Arbeit von ihr abfallen.

Gähnend schlich sie in das dunkle Schlafzimmer und legte sich neben ihren leise schnarchenden Mann.

Was für ein arbeitsreicher Tag! Ob Flora schon neue Bilder vom Nachmittag auf die Website gestellt hatte? Anna bezweifelte nicht, dass ihre Tochter beim Frühstück ihre Arbeitsergebnisse präsentieren würde. An den Abenden zuvor hatte sie immer über den Fall Baumert nachgedacht, sich vor dem Einschlafen mit den möglichen Motiven dafür beschäftigt. Doch heute schob Anna die Gedanken schnell beiseite. Es gab einfach nichts Neues.

*

Kalt war es in diesem feuchten Kellerraum, dessen Regale Flora langsam ableuchtete. Die Batterien in der Taschenlampe waren verhältnismäßig frisch, das Handy zu 85 Prozent geladen. Sie würde nicht komplett im Dunkeln hocken. Doch wie lange Akku und Batterieladung reichten, das war für sie nur schwer einschätzbar. Wie viel Grad hatte dieser Raum? Sie fror und zitterte dabei am ganzen Körper. Das war zum Teil der Schock, vermutete sie. Und sie hatte Durst. Wie schnell das ging!

Ein Blick auf das Handy zeigte ihr, dass kaum eine Stunde vergangen war, und schon hatte sie das Gefühl, sie müsse dringend etwas trinken. Doch wenn sie trank, brauchte sie über kurz oder lang eine Toilette. Was für ein Dilemma.

Ihre Bestandsaufnahme der Vorratsregale mit der Taschenlampe hatte industrielle Konservendosen beleuchtet. »*Bonduelle* Erbsen und Möhren« gab es mehrfach, und Flora hatte mal gelesen, dass solche Konserven trotz Mindesthaltbarkeitsdatum quasi unkaputtbar waren. Zur Not waren sie viele Jahre später noch genießbar. War das Wasser, in dem Erbsen und Möhren in der Dose schwammen, ihr Flüssigkeitsvorrat? Und das kalte Gemüse ihre Notration?

Floras Taschenlampe beleuchtete große leere Tontöpfe und einen voluminösen Einkochtopf, der in einem durchsichtigen Plastiksack an der Wand stand.

Der Druck ihrer Blase wurde immer größer. Flora legte die Lampe auf ein Regalbrett, befreite den Emailletopf, der einen Deckel hatte, aus seiner Plastikhülle und benutzte ihn als Toilette. Sie war erleichtert. Dann kroch die Kälte wieder durch ihr Shirt. Die Windjacke, die sie mit auf Tour genommen hatte, lag sauber zusammengefaltet in der Satteltasche ihres Fahrrades. Und dort, wurde ihr klar, steckte auch ihre Kamera, die *Lumix*, mit der vor wenigen Stunden so herrliche Landschaftsbilder entstanden waren. Wie unwirklich! Da draußen, direkt vor diesem Kellerraum, schien die Sonne. Es kam ihr vor, als müsse sie doch nur eine Tür öffnen, ein paar Treppenstufen hochgehen und dann auf ihr Fahrrad steigen ... In den Kriminalfilmen, die sie schaute, waren Orte, an denen Verbrecher Menschen gefangen hielten, abgelegene Lagerhallen. Katakomben, die in neblig-düsterer Umgebung lagen. Die Eingesperrten oder Entführten wurden auf Umwegen mit dem Auto dorthin transportiert, ohne Wissen, wo sie hinter feuchten Mauern gefesselt am Boden saßen. Die Realität war anders.

Flora versuchte erneut, mit dem Taschenmesser die Tür zu öffnen, das einzige Hindernis, das zwischen ihr und dem Weg in die Frühlingssonne lag. Es kam keine Bewegung in den Schließmechanismus. »Festgerostet. Auch das noch.« Flora fluchte, hämmerte mit den Fäusten gegen die Tür und ließ die Arme hilflos sinken.

Sie taxierte ihre Möglichkeiten, sich zu wärmen, und griff zu dem muffigen alten Sack, mit dem sie in ihr Ver-

lies gebracht worden war. Sie legte die Plastikhülle des Ein-
kochtopfes als zweite Lage auf den groben Stoff und wand
sich beides um den Oberkörper. Dann setzte sie sich auf
den nackten Betonboden, kam zur Ruhe und begann, bit-
terlich zu weinen.

CHRISTINE - 21. MAI 2020

In Omaha erhielt Christine Walker an diesem Tag, in
Deutschland war es schon Abend, eine Information, die all
ihre Vermutungen bestätigte. Sie rief den Notar der Familie an, um über Vollmachten zu sprechen, die sie benötigte,
denn ihr letzter Anruf bei der MHH hatte eine vorsichtig
positive Nachricht ergeben. Dort wurde erneut ein Versuch
unternommen, Henry aus dem künstlichen Koma zu holen,
und bisher zeigte der Körper keine negativen Reaktionen.
Sollte er – in welchem Zustand auch immer – wieder zu
Bewusstsein kommen, wäre die Einweisung in eine Früh-
rehabilitation der folgende Schritt. Doch dafür brauchte
man eine Vollmacht der nächsten Angehörigen. Christine
Walker fehlte ein Nachweis, dass sie diese Person sei.
    Am besten, der Fachmann kümmerte sich darum. Sie
informierte ihn über den Angriff auf Henry. Der Notar

zögerte und stammelte Unverständliches. Sie schob es darauf, dass er ein alter Freund der Familie und geschockt von Henrys Zustand war. Doch kaum eine Stunde später rief er erneut bei Christine Walker an und berichtete ihr, obwohl es rein rechtlich nicht erlaubt war, von Henrys neuem Testament. Die Erbstreitigkeiten mit der deutschen Verwandtschaft waren ihm bekannt, und er meinte, das Schriftstück, das er mit der Post erhalten hatte, nicht verschweigen zu dürfen. Christine Walker las die Testamentsablichtung und war sicher: Paul Hasselbrink und seine Nichten trugen die Schuld an Henrys Koma. Sie hatten es geschickt eingefädelt, sich bei ihrem Bruder einzuschmeicheln. Sie wählte sich die Finger wund, doch weder Carsten noch Anna nahm ihre Anrufe entgegen. Nur Hildegard Weitze erreichte sie, und die war so empört wie ihre Halbschwester.

Christine Walker zweifelte im Nachhinein, ob der Anruf bei Hilde schlau war. Wenn die es ihrem Sohn erzählte, der doch mit Paul Hasselbrink eng befreundet zu sein schien: Würde ihr mörderischer Cousin dadurch zu früh gewarnt sein?

Es war zu spät, darüber nachzudenken. Christine Walker las das Testament wieder und wieder und fluchte über ihren Bruder, dem seine Gutgläubigkeit zum Verhängnis geworden war. Was hatte ihn bloß geritten, hinter ihrem Rücken mit der deutschen Verwandtschaft zu paktieren? Wenn er in Bezug auf den Booms-Hof nicht mehr ihrer Meinung war: Warum hatte er nichts gesagt? Sie war wütend auf ihren Bruder. Wie gern hätte sie jetzt lautstark mit ihm geschimpft. Doch sofort fiel ihr ein, dass sie vielleicht nie wieder mit ihm reden, geschweige denn schimpfen könne. Christine Walker war in Aufruhr. Am späten Abend in

Omaha gab sie es auf, jemanden im Gutshof zu erreichen, und sandte stattdessen die Testamentsdatei per *WhatsApp* an Carstens Adresse.

AUF DEM BOOMS-HOF – 21. MAI 2020

Wie gut, dass sie mal Kurse in autogenem Training an der Uni belegt hatte. Flora merkte, dass sie panisch und unregelmäßig atmete, und versuchte, sich auf Ruheübungen zu konzentrieren. »Mein ganzer Körper ist angenehm ruhig. Ich bin ruhig und schwer.« Die Konzentration gelang ihr nur kurz. Immer wieder griff sie zu ihrem Smartphone und schaute auf die Uhr. Mittlerweile war es Abend, der Durst wurde größer und mit ihm die Hilflosigkeit.

An der Dunkelheit und der drückenden Stille in ihrem Verlies änderte der Lauf der Tageszeiten nichts. Doch wenn Flora sich vorstellte, dass oben in diesem gespenstisch leeren Haus nun ebenfalls tiefe Finsternis herrschte, stieg die Panik wieder in ihr auf. Wenn sich die Tür der Speisekammer jetzt öffnen würde, hätte sie davor fast mehr Angst als vor der Einsamkeit und Enge des kleinen Raumes. Ihre Fantasie ließ Bilder von dunklen Gängen entstehen, durch die jemand schlich, nicht um sie zu befreien, sondern …

Schnell verbot sie sich solche Gedanken, doch der innere Appell, rational an die Situation heranzugehen, verfing nicht.

Auf einmal fürchtete sie, in diesem Verlies zu verdursten. Hektisch sprang sie auf, schaltete ihre Taschenlampe ein und rüttelte erneut an der Tür. Beim Gedanken an die Dunkelheit dahinter ließ sie schnell davon ab. Kein Luftzug regte sich in der fensterlosen kleinen Speisekammer. Und wenn irgendwann die Luft aufgebraucht ist?, fuhr es ihr durch den Kopf. Besser nicht bewegen, nicht laut rufen, alles vermeiden, was den Hals trockener und den Durst größer machte. Sie setzte sich wieder hin. Der Sack und sein Plastik-Innenleben sorgten zumindest für etwas Wärme. Tränen liefen ihr über die Wangen, sie zitterte, fror und schwitzte zugleich. Und sie war so furchtbar müde! Bei ihrem nächsten Blick auf die Uhr des Smartphones war es 3 Uhr morgens. »Hab ich etwa geschlafen?«, murmelte sie und erschreckte beim Klang ihrer Stimme in der tiefen Stille der Speisekammer. Nur wenige Stunden, bis es hell wurde. Der Gedanke hatte etwas Tröstliches, obwohl kein Strahl des Tageslichts zu ihr durchdringen würde.

War ihre Familie nicht längst in Sorge? Vom gemeinsamen Abendbrot hatte sie sich abgemeldet. Hatte denn zu späterer Stunde niemand geschaut, ob sie in ihrer kleinen Zwei-Zimmerwohnung im ersten Stock saß? Es gab solche Abende, an denen sie keine Ahnung hatte, wo sich die Eltern aufhielten oder ob der Großvater überhaupt zu Hause war. Ein Haushalt mit Erwachsenen, die in ihren persönlichen Räumen ein eigenes Leben führten. Flora schätzte das. Wenn es im Haus ihrer Familie eine soziale Kontrolle oder Einschränkungen gegeben hätte, wäre sie nicht so häufig dort. Meist gab sie Bescheid, bevor sie aufbrach. Selten blieb sie unangekündigt über Nacht weg. Aber Pflicht war es nicht, sich bei den Eltern abzumelden. Würde man sie erst vermissen, wenn sie im Lauf des Morgens nicht auftauchte?

Wie lange kann ein Mensch ohne Flüssigkeit auskommen? Normalerweise würde sie so etwas schnell googeln. Doch Flora war nicht nur vom Tageslicht und von der Möglichkeit, Hilfe zu rufen, abgeschnitten, sondern auch vom Internet. Und das, so stellte sie fest, war besonders beängstigend. Sie schritt, mit dem *iPhone* in der Hand, erneut mehrfach den Raum ab, hielt das Handy direkt an die Tür und an die Zimmerdecke. Sinnlos. Kein Netz.

Nach einer Zeit, in der die Gedanken in ihrem Kopf Karussell fuhren, versuchte sie es wieder mit autogenem Training.

Die Atmung beruhigen, dem Körper Entspannung befehlen. »Arme und Beine sind strömend warm.« »Arme und Beine sind warm und schwer.«

Die Gedanken liefen wieder geradeaus statt im Kreis. Sie suchte in den Seitentaschen der Outdoorhose nach dem Multifunktionswerkzeug. Besser, sie versuchte es mal mit dem Gemüsewasser. Dehydrieren war keine Option.

Dabei fiel ihr der Brief ein, der, unentdeckt von ihrem Angreifer, in der hinteren Hosentasche steckte.

Und sie fand, dass es genau der richtige Moment war, diesen Brief jetzt zu lesen. Eine optimale Ablenkung. Obwohl sie lieber im Dunkeln saß, um Batteriekapazität zu sparen, knipste sie die Taschenlampe an und fuhr mit dem Taschenmesser vorsichtig unter der Lasche des Briefumschlages entlang. 60 Jahre hatte sich niemand dafür interessiert, was ein taubstummes Mädchen den Auswanderern geschrieben hatte. Flora zögerte, das dünne Papier aus dem Umschlag zu ziehen.

Der Brief war eng beschrieben, in einer sauberen steilen Schreibschrift. Und er war ... auf Polnisch? Eindeutig eine slawische Sprache, und russisch war es nicht, denn da standen keine kyrillischen Buchstaben. So erklärte sich die kryptische Aufschrift des Umschlages: »Es gibt viele Polen da.«

Annegret Samlandt, das Flüchtlingskind aus den Ostgebieten, schrieb in der Sprache der »alten Heimat«. Warum?

Wie wichtig der *Google*-Translator jetzt wäre! Doch statt ein Geheimnis mit den Mitteln des Internets zu ergründen, griff Flora sich eine Dose »Erbsen und Möhren«, die, wie sie sah, vor neun Jahren abgelaufen war, und versuchte, sie mit dem Multifunktionswerkzeug zu öffnen. Sie klemmte die Dose zwischen ihre Beine. Mit dem Handballen hieb sie, auf den Knien hockend, die Spitze des kleinen Korkenziehers in den Dosendeckel. Flora schnupperte am Doseninhalt, als das Loch groß genug war. Zumindest schlug ihr kein vergorener Duft entgegen. Vorsichtig setzte sie die Dose an die Lippen und ließ einige Tropfen auf die Zunge gleiten.

Das Gemüsewasser schmeckte etwas salzig, ansonsten fade und undefinierbar, aber nicht verdorben. Sie trank zügig. Das Schlucken fiel sofort leichter.

Flora lehnte sich wieder gegen die Wand und knipste die Taschenlampe aus.

Selbst die Gedanken flossen schneller, nachdem sie getrunken hatte! Sie überlegte, wer der Angreifer war, der sie in diese Lage gebracht hatte. Eine völlig unbekannte Stimme. Das war weder Paul Hasselbrink noch Helmut Weitze. Niemand aus der Familie Rosemeyer-Duensing. Der Alte hatte ohnehin nicht genug Kraft, um sie die Treppen hinunter zu zerren.

Es war eine weitere Person im Spiel. Ein Mann – und der hatte keine Hemmungen, eine junge Frau in ein Verlies zu sperren und zurückzulassen.

Flora führte sich alle Situationen vor Augen, die den Fall Henry Baumert betrafen. Irgendjemanden hatten sie übersehen. Der große Unbekannte? Gab es jemanden, der schon aufgetaucht war, ohne dass sie ihn beachtet hatte?

Sie nutzte ihr Smartphone, dessen Ladekapazität auf 65 Prozent gesunken war, und sah ihre Fotos durch. Nichts Auffälliges. Doch ein Name fiel ihr ein. Und auf einmal verknüpfte sich der Name mit einer Randbemerkung und mit einer Frage, die sie in diesem Haus gestellt hatte.

Dann war es ihr klar. Warum waren ihr die Zusammenhänge nicht früher aufgefallen?

»Scheiße, wie blöd muss man sein?«, rief sie in die Dunkelheit der kargen kleinen Speisekammer. Sie sprang auf und trat mit dem Fuß wütend gegen einen leeren rostigen Eimer, der scheppernd an ein Regal schlug.

»Wir haben einen Denkfehler gemacht«, murmelte sie, »einen bescheuerten kleinen Denkfehler.« Weder Helmut Weitze noch Paul Hasselbrink war durch ihr Alibi komplett entlastet, nur weil sie nicht selber Hand an den Feldstein gelegt hatten. Auftraggeber einer Straftat waren selten dabei, wenn der Auftrag ausgeführt wurde.

*

Carsten Blume erwachte früh und wunderte sich, wie fit er sich schon fühlte, um 6.30 Uhr morgens. Der eingefleischte Morgenmuffel brauchte normalerweise mindestens zwei Tassen Kaffee bis zu einem Ansprechbarkeitslevel, das sein Umfeld zufriedenstellte. Doch an diesem Tag, nach mehr als acht Stunden Schlaf, war er ausgeruht und bereit für den Tag.

Eine Portion »Guten Morgen Kaffee stark« blubberte aus seiner kleinen *Senseo*-Maschine in die Tasse. Er schaute auf sein Handy und war sofort noch wacher. Christine Walkers zehn Anrufe in Abwesenheit waren nicht das Einzige, was er vorfand. Die *WhatsApp*-Bilddatei eines neuen Testaments von Henry Baumert, mitten in der Nacht zugesandt von dessen Schwester, elektrisierte ihn. Paul Hasselbrinks Begründung, er würde von Baumerts Tod nicht profitieren, weil Christine Walker dessen Erbin war, galt nicht mehr. Und Elena Gregolidis hatte etwas verschwiegen. Carsten zweifelte nicht daran, was der Ausstellungsort des Testaments, Neustadt am Rübenberge, und das Ausstellungsdatum bedeuteten.

Das Schreiben war bei Henrys Besuch im Haus seiner Nichte entstanden. Carsten überlegte, ob Baumert es überhaupt freiwillig geschrieben hatte. Bisher war unbekannt, wo er sich zwischen dem Abend des Maifeiertages und dem Angriff am 4. Mai morgens aufgehalten hatte.

Carsten Blume verschwendete keinen Gedanken daran, wie früh es war, und klopfte gleich an der Wohnungstür seiner Enkelin. »Flora, aufstehen, es gibt Neuigkeiten!« Er wartete nicht auf Antwort. Bis Flora sich aus den Laken geschält und angezogen hatte – das dauerte. Die Morgenmuffeligkeit lag in den Familiengenen. Er eilte die Treppe hinunter und hielt seiner Tochter, die Frühstückstabletts für eine kleine Gruppe geschäftlicher Hotelgäste vorbereitete, das Handydisplay entgegen. »Was sagst du nun? Wie war das noch? Der Hasselbrink profitiert nicht von Henrys Tod?«

Anna nahm sich nur einen Moment Zeit für die neue Information, dann kehrte sie an die Arbeit zurück.

»Wir frühstücken gleich zusammen«, rief sie ihrem Vater nach. »Weiß Flora schon Bescheid? Die wird Augen machen!«

Die alte Wanduhr im Gastraum schlug neun Mal, als Anna beschloss, erneut bei ihrer Tochter zu klopfen. »He, du Langschläfernase, steh auf, es gibt Neuigkeiten.« Flora antwortete nicht, und ihre Mutter kehrte kopfschüttelnd in das Erdgeschoss zurück. Sicher hatte Flora die halbe Nacht am Rechner gesessen.

Um 11 Uhr fragte sie sich, ob ihre Tochter womöglich krank war und erwog, gegen das Blumesche Hausgesetz zu verstoßen, das besagte, nicht ohne Einverständnis in die Wohnräume des anderen zu platzen.

Um 11.30 Uhr, nachdem Anna vorsichtig die Wohnungstür ihrer Tochter geöffnet und im Schlafzimmer nach ihr gesucht hatte, stand fest: Flora Kamphusen war gar nicht zu Hause.

*

Draußen war es längst hell. Floras Handy mit restlichen 40 Prozent Ladekapazität zeigte ihr, dass es 7 Uhr morgens war. Normalerweise schlief sie um diese Zeit tief und fest. Müde war sie jetzt auch. Doch in ihre improvisierte Wärmedecke aus Plastiktüte und Kartoffelsack gehüllt, hatte sie, an der Wand auf dem Boden hockend, keine bequeme Position gefunden. Es war bei dem kurzen Nickerchen aus Erschöpfung geblieben.

Wie unterschiedlich sich Stille anfühlte! Am Nachmittag, in der Wärme der sonnigen Landschaft, genoss Flora die Zeit an der Aller, wenn kein Laut zu hören war – perfekte Momente der Ruhe. Hier, in der Finsternis des Kellers, kam es ihr vor, als sei sie aller Sinne beraubt. Die Stille wurde von Stunde zu Stunde drückender. Sie erschrak jetzt sogar, wenn die Plastikhülle ihrer improvisierten Wärmeschicht raschelte.

Es gab nichts mehr, das ihre Gedanken davon ablenkte. Sie kauerte mit verkrampften Muskeln auf dem Boden und lauschte ihrem eigenen Atem, der sich für sie laut anhörte. Und sie hatte schon wieder Durst. Minute um Minute kreisten ihre Gedanken um den trockenen Mund, sie versuchte zu schlucken, doch es war kaum mehr Speichel in der Kehle.

Sie nutzte die kleine Taschenlampe erneut, um etwas zu sehen, das sie in die Realität zurückholte und um eine weitere Gemüsedose zu öffnen. Flora riss sich zusammen und stand auf. Wie klamm sich die Beine anfühlten! Besser auf etwas Reales konzentrieren, um nicht durchzudrehen. Trinken.

Gab es Alternativen zum Gemüsewasser? Die Obstgläser aus den 70er-Jahren. War ihr Inhalt nach so langer Zeit genießbar? Flora leuchtete die Regalbretter ab, und ihr Blick fiel auf ein schmales Päckchen in einer *REWE*-Tüte, das zwischen alten leeren Kochtöpfen im Regal lehnte. Das schien eine Papiertüte der neuen Post-Plastik-Ära zu sein, genauso eine hatte sie neulich erst im Markt genutzt und 20 Cent dafür bezahlt. Sie griff die Tüte und zog sie mit ihrem schweren Inhalt aus dem Regal. Sie traute ihren Augen nicht, was darin zum Vorschein kam: ein *MacBook*, ein *iPhone* und ein Reisepass. Flora realisierte sofort, was sie vor sich hatte. Genau diese drei Gegenstände wurden gesucht: Henrys verschwundene Habe schlummerte hier im Vorratskeller!

Flora zögerte. Wenn sie jetzt versuchte, Baumerts Laptop oder sein Handy einzuschalten, hinterließ sie Fingerabdrücke darauf und verwischte die Spuren anderer. Ein Stapel weißer Papierservietten lag angestaubt in einem Regalbrett neben einer ineinandergeschobenen Reihe Pappbecher. Flora nahm eine der Servietten und zog den Laptop und das Handy vorsichtig, nur am Rand anfassend, aus der Tüte. Das Smartphone ließ sich nicht anschalten, der Akku war leer. Doch als sie das *MacBook* aufklappte und den Startknopf drückte, erschien ein Hintergrundbild, das eine historische Bibliothek zeigte. »Passt zum alten Henry«, murmelte Flora, die erstaunt feststellte, dass keine Passwortabfrage folgte. Und über 20 Prozent Akku hatte das *MacBook* noch.

Flora knipste ihre Taschenlampe aus und vertiefte sich in das Studium der Dateien auf Baumerts Laptop, dessen helles Bildschirmlicht gleichzeitig den Raum erleuchtete. Die Klicktöne beim Öffnen von Dokumenten, der Sound, den ihre Finger auf der Tastatur hinterließen: Diese für sie so alltäglichen Geräusche schufen schnell eine Atmosphäre, die sich wie Realität anfühlte. Flora merkte, dass sie wieder tiefer durchatmete. Ihre Gedanken waren nicht mehr ausschließlich auf die Dunkelheit und lähmende Stille fokussiert.

Henry Baumert hatte Fotos von seinem Smartphone auf den Rechner kopiert, stellte sie beim Durchstöbern des Bildprogrammes fest. Sie fand viele Aufnahmen aus den kleinen Dörfern des Aller-Leine-Tals und Bilder von Henrys Hotelzimmer. Der Gutshofgarten war zu sehen und ihre Mutter, die im Hintergrund einen Blumenkübel bepflanzte. Kurz liefen ein paar Tränen Floras Wangen hinunter. Sie blinzelte, kniff die Lippen zusammen und scrollte weiter in den Bildern. Jetzt bloß nicht sentimental werden. Kein

Foto wirkte geheimnisvoll. Eine Enttäuschung waren die schriftlichen Dokumente. Es gab eine Datei mit Namen und Geburtsdaten von Menschen, die zu Baumerts Vorfahren gehörten. Anschriften und die jeweilige Verwandtschaftsbeziehung standen darunter. Es passte zu seiner Aussage, dass er sich Höfe anschauen wolle, von denen seine Urahnen stammten. Flora fand eine Datei, in der Henry Baumert seine Passwörter gespeichert hatte. Der Eintrag »pw *iPhone*« war dabei. Und spätestens jetzt wurde ihr klar: Hier hatte schon jemand aufgeräumt – auf diesem *MacBook* und auf dem *iPhone*. Alles, was Zusammenhänge verdeutlicht hätte, war längst gelöscht. Und als nichts mehr verriet, was Henry Baumert herausgefunden hatte, wurden die Gegenstände in dieser alten Speisekammer deponiert, damit sie jemand finden könne.

Schlagartig sank Floras Stimmung wieder auf den Nullpunkt. Keine geheimnisvollen Entdeckungen. Ein Brief auf Polnisch. Ein bereinigter Laptop. Was blieb, war die Tatsache, dass sie in diesem Kellergefängnis festsaß, bis endlich jemand kam, um sie zu befreien.

Und wenn der Angreifer nicht zu ihrer Befreiung käme, sondern, um sie zu beseitigen? Flora schauderte und versuchte, den Gedanken beiseitezuwischen. Es gelang nicht. War ihr jemand bewusst gefolgt, um sie zu überwältigen? Doch warum? Was hatte sie entdeckt, das den oder die Täter so in Unruhe versetzte?

＊

»Ja, das weiß ich natürlich. Meine Enkeltochter ist erwachsen. Natürlich wissen wir nicht immer, wo sie sich aufhält. Aber ...«

Carsten Blume fand keine Argumente. Auf Annas Drängen rief er bei der Polizeidienststelle an, wissend, dass man dort eine Vermisstenmeldung für Flora nicht sofort bearbeiten würde. Frühestens nach 48 Stunden. Eine junge Frau hatte eine Nacht außerhalb des Hauses der Familie verbracht und sich bis zum folgenden Mittag nicht gemeldet. Carsten hätte eine solche Meldung in seiner aktiven Dienstzeit ebenfalls links liegen gelassen.

Doch Anna ließ nicht locker. Seit den Ereignissen des letzten Jahres war das Thema »verschwundene Frauen« ein wunder Punkt in der Familie. Alle paar Minuten rief sie die Mobilnummer ihrer Tochter an. Sie setzte sich in ihren Wagen und fuhr auf Floras geplanter Fahrstrecke Feldwege ab. War sie bei ihrer Radtour gestürzt und lag verletzt in einem Graben oder an einer unwegsamen Strecke? Mehrfach verließ Anna den Wagen, lief ein paar Schritte in überwucherte Pfade und rief laut den Namen ihrer Tochter. Doch es gab keine Spur von ihr, und Anna kehrte aufgelöst nach Hause zurück.

Wenn Floras Fahrrad im Schuppen gestanden und stattdessen das Auto gefehlt hätte – dann bestünde zumindest die Möglichkeit, dass sie kurzfristig aus irgendeinem Grund in ihre WG nach Hannover gefahren wäre. Doch das Rad, auf dem Flora am Nachmittag zuvor gut gelaunt vom Hof radelte, fehlte. Ihr alter Golf stand hingegen in der Garage. Und jeder weitere Anruf auf dem Handy brachte dasselbe Ergebnis: vorübergehend nicht erreichbar.

War es ausgeschlossen, dass Flora sich auf eine eigene Spurensuche im Fall Henry Baumert begeben hatte? Nein, war es nicht. Und nach allem, was die Familie durch das neue Testament erfahren hatte, war Paul Hasselbrink zurück im Verdächtigenkreis. Und nicht nur er – auch

Elena Gregolidis. Carsten griff nach kurzer Überlegung wieder zum Telefonhörer und wählte die Nummer von Hartmut Ziegler. Egal wie groß die Sorge um Flora war: Der Hauptkommissar musste von dem neuen Schriftstück erfahren, das ein anderes Licht auf die Erbsache warf. Carsten Blume blickte aus dem Fenster und sah, dass sein Schwiegersohn rasch zum Auto eilte, um gleich darauf mit quietschenden Reifen auf die Straße einzubiegen. Anna war zuvor links nach Ahlden abgebogen, Michael Kamphusen fuhr in die Gegenrichtung. Lieber eine Suche ohne große Aussicht auf Erfolg, als gar nicht zu handeln. Verständlich.

Hartmut Zieglers Stimme ertönte, und Carsten Blume konzentrierte sich voll darauf, ihn von den neuen Entwicklungen in Kenntnis zu setzen.

AUF DEM BOOMS-HOF – 22. MAI 2020

Ob sie überhaupt hören würde, wenn jemand im Haus war? Die Stille in der Speisekammer ließ Flora fürchten, hinter einer nahezu schalldichten Tür zu hocken. Und wenn man längst den Booms-Hof nach ihr abgesucht hatte – ohne dabei den Keller zu beachten?

Erneut wallte Panik in ihr auf. Es war fast Mittag. Hatte denn zu Hause niemand bemerkt, dass sie nicht zum Frühstück erschienen war?

Wenn ihr Geräusche im Haus durch die Metalltür verborgen blieben, dann war es wichtig, selbst Aufmerksamkeit zu erregen. Flora trat energisch gegen die Tür und rief um Hilfe. Die immer gleichen Worte klangen höhnisch in ihren eigenen Ohren.

»Hallo! Hier bin ich. Hört mich denn keiner?«

Das traf wohl zu, eine Antwort blieb aus.

»Mama, Opa, hier bin ich.« Flora stutzte. »So eine verdammte Scheiße«, brüllte sie, »Ich sitz hier fest und rufe nach Mama wie ein kleines Kind!«

Sie rief immer nur ein paar Minuten, bevor sie sich wieder hinsetzte. Die Taschenlampe blieb ausgeschaltet. Die zwei Schritte zur Tür fand sie ohne Licht. Ein Raum, in dem Tag und Nacht nicht zu unterscheiden waren: Wenn ihr Handy und Henrys Laptop demnächst mangels Akkuleistung den Geist aufgaben, hörten die Tageszeiten auf, eine Rolle zu spielen. Der letzte Ankerpunkt mit der Realität außerhalb des Kellers würde verschwinden.

Bisher war es nicht soweit, aber jedes Mal, wenn sie eines der Geräte nutzte, sank dessen Restenergie. Flora war jetzt klar, wer sie eingesperrt hatte. Doch würde ihr dieses Wissen überhaupt noch etwas nützen?

Es grummelte in ihrem Bauch, nachdem sie morgens eine zweite Dose Gemüsewasser getrunken und kalte Erbsen gegessen hatte. Das Magensäuern nahm zu. Sie bekam Durchfall und eilte zu ihrer provisorischen Toilette auf dem Einkochtopf. Das Rumoren in Magen und Darm blieb.

»Wer Durchfall hat, muss trinken.« Die Worte ihrer Mutter, wenn sie als Kind den faden Fencheltee ablehnte, den sie gereicht bekam, fielen ihr ein. »Trinken. Klar, aber was denn?«, rief sie den Regalen zu, die in der Dunkelheit vor ihr lagen. Das Gemüsewasser ekelte sie an, und allein der Gedanke daran bereitete ihr Übelkeit.

Sie sah kurz auf ihr Smartphone. Wieder war eine Stunde vergangen. Flora stand auf, hämmerte gegen die Tür, holte tief Luft und rief: »Hallo, ich bin hier unten. Hilfe!« Immer dieselben Worte. War es nicht egal, was sie brüllte? Sie kreischte so laut und schrill wie möglich und sank erschöpft auf die Knie. Ein kurzer fahriger Griff zum Handy. 14 Uhr. Sie war seit 20 Stunden hier eingesperrt, ihr Magen krampfte und im Raum stank es, denn jedes Mal, wenn sie den Deckel zu ihrer improvisierten Toilette öffnete, trat Geruch heraus.

Flora fürchtete, dass sie diesen Kellerraum nicht mehr lebend verlassen würde. Zitternd hockte sie hinter der Tür, Tränen aus Wut und Angst liefen ihr über die Wangen. Und dann hörte sie Schritte.

✳

Die Tür öffnete sich, und auf einmal wurde sie vom hellen Taschenlampenlicht eines Smartphones angestrahlt.

»Frau Kamphusen? Was haben Sie denn hier zu suchen?«

Paul Hasselbrink. Flora erkannte die Stimme sofort.

»Ich hab ich Ihnen doch neulich gezeigt, dass man die Tür nicht zufallen lassen darf, weil es innen keine Klinke gibt! Da brechen Sie hier ein und dann nehmen Sie sich selbst gefangen. Bravo!«

Hasselbrinks Stimme klang verächtlich. Er stand im Türrahmen, und Flora, die sich aufgerappelt hatte, taxierte die Möglichkeit, an ihm vorbei zur Treppe zu kommen.

»Sie haben gerade geschrien, als ob sie einer absticht. Mein Gott, wie stinkt das denn hier? Haben Sie in die Vorratskammer gekackt?«

»Ach, halten Sie die Schnauze«, rief Flora. War das peinlich. Sie lief los, schubste Hasselbrink zur Seite und hastete um die Ecke, die Treppenstufen hinauf in die Diele. Oben angekommen war ihr schwindlig, und das Sonnenlicht, das von der Eingangstür in den Raum strahlte, brannte ihr in den Augen.

Flora taumelte, blieb mitten in der Diele stehen und erbrach auf den braunen Fliesenboden. Ihre Umgebung kaum wahrnehmend, hastete sie zur Tür, merkte schon wenige Schritte später, dass ihr immer noch schwindlig war, und hockte sich auf einen moosüberwachsenen Findling, der am Weg zur Ausfahrt lag.

Paul Hasselbrink folgte ihr schweigend und kopfschüttelnd. »Was haben Sie hier gewollt? Wie lange waren Sie schon da drin?«

Flora gab keine Antwort. Sie schnappte nach Luft, hörte ihren Herzschlag dumpf im Kopf und konzentrierte sich darauf, mit tiefen Atemzügen die Übelkeit zu bekämpfen. Langsam klärten sich ihre Gedanken. War Hasselbrink zufällig hier? Wenn er sie umbringen wollte, hätte er sie kaum aus dem Haus entkommen lassen.

»Sie sind ja völlig neben der Spur«, kommentierte er. »Geht's langsam wieder, oder klappen Sie mir hier zusammen?«

Floras Blick wurde klarer, das Flimmern, mit dem ihre Augen auf die ungewohnte Helligkeit reagiert hatten, schwand.

»Ich habe im Auftrag von Christine nach etwas in Claras Räumen gesucht«, versuchte sie, ihren Aufenthalt zu begründen. »Und dann hat mich jemand mit einem Kartoffelsack überfallen und in den Kellerraum gesperrt. Ich war fast einen Tag und eine Nacht lang da drin.«

Flora tastete nach ihrem Handy. Mist, das war noch immer da unten, zusammen mit der *EDEKA*-Tüte, in der Baumerts Reisepass und sein *iPhone* steckten, und dem aufgeklappten *MacBook*, das auf dem Fußboden lag.

»Ich muss zu Hause anrufen«, sagte sie. »Geben Sie mir Ihr Handy!«

Doch Hasselbrink schüttelte nur stumm den Kopf.

AUF DEM GUTSHOF - 22. MAI 2020

»Es gibt Fotos aus einer Wildkamera? Das hast du mir nicht gesagt.« Carsten Blume ärgerte sich. Der hannoversche Hauptkommissar vernahm die Tatsache, dass Henry Baumert ein neues Testament zugunsten seiner deutschen Verwandtschaft hinterlegt hatte, zwar mit Interesse, doch es änderte nichts an seiner aktuellen Haltung.

Paul Hasselbrink war für ihn weiter unverdächtig, denn das Treffen an einem Blühstreifen hinter Hademstorf war nicht nur von drei Männern bezeugt worden, es gab Bildbeweise. Die Landwirte waren auf ihrem Weg zu einer

Brachwiese an zwei Wildkameras vorbeigekommen. Der Jagdpächter, dem sie gehörten, hatte die Bilder herausgerückt.

»Auch wenn du meinst, du bist der Einzige, der ordentlich ermittelt: Wir wissen, was wir tun, und hätten Hasselbrink nicht leichtfertig ausgeschlossen.«

Ziegler klang abweisend. Obwohl die ominösen Moldawier nirgends aufgetaucht waren, hielt er an der einmal aufgestellten Tätertheorie fest.

»Der Hasselbrink wäre schon ganz schön deppert, wenn er den Cousin so schnell nach der Testamentsniederschrift um die Ecke bringen würde, oder?«

»Und wie stehst du zu Elena Gregolidis? Vermutlich ist das Testament ja bei ihr entstanden. Wir wissen, dass Henry Baumert am 1. Mai bei ihr war, das Testament trägt als Ausstellungsort den Vermerk ›Neustadt‹.«

Carsten Blume stellte sich vor, wie der hannoversche Kollege desinteressiert am anderen Ende der Leitung den Kopf schüttelte. »Carsten, sende mir diese Datei mit dem Testament auf mein Handy. Wenn sich irgendetwas Neues ergibt, meldet sich meine Kollegin aus Walsrode bei dir. Du weißt doch, dass ich den Fall längst wieder an das dortige Kommissariat zurückgegeben habe.«

»Ihr werdet Hasselbrink und seine Nichte doch aber dazu befragen? Schließlich haben sie uns dieses Detail in allen Gesprächen bisher verschwiegen!«

Hartmut Ziegler antwortete erst gar nicht auf Carstens Frage. »War das alles?«, fragte er knapp.

»Nein, da ist noch was.« Er zögerte einen Moment. »Meine Enkeltochter ist gestern mit dem Rad losgefahren, um Landschaftsaufnahmen zu machen, und ist bis jetzt nicht wieder aufgetaucht. Wir sind in großer Sorge.«

»Oh, das verstehe ich.« Zieglers Stimme wurde deutlich milder. »Aber du weißt ja selbst, wie wenig wir nach so kurzer Zeit bei einer erwachsenen Person unternehmen können.«

Carsten bestätigte.

»Ich hoffe für euch, dass sie schnell wieder zurückkommt. Die meisten Erwachsenen tauchen wieder auf und haben einfach nur ihr Recht auf persönliche Freiheit wahrgenommen. Und dass deine Flora wirklich ihren eigenen Kopf hat und nicht kontrollierbar ist, weißt du auch.«

»Das ist mir alles klar. Doch als Polizist mit Angehörigen zu reden, die sich um eine abgängige Person sorgen, oder als Großvater die Enkelin zu vermissen: Das ist ein großer Unterschied, Hartmut.«

Flora blieb verschwunden. In ihrer WG in Hannover hatte sie keiner gesehen. Und da draußen waren Paul Hasselbrink und Elena Gregolidis, die wichtige Details verschwiegen hatten. Nach kurzem Überlegen fügte Carsten Blume in seinen Gedanken Helmut Weitze und Anastasya Smirnowa hinzu. Sie waren als Verdächtige im Fall Baumert nicht aus dem Rennen. Flora könnte über jede dieser Personen etwas herausgefunden und sie damit konfrontiert haben. Das traute er seiner Enkeltochter durchaus zu.

Ob sie zum Booms-Hof gefahren war? Carsten Blume erschien das auf einmal so logisch, dass er sofort zum Autoschlüssel griff und seine Tochter rief.

»Anna, ich suche auf dem Booms-Hof nach Flora!« Er zog im Laufen seine Lederjacke über und hastete auf den Parkplatz. Schnelle klappernde Schritte zeigten an, dass Anna ihm folgte. »Ich fahre mit!«, rief sie und saß kurz darauf neben ihm im Wagen.

Bei ihrer letzten gemeinsamen Autofahrt Richtung Eickeloh, erst vor wenigen Tagen, genossen Vater und Tochter den Ausflug. Jetzt schwiegen beide, in sorgenvolle Gedanken versunken.

*

»Tut mir leid, mein Handy ist im Auto«, sagte Paul Hasselbrink lässig. »Und wieso glaube ich Ihnen wohl diese Räuberpistole mit dem Überfall und dem Kartoffelsack nicht?«

Flora stand auf, die Beine wacklig. Ihr Kampfgeist kam zurück.

»Und woher weiß ich, dass Sie mich überhaupt befreien wollten? Vielleicht wollten Sie mich ja um die Ecke bringen, und ich habe Sie nur daran gehindert, weil ich Sie überrumpeln konnte und an Ihnen vorbei die Treppe rauf bin.«

Pauls Hasselbrink lachte. »Tja, dann sollten wir jetzt wohl besser die Polizei rufen, nicht wahr? Ich habe eine Einbrecherin im Keller ertappt. Eine Anzeige ist das Mindeste, was ich machen sollte. Haben Sie das verschwundene Gold meines Onkels gesucht, um es zu stehlen?«

Hasselbrink drehte sich um und marschierte Richtung Hof, Flora hörte eine Autotür klappen. Sie schaute sich nach ihrem Fahrrad um, doch es stand nicht mehr dort, wo sie es am Tag zuvor abgestellt hatte.

Sie wog ihre Chancen ab, den Hof im Laufschritt zu verlassen und sich vorne bei Weitzes, rund einen halben Kilometer weiter, in Sicherheit zu bringen. »Quatsch«, schalt sich Flora leise. Weglaufen war nutzlos. Ihr Smartphone lag im Keller. Und Baumerts Sachen mussten von der Polizei, wie sagte Carsten immer, »erkennungsdienstlich behandelt werden«. Hasselbrink kam mit einem Handy in der Hand auf sie zu. Wenn er ihr Feind war, hätte er ihre Schwäche längst ausgenutzt. Sie gab ihren Widerstand auf.

»Okay, nein, das mit der Anzeige wäre ... nicht so gut. Könnten Sie meinen Großvater anrufen, der informiert dann die Polizei.«

»Klar, damit Sie ungeschoren davonkommen.« Der verhinderte Hofbesitzer lachte wieder. Es klang bitter. Er überlegte einen Moment.

»Na gut, dann holen Sie Herrn Blume mal her, damit er Sie mitnimmt. Und danach möchte ich Sie auf diesem Grundstück nicht mehr sehen. Hab ich mich da klar ausgedrückt?« Er reichte Flora sein Handy. Dann setzte er sich auf die Treppenstufen des Bauernhauses und wartete.

»Herr Hasselbrink, wie kann ich Ihnen helfen?« Carsten Blume hatte die Nummer gespeichert und hielt sich erst gar nicht damit auf, seinen eigenen Namen zu nennen. Seine Stimme klang angespannt.

»Opa, ich bin's«, murmelte Flora. Der Empfang war gestört, sie hörte es rauschen, ihr Großvater schien im Auto zu sitzen.

»Mein Gott, wir suchen dich schon überall. Und wieso hast du Hasselbrinks Handy, wo bist du?«

Dann war ihre Mutter am Telefon. »Flora, endlich, wir dachten schon ... nach dem, was im letzten Jahr, also du allein mit dem Fahrrad, und du warst morgens nicht da, und dein Bett war unberührt ...«

Anna Blume-Kamphusen stammelte nur. Flora hörte wieder die Stimme ihres Großvaters. Er klang gefasster. »Wo bist du und was ist los?«

Sie schilderte kurz die Geschehnisse des vergangenen Tages und ihre Funde in der Speisekammer. Mit einem Seitenblick nahm sie wahr, dass Paul Hasselbrink ruckartig aufstand, als sie den Laptop und das Smartphone von Henry

Baumert erwähnte. Nur den Brief von Annegret Samlandt sprach sie nicht an.

»Halt, Herr Hasselbrink, nichts anfassen«, rief sie ihm nach, weil er gerade im Haus verschwand. Er kehrte um und ließ sich zögernd erneut auf den Stufen nieder.

»Ja, das mache ich«, sagte Flora und drückte das Telefonat weg.

»Mein Großvater kommt gleich, bis dahin sollen wir einfach hier draußen bleiben und bloß nichts anfassen. Das soll ich Ihnen ausrichten.«

Sie gab Paul Hasselbrink das Handy zurück.

Der starrte sie schweigend an.

»Danke, dass Sie mich gefunden haben«, murmelte sie widerstrebend. »Ich dachte schon, ich würde da nicht mehr rauskommen.«

Nach einer kurzen Pause ergänzte sie: »Ich habe das Gemüsewasser aus Konserven getrunken, die ewig abgelaufen sind.«

»Scheint Ihnen nicht wirklich bekommen zu sein«, antwortete Hasselbrink trocken. Er lachte kurz auf, schüttelte den Kopf und verzog den Mund angeekelt. »Kaltes Gemüsewasser. Da hätte ich eher das alte Obst versucht.«

Carsten und Anna brauchten nur wenige Minuten bis zum Booms-Hof. Die Polizisten aus der Dienststelle Hodenhagen benötigten etwas länger, und Paul Hasselbrink wurde ungeduldig.

»Was wollten Sie überhaupt hier?« Carsten Blume sah den Miterben des Hofes prüfend an.

»Das fragen Sie im Ernst? Mir gehört der Hof zum Teil. Ihrer Enkelin nicht. Vielleicht sollten wir uns erst einmal mit der Frage beschäftigen, was Frau Kamphusen hier wollte, oder? Könnte doch sein, dass sie Onkel Heinrichs Gold gesucht hat. Übrigens könnten Sie mal danke sagen, dass ich die Einbrecherin aus dem Keller befreit hab.«

Carsten und Anna fragten nicht weiter. Das war Sache der Polizisten. Flora zog ihre Mutter beiseite, ein Stück um das Haus herum.

»Ich habe das Geschenk gefunden und Annegret Samlandts Brief.« Flora flüsterte und zeigte Anna verstohlen den Umschlag, den sie gleich darauf wieder in ihre Hosentasche steckte. »Und ich glaube, ich weiß, wie alles zusammenhängt und wer mich da eingesperrt hat.« Sie raunte einen Namen.

»Wer?«, fragte Anna stirnrunzelnd. Flora schüttelte den Kopf. »Nicht jetzt. Ich muss das erst noch überprüfen.«

Polizeiobermeister Kevin Schlüter und sein Kollege Henze nahmen die Aussagen zu Protokoll. Erstaunt stellten sie fest, dass der Mann, der sich selbstbewusst als »einer der Eigentümer« vorstellte, Floras Version anzweifelte.

»Wenn man in diesem Kellerraum die Tür hinter sich zufallen lässt, kommt man nicht mehr hinaus. Das möchte ich mal so in den Raum stellen. Und Frau Kamphusen ist ohne Erlaubnis in das Haus eingedrungen.«

Flora funkelte Paul Hasselbrink wütend an und schwieg. Bloß nicht riskieren, dass er wieder mit seiner Idee einer Anzeige wegen Einbruchs um die Ecke kam.

Sie begleitete die Polizisten in den ersten Stock. Dort lagen die drei kleinen Frotteehandtücher und das Geschenkpapier auf dem Fußboden, die sie fallen gelassen hatte, als der Angreifer ihr den Sack überstülpte.

»Warum hätte ich die Sachen sonst hier auf den Boden geworfen?«, fragte sie. Es leuchtete den Beamten ein. Die Polizisten zeigten an den Gegenständen kein Interesse, und Flora sammelte die kleinen Handtücher ein.

Um den Laptop, das Smartphone und den Reisepass Henry Baumerts und mögliche Spuren des Angreifers zu sichern, forderten die Polizisten ein Spurensicherungsteam an. Vor Ort wurden Fingerabdrücke von Flora und Paul Hasselbrink genommen, um sie von anderen Spuren zu unterscheiden. Mit den Spurensicherern kam Kriminaloberkommissarin Grit Heinecke, deren Fall es jetzt war, und schaute alle Beteiligten skeptisch an. Hartmut Ziegler schien sie bezüglich der Familie Blume-Kamphusen nicht unbedingt positiv gebrieft zu haben.

Nach weiteren anderthalb Stunden waren die Untersuchungen abgeschlossen, und Paul Hasselbrink zog die Eingangstür des Bauernhauses zu.

»Herr Hasselbrink, wenn ich noch mal fragen dürfte – was wollten Sie denn nun wirklich gerade heute auf dem Hof?«

Carsten staunte über die Antwort, die jeden Stil vermissen ließ, den der Möchtegern-Hofwirt sonst gern ausstrahlte.

»Das geht Sie einen Scheißdreck an«, blaffte er, bevor er in seinen Mercedes stieg und mit erhöhter Geschwindigkeit den Hof Richtung Eickeloh verließ.

HENRY – 2. MAI 2020 ABENDS

Henry las weiter, nachdem er aus der oberen Schublade des Schreibtisches im Erdgeschoss eine Lupe geholt und sie mit einem Brillenputztuch von ihrem staubigen Belag befreit hatte. Der Weg durch das dunkle Haus, die knarzende Treppe hinunter und wieder hinauf: Es war ihm auf einmal unheimlich. Der Wind pfiff durch die alten Fensterrahmen, und die schweren Vorhänge im Wohnzimmer seiner Großeltern bewegten sich leicht im Taschenlampenlicht. Von der gehobenen Stimmung des Nachmittags war nichts geblieben. Schnell zog er sich in die Geborgenheit seines kleinen Wohnzimmers zurück und merkte plötzlich, wie müde er war. Nach dem Tag voller positiver Erinnerungen wäre er besser gleich schlafen gegangen, gestand er sich ein. Die Gespenster der Vergangenheit zu wecken, war bei Nacht ungleich beängstigender.

Henry Baumert hatte keine Ahnung, was ihn in den nächsten Absätzen der alten Blätter erwartete, und für einen kurzen Moment überlegte er, ob es klüger sei, es nie zu erfahren. Doch dann, nach einem großen Schluck aus der Colaflasche, der die Trockenheit in seinem Gaumen bekämpfte, las er weiter.

»2.) Heinrich Baumert sen. erinnert sich daran, dass er am Morgen des 10. Januar 1960 Irene Teltow mit einem Koffer vorbeigehen sehen hat und diese auf die Ansprache durch ihn rief, dass sie mit dem Zug in die Stadt zurückfährt. Alles, was sein Enkel Heinrich Georg meint, gesehen zu haben, ist kindliche Einbildung durch sein Fieber, die nicht stimmt.«

Heinrich Georg – das war er selbst. Er schloss die Augen und merkte, dass tief in seinem Gedächtnis etwas in Bewegung kam.

Henry saß schweigend da, als die Erinnerungen auf ihn einstürmten. Irene Teltow. Das zierliche Kriegswaisenmädchen mit den langen blonden Haaren, das zusammen mit der größeren taubstummen Annegret Samlandt Pflegekind auf dem Sneers-Hof war und dort eher wie eine Magd behandelt wurde.

Irene Teltow war weggegangen? Nein, das hatten sie nur behauptet. Doch er wusste es besser, und jetzt waren sie wieder da, die Bilder, die er 60 Jahre lang verdrängt hatte.

Irene war nicht fortgegangen.

Er sah, wie ihre Kleider in ein Feuer geworfen wurden und wer neben dem Feuer stand, als es geschah.

Diese Erinnerungen waren keine kindliche Einbildung.

AUF DEM GUTSHOF - 22. MAI 2020

»Ich bin fast sicher.« Flora stellte ihren Laptop auf den Schreibtisch ihres Großvaters und rief eine Bilddatei auf. Anna beugte sich darüber und sah den Screenshot eines

Facebook-Profils. Doch die Zusammenhänge verstand sie nicht. »Das ist Burkhard Ebeling.«

»Ja, und weiter?« Carsten Blume runzelte die Stirn. »Wer soll das sein?«

»Der Tischlermeister aus Langenhagen, ihr erinnert euch. Der sogenannte unabhängige Zeuge, der die Moldawier gesehen haben will. Bei *Facebook* nennt er sich ›BEbeling‹, wie ihr seht. Darum habe ich eine Zeit gebraucht, bis mir der Zusammenhang klar wurde.«

Gleich nachdem sie zu Hause angekommen waren, verschwand Flora in ihren Räumen, um eine Stunde später mit dem Laptop zurückzukommen. Sie hatte in der Zwischenzeit telefoniert.

»Ich hab da angerufen und mir den Seniorchef der Tischlerei geben lassen. Angeblich als Kundin. Und er war es, eindeutig. Die Stimme von dem Typen im Keller des Booms-Hofes, rau und dumpf.«

»Aber was hat dieser Mann denn nun mit alldem zu tun?« Carsten Blume beugte sich stirnrunzelnd über den Laptop.

»Als ich beim ›alten Fritz‹ war, hab ich doch Bilder seiner Pflegekinder abfotografiert. Und nun vergleicht mal.«

Sie rief ein zweites Foto auf und legte es auf dem Bildschirm neben den Screenshot. »Seht ihr die Ähnlichkeit? Als Jugendlicher und heute – das ist doch derselbe Kerl. Von Hasselbrink hab ich mir dann die Vornamen der Pflegekinder sagen lassen – dieser heißt Burkhard. Und nun erinnert euch an meinen Film über den ›alten Fritz‹. In einer Passage zählt er auf, dass aus all seinen Pflegekindern etwas geworden ist. Einer davon wurde selbstständiger Tischlermeister. All das ist mir da unten im Keller eingefallen, als ich mich gefragt hab, wen wir übersehen haben. Da ist er. BEbeling, B wie Burkhard. Dass er tatsächlich mit Vornamen so heißt, konnte ich googeln. Burkhard Ebeling ist in seinem Wohnort Engelbostel im Feuerwehrkommando.«

Carsten Blume war beeindruckt. »Exzellente Ermittlungsarbeit. Wenn die Moldawiertheorie damit nicht hinfällig ist, dann weiß ich es auch nicht. Der unabhängige Zeuge ist damit wirklich nicht mehr unabhängig. Sein Pflegevater bringt die Geschichte von Baumerts Gold in Umlauf, und der Pflegesohn bestätigt sie mit seinem Moldawiermärchen.«

»Geschickt, dass der alte Fritz nicht will, dass die Nachnamen seiner Pflegekinder bekannt werden, und sagt, dass sie, bis auf zwei Musterknaben, die mal im *NDR* waren, nicht interviewt werden sollen.« Flora überlegte. »So weiß außer ein paar alten Leuten im Dorf, die sich an die Kinder von früher erinnern, niemand, wer alles zu diesem Clan gehört. Und Ebeling wohnt ein paar Gemeinden weiter. Weit genug, dass der Zusammenhang uns nicht aufgefallen ist.«

»Und als was fungiert dieser Burkhard Ebeling in dem Fall? Als Ausputzer? Aber für wen?« Anna grübelte, und ein Satz von Stefan Eilers fiel ihr ein: Der alte Fritz habe immer gefördert, dass sich »seine Patenkinder und Pflegekinder gegenseitig unterstützen«.

»Ebeling tut das nicht für sich. Er könnte es für Paul Hasselbrink tun, für Helmut und für jeden anderen dieses Clans rund um den ›alten Fritz‹.« Anna überlegte. »Und am ehesten für den Alten selbst.«

Flora nickte: »Aber was hätten die Rosemeyer-Duensings davon, wenn Henry Baumert tot wäre? Paul würde erben, Helmut müsste sich nicht um mögliche Abfindungsansprüche sorgen. Geht der Alte so weit, um seine Patenkinder zu schützen? Ein krimineller Clan norddeutscher Landwirte. Das ist echt mal was anderes.«

1960 – HENRY

»Die haben ein Feuer gemacht, da hinten an der Hecke. Sicher wollen sie sich wärmen. Komm, Christel, wir laufen hin.«

Henry, damals Heinz genannt, rannte durch den frischen Schnee, der den Weg, den der Großvater mit dem Onkel geschaufelt hatte, schon wieder verwehte. Es war klirrend kalt, der eisigste Winter seit dem Krieg, sagten die Erwachsenen. Wer nicht in Bewegung blieb, fing sofort an, fürchterlich zu frieren.

»Warte, Heinz, ich kann nicht so schnell.« Christel jammerte, weil sie nicht so dicke Stiefel trug wie er. Beide waren zusätzlich zu ihren Winterjacken in Wollschals gehüllt. Trotzdem war ihnen kalt. Wenn die Nachbarn ein loderndes Feuer entfacht hatten, dann wäre es prima, sich daran aufzuwärmen. Je näher sie dem Feuerschein kamen, umso mehr zögerten sie. Es standen nur der alte Onkel Friedrich und sein Sohn am Feuer, das laut prasselte, sodass die beiden Männer sie nicht hörten.

Leise schlichen Heinz und Christel durch den frischen Pulverschnee, und das Rieseln des Schneeschauers dämpfte ihre Schritte.

Die Männer hatten trockenes Holz aus dem Kaminschuppen aufgeschichtet, doch was sie in die lodernden Flammen warfen, die den Schnee rings herum mit ihrer Hitze schmolzen, waren farbige Fetzen.

Die Zwillinge versteckten sich hinter einer Schneewehe an einer hohen Fichte.

»Das ist das schöne Sommerkleid von der Irene«, flüsterte Christel, als ein bunter Blumenstoff in das Feuer geworfen wurde. »Warum verbrennen sie das? Ich mag das Kleid so gern.«

Immer mehr Kleidungsstücke wurden von den Flammen umzüngelt. Der Wind blies den Rauch Richtung Westen, und Heinz sah, dass ein Schuh im Feuer seitlich zwischen den dicken Scheiten herausragte. Komisch sah das aus, denn der Schuh schien am Rand des Holzstapels aufrecht in der Luft zu stehen, mit dem Hacken nach unten.

Aber was war das am Schuh? Hatte man ihn auf einen dicken Ast gesteckt? Oder war das …

Nein, das war unmöglich. Es konnte kein Bein in dem groben Hausschuh stecken, an dem die Flammen emporschlugen, während ein dicker brennender Scheit darauf polterte. Heinz merkte, dass Christel sich eng an ihn drückte. Hatte sie es auch gesehen?

Ein grauer Koffer wurde auf den lodernden Holzhaufen geworfen.

»Lass uns gehen«, flüsterte seine Schwester kaum hörbar. Vorsichtig drehten sie sich um, bedacht, keinen Laut von sich zu geben. »Ich glaube, wir dürfen nicht hier sein«, wisperte Heinz. Und dann trat Christel auf einen Ast, der krachend unter ihren Füßen zerbrach.

Friedrich Rosemeyer-Duensing und sein gleichnamiger Sohn sahen direkt in ihre Richtung. »Hey, wer ist da? Kommt raus!« Das war die Stimme vom jungen Fritz. Und da stand jemand im Hintergrund, der nur als dunkle Silhouette zu sehen war. »Kommt jetzt sofort aus dem Busch.«

Heinz lief los.

Henry Baumert japste, als ob er aus tiefem Wasser wieder an die Oberfläche kam. Das Abtauchen in die Erinnerung hatte ihm die Luft abgeschnürt. Und sein Gefühl hatte ihn nie getäuscht. Er war der Grund, aus dem Clara und ihre Kinder Eickeloh den Rücken gekehrt hatten. Doch Schuld hatte er dabei nicht auf sich geladen.

AUF DEM GUTSHOF – 23. MAI 2020

Oberkommissarin Grit Heinecke aus Walsrode war nicht begeistert, mit diesem Fall von null anzufangen.

»Die Moldawier waren möglicherweise eine falsche Fährte, soweit sind wir jetzt auch«, gestand sie ein. Nachdem sie in Engelbostel mit den Kollegen aus dem Polizeikommissariat Langenhagen den Tischlermeister Ebeling in die Zange genommen hatte, gab er zu, den Besuch der Wanderarbeiter auf seinem Grundstück erfunden zu haben. Nach dem Genuss von zu viel Alkohol sei ihm die Idee gekommen, sich wichtig zu machen.

»Er hat gesagt, dass es ihm leid täte. Durch seinen Pflegevater hatte er von Baumerts Familiengold erfahren und das im Suff mit in seine Geschichte eingeflochten. Mehr konnten wir aus Burkhard Ebeling nicht herausbekommen.«

Obwohl ihn die Oberkommissarin nur wegen einer möglichen uneidlichen Falschaussage befragte, fuhr nach kurzer

Zeit ein Wagen auf den Hof des Tischlers, dem ein Anwalt entstieg, der dafür sorgte, dass Ebeling nichts mehr sagte.

»Wer holt sich für so eine Kleinigkeit juristischen Beistand, wenn er nicht noch mehr auf dem Kerbholz hat?« Carsten Blume fand, dass Ebeling damit den Verdacht gegen sich erhärtete.

Oberkommissarin Heinecke war deutlich kooperativer als Hartmut Ziegler. Ihr erster Besuch auf dem Gutshof galt Flora, um deren Aussage über das Erlebte im Booms-Hof aufzunehmen.

Doch zunächst wurde die Polizistin selbst vom Kriminalhauptkommissar im Ruhestand ausgefragt.

»Mir ist klar, dass der Fall ohne Ihre eigenmächtigen Nachforschungen fälschlicherweise geschlossen geblieben wäre. Ich kann mich über Ihre Mitwirkung also kaum beschweren.« Sie lächelte bei diesen Worten. »Aber ich gebe zu, dass mir ein abgeschlossener Fall lieber gewesen wäre, wir sind nicht gerade unterbeschäftigt.«

Flora wurde bei Sonnenschein auf der Gutshofterrasse befragt, und sie stellte ihrerseits Fragen.

»Daran muss ich mich wohl gewöhnen. Ihre Familie kann man nicht befragen, ohne selbst vernommen zu werden.« Grit Heinecke lachte. »Ihr Ruf eilt Ihnen voraus.«

»Glauben Sie mir, ich hätte es lieber anders. Mir gefällt der Ruhestand, aber ...« Carsten Blume ließ ungesagt, dass er keine Wahl hatte, wenn die Kollegen so versagten.

»Jaja, Herr Blume. Ich weiß, was Sie meinen.« Grit Heinecke seufzte. »Aber jetzt wird's besser. Ziegler kommt ja von außen, und sein Schreibtisch ist noch voller als meiner. Den sehen wir in diesem Fall nicht wieder.«

Flora gefiel die offene Art der jungen Oberkommissarin, die nun wieder von den aktuellen Ereignissen sprach.

»Wir haben am Treppengeländer und an der Keller-
tür im Booms-Hof Fingerabdrücke gefunden, die weder
zu Ihnen, Frau Kamphusen, noch zu Herrn Hasselbrink
gehören.«

»Damit kriegen Sie ihn.« Carsten Blume nickte erfreut.

»Der Ebeling kommt nicht freiwillig zur erkennungs-
dienstlichen Erfassung, die Langenhagener müssen ihn
schon als Beschuldigten vorladen. Wie sicher sind Sie, dass
Sie wirklich überfallen wurden und dass er es war?«

Flora schluckte ihr Empörung herunter.

Jetzt bloß nicht den Start mit der neuen Profiermittlerin
vermasseln. »Ganz sicher, ich hab ja seine Stimme gehört.«

»Sie wissen, dass Herr Hasselbrink Ihre Version anzwei-
felt und glaubt, Sie haben sich auf der Suche nach irgendetwas selbst eingesperrt? Er meint, Sie würden nur einen
Buhmann für einen eigenen Fehler erfinden.«

Flora schüttelte unwirsch den Kopf. »Da redet er Blödsinn. Ihre Kollegen haben doch im ersten Stock quasi
Kampfspuren gefunden. Die drei Handtücher, das Einwickelpapier mit den schmutzigen Sohlenabdrücken. Spricht
das nicht für sich? Und was sagt der schöne Paul eigentlich
zu der Sache mit dem Testament?«

Anna kam an den Tisch. »Das würde mich auch interessieren«, kommentierte sie und schob der Oberkommissarin einen großen Becher Kaffee vor die Nase. Grit Heinecke zierte sich nicht lange und griff zu.

»Den kann ich jetzt gut gebrauchen, danke.«

Anna stellte Milchkännchen und Zuckerdose dazu.

»Kaffee satt ist bei uns selbstverständlich. Sagen Sie, wenn
Sie noch einen möchten.«

»Dass ich Ihnen zu dem ganzen Fall Baumert gar nichts
sagen dürfte, ist klar, oder?« Grit Heinecke trank den letz-

ten Schluck Kaffee und musterte Anna und Flora über den Rand ihrer schmalen Hornbrille.

»Bisher haben wir mehr herausgefunden als Sie.« Flora verschränkte die Arme vor dem Körper. »Das wissen Sie selbst, oder?« Anna sah ihre Tochter erschrocken an. Das war dreist. Aber sie hatte ja recht.

»Nix für ungut, Frau Heinecke. Ich will Sie nicht provozieren.« Flora ruderte ein wenig zurück. Verflixt, hatte sie nicht beschlossen, diplomatisch zu sein? Die Zunge war mal wieder schneller.

»Aber ich war das, die in einen dunklen Keller gesperrt wurde, weil ich Indizien gesucht habe. Ihre Leute haben gar nichts mehr gesucht.«

Grit Heinecke hob entschuldigend die Hände und sah verblüfft in die Runde.

»Da ich nicht denselben Fehler machen möchte wie Herr Ziegler und auch keine Gockelkämpfe mit Herrn Blume ausfechten muss: Wenn wir uns auf Transparenz einigen, setze ich auf Ihre völlige Verschwiegenheit. Kann ich das?«

Flora und Anna bestätigten.

»Gut, dann ist das klar. Nun zum Fall. Paul Hasselbrink leugnet, überhaupt von dem neuen Testament gewusst zu haben. Seine Nichte Gregolidis behauptet ebenfalls, dass ihr Onkel nichts wusste, weil sie ihm nichts gesagt hat. Sie hat es angeblich Henry Baumert versprochen.«

»Und diese Aussagen erscheinen Ihnen glaubwürdig?« Anna fragte bewusst neutral, um die entstehende Vertrauensbasis nicht zu stören.

»Ich werte die Aussagen derzeit nicht. Hasselbrink sah richtiggehend geschockt aus, als wir ihn mit der Datei konfrontiert haben. Und seine Nichte war völlig aufgelöst, weil sie schon seit der Tatentdeckung den Tag fürchtete, an dem das Testament vielleicht bekannt würde.«

Grit Heinecke griff in die Schale mit Keksen, die Anna mitgebracht hatte. Sie aß einen Keks und schwieg, solang sie kaute.

Carsten Blume war erfreut. Ein echter Fortschritt in Sachen Tischmanieren war diese Kollegin.

»Darum hat sie besonders gehofft, dass Baumert überlebt, sagt die Gregolidis. Weil ihr keiner glauben würde, dass es ein Zufall sei mit dem Testament und dem Überfall.«

Grit Heinecke griff wieder in die Keksschale. »Ich darf doch? Hab gerade richtig Hunger.«

»Wir hätten Spargelcremesuppe fertig. Wenn Sie möchten?« Die Oberkommissarin nickte. Anna stand auf, um eine Tasse Suppe zu holen.

Sie wäre bei den Vernehmungen nur zu gern dabei gewesen. Mit Psychologinnenblick auf Mimik und Gestik ließ sich eine Menge darüber sagen, ob man angelogen wurde. »Paul Hasselbrink kann sehr einnehmend sein, wenn er es darauf anlegt ...«, deutete sie an und platzierte Suppentasse, Löffel und Serviette vor Grit Heinecke.

Die Oberkommissarin lachte nur. »Keine Sorge, ich bin gegenüber männlichem Charme komplett unempfänglich.« Sie deutete auf ihren Ehering. »Ich bin nicht mit einem Mann verheiratet.«

»Dann kann der schöne Paul Sie nicht um den Finger wickeln, fein.« Flora grinste ihre Mutter an, die nach ihrem ersten Treffen ein wenig zu schwärmerisch von diesem Mann gesprochen hatte. Grit Heinecke bekam nicht mit, dass Anna ihrer Tochter empört gegen den Arm buffte und leicht die Zunge herausstreckte. Sie hatte sich Carsten

Blume zugewandt, der seine Theorie erzählte, während sie genüsslich ihre Spargelsuppe löffelte.

»Kehren wir mal gedanklich an den Tatort zurück. Vielleicht wurde der Täter oder wurden die Täter durch das Auftauchen von Helmut Weitze und seiner Familie gestört«, warf er in den Raum.

»Wenn Elena von Henry wusste, dass er inkognito auf dem Hof war, hätte man ihn leicht von dort verschwinden lassen können. Den Leihwagen mit der Leiche später irgendwo anders abstellen. Weit weg von Eickeloh. So als ob er längst abgereist wäre, angeblich an einem ganz anderen Ort gestorben.«

»Das würde in der Tat für Hasselbrink als Auftraggeber der Tat sprechen. Das neue Testament nutzen, ohne selbst in Verdacht zu geraten: Das hat er mit seinem Termin morgens doch schon einmal gut eingeleitet.« Grit Heinecke öffnete ihr Notebook, um die wichtigsten Ansätze mitzuschreiben.

»Und den möglichen Strohmann, der für ihn handelte, kennen wir vielleicht schon, dank Ihnen, Frau Kamphusen. Außer Frau Gregolidis lügt überzeugender, als wir uns vorstellen können, und hat selbst zum Stein gegriffen.«

»Als Nächstes steht dann wohl an, dass Burkhard Ebeling seine Fingerabdrücke nehmen lassen muss. Sehe ich das richtig?« Anna hoffte, dass sich damit der Überfall auf ihre Tochter klären ließ.

»So ist es, er wird im Kommissariat Langenhagen einbestellt und wegen der Freiheitsberaubung zulasten von Frau Kamphusen als Beschuldigter vernommen. Ich werde extra hinfahren, um selbst dabei zu sein.«

»Was ist eigentlich mit den Sachen vom Baumert? Da müssten doch auch Fingerabdrücke dran sein?« Flora hoffte inständig, dass sie nicht zu viele der Abdrücke mit ihren eigenen Berührungen vernichtet hatte.

»Ja, das ist eine ganz andere Sache. Stellen Sie sich vor: Die Geräte und der Pass weisen ausschließlich Ihre Fingerabdrücke auf.«

»Was? Also, ich habe extra vorsichtig und nur an den Ecken ...«

Grit Heinecke wiegelte ab. »Das ist garantiert nicht Ihre Schuld. Bevor Sie die Gegenstände aus der Papiertüte zogen, waren sie absolut clean. Da hat jemand ganze Säuberungsarbeit geleistet. Es gab nämlich nicht mal einen Fingerabdruck von Henry Baumert.«

»Is ja 'n Ding. Also keine Chance herauszufinden, wer die Sachen unten deponiert hat?«

»Doch. Und das ist unsere nächste Trumpfkarte. Die Geräte waren penibel sauber gewischt. Doch die Papiertüte ist voller Abdrücke. Und sie stammen von derselben Person, die Spuren an Türgriff und Tür hinterlassen hat. Und übrigens auch an Ihrem Fahrrad.«

Floras Rad stand zwar nicht mehr vor dem Bauernhaus, als sie endlich daraus freikam, doch weit hatte der Täter es nicht von seinem Abstellplatz fortgeschoben. In jener Scheune, in der Henry Baumerts Leihwagen gefunden wurde, lehnte es an der Wand, die Kamera steckte in der Satteltasche.

»Irre. Wie blöd kann man sein? Alles sauber wischen, mit Handschuhen in eine Tüte stecken und dann ohne Handschuhe die Tüte mit sich herumtragen?« Flora grinste. »Wenn das die Abdrücke vom Ebeling sind, haben wir ihn, oder?«

»Noch nicht für den Überfall auf Henry Baumert. Wohl aber wird er eine Mitwisserschaft kaum leugnen können. Er scheint mir nicht sehr selbstsicher, darum werden wir ihn hoffentlich im Verhör weichklopfen.« Grit Heinecke trank den letzten Schluck aus ihrem Kaffeebecher.

»Um Ihre Frage zu beantworten, wer blöd genug ist, solche Fehler zu machen: nahezu jeder Amateur. Darum kriegen wir die meisten Täter.«

Grit Heinecke stand auf, um sich zu verabschieden. »Es ist wirklich herrlich bei Ihnen, das muss ich sagen«, lobte sie Ausblick und Restaurantterrasse.

»Sie sind jederzeit willkommen.« Anna verabschiedete sich zufrieden von der Oberkommissarin. Mit dieser Frau konnte man arbeiten. Flora stimmte der Mutter zu, nachdem Grit Heinecke gegangen war.

»Ich ermittle dann trotzdem mal parallel weiter«, sagte sie und ging, mit Colaflasche, Kekstüte und Rechner, an ihrer Mutter vorbei, um sich an die Aller zu setzen. »Sicher ist sicher.«

HENRY - 2. MAI 2020

Jetzt war ihm klar, warum die Familie Deutschland damals verlassen musste. Sein Großvater hatte sie zum zweiten Mal verkauft – mit Gewinn. Henry erinnerte sich an den kalten Wintertag und das Feuer. Immer mehr Details aus dem Winter 1960 stürmten auf ihn ein. Auf dem Heimweg war er ein paarmal gestürzt, denn er hatte nicht auf die vereisten Stellen des Weges geachtet, die unter dem Pulverschnee verborgen waren. Durchnässt und fast steif gefroren, mit rinnender Nase, an der die Tropfen zu Eis gefroren, lief er auf das Haus zu.

Und Christel? War sie direkt hinter ihm? Er drehte sich im Laufen um, rutschte aus und schlug lang hin.

Seine nächsten Erinnerungen waren das warme Schlafzimmer und die Mutter, die weinend vor ihm saß. Seine Schwester lag nicht in ihrem Bett. »Wo ist Christel?«, murmelte er.

»Ach, Heinz, die Christel ist mit dem Großvater zum Arzt, und das bei diesem Wetter. Was ist nur passiert? Du glühst ja, so ein hohes Fieber!«

»Wir haben Duensings zugeschaut, wie sie ein Feuer gemacht haben«, flüsterte er. »Sie haben Irenes Kleid verbrannt, und da war ein Schuh, der sah aus, als wär noch ein Fuß darin.«

»Heinz, sei still, das ist das Fieber. Das hast du geträumt!« Und obwohl er sicher war, dass er genau das gesehen hatte, was er der Mutter sagte, würde er jenen Satz in den nächsten Tagen immer wieder hören: »Der Junge irrt sich. Es ist das Fieber!«

Er hörte es so lange, bis er selbst daran glaubte.

Heinz war froh, dass am Morgen seine Schwester in ihrem Bett lag. Sie redete wenig, ihre Stimme krächzte, und sie bekam nur dünne Suppe eingeflößt.

»Die Christel ist beim Weglaufen mit ihrem Schal an einem Baum hängen geblieben und hätte sich fast erwürgt. So haben wir sie auf dem Weg gefunden«, warf der Großvater ihm vor. »Du hast nicht gut auf sie aufgepasst.«

Schuldbewusst zog sich Henry tief unter seine Bettdecke zurück.

Aber wovor waren sie weggelaufen, wenn alles nicht stimmte, an das er sich erinnerte? Heinz fragte den Großvater, warum der alte und der junge Friedrich denn ein Feuer auf der Lichtung angezündet hatten. Ein verendetes Schaf hätten sie verbrannt, sagte Heinrich Baumert.

»Das hatte eine Krankheit und durfte darum nicht gegessen werden. Sie konnten es nur verbrennen.«

Heinz' Gedanken liefen durcheinander. »Aber da war doch dieser graue Koffer?«

Der Großvater schüttelte nur den Kopf. Das Fieber …

Christels Stimme erholte sich, und sie tuschelten in den Momenten, in denen die Mutter nicht an ihren Betten wachte. Sie sei nicht an einem Ast hängen geblieben, sagte Christel. »Es war ganz anders.« Doch als er nach der Wahrheit fragte, schüttelte sie nur den Kopf, stöhnte dabei und rieb sich den Hals. »Ich weiß nicht mehr. Und ich mag auch nicht drüber sprechen.« Heinz hakte nicht nach.

Einmal hörten sie den Großvater mit der Mutter im kleinen Wohnzimmer reden. »Die Irene Teltow ist weggelaufen«, sagte er. »Und dabei bleibt es. Sie war ja immer störrisch. Dann ist sie mit ihrem Koffer in den Schnee hinaus. Ich habe es gesehen.«

»Hast du nicht, Vater, das hast du nicht«, rief die Mutter und dann hörten sie, wie die Wohnzimmertür krachend zugeworfen wurde.

Henry war überwältigt von all den Bildern, die sich nicht mehr zurückhalten ließen, die in seinem Kopf flimmerten, von Angstgefühlen begleitet.

Wie lange saß er, versunken in seinen Gedanken, schon da? Es war, als ob er sich aus den verschütteten Erinnerungen zurückkämpfte wie damals aus dem Fieber, das ihn tagelang plagte. Wie lange hatte er im Schnee gelegen, nachdem er hingefallen war? Lange genug, um ernstlich krank zu werden. Im warmen Wohnzimmer sitzend, strich er sich 60 Jahre später über die Nase und meinte, den Schmerz der Erfrierungen zu spüren, die er sich damals zugezogen hatte.

Er sah auf das alte Blatt Papier, das vor ihm lag. Ein letzter Absatz wartete darauf, entschlüsselt zu werden. Henry fürchtete sich davor, neue beängstigende Erinnerungen wachzurufen.

Er blinzelte, die Augen waren müde und brannten. Mit Mühe las er weiter.

»3.) Heinrich Baumert bestätigt, dass seine Enkeltochter Christine Elisabeth sich beim Spielen im Wald an einem Baum verheddert hat und sich mit ihrem Schal fast erdrosselt hätte. Sie hat es ihm so erzählt, als er sie gefunden hat. Sie ist von niemandem festgehalten oder gewürgt worden, sondern es war ihre eigene Schuld.

4.) Der unterzeichnende Friedrich Rosemeyer-Duensing sen. sichert die Zukunft der Kinder Heinrich Georg und Christine Elisabeth Baumert aus reiner Mildtätigkeit durch die Schenkung des Waldes an Heinrich Baumert und die Bezahlung ihrer Reise nach den Vereinigten Staaten von Amerika ab.«

Was für ein Vertrag! Einer juristischen Prüfung hätte er sicher nicht standgehalten, denn auch 1960 war so eine Nebenabrede zu einer Schenkung gegen die guten Sitten. Henry zweifelte, was er da vor sich hatte – eine Erpressung? Oder waren sich die beiden Männer sogar einig?

Hatte der alte Friedrich seinem Nachbarn den Wald freiwillig als Belohnung für eine Falschaussage angeboten? Und was stellten diese Formulierungen dar? Verklausulierte Schuldeingeständnisse?

Henry war sicher, dass seine Erinnerung nicht durch ein Fieber verursacht wurde. Er kannte den Grund, warum Christine nie wieder über die Vergangenheit sprach. Was genau passiert war, als sie beim Weglaufen hinter ihm zurückblieb, das würde er womöglich nie erfahren. Wer hatte sie gewürgt oder sie fast mit ihrem Schal erdrosselt? Der junge Friedrich? Und warum musste Irene Teltow sterben?

Dass sie tot war, daran zweifelte Henry nicht mehr. Warum hätten die Nachbarn sonst einen solchen Aufwand betrieben, ihre Kleidung zu verbrennen – und Irene selbst. Ob Annegret Samlandt von all dem etwas mitbekommen hatte? Was hatte ihren Tod nur zwei Jahre später verursacht? So viele ungeklärte Fragen! Wie erstarrt in seiner Wut und Verwirrung, saß Henry bis zum Morgengrauen am offenen Fenster. Die kalte Luft der frühen Mainacht beruhigte ihn nicht. Kurz vor Sonnenaufgang fiel er in einen leichten Schlaf mit wirren Träumen, aus dem er wenige Stunden später schweißgebadet erwachte.

Er schlüpfte in die Kleidung, die achtlos vor dem Bett verstreut lag. Ein flüchtiger Blick in den halb blinden Wandspiegel im Dieleneingang zeigte ihm, dass er wieder wirkte wie der »Penner«, den man im Dorf gesehen hatte.

Egal, so egal! Der alte Mann, den er jetzt aufsuchen wollte, würde ihm zuhören. Egal ob Henry wie ein Penner aussah.

Das neu aufgetauchte Testament, Floras Verschwinden, ihre Entdeckung und die Wiederaufnahme des Falles: Die Ereignisse hatten sich überschlagen und dominierten die Diskussion im Hause Blume. Fast in Vergessenheit geraten war dadurch der Brief, den Flora aus dem Booms-Hof mitbrachte, Annegret Samlandts Botschaft auf Polnisch.

Unübersetzt lag das Schreiben seither auf Floras Schreibtisch, und erst eine Frage von Christine Walker brachte Carsten Blume darauf, dass es nach 60 Jahren Zeit war zu erfahren, was Annegret der kleinen Familie mitzuteilen hatte. Floras Plan, den Text in den *Google Translator* zu schreiben und automatisch übersetzen zu lassen, wurde von ihr immer wieder aufgeschoben. Sie verfolgte ein anderes Thema, fest davon überzeugt, des Rätsels Lösung in der heutigen Zeit zu finden, nicht in der Vergangenheit. Und außerdem war sie hundemüde, seit sie der Vorratskammer auf dem Booms-Hof entkommen war. Sie überließ ihrem Großvater den Brief, froh darüber, sich ungestört ihrer Onlinerecherche widmen zu können. Manchmal starrte sie nur auf den Bildschirm. Sie vermisste es, Frust und angestauten Ärger aus dem Alltag auf der Tanzfläche eines hannoverschen Klubs abzuschütteln. Und sie vermisste es, sich an jemanden zu kuscheln. Ihre letzte Beziehung war ein ganzes Jahr her! Mit Maske flirten und einen Typen kennenlernen? Fast unmöglich.

Annegrets Brief war ihr gerade total egal. Flora wünschte sich ihr altes Leben zurück. Durchtanzte Nächte, Abende mit Freunden im Park oder in stickigen überfüllten WG-Küchen. Das wär's jetzt. Nichts davon war unter Coronabedingungen möglich. Sie hätte es zur Ablenkung so dringend gebraucht. Einen polnischen Brief in den *Google Translator* abzutippen, war keine Alternative.

Als ein Gast das Restaurant betrat, der stets mit Arbeiterstolz auf die sanierten alten Mauern schaute, weil er mit seiner Firma selbst dazu beigetragen hatte, nutzte Carsten Blume die Chance, ihn um einen Gefallen zu bitten.

»Hätten Sie nach dem Essen kurz Zeit, mir ein Schreiben von Polnisch auf Deutsch zu übersetzen?«

Der Gast stimmte zu. »Gern, wenn ich mit meinen Sprachkenntnissen hilfreich sein kann.«

Hätte Carsten geahnt, was in Annegrets Brief stand, wäre er nicht so unbeschwert an Waldemar Beresowski herangetreten, der sich mit seiner Familie nur zum Spargelessen im *Rittersaal* aufhielt.

Bei einem Bier am Familientisch las der Maurermeister das alte Schriftstück und sah erschreckt zu Carsten auf.

»Geht es da wirklich um einen Mord?« Beresowski war blass und schüttelte den Kopf. »Was ist das für ein Brief?«

Carsten Blume erschrak. »Ein Mord? Herr Beresowski, bitte lesen Sie laut, also nicht zu laut, aber so, dass ich erfahre, was geschehen ist.«

Der Aussiedler räusperte sich und las zögernd.

»Ich schreibe auf Polnisch, dann denken alle, ich schreibe an meine Tante Luzija in Breslau. Ich habe Angst, und niemand hier im Dorf versteht mich. Nur der Vater kann die Sprache mit den Händen, und Irene hat mich manchmal auch verstanden. Ich habe Angst, mir passiert etwas, wenn ich den Vater und Fritz verrate.«

Waldemar Beresowski unterbrach. »Wer hat das geschrieben? Ich hoffe, der Frau ist nicht wirklich etwas passiert?«

»Leider doch. Aber bitte, lesen Sie weiter.« Carsten Blume leerte sein Bierglas in einem Zug. Das war starker Tobak. Erfuhr er hier von einem Motiv, das hinter allem steckte?

»Irene ist nicht weggelaufen. Sie war auf einmal nicht zu finden, aber das war nicht der Tag, wo sie weggelaufen sein soll, sondern einen Tag vorher. Und es war auch ihr Koffer noch da. Dann haben Fritz und der Vater Irenes Sachen aus dem Haus getragen. Fritz hat Irene immer schöne Augen gemacht, aber sie wollte nichts von ihm. Sie hatte Angst vor ihm und was er mit ihr machen will. Wir haben nie gestritten, das behaupten sie, aber das stimmt nicht. Und dann haben die Männer ein Feuer gemacht auf dem Feld, und ich glaube, sie haben Irenes Sachen verbrannt. Ich kann Lippen lesen, aber das wissen sie nicht. Ich habe abgelesen, dass Heinz und Christel das Feuer gesehen haben und jetzt wegmüssen. Und Fritz soll sich zusammenreißen, weil er die Christel fast auf dem Gewissen hätte. Ihr Vater ist ärgerlich.«

Waldemar Beresowski unterbrach erneut. »Ich brauche noch ein Bier. Und einen Kurzen. Herr Blume, wer sind diese Leute? Was ist das für ein Brief?«

Carsten orderte die Getränke für seinen Übersetzer, dessen Familie schon ungeduldig in seine Richtung schaute. »Ich kann nicht viel dazu sagen, Sie wissen ja, dass ich früher bei der Polizei war. Und dieser Brief ist ein Indiz, das ich wohl noch heute meinen Kollegen weitergebe, damit das Motiv eines Überfalles geklärt werden kann. Das ist dann auch Ihr Verdienst. Würden Sie bitte weiterlesen? Wenn es Sie nicht zu sehr belastet.«

Der Maurermeister kippte den klaren Schnaps herunter und las weiter.

»Ich glaube, sie haben die Irene umgebracht, und wenn sie herausfinden, dass ich es weiß, dann bringen sie mich auch um.« Beresowski schluckte und lockerte seine Krawatte. Er schwitzte, räusperte sich und fuhr fort.

»Bitte, ich möchte auch nach Amerika. Ich kann hart arbeiten. Bitte helft mir, dass ich auch nach Amerika kommen kann. Sagt keinem davon, was ich geschrieben habe. Alle glauben dem Vater, mir glaubt doch keiner. Erst wenn ich hier nicht mehr sein muss, kann ich die Wahrheit sagen, damit sie für Irenes Tod verhaftet werden. Liebe Clara, schreibe mir aus Amerika, was ich machen muss, um herzukommen. Ich hoffe so darauf. Eure Annegret.«

Langsam ließ Beresowski das Blatt auf den Tisch zurücksinken. »Die Leute, an die der Brief war, haben Annegret nicht nach Amerika geholt, oder?«

Carsten Blume schüttelte den Kopf. »Leider nicht. Sie haben den Brief nicht einmal gelesen.«

Er bedankte sich bei seinem Übersetzer und war der routinierte Kommissar, als er ihn um Stillschweigen bat, da es sich um eine laufende Ermittlung handle. Ein Blick in Beresowskis verstörtes Gesicht sagte Carsten, dass er dem geschäftstüchtigen Maurer mehr bieten musste. »Und die nächsten Maurerarbeiten, die wir zu erledigen haben, machen natürlich wieder Sie. Das ist Ehrensache.« Diese Aussicht war für den Handwerksmeister verlockend, und er sagte zu, über den Inhalt des Briefes Stillschweigen zu bewahren.

Wer die Leute waren, von denen Annegret schrieb, brauchte Beresowski nicht zu wissen. Doch für Carsten lag es klar auf der Hand:

Fritz, der sich zusammenreißen sollte, der fast »die Christel auf dem Gewissen« hatte: Das war kein anderer als der heutige alte Fritz, der Bundesverdienstkreuzträger und ehemalige Landtagsabgeordnete.

War nicht er von seinen Patenkindern, seinem Sohn und dem Pflegesohn manipuliert worden – sondern hatte er sie benutzt? Aus Angst, dass Henry Baumert sich womöglich erinnerte? Und wie tragisch es war, dass Clara Baumert vor lauter Wut auf die Nachbarsfamilie diesen schriftlichen Hilfeschrei unbeachtet gelassen hatte!

Zwei Jahre später starb Annegret Samlandt, und Carsten Blume zweifelte daran, dass ihr Tod ein Unglücksfall war. Er sah zur Uhr. Kurz vor 22 Uhr, zeitig genug, um die Oberkommissarin anzurufen und die Existenz des Briefes zu melden. Klar, sie würde sich nicht freuen, dass die Familie Blume potenzielle Beweismittel zurückgehalten hatte. Doch angesichts der Tatsache, auf welchem ermittlerischen Holzweg ihr Kollege Ziegler vor einigen Tagen wandelte, würde diese Eigenmächtigkeit verzeihlich sein, hoffte Carsten.

HENRY – 3. MAI 2020

Auf dem gepflegten Gelände des Sneers-Hofes war niemand zu sehen. Henry betrat die Einfahrt. Er war den Kilometer am Duensingsfeld zu Fuß gegangen und sortierte dabei seine Gedanken. Er überlegte, womit er den heutigen alten Friedrich konfrontieren konnte. Die Überlegungen blieben vage, alle Formulierungen hingen fest in der zähen Watte aus Müdigkeit und Überlastung, die sich in seinem Kopf ausgebreitet hatte.

Unschlüssig stand er vor dem Eingang des stattlichen Backsteinbaus, gegen den das Wohnhaus des Booms-Hofes klein und gedrungen wirkte. Der Sneers-Hof war schon immer der reichste Hof am Duensingsfeld, erinnerte er sich. Die Straße war ja sogar nach der ursprünglichen Inhaberfamilie benannt. Sie genossen hohes Ansehen, die Rosemeyers vom Rosemeyer-Hof vorn an der Ecke in Eickeloh, und ihre Verwandten, die Rosemeyer-Duensings vom Sneers Hof in der Gemarkung Hudemühlen. Wie waren die Kleinbauern Baumert in früheren Jahrhunderten zwischen diese beiden wohlhabenden Höfe geraten?

Henry überwand sich, erklomm die drei Stufen zur großen Eingangstür aus stabilem Eichenholz und klingelte. Der hochgewachsene dünne Mann mit dem markanten Kinn und der fahlen Gesichtsfarbe, der ihm öffnete, musste der junge Friedrich sein, von dem Elena erzählt hatte. Kritisch beäugte er Henry, bevor er fragte: »Ja bitte?«

»Guten Tag, ich möchte zu Friedrich Rosemeyer-Duensing.«

»Das ist mein Name. Da Sie vermutlich nicht mich meinen: Was wollen Sie von meinem Vater?«

»Ich muss ihn sprechen.« Henry merkte selbst, dass diese Begründung lahm klang, doch jetzt, wo er vor dieser Tür stand, fehlten ihm die Worte.

»Tut mir leid, ich kann Sie wirklich nicht hereinlassen. Wir empfangen derzeit überhaupt keine Gäste. Von Corona werden Sie ja wohl gehört haben.« Verächtlich klang die Stimme des »jungen Friedrich«, der sich schon anschickte, die Tür zu schließen.

Doch es war dieses Herablassende in der Stimme, das in Henry die Wut wieder weckte, die zuvor einer müden Leere gewichen war.

»Halt. Sagen Sie Ihrem Vater, Henry Baumert möchte ihn sprechen. Heinrich Georg Baumert.«

Die Tür, die nur einen kleinen Spalt geöffnet war, sprang mit einem Ruck weiter auf.

»Sie sind Henry Baumert? Der Ami, der schuld ist, dass Paul den Hof nicht kriegt?«

Ein empörter Blick traf ihn. Doch Henry, in dem die Wut immer weiter anstieg, sah den jungen Friedrich selbstbewusst an.

»Ja, der bin ich. Und Sie informieren jetzt Ihren Vater, dass ich mit ihm sprechen möchte.« Henrys bestimmendem Tonfall hatte Friedrich Rosemeyer-Duensing junior in seinem Erstaunen nichts entgegenzusetzen.

»Moment.« Die Tür blieb offen, und Henry warf einen Blick in die Diele des Sneers-Hofes. Hier waren die Räume nicht weiß gestrichen wie auf dem Booms-Hof. Sie waren zur Hälfte getäfelt, und oberhalb der Täfelung waren die Wände bestückt mit großen Gemälden. Es waren Männer und Familien in der Kleidung des vorletzten Jahrhunderts, die ihn von den Dielenwänden anblickten.

Henry verlor sich kurz im Blick auf diese Zeichen des Wohlstandes, bis er Schritte hörte.

Und dann stand er vor ihm. Friedrich, der »alte Fritz«, wie man ihn heute nannte.

»Heinrich Georg Baumert? Heinz? Bist du das wirklich?«

Den alten Mann, der auf ihn zutrat, hätte Henry auf der Straße nicht erkannt. Er versuchte ein Lächeln.

»Heinz, sag doch was!«

Henry merkte erst jetzt, dass er sein Gegenüber, das vor 60 Jahren der »junge Friedrich« war, anstarrte, ohne den Gruß bisher erwidert zu haben. Er riss sich zusammen.

»Ja, ich bin es. Guten Tag, Friedrich.«

»Und ich hatte dich für einen Obdachlosen gehalten, der sich in der Gegend herumtreibt. Dabei bist du deinem Vater doch wie aus dem Gesicht geschnitten. Ich hätte es sehen müssen!«

Wieder schwieg Henry, unfähig, seine Gedanken zu sortieren. Dem Vater wie aus dem Gesicht geschnitten? Wie selbstverständlich der alte Mann es aussprach. Alle schienen es gewusst zu haben.

»Meinem Vater ...«, stammelte Henry nur und merkte, wie ihm das Blut in die Füße sank und ihm schwindlig wurde.

Friedrich Rosemeyer-Duensing sah, dass sein unerwarteter Gast bleich im Gesicht wurde, und trat vorsichtig die Stufen herunter. »Ist dir nicht gut? Wollen wir uns hinsetzen? Drinnen besser nicht wegen dem Virus. Komm, hier um die Ecke können wir sitzen.« Er führte seinen Gast zu einem kleinen gepflasterten Platz mit einer hölzernen Sitzgruppe unter einer hohen Linde.

Im Sitzen kam Henry zu Kräften und sah dem alten Hof-besitzer direkt in die Augen.

Er las keinen Argwohn darin, keine Besorgnis.

Und Henrys Mut sank mit seiner alten Wut, die er mit dem fremden Mann, der ihm gegenübersaß, nicht in Ver-bindung bringen konnte.

»Dein Vater hat uns damals weggeschickt nach Ame-rika«, sagte er leise.

»Mein Vater? Warum sollte er das tun?« Henry sah ein Flackern im Blick des Politikers, der sich schnell wieder fing.

»Vielleicht hast du etwas missverstanden. Hat er euch vielleicht das Geld für die Überfahrt gegeben? Dein Groß-vater hatte ja nicht viel. Mein Vater war ein reicher Mann.«

Henry fielen fast die Augen zu. Die lange Nacht und der unruhige Schlaf, dazu diese unwirkliche Begegnung: Blei-erne Müdigkeit legte sich auf ihn.

Was hatte er erwartet? Zwei alte Männer saßen sich gegenüber, die nur durch eine Begebenheit vor mehr als einem halben Jahrhundert verbunden waren.

Eine Begebenheit, die bis gestern so tief in der Erinne-rung verschüttet war, als hätte es sie nie gegeben.

Langsam stand er auf und sah Friedrich Rosemeyer-Du-ensing unschlüssig an.

Selbstbewusst schaute der alte Großbauer zurück. »Du willst schon wieder gehen?« Henry nickte nur. Was war denn los mit ihm, fragte er sich und blieb stehen, den Blick gesenkt. Diese Hilflosigkeit auf einmal, dieses Gefühl, dass alles sinnlos war, was er sagen würde.

»Heinz, ich gebe dir einen guten Rat: Lass die Vergan-genheit ruhen. Das war für deine Familie immer besser.«

Die Stimme des »alten Fritz« klang freundlich, doch

Henry Baumert hörte darin nur eine Drohung, die aus lang vergessener Zeit zu ihm herüberwehte.

Er schaute auf. »Irene Teltow ist nicht weggelaufen. Ich erinnere mich an alles.«

Er verharrte einen Moment, sah, dass Friedrich auf die Holzbank zurücksank.

Dann verließ er mit raschen Schritten den Hof, wanderte immer schneller, bis er außer Atem war, und kam mit heftig klopfendem Herzen an der Pforte zum Wohnhaus des Booms-Hofes an.

Zweimal hielt er auf den wenigen Treppenstufen an, um nach Luft zu schnappen. Oben fiel er in sein Bett, und während er darauf wartete, dass sich der Herzschlag beruhigte, kam der Schlaf. Ein tiefer tröstlicher Schlaf, der sich in der Nacht zuvor nicht eingestellt hatte.

AUF DEM GUTSHOF – 25. MAI 2020

»Der Kerl braucht dringend Kohle«, offenbarte Flora ihrem Großvater am Frühstückstisch. Carsten Blume war klar, dass er mit dem übersetzten Brief weit größeren Sprengstoff zu bieten hatte. Doch zunächst war Flora an der Reihe. Sie hatte einen halben Tag lang recherchiert.

»Ich hab den Namen Burkhard Ebeling im Insolvenz-
portal eingegeben, und siehe da: Der ist pleite. Vor drei
Jahren hat er Insolvenz angemeldet. Darum ist jetzt seine
Tochter Geschäftsführerin der neu gegründeten Tischlerei,
obwohl sie aktuell gar nicht viel mitarbeitet, weil sie zwei
kleine Kinder hat.«

Das hatte Flora aus dem *Facebook*-Profil Tatjana Ebelings erfahren.

»Und das Grundstück mit der Tischlerei gehört ihm auch
nicht mehr. Das wurde letztes Jahr zwangsversteigert.«

»Du hast wirklich Ermittlungstalent.« Carsten Blume
nahm zur Kenntnis, wie viele Informationen man heute
online erhielt, die in seiner aktiven Dienstzeit mit vielen
Telefonaten verbunden waren.

»Vielleicht war er tatsächlich so was wie ein Auftrags-
killer, der bezahlt wurde – doch wer hat ihn beauftragt?«
Floras Wangen waren gerötet, ihre Augen strahlten. Sie war
in ihrem Element. »Wenn wir das herausfinden … Ich plä-
diere ja immer noch für den schönen Paul.«

»Es könnte sein, dass jemand anderes ein noch stärkeres
Motiv hat.« Carsten Blume zog den Brief Annegret Sam-
landts aus seiner Tasche und legte ihn vor Flora auf den
Tisch.

»Ich hab den Brief von Maurer Beresowski übersetzen
lassen. Annegret beschuldigt die Rosemeyer-Duensings,
ihre Pflegeschwester Irene umgebracht zu haben.«

»Is nich wahr. Das ist ja 'ne richtig krasse Anschuldi-
gung!« Flora lehnte sich zufrieden zurück. »Und wer, bit-
teschön, hat den Brief gefunden?« Sie lächelte ihren Großvater an.

»Die junge Dame, die sich einen Tag lang von abgelau-
fenem kalten Dosengemüse ernähren musste.«

Carsten Blume grinste, seine Enkeltochter verzog das Gesicht.

»Wenn wir dadurch den Fall klären, war es die Übelkeit wert. Und jetzt erzähl weiter, Opa.«

Sie erfuhr, dass in wenigen Stunden Grit Heinecke kommen und den Brief holen würde. Schnell fotografierte sie ihn mit dem Smartphone ab. »Warum hast du den Maurer nicht gleich eine Übersetzung schreiben lassen?«

»Nicht auch das noch. Der arme Mann war so erschreckt vom Inhalt des Briefes, dass ich ihm Schnaps bringen und einen neuen Auftrag versprechen musste, damit er sich wieder fassen konnte.« Carsten Blume war es im Nachhinein unangenehm, einen flüchtigen Bekannten behelligt zu haben. »Beresowski war total geschockt – doch wer ahnt denn so etwas?«

»Weiß Christine Walker schon davon?«

Carsten schüttelte den Kopf. Das Gespräch würde nicht angenehm sein, vor allem wegen der Andeutung, der heutige alte Fritz habe fast die kleine Christel auf dem Gewissen gehabt. Ob sich Christine Walker erinnern würde?

Grit Heinecke, die wenig später die Gutshofterrasse betrat, war nicht begeistert davon, dass Flora den Brief zunächst geheim gehalten hatte.

»Frau Kamphusen. Das ist nicht richtig. Ich hab Ihnen Vertrauen geschenkt. Das haben Sie nun gleich mal missbraucht.«

Flora sah ihren Fehler ein und begründete ihn mit Hartmut Zieglers Fehleinschätzungen. »Ihr Kollege hat uns doch nichts anderes übrig gelassen, als selbst Fälle zu lösen.«

Die Oberkommissarin blieb kühl.

»Wissen Sie denn schon, was es mit Ebelings Finanzen auf sich hat?«, fragte Flora und hoffte, damit wieder Informationen zu geben, die Grit Heinecke aussöhnten.

»Dass er insolvent ist und dass sein Haus jetzt seinem alten Pflegevater gehört, der es spottbillig in der Zwangsversteigerung bekommen hat? Ja, da erzählen Sie mir nichts Neues, Frau Kamphusen.«

Carsten und Flora sahen sich erstaunt an. Der Polizistin war eine Information herausgerutscht, die ihnen neu war. Doch Großvater und Enkelin ließen es sich nicht anmerken.

»Liebe Frau Heinecke, ich weiß, es war falsch, dass Flora den Brief zurückgehalten hat. Aber bedenken Sie bitte auch, dass ohne uns der Fall noch immer bei den Akten läge. Vielleicht können wir noch einmal von vorn anfangen und an der Vertrauensbasis arbeiten.« Carsten Blume lächelte die jüngere Kollegin werbend an.

»Sie machen es mir nicht leicht«, stellte die Walsroder Kommissarin fest. »Aber es bleibt mir wohl nichts anderes übrig. Auf keinen Fall können wir so weitermachen, dass Sie parallel zu den offiziellen Ermittlungen in der Vergangenheit rumwühlen. Sie müssten ja mittlerweile wissen, dass so was nicht ungefährlich ist.« Grit Heinecke sah Flora mit ernstem Blick an. »Sollten wir vielleicht per *WhatsApp* in Kontakt bleiben, und Sie teilen mir immer umgehend mit, wenn Sie meinen, etwas in Erfahrung gebracht zu haben?«

Flora nickte sofort. Der schnelle Textkontakt über das Smartphone war nach ihrem Geschmack.

»Was ist nun mit Ebelings Fingerabdrücken?«, wagte sie zu fragen, und erfuhr, dass der Verdächtige erst am späteren Nachmittag mit seinem Anwalt in das Kommissariat im Langenhagener Stadtzentrum kommen würde.

»Wir sind ja dann in *WhatsApp*-Kontakt, und Sie können mir kurz texten, was sich ergeben hat, oder?« Grit Heinecke versprach nichts, schnappte sich den Brief und brach auf.

Flora ahnte nicht, dass sie es sein würde, die der Oberkommissarin zuerst Dateien schicken würde – erneut mit brisantem Inhalt.

HENRY - 3. MAI 2020 NACHMITTAGS

Es war später Nachmittag, als Henry Baumert erwachte. Sein Magen knurrte. Er schüttelte über sich selbst den Kopf. Unter Spannung und ohne Frühstück war er morgens bei Friedrich aufgeschlagen. Die emotionale Anstrengung, die übermüdeten Augen: Nach der fast durchwachten Nacht hatte er der Erschöpfung nachgeben müssen.

Mit einem Schwächegefühl in den Beinen schlich er die Treppe hinunter, um sich eine Suppe mit dem Campingkocher zu erwärmen. Beim Blick die Stufen hinab stellte er fest, dass für ihn nichts Geheimnisvolles mehr über dem alten Gemäuer lag. Er hatte dem Haus seine Geheimnisse entrissen. Er sah nur noch die abblätternde Farbe an den Dielenwänden. In der Küche fiel sein Blick auf gesprungene Kacheln hinter dem großen Spülbecken.

Der Booms-Hof war für ihn nur mehr ein altes Gemäuer, aus dem es ihn fortzog. Ein Haus, das er nicht einmal mehr zu 25 Prozent besitzen wollte.

Es war richtig herzukommen. Nun war es richtig, mit der Vergangenheit endgültig abzuschließen. Der Schlaf hatte ihn erfrischt. Er sah klarer. Es gab hier nichts mehr zu erfor-schen. Der Gedanke an ein komfortables Hotel in einer Stadt verlockte ihn. An diesem Tag war er zu erschöpft für eine weite Fahrt, doch am nächsten Tag war die Zeit reif für den Aufbruch.

Ob Friedrich junior mittlerweile Paul Hasselbrink infor-miert hatte, dass der verhasste Cousin sich in der Gegend aufhielt? Damit war zu rechnen.

Eine Begegnung mit Paul? Nein, dafür war es zu früh, und er hatte keine Lust auf eine Konfrontation. Der Besuch bei Friedrich war der letzte Akt der Entdeckungsreise in die Kindheit. Es waren bittere und beängstigende Erkenntnisse, die er gewonnen hatte. Es war ihm gelungen, dem Booms-Hof seine Vergangenheitserinnerungen zu entreißen.

Er kehrte in das Wohnzimmer zurück und sammelte alle Schriftstücke ein, die er als Beweise mit nach Omaha nehmen wollte, griff sich einen leeren alten Umschlag aus dem Unterlagenstapel seines Großvaters und steckte sie vorsichtig hinein.

Er folgte einem Impuls und schrieb seine Heimatadresse auf das braune Kuvert. In seiner Brieftasche fand er Brief-marken, die für Postkarten an seine Freunde in Omaha gedacht waren. Wohin ihn die nächste Etappe seiner Reise führte, war offen – der Umschlag reiste sicherer mit der Post. Der Vertrag, mit dem die Bauern vom Sneers-Hof sich die Auswanderung Clara Baumerts und ihrer Kinder erkauft hatten samt Übersetzung, und der Vaterschaftsver-trag Heinrich Rosemeyers würden Henry in seinem eigenen Briefkasten zu Hause erwarten, wenn er heimkehrte. Dann war es Zeit, mit Christine darüber zu reden. Wo immer er jetzt in Deutschland eine Unterkunft fand, der weitere Aufenthalt sollte nicht von den düsteren Erkenntnissen über die Vergangenheit getrübt sein.

Omaha, sein gepflegter Garten und die Bibliothek: wie er sie jetzt vermisste! Wieder daheim, sicher sein in seinem Refugium voller Bücher – es kam ihm in diesem Moment zu lange vor, dass er nicht mehr durch seine eigene Haustür getreten war.

Mit einer kargen Mahlzeit gestärkt, war er kräftig genug, in den Wagen zu steigen und den Brief gleich in den nächsten Postkasten zu werfen. Er fuhr Richtung Hodenhagen, fand einen gelben Briefkasten und den geöffneten *EDEKA*-Markt, in dem er für seinen letzten Abend im Booms-Hof einkaufte. Brot und Aufschnitt, um für eine längere Autofahrt Proviantbrote vorzubereiten, nahm er mit.

Seine Kraft kehrte zurück, und vor allem stellte sich eine innere Ruhe ein, die er seit seiner Ankunft in Deutschland vermisst hatte. Er überlegte, rasch seine Schwester anzurufen, und entschied sich dagegen. Es gab eine solche Fülle an Neuigkeiten zu erzählen – zu viel für ein kurzes Telefonat. Henry Baumert schlief tief und fest in dieser Nacht.

AUF DEM GUTSHOF – 27. MAI 2020

Ein *Facetime*-Call auf Carsten Blumes Smartphone unterbrach seine Sonnenstunde an der Aller. Er nahm den Anruf nicht an. Anna hatte die Aufgabe übernommen, Christine Walker mit dem Schreiben Annegret Samlandts zu konfrontieren. Für die Hauspsychologin war es leichter, die emotional schwierigen Inhalte zu formulieren.

Dem unbeantworteten Videoanruf Christines folgte eine Textnachricht: »Dringende Rückrufbitte. Es ist alles ganz anders.« Carsten Blume verließ den lauschigen Aussichtsplatz und rief seine Tochter zu sich.

Gemeinsam saßen sie vor Floras Laptop und wählten Christine Walkers Nummer.

Rot im Gesicht vor Aufregung nahm sie den Anruf entgegen und wedelte sofort mit einem alt aussehenden Dokument vor dem Bildschirm herum. »Ich hab Henrys Post aus dem Briefkasten geholt, und da war dieser Brief ohne Absender mit der Adresse in Henrys eigener Handschrift!«

Christine Walker rechtfertigte sich für das Öffnen der Post. »Ich weiß, das Briefgeheimnis. Aber unser Notar meint, ich müsste das machen, es könnten ja Rechnungen dabei sein, und Henry wäre nicht in der Lage, sie zu begleichen. Ich hab mir jetzt Vollmachten geholt.«

»Sie müssen sich doch vor uns nicht rechtfertigen!« Anna versuchte, auf dem kleinen Bildschirm etwas von dem zu entziffern, was auf dem alten Papier stand, das Christine Walker neben ihrem Kopf hielt. »Möchten Sie uns vorlesen, was in dem Briefumschlag war – oder wollen Sie es abfotografieren und uns als Bilddatei senden?«

»Moment, ich schicke es gleich. Da werden Sie Augen machen.« Christine Walker, die den Anruf mit einem Tablet entgegengenommen hatte, blieb im Bild, während sie mit dem Smartphone Dokumente abfotografierte. Kurz darauf zeigte Carstens Handy den Eingang zweier Dateien an.

Ein mehrseitiger Vertrag in Sütterlinschrift. Da waren sie, die verschwundenen Unterlagen, von denen Carsten Blume vermutet hatte, dass sie im Besitz des Täters waren.

Henry Baumert war schlau genug, sie nicht weiter im Booms-Hof zu lassen, sondern an seine Heimatadresse zu schicken. Carsten lobte ihn im Geiste für diesen Schachzug und freute sich, dass er in der Lage war, die altdeutschen Schriftzeichen flüssig zu lesen.

Ob Christine Sütterlin beherrschte? Dieses Dokument bot echten Zündstoff.

»Haben Sie diesen alten Vertrag schon entziffern können?«

»Es lag eine hingekritzelte Übersetzung dabei. Was ich verstanden habe, ist, dass mein Großvater uns verkauft hat und dass es irgendetwas mit Irene Teltow zu tun hat. Dem Mädchen, das weggelaufen ist.«

Christine Walker zögerte. »Und ich weiß, dass ich mich daran erinnern müsste. Aber immer, wenn ich es versuche, ist es, als ob die ganze Zeit vor unserer Abreise in einem dichten Nebel liegt.«

Anna Blume-Kamphusen ahnte, dass es einen Grund für Christine Walker gab, diese Erinnerungen fest verschlossen zu halten. Traumatische Erlebnisse verarbeitete ein Mensch manchmal nur, wenn er sie komplett verdrängte und aus dem aktiven Gedächtnis verbannte. In der Psychologie war dieser Selbstschutz nicht ungewöhnlich. Missbrauchten oder misshandelten Kindern passierte es häufig.

Vorsichtig sprach Anna den Brief Annegret Samlandts an, den Flora mit dem *Google Translator* erneut transkribiert hatte.

»Ich lese Ihnen etwas vor, Christine, bitte versuchen Sie, sich beim Zuhören zu entspannen. Und bitte erschrecken Sie nicht.«

Sie erschrak schon bei dieser Ankündigung und rückte mit dem Kopf nahe an das Tablet.

Anna las den Brief langsam vor. Christine starrte schweigend auf den Bildschirm. Ihre Augen bewegten sich unstet nach links und rechts, sie fasste sich mit einer Hand an den Hals.

Dann brach es aus ihr heraus: »Oh bloody asshole, was hat er mit mir gemacht? Dieser schreckliche, schreckliche Mensch!«

»Sie erinnern sich noch immer nicht. Was spüren Sie, wenn Sie es versuchen?« Annas hoffte, dass der Brief Erinnerungen wachrief.

Christine Walker lehnte sich kurz zurück und schloss die Augen, setzte sich dann ruckartig wieder auf.

»Ich weiß nicht. Angst. Und ich bin außer Atem, als ob ich wegrennen müsste.«

Sie legte erneut schützend ihre Hände um Hals und Nacken.

Anna beobachtete sie genau. Hatte der Mann, den sie heute den »alten Fritz« nannten, Christine gewürgt? War es das Unterbewusstsein, dass ihr die Schutzreaktion befahl?

»Versuchen Sie nicht angestrengt, sich zu erinnern«, riet Anna. »Wenn Sie einverstanden sind, lassen wir die Dateien aus Henrys Briefkasten der Polizei zukommen. Und wenn ich Ihnen noch einen Rat geben darf, lenken Sie sich ab von dem, was wir alle heute erfahren haben, vielleicht in netter Gesellschaft?«

Christine Walker war dabei, sich wieder zu fangen. »Machen Sie sich keine Sorgen. Ich bin ein großes Mädchen, mich wirft so schnell nichts um. Und außerdem muss ich sowieso gleich in die Firma, bei uns im Softwarebereich boomt es durch Corona. Wir bieten auch Online-Shoplösungen und können uns vor Arbeit nicht retten.« Sie lenkte selbst ab von dem, was sie gehört hatte. »Ich muss das jetzt erst mal sacken lassen. Ich bin ziemlich durch den Wind.«

Anna stimmte zu. »Arbeit ist ein guter Weg, sich abzulenken.«

»Ich möchte mich unbedingt erinnern, aber ich hab auch Angst vor diesen Schrecken der Vergangenheit.« Christine Walker saß zusammengesunken vor ihrem Tablet. »Verstehen Sie das? Ich will wissen, was mir passiert ist, aber ist das überhaupt richtig? Ich hab prima damit gelebt, es nicht zu wissen.« Sie verschwand aus dem Bild und kam mit einer Decke zurück, die sie sich um die Schultern legte. »Auf einmal ist mir kalt, dabei ist es draußen richtig warm.«

Wanderte ihr Gedächtnis in den Erinnerungen des eisigen Winters 1960 umher?

»Ich möchte jetzt an die frische Luft. Mir ist gar nicht wohl.«

Mit dem Versprechen, sich sofort zu melden, wenn es etwas Neues gäbe, verabschiedete sich Anna.

»Arme Christine. In ihr arbeitet es. Ich möchte nicht in ihrer Haut stecken.«

Flora klappte den Laptop zu. »Und wie geht es jetzt weiter?«

»Ich werde das alte Schriftstück wohl besser mal schnell in lateinische Buchstaben übersetzen, damit wir der Kollegin Heinecke etwas bieten können«, antwortete Carsten

Blume und brach in Richtung seines Büros auf. Flora hingegen blieb mit ihrer Mutter im Gastraum zurück.

»Und ich hab mich von dem Alten so leimen lassen«, stellte sie fest. »Ich hab dem Rosemeyer-Duensing total geglaubt, dass er derart schmerzliche Erinnerungen an Irene und Annegret hatte, dass er nicht weiterreden mochte. Dabei hat er wahrscheinlich mit seinem Vater die beiden um die Ecke gebracht. Für mich klingt das mit dem Unfall und der Bahnlinie bei Annegret langsam auch suspekt.«

»Wenn man sich vorstellt, dass diese Dokumente die ganzen Jahre auf dem Booms-Hof schlummerten, während der alte Fritz ungestört Karriere machen konnte, das ist wirklich verstörend. Und alle, die etwas wussten, haben geschwiegen.« Anna grübelte.

»Ludschen Eilers«, sagte sie schließlich. »Wenn einer uns mehr über damals erzählen kann, ist er es. Wir müssen ihn überzeugen, mit uns zu reden, auch wenn er nur das hohe Lob des ›alten Fritz‹ singen wird. Vielleicht weiß er mehr, als er selber ahnt.« Sie griff zum Telefon, um erneut Stefan Eilers zu kontaktieren.

HENRY – 4. MAI 2020

Am Morgen erwachte Henry Baumert ausgeruht und lud, gleich nach dem Frühstück mit schalem Instantkaffee, seine Koffer in den Wagen.

Ein letzter Spaziergang führte ihn zu jenen Feldern, die Heinrich Rosemeyer, sein Vater, dem Großvater als Wiedergutmachung für die Zeugung der Zwillinge überschrieben hatte. Es war nicht weit, nur ein Stück am Waldrand hoch. Henry zweifelte nicht daran, dort Spargel vorzufinden, denn die Weitzes hatten das Land ja seit Langem zurückgepachtet.

Hier endete sie also, die Reise in seine Kindheit. Welch ein Wechselbad der Gefühle! Henry wanderte, tief in Gedanken versunken, an den Rand des Spargelfeldes und bedauerte nicht mehr, sich gestern auf dem Sneers-Hof so hilflos verhalten zu haben. Den wichtigsten Satz hatte er gesagt. »Irene Teltow ist nicht weggelaufen. Ich erinnere mich an alles.«

Was Friedrich damit anfing, war ihm überlassen. Henry überlegte, Christine nicht mit dem neuen Wissen zu konfrontieren. Es war sicher gesünder, sich nicht an das zu erinnern, was ihnen widerfahren war.

Er atmete tief durch mit Blick auf die Felder, die einst seinem Vater gehört hatten. Dann seinem Großvater und jetzt, zu einem Viertel, ihm selbst.

Er war bereit, sich mit Paul über die Zukunft des Hofes zu einigen, aber er würde eine Bedingung stellen: Diese Felder und der Wald, den der Großvater vom »alten Fritz« erpresst hatte, mussten verkauft werden. Der Erlös daraus könnte für wohltätige Zwecke, möglichst zugunsten armer oder misshandelter Kinder, verwendet werden.

Henry war froh über diese Idee, die Christine gefallen würde. Weitzes hatten sicher genug Geld, um die Spargelfelder zu kaufen. Er hielt das Gesicht in die Sonne und war bereit für ein versöhnliches Ende dieser schrecklichen alten Geschichten. Hinter ihm raschelte es. Henry horchte auf. Der Schlag mit dem scharfkantigen Feldstein traf ihn auf den Hinterkopf und er sank zwischen zwei Spargelreihen zusammen.

Schritte entfernten sich.

Henry Baumert blieb bewusstlos im Spargelfeld zurück, mit einer klaffenden Wunde am Kopf, aus der Blut floss. Es tränkte seine grauen Haare rot, rann über seine Schulter, durchnässte das neue Hemd und tropfte in den Boden, wo es den Sand dunkel färbte.

AUF DEM GUTSHOF – 28. MAI 2020

Burkhard Ebeling gestand scheibchenweise. Nachdem man Abdrücke seiner Finger genommen hatte, war ihm klar, dass es nichts mehr nützte, den Angriff auf Flora Kamphusen zu leugnen. Er berichtete nach kurzer Rücksprache mit seinem Anwalt freimütig, bevor die Fingerabdrücke verglichen waren.

Carsten Blume wär gern vor Ort gewesen, als Grit Heinecke den Tischlermeister in die Zange nahm. Doch das war nicht mehr seine Aufgabe. Er erfuhr von der Oberkommissarin, was sich zugetragen hatte.

Ebeling hätte »in Pauls Haus« angeblich nur nach dem Rechten geguckt, weil ein Fahrrad davor stand. Zufällig wäre er auf dem Weg zu seinem Elternhaus, wie er den Sneers-Hof nannte, daran vorbeigekommen. Und dann hätte er die Einbrecherin erwischt und eingesperrt. Dieses fremde Mädchen hatte sicher nach dem Gold gesucht, von dem jetzt alle sprachen.

Grit Heinecke erzählte Carsten Blume bei ihrem kurzen Besuch auf dem Gutshof von den neuen Erkenntnissen.

»Ebeling hat bei allem, was er sagte, wenig schuldbewusst gewirkt. Aber, Herr Blume, jetzt kommt der besondere Clou seiner Aussage. Paul Hasselbrink hat Flora nicht zufällig entdeckt.«

»Ich hab's geahnt. Hasselbrink ist nicht so unschuldig, wie er sich darstellt.«

»Ebeling hat ihn angerufen und stolz von seiner ›Festnahme‹ erzählt. Übrigens gleich nachdem er Flora eingesperrt hatte.« Carsten Blume sprang auf und hieb mit der Faust auf den Gartentisch, an dem sie saßen.

»Hasselbrink hat Flora da drinnen schmoren lassen! Fast 24 Stunden! Das ist Freiheitsentzug.«

»Richtig, Herr Kollege. So wie Ebeling es ausdrückte, lag alles in Paul Hasselbrinks Hand. Ebeling hat sich einfach nicht mehr gekümmert. Er behauptet sogar, dass er Paul angerufen hat, damit der die Polizei informiert. Kein schlechter Schachzug, das eigene Handeln als legitim zu

verkaufen.« Grit Heinecke schaute in Richtung Terrassentür. Sie hoffte, dass Anna kommen würde. »So eine Spargelcremesuppe wie neulich wär nicht schlecht, Herr Blume.
Ist die Restaurantküche heute gar nicht besetzt?«

»Ich geh mal gucken.« Carsten Blume stand auf. »Haben
Sie den Hasselbrink schon damit konfrontiert?«, fragte er
im Gehen.

»Haben wir. Süppchen gegen Infos, Deal? Ich hab wirklich Hunger.«

»Daran soll's nicht scheitern. Mein Schwiegersohn ist
sicher schon bei der Arbeit. Wir öffnen in einer halben
Stunde.« Carsten Blume verschwand im Restaurant.

Grit Heinecke war froh, dass er an diesem Nachmittag
ihr alleiniger Gesprächspartner war. Auf Floras Gefühls-
ausbrüche, wenn sie hörte, dass der »schöne Paul« sie im
Keller hocken ließ, verzichtete sie gern. Zwei Suppentas-
sen auf einem Tablett balancierend, kam Carsten zurück.

Obwohl er darauf brannte, von Paul Hasselbrinks Vernehmung zu hören, freute er sich, dass die Kollegin zunächst
ihre Suppe löffelte, ohne dabei weiterzusprechen. Nicht nur
in der Kooperationswilligkeit war sie ein Fortschritt gegenüber Hartmut Ziegler.

»Paul Hasselbrink hat erst versucht zu leugnen. Dass
wir Ebelings Aussage schriftlich haben, überzeugte ihn zu
gestehen. Er hätte Flora als Denkzettel für ihr unerlaubtes
Eindringen in den Booms-Hof eine Nacht lang im Keller
gelassen, behauptete er. Und Hasselbrink ist richtig sauer,
dass er nun ebenfalls mit einer Anklage rechnen muss. Sauer
auf Ebeling, der geplaudert hat.«

»Kein Unrechtsbewusstsein. Das scheinen die Herren
aus dem Clan-Umfeld von Rosemeyer-Duensing gemeinsam zu haben.« Carsten Blume zündete sich einen Ziga-

rillo an. Er versuchte seit einiger Zeit, weniger zu rauchen. Nachdem Henry Baumert blutend im Spargelfeld gefunden wurde, brach der Vorsatz in sich zusammen. Blauer Dunst und Ermittlungsarbeit waren für den Hauptkommissar in Rente untrennbar verbunden.

»In Haft nehmt ihr sie aber beide nicht«, stellte er fest.

»Exakt. Beide nicht vorbestraft. Das gibt keine große Strafe«, kommentierte die Oberkommissarin. Für Burkhard Ebeling stand an diesem Punkt der Ermittlungen ein Verfahren im Raum, das eine kurze Bewährungsstrafe ergeben würde, bei Paul Hasselbrink war es eher eine Geldstrafe.

»Der Hasselbrink will sich bei Ihrer Enkelin noch persönlich entschuldigen. Und natürlich können Sie, beziehungsweise Frau Kamphusen, noch eine Zivilklage erheben wegen der Freiheitsberaubung. Rechnen Sie aber besser damit, dass Hasselbrink im Namen der Erbengemeinschaft dann eine Einbruchsanzeige stellt.«

»Und der Überfall auf Henry Baumert? Wie sind Sie vorangekommen im Licht der neuen Dokumente.«

Grit Heinecke schüttelte den Kopf. »So weit sind wir noch nicht. Ebeling leugnet, überhaupt gewusst zu haben, wer Henry Baumert ist. Dass er seine Fingerabdrücke an der Papiertüte gelassen haben könnte, scheint ihm nicht in den Sinn zu kommen. Ebeling ist eher schlicht, würde ich sagen.«

»Und wenn die Fingerabdrücke übereinstimmen, heißt das nur, dass er Laptop, Handy und Reisepass in ein Versteck transportiert hat. Für den Überfall können Sie ihn damit noch immer nicht drankriegen.« Carsten Blume grübelte. »Der Feldstein ist erkennungsdienstlich unbrauchbar?«

Grit Heinecke nickte. »Die Kollegen von der Wache überprüfen gerade Ebelings Alibi für den Morgen, das eigentlich keines ist. Er will auf einer Baustelle gearbeitet haben, und zwar allein. Er scheint nicht damit gerechnet zu haben, dass er ein Alibi für die Zeit des Überfalls auf Baumert braucht.«

»Im Gegensatz zu Paul Hasselbrink, Helmut Weitze und dem jungen Friedrich Rosemeyer-Duensing, die in trauter Eintracht zusammen standen.«

Carsten Blume nahm einen tiefen Zug aus dem Filterzigarillo. »Und mit einem vierten Mann und zwei Wildkameras als unabweisbare Alibibestätigung. Das riecht nicht nur nach einem Komplott, das stinkt zum Himmel, meinen Sie nicht auch?«

»Tatsächlich drängt sich die Vermutung auf, dass Ebeling der Ausputzer für seinen Pflegevater und dessen Clan ist.« Grit Heinecke gefiel die Clan-Idee, die Flora ins Spiel gebracht hatte.

»Ich mag mir nicht vorstellen, dass Helmut Weitze Teil des Komplotts ist. Ich gebe aber zu, dass mich meine Sympathie für ihn täuschen könnte.« Carsten Blume kritzelte beim Sprechen und Zuhören Namen und Verbindungspfeile auf ein Stück Papier.

»Weitze hätte durch die Geschwister Baumert Verluste zu befürchten, das ist nicht von der Hand zu weisen«, bemerkte die Oberkommissarin.

»Wie Sie gerade gesagt haben: durch die Baumerts. Sein Problem wäre mit Henry nicht aus der Welt geschafft. Christine Walker könnte die Erbteilentschädigung als Tochter von Clara Kruger in gleicher Höhe allein einklagen. Ein toter Henry würde für Weitze keine Ersparnis darstellen.« Carsten grübelte. »Hätten Sie ein Problem damit, wenn ich Helmut Weitze noch einmal auf den Zahn fühle? Ich weiß, das ist Ihre Aufgabe. Es ist nur so: Weitze vertraut mir. Und wenn ich mit ihm rede, bestellt er keinen Anwalt, der ihn am Reden hindert.«

Grit Heinecke überlegte und stimmte dann zu. »Machen Sie das. Ich fürchte nämlich, der Bauer käme mit dem gleichen Anwalt um die Ecke wie Ebeling. Habe ich Ihnen schon erzählt, dass der Anwalt auch ein ehemaliger Pflegesohn von dem alten Politiker ist?«

Carsten Blume schüttelte erstaunt den Kopf. Was für ein Netzwerk der alte Fritz doch um sich und seine Angehörigen gesponnen hatte! Der unangefochtene Patron, der Wohltäter und Menschenfreund. Und nach allem, was sich jetzt erahnen ließ, ein Straftäter.

*

Carsten Blume ermittelte am nächsten Tag allein, und das war ihm nur recht. Flora lag schon den zweiten Tag in Folge fast den ganzen Tag im Bett oder auf der Liege im privaten Teil des Gutshofgartens. Zuerst erweckte sie nach ihrer Befreiung aus dem Baumertschen Speisekeller den Eindruck, sie könne das Erlebte folgenlos wegstecken. Doch das täuschte. Nachdem sie mit ihren Erkenntnissen über Burkhard Ebeling den Fall wieder ins Rollen gebracht hatte, kam eine große Erschöpfung hinterher, und migräneartiger Kopfschmerz stellte sich ein.

Für Anna war die verzögerte Müdigkeit eine natürliche Reaktion. »Du kannst nicht so tun, als wäre nichts passiert. Gönn dir eine Pause. Schlaf, sonn dich und nimm dir so lang Zeit, bis der Körper nicht mehr streikt.«

Es blieb Flora nur, den Rat zu befolgen, denn die bleierne Müdigkeit wich nur langsam. Sie schlief jetzt bei offenem Fenster und ließ ein kleines Nachtlicht in einer Zimmerecke leuchten. Flora merkte daran, wie folgenschwer die Nacht in der Speisekammer war.

Anna Blume-Kamphusen wurde von Hotel und Restaurant auf Trab gehalten. Sie schaltete bei den Ermittlungen auch deswegen einen Gang zurück, weil ihr Mann Michael wütend auf alles rund um den Fall Henry Baumert war. Die Sorge um Flora hatte ihm zugesetzt, und die familiäre Neigung zur Klärung von Verbrechen ging ihm an die Substanz.

»Zweimal ist es jetzt knapp gut gegangen«, erinnerte er seine Frau mit Blick auf die Ereignisse im Herbst 2019. »Werdet ihr vielleicht endlich klug und überlasst der Polizei die Arbeit? Wenn dir oder Flora etwas zustößt ...«

Anna sah erstaunt, dass sich bei diesem Gedanken Tränen in den Augen ihres Mannes sammelten. Die Sorge um den Betrieb durch Corona, die Angst um sie und Flora durch ihre privaten Ermittlungen: Michael Kamphusens Nerven waren am Ende. Bevor er sich wieder in eine Welt der Verschwörungstheorien zurückzog, nahm sie sich lieber ein wenig Zeit für ihn. Sie fuhren am Ruhetag gemeinsam in die *Metro* nach Hannover und kehrten auf dem Rückweg in einem ihrer Lieblingslokale, *Fricks Restaurant* im Langenhagener Ortsteil Godshorn, ein. Michael Kamphusens Welt rückte sich wieder zurecht, und Anna freute sich darüber. Wenn es etwas Neues gab, würde ihr Vater sie schon informieren.

Carsten Blume aber grübelte, wie er die Befragung Helmut Weitzes angehen sollte, bei dem er sich für den Nachmittag zu einem Gespräch angemeldet hatte – angeblich, um Neuigkeiten mitzuteilen.

Der lange dünne Bauer erwartete ihn, auf einem Strohballen sitzend, in der Nachmittagssonne, die Beine gemütlich ausgestreckt, neben sich eine dösende Hofhündin. Carsten setzte sich zunächst schweigend daneben.

»Herrlich, die Ruhe hier, ne?« Helmut Weitze zog eine Packung Zigaretten aus der Hosentasche und zündete sich eine an. »Das darf ich jetzt nur noch draußen. Anastasya sagt, der Rauch würde dem Baby schaden. Über die Hochzeit bei euch im Saal müssen wir dann auch mal reden.«

Carsten Blume holte sich einen Zigarillo aus seinem silbernen Etui und hoffte, dass sich nichts Belastendes gegen Helmut ergeben würde. Weitzes Leben hatte sich in letzter Zeit so positiv gewandelt.

»Sag mal, das mit Burkhard Ebeling hast du schon gehört, oder?« Carsten Blume näherte sich langsam dem Thema.

Weitze verneinte erstaunt: »Was hat er denn gemacht?«

»Eine Falschbehauptung aufgestellt, die Moldawier wären auch bei ihm gewesen. Und er ist auf dem Booms-Hof rumgestrolcht und hat Flora dort im Keller eingesperrt.«

Helmut Weitze schlug sich die Hand vor die Stirn. »Burkhard hat ja schon viel Mist gebaut, aber so was …«

»Viel Mist gebaut?« Carsten Blume fragte und hoffte, dass er den normalerweise wortkargen Bauern in Plauderlaune brachte.

»Naja, pleite ist er gegangen vor ein paar Jahren. Hat sein Geld verspielt mit irgendwelchen Internet-Fußballwetten. Und dann ist ihm auch die Frau weg. Sein Vadder, also der alte Fritz, hat ihm dann wenigstens das Haus gerettet. Burkhard war ja auch so 'n Problemkind …«

Helmut Weitze schaute sinnend in die Weite.

»Problemkind?«, fragte Carsten, um ihn wieder in die Erzählspur zu bringen.

»Kommt aus 'ner Säuferfamilie. War schon zehn, als er auf'n Sneers-Hof kam und hat sich erst mal mit den anderen Kindern gekloppt. Mich wollte er auch vermöbeln. Aber Onkel Fritz hat ihn dann gut auf die Reihe gekriegt.«

»Er würde für seinen Pflegevater sicher alles tun, um ihm zu helfen?«

»Davon kannste ausgehen. Ohne den ›alten Fritz‹ wär Burkhard auf der schiefen Bahn gelandet, und das weiß er auch.«

»Bei eurem Treffen wegen der Blühstreifenanlage an dem Morgen, als ihr Henry Baumert gefunden habt, da war Burkhard Ebeling aber nicht dabei.« Carsten Blume brachte das Gespräch langsam zurück auf die Entstehung der Moldawier-Theorie und auf den Morgen der Tat.

»Nö, wieso auch? Der hat ja kein Land.« Helmut Weitze schüttelte den Kopf über die Frage.

»Wie kam es überhaupt zu dem Treffen mit Paul, dem jungen Fritz und dem Gerald Hemme vom Hegering?«

»Das weiß ich nicht mehr. Jedenfalls stand der Termin schon lange bei mir im Kalender. Eigentlich sollten nur Paul und ich und der Gerald dabei sein, dann kam nach dem geplatzten Treffen bei Onkel Fritz noch sein Sohn dazu.«

Ein »geplatztes Treffen« – womöglich auf dem Sneers-Hof? Carsten Blume wurde hellhörig.

»Was für ein Treffen? Auch an diesem besagten Morgen?«

»Nee, am Abend vorher. Fritze junior schickte Paul und mir 'ne Nachricht in so einer *WhatsApp*-Gruppe, dass Onkel Fritz uns dringend sehen müsste. Ich wollte aber nicht, war fix und fertig vom Spargelstechen. Da geht abends nix mehr. Und Paul wollte auch nicht, weil er ja schon am nächsten Morgen wieder hier nach Eickeloh musste. Was ist denn so interessant an dem Treffen?«

Helmut Weitze, der sich bisher von Carsten nicht verhört fühlte, merkte etwas. »Willst du mich gerade ausfragen, oder was?«

»Genau das, Helmut. Und tatsächlich ist alles, was dir zu dem Abend davor einfällt und zu dem Morgen, als Henry Baumert niedergeschlagen wurde, immens wichtig. Helmut, das waren keine Moldawier, die deinen Onkel angegriffen haben. Und das ahnst du doch längst.«

Weitze sah ertappt aus. »Hast ja recht«, murmelte er. »Als ich Paul und Fritze am Blühstreifen von den Moldawiern erzählt hab, wussten sie nichts davon. Und dann höre ich später, dass die angeblich auch bei Sneers auf dem Hof waren. Aber ich wollte auch keinen anschmieren und hab's darum einfach so stehen lassen.«

»Also bei euch waren wirklich moldawische Arbeiter?«

»Klar, sag ich doch gerade. Und ich hab morgens davon erzählt. Fritze hat noch gesagt, dass wir zu gutmütig wären, denen auch noch Mittagessen zu geben. Bei ihm wären die hochkant vom Hof geflogen, wenn sie sich hin getraut hätten. Aber meine Anastasya hat eben ein gutes Herz.«

Geschickt! Carsten Blume war jetzt klar, wie Friedrich Rosemeyer-Duensing junior mit einer Mischung aus Dichtung und Wahrheit die Moldawier-Legende gestrickt hatte.

»Aber noch mal zurück zu diesem Treffen am Abend zuvor. Du sagtest etwas von einer *WhatsApp*-Gruppe. Hast du das noch auf dem Handy?«

»Mal gucken.« Helmut Weitze kramte umständlich in seinen seitlichen Hosentaschen und zog ein *Samsung* der neuesten Generation daraus hervor. So schlicht das Leben der Bauernfamilie auf den ersten Blick aussah: In Sachen Technik geizten sie nicht, und das zeigte sich bei den hochwertigen Landmaschinen genauso wie beim Smartphone.

»Hier, kannst selber lesen.« Der Landwirt reichte sein Handy weiter. Carsten Blume wusste um Helmut Weitzes Lese-Rechtschreibschwäche. Als Legastheniker vermied er jede unnötige Lektüre. Ob er diesen Gruppenchat überhaupt komplett durchgelesen hatte?

Carsten las – und staunte.

Fritz junior, 14.35 Uhr, 3. Mai:
»Treffen heute Abend um 19 Uhr bei meinem Vater. Es ist wichtig, bitte kommt alle. Es geht um unsere Zukunft.«

Helmut, 14.42 Uhr:
»Kann nicht. Bin aufm Feld, bis es dunkel wird.«

Fritz junior, 14.44 Uhr:
»Helmut, das geht nicht. Vater hat allen Wichtiges mitzuteilen.«

Paul, 15.28 Uhr:
»Sorry, Fritz, ich kann auch nicht. Zu weit, von Hannover extra rauszufahren. Bin morgen früh bei einer Blühstreifenbegehung in Eickeloh, vielleicht kann mich Onkel Fritz dann informieren? Was ist denn überhaupt los?«

Bucki, 16.02 Uhr:
»Ich komme, schönen Gruß an Vater. Gibt es Abendbrot?«

Fritz junior, 16.22 Uhr:
»Danke Burkhard. Kriegst auch was zu essen.

@ Paul: Vater wird sehr enttäuscht von dir sein und von dir auch, @Helmut!«

Paul, 17.12 Uhr:
»Na, die Welt wird schon nicht untergehen. So kurzfristig kann mich nicht mal Onkel Fritz herbeordern. Ich hab auch viel um die Ohren. Grüß schön. Und guten Appetit, Bucki :-)«

Fritz junior, 21.20 Uhr:
»Paul, ich hätte Interesse an dieser Blühstreifenbegehung. Wir haben ja auch noch geeignetes Land. Kann ich teilnehmen? Wann und wo? Eben noch mal telefonieren deswegen?«

Paul, 21.31 Uhr:
»Klar, kannst mich anrufen. Bis elf bin ich noch auf.«

Carsten Blume sah erstaunt vom Smartphone zu Helmut Weitze. Wenn das keine neue Indizienkette für den möglichen Tathergang war. »Bucki«, wie der Landwirt ihn in seinem Telefonverzeichnis nannte und wie Paul ihn bezeichnete, das war Burkhard Ebeling! Und der folgte als Einziger dem Aufruf des Pflegevaters, zu jenem wichtigen Treffen zu kommen – am Abend vor dem Angriff auf Henry Baumert. Carsten nahm sein eigenes Handy, fotografierte den Chat ab und forderte Helmut Weitze auf, den Chatverlauf bloß nicht zu löschen.

Dann entfernte er sich ein Stück vom verdutzt zurückbleibenden Helmut und rief Grit Heinecke an.

*

Anna überlegte lange, wie sie Stefan Eilers erklären konnte, dass ein Gespräch mit seinem Vater dringend für sie war. Der Architekt hatte bisher nicht zurückgerufen, und darum fürchtete Anna, dass »Ludschen« ein Treffen ablehnte.

Mit etwas Negativem über den »alten Fritz« brauchte sie der Familie Eilers nicht zu kommen, speziell Stefan nicht, der zur Clique der Paten- und Pflegekinder gehörte.

Sie weihte Christine Walker ein, die weiterhin damit kämpfte, keine Erinnerungen an die letzte Zeit in Eickeloh zu haben. Gern stellte sie sich als Ausrede zur Verfügung. »Sagen Sie ruhig, ich würde Sie schicken, weil ich mich an mehr erinnern möchte.« Doch es war letztlich die Existenz von Annegrets Brief, mit der Anna hoffte, Ludwig Eilers' Neugier zu wecken.

Und sie behielt recht. »Vater sagt, du kannst uns besuchen kommen«, bestätigte Stefan Eilers. »Aber bring auf jeden Fall diesen Brief mit. Und bitte reg ihn nicht zu sehr auf.«

Anna ließ die Restaurantvorbereitungen schleifen und brach auf zur Schäferei am Rande von Hodenhagen, bewaffnet mit einer Schale hausgemachter Mousse au Chocolat. Davon hatte sich der alte Eilers im Restaurant bisher stets eine Portion bestellt.

Im Vorgarten des liebevoll sanierten Anwesens der Familie Eilers blühten Wolken von Hornveilchen in bunten Farben, aus deren flachem Blütenteppich späte gelbe Tulpen ragten.

Ein gemauerter Brunnen mit schmiedeeiserner Pumpe schmückte den Hof, das Kopfsteinpflaster glänzte in der Sonne.

Hier ließ es sich leben!

Stefan Eilers führte Anna um das Haus herum auf die

Terrasse, die einen Blick über das weitläufige Wiesenge-
lände bot.

»Voilà, unsere Schafe«, sagte er und zeigte auf eine kleine
Herde, die gemächlich graste. Bei genauerem Hinsehen
störte ein hoher fester Drahtzaun den romantischen Ausblick. »Musstet ihr wegen der Wölfe zäunen?«, fragte Anna,
und Stefan Eilers bestätigte. In den Medien las man in den
letzten beiden Jahren über den Problemwolf »Roddy«, dessen Rodewalder Revier nicht weit entfernt lag. Seine Nach-
kommen waren bereits unterwegs, sich eigene Reviere zu
suchen. Vor Corona waren Wolfsrisse ein großes Thema
in der hiesigen Presse, doch jetzt deckte die Pandemie alle
anderen Themen zu.

»Wir hatten immer ein paar Schafe, Papa wollte dem
Namen ›Schäferei‹ für unseren Hof Ehre machen. Und ich
mache mich bei den Bauern hier vielleicht unbeliebt, aber:
Wenn man solide und hoch genug einzäunt, dann sind Wölfe
kein Problem.«

Ludwig Eilers erschien auf der Bildfläche, betrachtete
erfreut die Schale mit Mousse und bat seinen Sohn, doch
gleich einmal Nachtisch-Schälchen zu holen. Die erste Vier-
telstunde plätscherte das Gespräch dahin, bis Anna direkt
zum Thema kam.

»Lieber Herr Eilers, wir möchten keine alten Wunden
aufreißen, aber ich dachte, dass Sie vielleicht der Brief interessiert, den wir auf dem Booms-Hof gefunden haben.
Es ist ein Brief von Annegret Samlandt.«

Anna zog einen Ausdruck der Briefdatei von Floras
Handy aus der Tasche.

»Das Original ist bei der Polizei, aber wir haben für Sie
eine Ablichtung ausgedruckt. Der Brief ist allerdings auf
Polnisch.«

Seine faltigen Hände zitterten, als er das schlichte Blatt an sich nahm. »Und hier ist eine Übersetzung dazu.« Anna legte ein zweites Papier auf den Tisch. »Bitte sagen Sie mir, wovor hatte Annegret so viel Angst?«

Stefan Eilers fuhr erstaunt auf. »Was heißt das? Original bei der Polizei? Wovor hatte Annegret Angst? Bitte erschreck meinen Vater nicht! Das hast du mir versprochen.«

»Lass gut sein. Es wird Zeit, dass alles ans Licht kommt«, murmelte Ludwig Eilers. Er las die Übersetzung. Tränen standen ihm in den Augen. »Und der Brief lag bei Booms im Haus? Er ist nie nach Amerika gelangt?«

Anna bestätigte. Ludwig Eilers schüttelte den Kopf.

»Und sie hat so gehofft, meine liebe Annegret. So gewartet. Immer wieder wollte ich mich mit ihr verloben, aber Annegret sagte, das macht keinen Sinn, weil Clara sie nach Amerika holen würde. Doch Clara hat ihr nie geschrieben ...«

Eine dicke Träne rollte langsam über die Wange des alten Mannes, dessen Blick in die Ferne gerichtet war, in eine andere Zeit.

»Möchten Sie uns erzählen, wovor Annegret solche Angst hatte?«

»Vor Friedrich natürlich. Und vor seinem Vater. Ich konnte sie nicht beschützen. Das verzeihe ich mir nicht.«

Stefan Eilers sah von Anna zu Ludwig und verstand nicht.

»Vor Friedrich? Aber doch nicht Onkel Fritz, oder? Warum sollte sie vor ihm Angst haben?«

Unvermittelt lachte Ludwig Eilers. Es war ein bitteres Lachen. »Ach, Stefan, du weißt das alles nicht. Dein lieber Onkel Fritz ist schuld an Annegrets Tod und wohl auch an dem ihrer Freundin Irene.«

Stefan Eilers lauschte mit offenem Mund. Er schüttelte ungläubig den Kopf. Sein Vater erzählte, dass seine Annegret vor ihrer Verlobung zu Friedrich Rosemeyer-Duensing ging, um eine Aussteuer für sich auszuhandeln.

»Wir waren doch mittellos. Annegret wollte uns einen besseren Start verschaffen. Zwei Jahre hat sie auf Post von Baumerts gewartet, bis sie mir endlich ja gesagt hat.«

Ludwig Eilers zog ein Stofftaschentuch aus der Tasche seiner Strickjacke und schnäuzte sich. Mit einer Hand rieb er sich die tränenden Augen.

»Annegret hat eines Abends den Vater vom ›alten Fritz‹ damit konfrontiert, dass sie Lippen lesen könne und dass sie alles wüsste. Irene sei tot, und sie wollte die Aussteuer als Schweigegeld.«

Anna bedauerte, ihren Vater nicht mit am Tisch zu haben. Würde der alte Eilers die Geschichte nur ihr privat erzählen oder war er bereit, mit der Polizei zu sprechen?

»Der Chef hat ihr die Mitgift versprochen. Annegretchen kam so glücklich zu mir zurück. Nachts hatte sie dann auf einmal Angst, dass Fritz sie auch zum Schweigen bringen will. Da hat sie alles aufgeschrieben, was sie wusste.« Ludwig Eilers Tränen waren getrocknet. Die Trauer in seiner Stimme blieb.

»›Versteck den Brief gut, Ludschen, das ist unsere Lebensversicherung.‹ So hat sie's mir aufgeschrieben. Und ich habe den Brief gut versteckt. Bis heute.«

»Es gibt auch diesen Brief noch?«

Stefan Eilers saß zusammengesunken auf dem geflochtenen Gartenstuhl und schüttelte immerfort den Kopf vor Unglauben. Anna war jetzt hellwach. Ein weiteres Dokument aus der Vergangenheit – und es gab eine Chance, es einzusehen. Es galt, Ludwig Eilers nicht zu verschrecken.

»Und dann ist Annegret ums Leben gekommen. Ich weiß, es ist sicher schwer für Sie, aber möchten Sie mir schildern, was geschah?«

Ludwig Eilers nickte. »Das war nur ein paar Tage später. Annegret schrieb mir auf, dass sie den ganzen Abend an der Nähmaschine sitzen wollte. Sie nähte dauernd Sachen für unseren Hausstand nach der Hochzeit. Ich setzte mich mit einer Flasche Bier vor den Stall und schaute den Kühen zu. Die Tiere auf dem Hof waren meine Lieblinge. Als es schon langsam dunkel wurde, fuhr Friedrich junior mit seinem Trecker vom Hof.« Ludwig Eilers scheute sich weiterzusprechen.

Anna drängte ihn nicht.

»Dann polterte ein Zug vorbei, auf einmal hörte man Bremsen quietschen. Die Zugstrecke geht ja nicht weit hinter dem Sneers-Hof lang. Und dann kam Friedrich zurück und berichtete, dass er Annegret tot auf den Gleisen gefunden hat. Der Lokomotivführer stand unter Schock.«

Ludwig Eilers unterbrach erneut und bat seinen Sohn um ein Glas Wasser, das er in eiligen Zügen trank.

»Annegret hatte keinen Grund, abends noch über die Bahnlinie ins Dorf zu gehen. Sie wollte nähen. Ich bin sicher, Friedrich hat sie mit dem Trecker weggeschafft und auf die Gleise gelegt. Damals der junge Friedrich, den sie heute alter Fritz nennen.«

»Papa, ich verstehe das nicht. Rosemeyer-Duensings sind doch unsere Freunde. Sie haben dir damals die Schäferei überlassen und dann sogar überschrieben. Und Onkel Fritz ist doch mein Patenonkel ...«

Anna zweifelte nicht mehr, was es mit der großzügigen Schenkung auf sich hatte. »Sie hatten Annegrets Brief und

Sie haben ihn genutzt, nicht wahr?« Sie fragte mit sanfter Stimme, und Ludwig Eilers bestätigte.

»Ich bin noch in derselben Nacht vom Hof, mit all meinen Sachen und dem Brief, den Annegret ›Lebensversicherung‹ genannt hat. Ich hab ihn in einer Blechdose im Wald vergraben und bin erst mal bei meiner Mutter untergekommen, die damals in einer winzig kleinen Wohnung im Dorf gewohnt hat. Am nächsten Tag kam der alte Bauer, Friedrichs Vater, und wollte mich zurückholen. Da hab ich es ihm gesagt. Was Annegret geschrieben hat und dass der Brief an einem sicheren Ort ist. Und dass jeder davon erfahren würde, wenn mir etwas zustößt …«

»Er bot Ihnen die Schäferei an, die damals leer stand?«

»So ist es. Und ich wusste, dass ich so eine Chance nicht noch einmal bekomme. Ich war doch nur ein kleiner Knecht, der Vater tot, die Mutter arm. Und Annegret würde es nicht zurückbringen, wenn ich zur Polizei gehe. Ich hatte auch Angst, dass mir niemand glaubt. Die Leute vom Sneers-Hof waren reich und mächtig, ich nicht.«

»Das … ist … Papa! Du hast die Schäferei als Schweigegeld bekommen?« Stefan Eilers sah seinen Vater entsetzt an. »Und warum ist Onkel Fritz dann mein Patenonkel geworden? Du musst ihn doch hassen?«

Ludwig Eilers schüttelte den Kopf. »Mit der Zeit ist das, was 1962 passierte, irgendwie weniger wichtig geworden. Fritz und sein Vater waren nett zu uns. Sie vermittelten mir die Stelle bei der Post. Ich lernte deine Mutter kennen bei der Arbeit. Und sie luden uns auf den Sneers-Hof ein, als wären wir ihresgleichen.«

Ein kleines Lächeln schlich sich in Ludwig Eilers Gesicht. »Im Dorf klopften sie mir auf die Schulter, was ich aus meinem Leben gemacht habe. Und Friedrich fing an, mich als seinen Freund zu bezeichnen, auf den er stolz sei. Und wenn Fritz jemanden als Freund bezeichnete, das war allein schon was wert.«

»Ich verstehe Sie. Die Gespenster der Vergangenheit sollten ruhen, nicht wahr? Sie waren glücklich, und nichts sollte das Glück stören.« Anna stellte sich vor, wie die Familie Rosemeyer-Duensing Ludwig Eilers vereinnahmt hatte, um ihn unter Kontrolle zu behalten.

»Du hast mich doch immer gefragt, warum wir die Schäferei erst Anfang 1993 endgültig überschrieben bekamen und davor immer nur pachtfrei nutzen durften ...«

Stefan Eilers nickte. »Stimmt, das konnte ich mir nie erklären.«

Anna fiel es sofort auf: »30 Jahre waren vergangen seit Annegrets Tod, ist es das? Alles, was damals passierte, war 1993 verjährt? Außer Mord natürlich.«

»Sie sind schlau, Frau Blume. So wurde es abgemacht 1962. Per Handschlag. Und daran hat Fritz sich gehalten. Dies alles ist der Lohn für 30 Jahre Schweigen.« Ludwig Eilers drehte sich um zu seinem Haus und sah nicht ohne Stolz darauf.

»Ich hätte nie etwas gesagt. Aber dann hab ich Heinz Baumert auf dem Friedhof gesehen und gelesen, was ihm passiert ist. Und da wusste ich, dass es wieder anfängt.«

»Und darum wollen Sie nicht länger schweigen?« Anna fragte vorsichtig.

»Darum hole ich jetzt Annegrets Brief, und wir fahren zur Polizei. Stefan, begleitest du mich? Alles von damals ist verjährt. Aber Henry Baumert soll nicht auch noch ein Opfer werden, bei dem man nie erfährt, warum.«

Anna bekam die Chance, den Brief zu lesen und abzufotografieren, bevor sie Grit Heinecke anrief und den Besuch eines Zeugen ankündigte.

»Der Mann hat vor mehr als einem halben Jahrhundert Straftaten verschwiegen. Das war nicht richtig. Aber könnten Sie bitte nachsichtig mit ihm sein?« Anna hatte sich weit vom Tisch entfernt, um von ihren Gastgebern nicht gehört zu werden.

»Kein Problem, ich gehe gleich meine Samthandschuhe suchen.« Die Oberkommissarin klang amüsiert. »Im Ernst: vertrauen Sie mir. Ich mache das beruflich. Wenn Ihr neuer Zeuge damals nur Mitwisser war, ist das seit Langem verjährt.«

Beruhigt kehrte Anna an den Gartentisch der Familie Eilers zurück. Was in diesem zweiten Brief stand, würde Christine Walker bis ins Mark erschüttern.

»Zeugenaussage von Annegret Samlandt, geboren am 23. Februar 1940 in Breslau.

Ich bin taubstumm, und die Leute auf dem Sneers-Hof, wo ich als Pflegetochter aufgenommen wurde, wissen nicht, dass ich als Kind von einer Tante das Lippenlesen gelernt habe. Ich weiß, dass Irene Teltow, die auch Pflegetochter auf dem Hof war, nicht weggelaufen ist, sondern von Friedrich Rosemeyer-Duensing, dem Sohn von dem Besitzer des Sneers-Hofes, erwürgt wurde. Sie haben die Leiche beiseitegeschafft. Ich glaube, sie haben die arme Irene verbrannt, so habe ich es verstanden. Friedrich hat ihr schon länger nachgestellt. Sie wollte das nicht. Und dann muss er sie doch erwischt haben. Friedrich hat auch die kleine Christel Baumert gewürgt, weil sie ihn bei etwas beobachtet hat. Was das war, weiß ich nicht. Davon haben sie nicht geredet. Christel Baumert, ihre Mutter und der Bruder mussten nach Amerika auswandern, um aus dem Weg zu sein. Ich habe das alles von den Lippen lesen können, wenn der junge Friedrich und der Vater miteinander geredet haben. Sie hatten keine Ahnung, dass ich alles verstehe. Wenn mir etwas zustößt, soll dieser Brief zur Polizei gebracht werden. Eickeloh, 15. März 1962. Annegret Samlandt.«

Ein tief betroffener Stefan Eilers stieg in seinen Wagen, um seinen Vater zum Polizeirevier zu chauffieren. Anna Blume-Kamphusen blieb einige Minuten vor dem liebevoll sanierten Fachwerkhaus stehen.

Reiche Leute kauften sich frei von ihren Taten. In der Familie Rosemeyer-Duensing und bei den Rosemeyers vom heutigen Weitze-Hof hatte das Methode. Die Schäferei, damals nur ein alter unbewohnter Kotten mit wenigen Ländereien, bedeutete für einen armen Knecht die Chance auf ein neues Leben, der unbedeutende Landverlust schmerzte den Großbauern nicht einmal sonderlich. Die erzwungene Auswanderung einer kleinen Familie war der Gegenwert eines Waldstückes. Für das Verschweigen einer Vaterschaft gab es Ackerland.

»Gut, dass diese Zeit vorbei ist, in der reiche Landbesitzer sich von allem freikaufen können«, sagte Anna laut zu einer grauen Katze, die durch den Garten der Familie Eilers strich. Oder war diese Zeit gar nicht vorbei?

Anna dachte an den Tischlermeister Ebeling und sein Haus, das der Pflegevater bei einer Zwangsversteigerung erworben hatte.

Sie hoffte inständig, dass die gesammelten Dokumente und Ludwig Eilers' Aussage für eine Anklage gegen den »alten Fritz« ausreichten.

AUF DEM GUTSHOF – 30. MAI 2020

Oberkommissarin Grit Heinecke kam mit guten Nach-richten.

»Ebeling hat gestanden«, flüsterte sie Anna zu, die hinter dem Tresen stand und Bier für Fahrradtouristen zapfte, die sich im Garten von einer langen Tour ausruhten.

»Mir auch eines!« Grit Heinecke setzte sich auf die Ter-rasse und wartete, dass Carsten, Flora und Anna zu ihr kamen.

»Ich weiß, dass wir ohne Sie drei den Fall noch nicht gelöst hätten. Danke dafür«, gab sie zu, und Carsten lächelte zufrieden.

»Dass Sie mit Ihren Eigenmächtigkeiten die Lösung auch hätten gefährden können, wissen Sie wahrschein-lich«, stellte sie fest, worauf sich Carstens Blick verdüsterte.

»Vielleicht entscheiden Sie sich mal, ob Sie uns loben oder kritisieren wollen«, grummelte Flora, die sich ärgerte, wegen ihrer Migräne die letzten Ermittlungen verpasst zu haben.

»Der Weg ist doch in diesem Fall nicht das Ziel«, lenkte Anna ein. »Das Ergebnis zählt, und auf das sind wir jetzt wirklich neugierig.«

»Als wir dem Ebeling nachweisen konnten, dass seine Fingerabdrücke auch auf der *REWE*-Tüte sind, dachte ich schon, wir hätten ihn. Doch der Anwalt erlaubte ihm nicht einmal, darauf zu antworten. Erst als wir ihn mit der Frage konfrontierten, ob er im Auftrag seines Pflegevaters gehan-delt habe, und ihm die alten Dokumente und Annegrets Briefe zeigten, schien der Anwalt einzulenken. Er bat um Unterbrechung des Verhörs, führte einen Anruf, und dann

konnten wir beobachten, dass er auf seinen Mandanten ein-
redete. Danach ging alles plötzlich ganz einfach.«

Burkhard Ebeling gestand aus freien Stücken. Er habe von
seinem Vater und dem Bruder gehört, dass Paul und Helmut
um ihre Höfe fürchteten, weil Henry Baumert auf Rache
aus sei. Der hatte den Sneers-Hof besucht und so etwas
erzählt.

»Am 4. Mai morgens hat Ebeling Baumert angeblich
zufällig gesehen, wie er fröhlich den Weg entlangging. Da
sei es in ihm durchgegangen. Er behauptet jetzt, dass es ihm
wahnsinnig leidtue.«

Grit Heinecke nahm ihm das nicht ab. »Er hofft, dass
Baumert wieder ganz gesund wird, hat er gesagt. Das klang
gar nicht nach Ebeling. Die Worte hat ihm der Anwalt ein-
geimpft.«

»Und der hat mit dem ›alten Fritz‹ telefoniert, um Ebeling
irgendwas bieten zu können, damit er gesteht.« Flora fluchte
vor sich hin. »Dieser selbstgefällige alte Sausack.«

»Gut möglich. Schwere Körperverletzung im Affekt.
Höchstens zwei Jahre. Das war der Kommentar vom
Rechtsanwalt. Was er seinem Mandanten gesagt hat, weiß
ich natürlich nicht.« Die Oberkommissarin trank einen großen Schluck Bier und beendete ihren Vortrag.

»Der Anwalt hat die Festnahme seines Mandanten nicht
verhindert. Doch er kündigte an, gleich am nächsten Tag
wegen einer Freilassung auf Kaution wiederzukommen.«

»Und was ist mit den Sachen von Baumert, die er im Keller versteckt hat? Das wirkt doch nicht wie Affekt, sondern
geplant«, wandte Flora ein.

»Zur *REWE*-Tüte mit Laptop, *iPhone* und Reisepass
sagte Ebeling aus, dass er sie zunächst aus dem Haus gestoh-

len hat, dann aber reumütig zurückbringen wollte. Aus irgendeinem Grund hat er die Tüte im Keller versteckt. Als er dort war, sind Sie in das Gebäude gekommen. Dann ist er angeblich einem Impuls gefolgt und hat Sie eingesperrt – schließlich waren Sie eine Einbrecherin.« Grit Heinecke lachte.

»Was ist das denn für ein albernes Geständnis?« Flora regte sich auf. »Das stimmt doch hinten und vorne nicht. Macht er wirklich alles, um den ›alten Fritz‹ nicht zu belasten?«

Die Oberkommissarin nickte. »So sieht es aus. Wir haben einen Täter, aber ob wir die weiteren Schuldigen im Hintergrund zu fassen kriegen, ist völlig offen. Hartmut Ziegler ist wegen der Prominenz unseres Verdächtigen doch nochmal im Anmarsch, und wir nehmen uns den ›alten Fritz‹, wie Sie ihn alle nennen, vor. Schon morgen.«

»Was von alledem kann ich jetzt eigentlich in meinem Blog schreiben?«, fragte Flora.

»Nichts. Sie warten auf die Presseerklärung, die wir morgen früh versenden.« Grit Heinecke stand auf und verabschiedete sich. Anna, Flora und Carsten blieben am Tisch zurück, und das anfängliche Hochgefühl war verschwunden.

»So viel ungesühntes Leid, das womöglich ungesühnt bleiben wird. Wir werden wahrscheinlich nie erfahren, wie sich das alles wirklich zugetragen hat.« Anna sah ihren Vater an. »Können wir mit diesem Ermittlungsresultat zufrieden sein?«

FRIEDRICH – 4. MAI 2020

Friedrich Rosemeyer-Duensing war fassungslos. Helmut Weitze hatte Henry Baumert lebend gefunden und einen Krankenwagen gerufen! Am liebsten hätte er vor lauter Wut den Patensohn wegen der russischen Schwarzarbeiter angezeigt. Und Burkhard, der gute, dumme Bucki, der nichts im Leben auf die Reihe brachte, hatte sogar diesen wichtigen Auftrag vermasselt.

Er hielt ihm zugute, dass Burkhard dem Ruf gefolgt und am Vorabend pünktlich eingetroffen war. Seine undankbaren Patensöhne, deren Erbe doch ebenfalls in Gefahr war, sagten desinteressiert ab. Bucki war leicht in Wut zu bringen. Dass Henry Baumert mit alten unwahren Geschichten den Ruf des Vaters ruinieren und zudem Paul und Helmut die Höfe streitig machen wollte: Bucki war, wie erwartet, empört und stimmte zu. Dieser Henry Baumert musste weg. Mit dem Versprechen, dem Pflegesohn sofort nach dessen Restschuldbefreiung Haus und Grundstück zurück zu schenken aus Dankbarkeit, war der Handel besiegelt.

Es wurde ein langer Abend, an dem Friedrich junior und senior Burkhard Ebeling versicherten, dass er unverzichtbarer Bestandteil der Familie war. Ein Gästezimmer wurde vorbereitet, damit »Bucki« nicht extra nach Langenhagen zurückfahren musste.

Und jetzt das. Burkhard erwischte Henry nicht im Haus, denn der hatte gepackt und war dabei, sich davonzustehlen. Die Schlinge, mit der Henry Baumert erdrosselt werden sollte, fiel dem unglücklichen Bucki aus der Tasche, als er Henry Baumert leise an den Feldrand folgte. Blieb nur der zackige Feldstein, den er am Wegrand aufsammelte, bevor er um die Hecke schlich, hinter der Baumert stand und still in die Sonne schaute.

Burkhard kam aufgeregt zum Sneers-Hof gerannt, und der alte Fritz erfuhr, dass etwas schiefgegangen war. Er beruhigte den Pflegesohn und informierte seinen Junior über das Handy. »Wartet auf mich«, sagte sein Sohn. Der alte Fritz fuhr den Trecker mit Anhänger vor, um Baumert am Feldrand aufzuladen. Der Junior bog auf den Hof ein.

Und aus der Ferne erklang das Martinshorn eines sich nähernden Krankenwagens.

Warum hatte sein Patensohn nicht mit den anderen Männern in Ruhe am Blühstreifen herumgelungert?

»Helmut ist eher gegangen, weil er unbedingt zum Spargelstechen fahren wollte.« Das Spargelfeld. Dort lag Heinz Baumert. Eine halbe Stunde später, und nach dem amerikanischen Störenfried hätte nie wieder ein Hahn gekräht, dachte Friedrich.

Wenigstens wusste anfangs niemand, wer da blutend am Feldrand gefunden wurde. Weitzes waren ahnungslos, das fand er schnell heraus. Es erwies sich als Fügung, dass Helmut am Abend zuvor nicht zum Treffen gekommen war. Sonst hätte er den Namen gekannt und sicher ausgeplaudert. Dadurch blieb Zeit, in der Dunkelheit zum Booms-Hof zurückzukehren und sich umzuschauen. Sie nahmen Baumerts Handy, seinen Pass, den Laptop und die dicken Stapel von Unterlagen, die er durchwühlt und dabei seine Erinnerung wiedergefunden hatte. Es war überhaupt nichts Entlarvendes über die Familie Rosemeyer-Duensing darunter. Weder in seinem Wagen noch im Haus hatten sie etwas gefunden. An was sich Heinz wohl wirklich erinnert hatte außer an den Namen Irene Teltow? Der alte Fritz redete mit niemandem über die Fragen, die er sich stellte. Selbst sein Sohn kannte den wahren Grund nicht, weshalb Henry Baumerts Bemerkung gefährlich war.

»Dass ich im Leben noch einmal so viel Angst haben muss, ist einfach ungerecht«, ärgerte sich Friedrich Rosemeyer-Duensing laut am Abendbrottisch. »Das ist nicht richtig nach all dem, was ich für diese Gesellschaft geleistet habe.« Sein Sohn stimmte ihm zu.

Schmiere stehen am Booms-Hof, immer auf und ab gehend, bis alles eingesammelt war: Er kam sich wie ein Verbrecher vor. Am nächsten Morgen wieder leise in das Haus zu schleichen, um die Dokumente zurück auf den Tisch im ersten Stock zu legen: eine riskante Aktion.

Der alte Fritz war ärgerlich. Auf seinen Pflegesohn Burkhard, auf das Patenkind Helmut, aber besonders auf Henry Baumert, dem er die Schuld an dieser ganzen Aufregung gab, die ihm so zusetzte.

Da war ihm nur recht, als der Seniorchef vom *Rittergut* anrief, um ihn im Zuge seiner Privatermittlungen zu befragen. Informationen so zu steuern, dass sich etwas in die von ihm gewünschte Richtung entwickelte – das war eine politische Kunst, die er schon immer beherrschte.

Carsten Blume zweifelte nicht an dem, was er vorbrachte. Der Trick bestand darin, so offen und ehrlich wie möglich zu sein – und dann bei passender Gelegenheit falsche Informationen dazwischenzustreuen. So wurden Lügen glaubwürdig vorgetragen.

Sein Sohn spielte mit. Die Moldawier! Wie gut, dass Helmut am selben Morgen davon erzählt hatte! Der junge Fritz brachte die Geschichte bravourös vor.

Und dann griff Friedrich Rosemeyer-Duensing senior zum Telefonhörer, um zu erzählen, was ihm »gerade noch eingefallen« sei. Es kostete ihn zwei Goldmünzen, die der Junior in den alten Schreibtisch legte: Die Geschichte vom Goldschatz war ein Detail, das genügend Verwirrung stiften würde. Ja, sie improvisierten jämmerlich, doch es funktionierte.

»Die Baumerts und ein Vermögen in Gold. Diese Hungerleider konnten sich ja nicht einmal einen neuen Trecker leisten.« Friedrich Rosemeyer-Duensing lachte herzlich über die Idee.

Und nun mussten sie Burkhard opfern. Aber es war doch seine eigene Schuld!

Die Kleine vom *Rittergut* in den Keller zu sperren, Fingerabdrücke an der Papiertüte zu hinterlassen, die der Junior so penibel gesäubert hatte! Nein, Bucki war nicht der Hellste.

Und woher diese Briefe und Verträge auf einmal kamen! Der Anwalt beruhigte ihn. Alles verjährt. Nur Buckis Geständnis war unverzichtbar. Erst weigerte er sich. Doch ein paar finanzielle Argumente halfen. Zusätzlich zu seinem Haus und Grundstück würde auf Burkhard Ebeling ein gefülltes Konto warten, wenn er nach ein paar Jahren wieder aus dem Gefängnis käme. Überbrückte der Junge die Zeit bis zur Restschuldbefreiung eben hinter Gittern. Friedrich Rosemeyer-Duensing fand nichts Schlimmes daran. Burkhards Leben war seit der Scheidung und der Insolvenz doch ohnehin recht trostlos.

Der »alte Fritz« war längst vorbereitet auf diesen Besuch, den er in Gedanken in den letzten Tagen so oft durchgespielt hatte.

Höflich bat er Ziegler und seine Kollegin herein, und wies sie an, Platz zu nehmen – doch dann ließ Friedrich Rosemeyer-Duensing sie warten.

»Sie haben sicher Verständnis, dass ich meinen Anwalt zu unserem Gespräch hinzuziehe. In meiner Position ist es wohl selbstverständlich, Sie verstehen das. Es gab schon zu oft Menschen, die mir aufgrund meiner politischen Arbeit schaden wollten.«

Hartmut Ziegler hatte mit einem aufrechten alten Herrn gerechnet, der alles leugnen würde und den er im Lauf des Gespräches in Widersprüche verstricken konnte. Doch mit diesem aalglatten Mann klappte nichts davon. Den Anwalt, der nach kurzer Zeit eintraf, kannten Ziegler und Oberkommissarin Heinecke schon – es war derselbe Mann, der Burkhard Ebeling vertrat. Und weil sie mittlerweile deutlich besser über das Personengeflecht informiert waren, das der »alte Fritz« aufgebaut hatte, waren sie kaum erstaunt, dass der Anwalt »Vater« zu seinem Mandanten sagte. Er war ja eines der Pflegekinder. Friedrich Rosemeyer-Duensing verneinte die Anschuldigungen, die sich aus dem alten Vertrag, den Schreiben Annegret Samlandts und den Aussagen Ludwig Eilers' ergaben, immer wieder kopfschüttelnd und teilweise sogar lächelnd, wie seine Augen verrieten.

»Sie lesen ja, dass mein Vater diesen Vertrag unterzeichnet hat. Leider können Sie ihn nicht mehr dazu befragen. Und wie es dort steht, wurde die Schenkung doch offensichtlich aus reiner Mildtätigkeit vorgenommen.«

Der Anwalt nickte zu den Aussagen seines Pflegevaters. »Das zeigt doch nur, dass die Familie Rosemeyer-Duensing schon immer sehr großzügig gehandelt hat!«

»Sie wissen: Mord verjährt nie«, sagte Ziegler, dem »alten Fritz« lange in die Augen schauend.

»Und Sie wissen, dass aufgrund dieser dürren Indizienkette keine Mordanklage zustande kommen wird, nicht wahr? Gegen wen denn überhaupt?« Rosemeyer-Duensing stand auf und beugte sich über den langen Esstisch, der zwischen ihnen stand.

»Hörensagen. Ein kryptischer Vertrag. Ein undankbarer alter Knecht, der uns eigentlich Dank schuldet und der wohl senil ist. Und zwei Briefe eines Mädchens, von dem alle, die damals schon lebten, sagen werden, sie sei nicht ganz richtig im Kopf gewesen. Lieber Herr Kommissar, ich denke, Sie werden sich nicht lächerlich machen wollen.« Rosemeyer-Duensing setzte sich wieder und bedeutete seinem Anwalt, ein vorbereitetes Schreiben aus der Aktenmappe zu ziehen. Darin stand detailliert, wie der alte Politiker gegen sie, die Ermittlungsbeamten, und die jeweiligen Dienststellen vorgehen würde, wenn eines der belastenden Dokumente an die Öffentlichkeit gelangte. Das Schreiben war schon gedruckt, bevor Ziegler und Heinecke überhaupt an der Hoftür klingelten.

Der LKA-Hauptkommissar war mehr denn je überzeugt, dass alle Anschuldigungen stimmten. Gab es dem bestens vorbereiteten Beschuldigten überhaupt etwas entgegenzusetzen?

»Ihr Pflegesohn Burkhard Ebeling hat in Ihrem Auftrag gehandelt. Ich weiß es, und Sie wissen es.«

»Der arme Burkhard. Ich weiß nicht, was in ihn gefahren ist. Er war bei uns zu Besuch und hat mitgehört, dass Henry Baumert eine Gefahr für Helmuts Hof ist und dass er der Grund ist, warum Paul seinen Hof nicht übernehmen konnte. Ich habe ihm davon erzählt. Da muss es mit ihm durchgegangen sein. Das muss ich mir vorwerfen, ich hätte ahnen müssen, dass Burkhard überreagiert. Aber glücklicherweise lebt Henry Baumert ja. Also eine Körperverletzung im Affekt und dann noch die beiden kleinen Dummheiten.«

Grit Heinecke konnte kaum mehr an sich halten. »Kleine Dummheiten? Meinen Sie damit, Flora Kamphusen zu überfallen und in den Keller zu sperren?«

»Ja, es war nicht schlau von ihm, doch irgendwie musste er die Einbrecherin ja stellen.« Friedrich Rosemeyer-Duensing zeigte ein gut vorbereitetes mildes Lächeln. »Burkhard hat doch keine eigene Familie. Wir und meine Patenkinder sind seine Familie. Wir werden ihm auf jeden Fall einen exzellenten Strafverteidiger stellen. Mein Sohn hier wird das machen. Mehr ist dazu nicht zu sagen.« Der Anwalt nickte.

Hartmut Ziegler nahm erstaunt wahr, dass Friedrich Rosemeyer-Duensing und sein Rechtsbeistand sich erhoben und ihnen bedeuteten, ebenfalls aufzustehen.

»Sollten Sie einen Haftbefehl oder eine richterliche Hausdurchsuchungsanordnung erwirken, können Sie gern wieder zu uns kommen. Für heute wäre das alles.«

»Einen Moment noch, Herr Rosemeyer-Duensing! Die Goldstücke im Schreibtisch auf dem Booms-Hof, haben Sie die gespendet, damit es nach Raubüberfall aussieht?«

Grit Heinecke sah, dass der alte Politiker zögerte und sich dann wieder fing.

»Warum sollte ich? Was unterstellen Sie mir da?«

»Es war nur eine Frage. Dann geben wir die Goldstücke jetzt frei an die Erbengemeinschaft Baumert.«

Friedrich Rosemeyer-Duensing schloss kurz die Augen und schnaubte verächtlich. »Tun Sie das. Und nun wünsche ich Ihnen noch einen guten Tag.«

Der alte Mann stolzierte erhobenen Hauptes aus dem Zimmer, ohne sich umzudrehen. Der Hauptkommissar und seine Begleiterin blieben schweigend zurück und verließen den Sneers-Hof in gedrückter Stimmung.

»Und wie soll ich das jetzt Carsten Blume erklären?«, entfuhr es Ziegler wütend, als sie im Auto saßen. »Der hält mich doch sowieso schon für einen Deppen, und wenn wir jetzt gegen den sogenannten König von Hudemühlen rein gar nichts ausrichten können …«

»Dann soll er eben selbst genug Indizien für eine Anklage finden. Unsere Arbeit ist getan«, kommentierte Grit Heinecke. »Langt schon, dass wir hier in der Gegend keinen Fuß in die Tür kriegen ohne die graue Eminenz vom *Rittergut* und seine familiäre Cold Case Unit. Was für ein alberner Begriff. Kommt von der Anna. Ehrlich, so nett die Leute auch sind, ich ermittle lieber ohne selbsternannte Assistenten.«

FRIEDRICH

Er war froh, diese Beamten wieder los zu sein. Friedrich
Rosemeyer-Duensing erinnerte sich nicht gern an die Ereignisse von damals zurück. Es kam ihm vor, als habe ein anderer sie durchlebt. Er war so jung – nur daran lag es. Das
sagte er sich immer wieder.

Warum hatten die Eltern zwei Mädchen auf den Hof
geholt, die ungeniert vor ihm ihre Reize zeigten?

Er war ein gesunder junger Mann von 20 Jahren, und
diese Flüchtlingswaisen – was waren sie denn anderes als
Mägde, die sich um das Vieh kümmerten und seiner Mutter im Haushalt halfen?

Die junge Irene Teltow stolzierte mit ihren immer größer werdenden Brüsten vor ihm her, reizte ihn, beugte sich
in ihrer knappen Bluse vor, wenn sie merkte, dass er zusah.
So kam es ihm vor.

Wenn sie mit einem Blick in seine Richtung in der
Wäschekammer verschwand, geschah es, um ihn anzulo-
cken. Er war sicher, bis heute. Seit Heinz Baumert aufgetaucht war, dachte er immer wieder darüber nach, was schief
lief an diesem kalten Wintertag 1960. Er hatte sie vor dem
großen Kaminofen getroffen, die Wangen gerötet und mit
einem verheißungsvollen Blick. Dass sie erst 15 war, sah
man nicht. Diese Mädchen aus den Ostgebieten, die ohne
Eltern geflohen waren oder auf der Flucht geboren wurden, konnte man mit den Töchtern von den hiesigen Höfen
nicht vergleichen. Reifer waren sie.

Friedrich folgte Irene in die Wäschekammer, und sie
sah ihn fragend an. Für den jungen Mann war dieser Blick

nichts als eine Einladung. Er nahm sie in die Arme, um sie zu küssen, sie wand sich und rief, sie wolle das nicht. Aber er wollte, und zwar mehr als nur einen Kuss.

Er schubste sie auf einen Haufen Bettwäsche, presste ihr die Hand auf den Mund und hob ihren Rock an. Er zerrte an ihrer Unterhose, die zerriss. Dann drang er in sie ein. Ihr Blick, diese weit aufgerissenen erschreckten Augen! Doch sie fügte sich in ihr Schicksal und ließ es geschehen. Er zog sein Glied aus dem schmalen Mädchenkörper und nahm kurz die Hand von ihrem Mund. Sofort kreischte sie mit lauter Stimme. Irene Teltow schrie um Hilfe, und er griff ein dickes Handtuch, das zufällig neben ihm lag. Er drückte es mit beiden Händen fest auf ihr Gesicht.

»Sei still, Irene. Wenn du mir versprichst, nicht mehr zu schreien, lasse ich los. Es war doch schön, oder?«

Für den jungen Friedrich war dieser erzwungene Geschlechtsverkehr sein erstes Mal. Er sah Blut an der Hand, mit der er sein Geschlechtsteil berührt hatte. Er erschrak, doch dann fiel ihm ein, was es bedeutete. Auch für sie war es das erste Mal gewesen.

Kurz nahm er das Handtuch von ihrem Mund, legte stattdessen den Finger an seine Lippen und hoffte, sie würde still sein.

»Beim nächsten Mal bin ich vorsichtiger. Ich wollte dir nicht wehtun.«

Doch Irene Teltow gab nicht auf.

»Hiiiilfe!« Nach einer Schrecksekunde schrie sie wieder und Friedrich drückte mit dem dicken Handtuch immer fester auf ihr Gesicht. Irene strampelte mit den Beinen, versuchte, sich mit den Armen von ihm wegzudrücken, traf mit ihrem Knie seinen Bauch.

Er stöhnte auf vor Schmerz.

Wütend drückte er zu, bis ihre Gliedmaßen schlaff wurden und Ruhe gaben.

Irenes Augen standen offen, starr und still. Vorsichtig löste er den Druck auf ihre Nase und ihren Mund. Kein Laut kam mehr aus ihrer Kehle, er ließ los.

»Siehst du, warum nicht gleich so!« Friedrich zog erst seine Unterhose und dann seine grobe Winter-Arbeitshose hoch. Irene war immer noch still, ihr Blick glasig.

Sie würde sich schon wieder erholen, meinte er und verließ die Wäschekammer. Erzählen würde sie niemandem davon – sie war nur ein geduldetes Pflegemädchen auf dem Hof und er der einzige Sohn des Hauses.

Doch Irene Teltow tauchte an jenem Tag, nachdem der junge Friedrich sich an ihr vergangen hatte, nicht mehr auf, um ihre Arbeit fortzusetzen. Stattdessen wurde Annegret Samlandt, die taubstumme Annegret, von der keiner wusste, ob sie schlau oder dumm war, auf die Suche nach Irene geschickt. Sie schrieben ihr immer alles auf – lesen hatte sie wenigstens gelernt. Dass Annegret Lippen las, wusste keiner der Hofbewohner. Sie verbarg es geschickt. Friedrich erfuhr erst Jahre später davon. So verstand sie, was andere über sie sagten, und niemand bekam es mit. Irene Teltow war für sie wie eine Schwester, und an diesem Tag hielt Annegret nach ihr Ausschau, fand sie jedoch nirgends. In der Wäschekammer suchte sie nicht. Friedrich war erleichtert.

Irene tauchte nicht wieder auf, und er stahl sich in die muffige Kammer zurück. Er fand sie genauso vor, wie er sie am Nachmittag verlassen hatte. Jetzt war sie kalt und steif.

Es war ein Unglücksfall. Er wollte die hübsche Irene doch nicht umbringen! Ein Unfall war es, und wenn sie nicht so geschrien hätte, wär alles in Ordnung gekommen.

Leise öffnete er die Außentür der Wäschekammer und legte Irene in den frischen Schnee. Ob am nächsten Tag alle glaubten, sie wäre dort erfroren? Das Blut an ihrem Rock: Würde es auffallen oder hart gefrieren, bis es wie ein Schmutzfleck aussah?

Er zog sich leise zurück. Da stand sein Vater vor ihm.

»Was hast du gemacht? Fritz, ist die Kleine etwa ...«

Der junge Friedrich hatte Angst vor dem Alten. Leugnen war zwecklos.

Schnell erzählte er, was vorgefallen war.

»Junge, warum hast du nicht die Annegret genommen?«, fragte sein Vater nur. »Die hätte nicht geschrien.«

Erstaunt verstand Friedrich, dass er weder geschlagen noch hart dafür gemaßregelt wurde, was mit Irene geschehen war. Der Vater beschäftigte sich von diesem Moment an nur darum, das »Schlamassel zu beseitigen«. Wie er den Alten bewunderte!

Hart, aber konsequent herrschte er über den Hof.

Man würde sie nicht begraben können, die Erde war gefroren, meinte der Alte. Er überlegte, sie in den Wald zu schaffen, mit ihrem Koffer, als wäre sie weggelaufen und dann erfroren. Friedrich senior hob Irenes Rock und sah, dass sein Sohn das Mädchen verletzt hatte bei seinem Versuch, in sie einzudringen.

»Wir müssen sie verbrennen«, sagte er. »Das trockene Holz aus dem Kaminschuppen wird auch bei dem Wetter brennen. Gleich morgen müssen wir sie verbrennen. Wir werden sagen, dass eine Schafseuche ausgebrochen ist, wenn jemand nach dem Feuer fragt. Ich werde ein Schaf schlachten. Das muss auch brennen.«

Friedrich junior war voller Bewunderung für den Senior, der sofort eine Lösung fand.

»Wir verstecken sie bis morgen unter der Wäsche, sie muss trocken sein, sonst brennt sie nicht gut.«

Der Vater hatte zwei Weltkriege miterlebt, war im Ersten ein blutjunger Soldat und im Zweiten Bauernführer. Die beiden Kriege formten aus ihm einen harten, unbeugsamen Mann, ein Vorbild für den Sohn.

Heimlich holten sie in der Nacht Irenes Sachen aus ihrem Zimmer, nahmen ihren einzigen Koffer, mit dem sie zwei Jahre zuvor auf den Hof gekommen war, und trugen alles in den Holzschuppen.

Am nächsten Morgen erzählte der Vater am Frühstückstisch, dass Irene weggelaufen sei. Der Nachbar Heinrich Rosemeyer hätte sie am vorherigen Nachmittag am Hof vorbeilaufen sehen, in Richtung Bahnhof.

Sie zogen los, um pro forma ein wenig nach ihr zu suchen, der Vater, Onkel Heinrich, zwei Knechte und er.

Da es frisch geschneit hatte, waren keine Fußspuren zu finden, bald kehrten sie um. »Morgen werde ich melden, dass sie weggelaufen ist. Hoffentlich erfriert sie nicht irgendwo.«

Die Knechte hinterfragten nicht, warum der Alte ihnen den Rest des Tages freigab. Er spendierte einen Geldschein, damit sie sich nach der Suche in der *Gastwirtschaft Janson* in Eickeloh aufwärmen konnten. Niemand stellte Fragen, wenn der Alte eine Entscheidung fällte, schon gar nicht seine Frau, die nur murmelte, es sei so schade, und sie würde Irene vermissen.

»Fritz und ich gehen jetzt das Schaf verbrennen. Ihr anderen bleibt bei dieser Kälte besser im Haus«, verkündete er beim Mittagessen.

Sie warteten einen Moment ab, in dem es nicht schneite, um das Holz aufzuschichten, weit genug entfernt vom Haus, sodass niemand sah, was sich zwischen der ersten und der zweiten Schicht der Holzscheite verbarg. Fritz rollte Irene in ein paar alte Laken, nur ein Fuß baumelte heraus, an dem ihr dicker Hausschuh aus grobem Filz saß.

Sie warfen Irenes Kleidungsstücke in die lodernden Flammen, zuletzt ihren Koffer und obenauf das tote Schaf, mit dem sie ihr winterliches Feuer begründeten. Dann näherte sich auf dem Weg zum Hof Heinrich Rosemeyer. Fritz erschrak, der Vater beruhigte ihn.

»Und wenn er uns verrät? Wenn er sagt, er habe Irene doch nicht gesehen?«

»Das wird er nicht. Wir bewahren sein Geheimnis, und er bewahrt unseres.«

Fritz fragte nicht nach dem Geheimnis Heinrich Rosemeyers. Jede kräftige Flamme nährte in ihm die Hoffnung, dass dieses Unglück für ihn glimpflich ausgehen würde.

Dann hörten sie es am Waldrand knacken.

Und sahen die Baumert-Kinder, die wegliefen.

Fritz rannte ihnen nach. Was hatten die Zwillinge gesehen?

Sein Vater rief etwas, er verstand es nicht. Dann erreichte er die kleine Christel Baumert, die gestrauchelt war und versuchte, sich aus dem Schnee aufzurappeln. Er griff ihren langen Schal und hielt sie daran fest.

»Was machst du hier?«, fragte er sie drohend.

»Wir wollten uns doch nur am Feuer mit euch wärmen, und dann … dann haben wir gesehen …« Sie stotterte und starrte ihn an, Schnodder lief ihr aus der Nase, und die Augen füllten sich mit Tränen.

»Warum habt ihr das schöne Kleid von der Irene verbrannt? Ich mochte es so gern …«

Da war er wieder, dieser Wunsch, das Mädchen möge endlich schweigen. Am Tag davor war es Irene, die still sein sollte. Fritz zog den Schal der kleinen Christel so eng zu, dass sie würgte.

»Lass mich los«, krächzte sie, »bitte, ich sage es auch niemandem.«

Doch Fritz hörte nicht auf, zog fester und fester, bis das Mädchen still wurde. Dann packte ihn jemand von hinten und riss ihn zurück. »Lass mein Kind in Ruhe«, brüllte Heinrich Rosemeyer, griff die kleine Christel und rief den Vater, er möge die Schubkarre bringen.

»Das Mädchen ist zu schwer, ich kann sie nicht den ganzen Weg zum Booms-Hof tragen.«

In der Rückschau war der alte Fritz voll Hochachtung dafür, wie der Vater alles geregelt hatte. Die beiden Kinder konnten erzählen, was sie wollten. Niemand hätte sie ernst genommen, denn ihr Großvater, Heinrich Baumert, selbst erzählte jedem, er habe Irene Teltow mit einem Koffer auf dem Weg gesehen.

Dafür wechselte ein Waldstück den Besitzer, und wenige Wochen später wanderte Clara mit ihren Kindern nach Amerika aus. Dem jungen Fritz war klar, dass der Alte einen hohen Preis dafür bezahlte.

Sie führten ernste Gespräche. »Du hast dich nicht im Griff, Junge. Dagegen musst du etwas machen. Und du brauchst eine Frau, damit so etwas nicht mehr passiert.«

Der alte Fritz sah mit Milde auf sein jugendliches Selbst. Es war doch nur ein Ausrutscher. Der Vater sorgte dafür, dass er für ein Jahr zur Ausbildung auf einen anderen Hof hinter Walsrode zog. Dann arrangierte er Treffen mit befreundeten Familien, die Töchter besaßen – weniger wohlhabende Landwirte, denen an einem sozialen Aufstieg gelegen war. Seine Johanna – sie ließ sich gefallen, dass er es im Bett etwas gröber mochte, und beklagte sich nicht.

»Sie hat eine richtig gute Partie gemacht«, hieß es über sie in ihrem Heimatort Jeversen. Drei Kinder hatte sie ihm geboren. Es war eine gute Ehe.

Die Sache mit der taubstummen Annegret damals, das setzte ihm lange Zeit zu. Sie wagte es, ihn und den Vater zu erpressen, um eine Mitgift für sich herauszuhandeln!

Es war seine Strafe für den Tod von Irene, dass er Annegret auf die Schienen legen musste, nachdem sie ihr ordentlich Schlafmittel eingeflößt hatten.

Dann war es seine Aufgabe, sie zu finden, überrollt vom durchfahrenden Zug. Diese Bilder vergaß er nie.

Als Ludschen am nächsten Tag sein Wissen offenbarte, zog der Vater einen Schlussstrich. Keine Toten mehr, sonst würde es auffallen. Ludwig Eilers bekam stattdessen die Schäferei und eine lebenslange Freundschaft mit der Familie. Sie sorgten immer dafür, dass Ludschen unter Kontrolle blieb.

Friedrich Rosemeyer-Duensing nahm sich zeitlebens seinen Vater zum Vorbild, der es verstand, sich die Nachbarn und Verwandten zu verpflichten. Er schaffte es, mit der Zielstrebigkeit und dem Machtwillen, die er vom Alten gelernt hatte, sogar bis in die Politik. Im niedersächsischen Landtag sorgte er zehn Jahre lang dafür, dass die Landwirte einen energischen Fürsprecher hatten. Und mit den vielen Pflegekindern, die er zusammen mit Johanna unterstützte, machte er alles wieder gut, was in seiner Jugend schiefgelaufen war.

Ein Leben, in dem er nie mehr die Kontrolle verlor. Bis jetzt. Bis er auf dem Booms-Hof, über dessen Gelände er regelmäßig streifte, weil ja sonst niemand danach schaute, diesen Wagen in der Scheune sah und den Mann, der zu diesem Auto gehörte.

Seinem Vater wie aus dem Gesicht geschnitten. Heinz Baumert, da bestand kein Zweifel. Von da an war alles schiefgegangen.

Doch nun kehrte Ruhe ein. Die Polizei belästigte ihn nicht mehr. Sein Geburtstag stand kurz bevor. Eine würdige Feier hatte er redlich verdient, meinte der »alte Fritz«. Natürlich nicht auf dem Gutshof, nicht bei dieser Familie Blume-Kamphusen, die ihre Nase in Angelegenheiten steckte, die niemanden etwas angingen. Er ließ seine Schwiegertochter telefonisch absagen. »Sie können sich ja denken, warum.« Friedrich Rosemeyer-Duensing beschloss, diese ganze leidige Sache zu vergessen. Es war Zeit, sich auf einen würdevollen Festtag im eigenen Garten vorzubereiten.

EPILOG

Carsten Blume hatte genau damit gerechnet: keine Anklage gegen den »alten Fritz« und die Androhung hoher Strafen an alle, die etwas von den Anschuldigungen nach außen dringen ließen. Burkhard Ebeling wurde geopfert. Lange würde er nicht im Gefängnis bleiben, und wenn er zurück-käme, dann nannte er das Haus in Engelbostel wieder sein Eigen. Diese »Methode alter Fritz« hatte schon mehrfach funktioniert, bei Henry Baumerts Großvater genauso wie bei Ludschen Eilers. Friedrich Rosemeyer-Duensings Image blieb unangetastet. Und Flora wütete, dass sie nicht einmal Andeutungen in ihrem Blog schreiben konnte, ohne dass teure Abmahnungen drohten.

Es war fraglich, ob Henry Baumerts Erinnerungen komplett zurückkehrten und ob er überhaupt belastende Details kannte. Dass Annegret Samlandts Tod kein Unfall war, dafür gab es nur die Mutmaßungen des alten Ludschen Eilers. Irene Teltows Verschwinden war nicht einwandfrei als Tötungsdelikt nachweisbar. Nicht nach so langer Zeit und nicht aufgrund zweier Briefe einer taubstummen jun-gen Frau, deren Behauptung, Lippen lesen zu können, nicht mehr zu beweisen war.

Wie gut, dass es eine Software-Ingenieurin aus den USA gab, die Mitte Juni mit einem Flug über Frankfurt in Langen-hagen landete und von Helmut Weitze samt Mutter Hil-degard abgeholt wurde. Christine Walker wurde von der Schwester und dem Neffen sehnlich erwartet. Bevor sie auf den Gutshof kamen, führte ihr Weg in die MHH, wo Henry

Baumert mittlerweile auf einer Normalstation lag, während er auf einen Platz in der Reha wartete. Er erinnerte sich an nichts aus der Zeit seiner Deutschlandreise. Das sei nicht ungewöhnlich, sagten die Ärzte. Es dauerte Wochen, bis die Wirkung des Narkosemittels ausgeschlichen war. Doch er erkannte seine Umwelt und sprach, etwas wirr manchmal, nachdem ihm die Kanüle durch die Luftröhre entfernt worden war. Dass eine fremde Frau behauptete, sie sei seine Halbschwester, akzeptierte er mittlerweile.

Hildegard Weitze erzählte ihm Tag für Tag von seiner eigenen Entdeckung, bis er es verstand. Und es gab durchaus Hoffnung, dass er wieder auf die Beine kam, wenn die Reha anschlug. Die motorischen Störungen durch die Hirnblutung waren nicht irreversibel.

Paul Hasselbrink teilte seinen Verwandten kurz nach der Verhaftung von Burkhard Ebeling mit, dass er den Hof nicht mehr übernehmen wolle. Er kam auf den Gutshof, um sich bei Flora formvollendet für das »Schmorenlassen« im Keller zu entschuldigen. Und er schilderte seine Beweggründe, die Hofübernahme aufzugeben. »Ich möchte wirklich nicht in der Nachbarschaft zum Sneers-Hof leben, nicht nach allem, was wir jetzt wissen. Ich glaube den alten Unterlagen. Und ich habe mich in die Geschehnisse hineinziehen lassen. Um Eickeloh mache ich in Zukunft lieber einen Bogen.«

Der Architekt Stefan Eilers kannte eine hannoversche Reiterfamilie, die einen Hof für sich und die Pferde suchte, sich nicht scheute, den verfallenen Booms-Hof zu kaufen, und einen akzeptablen Preis bot.

Christine Walker war glücklich über diese Entwicklungen. Im Gutshof bezog sie das schönste Zimmer des Hauses, das historische »Ritterzimmer«. Flora war begierig, loszulegen mit dem, was sie über *Facetime* besprochen hatten, doch das musste warten, denn Christine Walker schlief erst einmal den Jetlag aus.

*

Die »Eickelohleaks« erschienen an einem sonnigen Junitag im Internet, und es war nicht zufällig jener Tag, an dem Friedrich Rosemeyer-Duensing seinen 80. Geburtstag beging.

Die »Eickelohleaks« bestanden aus Fotografien der Briefe, die Annegret Samlandt einst verfasste hatte und aus dem Vertrag, mit dem Clara, Henry und Christine nach Amerika abgeschoben wurden. Dabei stand eine sorgsam formulierte Geschichte, die ihre Autorin nicht verriet. Sie wurde überall gleichzeitig veröffentlicht, mit Websiteadressen aus Russland, Vanuatu und Togo.

Tweets von neuen *Twitter*-Accounts erschienen im Minutentakt mit dem Hashtag #Eickelohleaks und verlinkten auf »eickelohleaks.to« oder »eickelohleaks.ru«. Regionale *Facebook*-Gruppen begrüßten scharenweise neue Mitglieder, deren Profile so aussahen, als seien es echte Menschen aus der Region, die in Wirklichkeit aber nur ein Ziel hatten: die Botschaft zu verbreiten, was sich vor 60 Jahren am Rande des Dörfchens Eickeloh zugetragen hatte. Die Mitarbeiter von *WalkerSolutions* in Omaha leisteten ganze Arbeit, denn es war nicht nachvollziehbar, woher die Informationen online gestellt wurden. Wer seine Spuren im *WorldWideWeb* geschickt verwischte, blieb unentdeckt, man musste nur wissen, wie.

Die Websites erschienen auf Deutsch, Englisch und Polnisch. Dortige Medien berichteten zuerst von einem ungeklärten Todesfall in Deutschland, bei dem vor langer Zeit ein Mädchen ums Leben kam, dessen polnisch geschriebene Hilferufe ungehört verhallten. Friedrich Rosemeyer-Duensing gab eine Menge Geld dafür aus, seine Anwälte loszuschicken, um Unterlassungsklagen und Abmahnungen zu veranlassen. Doch die »Eickeloh-leaks« auf anonymen Servern waren nicht mehr aus der Welt zu bekommen.

Die regionalen Zeitungen brachten Artikel zu den alten Dokumenten, die für so viel Aufruhr und Gerüchte sorgten. Kein Medium wagte es, den Namen Friedrich Rosemeyer-Duensing zu schreiben – das war nicht nötig, denn die Leak-Seiten schrieben ihn unverblümt.

In den Ortschaften Eickeloh und Hodenhagen meldeten sich zunehmend ältere Menschen zu Wort, die aus ihrer Jugend über die Herrschaft vom Sneers-Hof berichteten. Es waren kaum lobende Erzählungen dabei.

»Wenn der Geist erst einmal aus der Flasche ist«, kommentierte Carsten Blume die Gerüchte.

Da gab es eine Menge Geschichten, die sich über die Jahrzehnte angestaut hatten. Die Betroffenen hatten nie gewagt, darüber zu reden. Betagte Damen berichteten davon, dass der alte Fritz sie in der Jugend beim Schützenfest begrabscht hatte, und murmelten mit wohligem Schaudern: »Wenigstens hab ich das überlebt.« Senioren erzählten, dass sie als junge Landarbeiter früher unter Friedrich Rosemeyer-Duensing gelitten hatten, der streng und hochfahrend war. Und dann brodelten Gerüchte um Ackerflächen in anderen Ortschaften auf, die zu Bauland wurden, weil sich der »alte Fritz« dafür politisch einsetzte und einer gewissen finanziellen Belohnung nicht abgeneigt war. Doch am heftigsten wirkte der Beiname »Mädchenmörder«, den die »Eicke-lohleaks« ihm gaben.

»Fritz ist untendurch«, bemerkte Hildegard Weitze bei einem Restaurantbesuch Ende Juni und nickte dabei zufrieden. »Und das ist für ihn doch genauso schlimm wie eine Anklage. Sein Ansehen war ihm immer das Wichtigste. Und nun schauen die Leute zur anderen Seite, wenn sie ihn sehen.« Die Bäuerin lächelte und nahm einen großen Schluck Sekt, der zur Feier des Tages eingegossen wurde. »Und Ehrenbürger wird Fritz auch nicht. Das war schon beschlossen, und jetzt ist es abgesagt. Er hat genau die Strafe bekommen, die ihn am meisten schmerzt. Aber dass keiner rausfinden kann, wer diese Sachen ins Internet gestellt hat, das ist doch komisch.«

Die alte Dame sah ihre Halbschwester prüfend an. Dann schaute sie zu Flora, die unschuldig guckte. Christine Walker hielt das Lachen nicht mehr zurück, und Flora stimmte genüsslich ein.

»Naja, ich muss das nicht verstehen, oder?« Hildegard Weitze lehnte sich gemütlich zurück und griff zu ihrem Sektglas. »Hauptsache, Henry wird wieder gesund, und wir sind eine große Familie.«

ENDE

DANKE!

Es sind viele Frauen, die mich auf meinem Krimi-Weg begleiten. Meine beiden Geocachingfreundinnen Carmen und Sanne, mein Frauenchat mit den »Damen von der Farm« und die Freundinnenrunde »The Baguettes«, die auch meine ersten Testhörerinnen sind, wenn es um Lesungen geht. Danke, dass es euch gibt!

Testleser sind unverzichtbar. Für diesen Roman danke ich Bernd Winter, Dirk von Werder und Frank Schöne für ihre wichtige konstruktive Kritik.

Claudia Senghaas und dem Gmeiner-Team gilt der Dank für das Vertrauen, auch meinen Zweitling auf den Markt zu bringen. Andreas Henning und Björn Böhnke danke ich für das lesende und technische Begleiten meiner Lese-Events.

Für »immer da sein« danke ich stets und immer wieder meinem Mann Bernd – und unserem Hund Oscar.

Nicht zuletzt danke ich der Krimicommunity, den Autoren und Autorinnen, Bloggern und Bloggerinnen, die mich so freundlich aufgenommen haben, dass ich als »Rookie« viele wertvolle Tipps und einen leichten Einstieg bekam.

Bettina Reimann
Aller-Wolf
Roman
316 Seiten, 12,5 x 20,5 cm,
Broschur
ISBN 978-3-8392-0226-5

»Wo bin ich hier gelandet? Malerische Dörfer und da-
zwischen nur Friede, Freude, Spargelbauern.« Die junge
Bloggerin Flora Kamphusen hat das Aller-Leine-Tal
unterschätzt: Kaum hat sie diesen Satz ausgesprochen,
wird sie mit einem Geheimnis konfrontiert, das eng mit
ihrer Familie zusammenhängt. Drei Frauen sind verschwunden. Etwa, weil Geschehnisse aus ihrer Schul-
zeit bei einem Klassentreffen ans Licht kamen? Mit
ihrem Großvater Carsten, Kriminalhauptkommissar
im Ruhestand, und ihrer Mutter Anna sucht Flora die
Wahrheit und gerät in Gefahr, denn der »Aller-Wolf«
hat seine Schande nie vergessen.

GMEINER SPANNUNG

WWW.GMEINER-VERLAG.DE
Wir machen's spannend